TÓMAME

LA TRILOGÍA ATRÁPAME: TERCER LIBRO

ANNA ZAIRES

♠ MOZAIKA PUBLICATIONS ♠

Publicado por Mozaika Publications, una marca de Mozaika LLC.

www.mozaikallc.com

Portada de Najla Qamber Designs

www.najlaqamberdesigns.com

ISBN: 978-1-63142-486-1

Print ISBN: 978-1-63142-487-8

I

LA HUIDA

Lucas

—Repítelo otra vez. —Cojo el teléfono con más fuerza, casi aplastándolo, mientras mi incredulidad se transforma en una furia descontrolada—. ¿Qué diablos quieres decir con que se ha escapado?

—No sé cómo ha pasado. —El tono de Eduardo es serio—. Fuimos a tu casa hace media hora y no estaba. Encontramos las esposas en el suelo de la biblioteca y había cortado las cuerdas con algo pequeño y afilado. Hemos hecho que los guardias recorran cada centímetro de la selva y han encontrado a Sánchez inconsciente en la frontera norte. Tiene una grave conmoción cerebral, pero hemos conseguido que se despertara hace unos minutos. Dice que se la encontró en el bosque, pero que lo sorprendió y lo dejó inconsciente. Eso fue hace más de tres horas. Estamos recibiendo los vídeos de los drones, aunque no pinta bien.

Mi rabia aumenta con cada frase que dice el guardia.

—¿Cómo ha conseguido tener en sus manos «algo pequeño y afilado»? ¿O abrir las putas esposas? Se suponía que Diego y tú la vigilaríais en todo momento...

—Lo hicimos. —Eduardo parece desconcertado—. Le revisamos los bolsillos después de cada comida, como nos dijiste, e inspeccionamos varias veces el baño, el único lugar donde ha estado sola y desatada. Allí no había nada que haya podido usar. Debe haber ocultado las herramientas de alguna manera, pero no sé cómo ni cuándo. Tal vez las tuviera ya antes, o tal vez...

—Está bien, supongamos que no la habéis cagado del todo. —Tomo aire para controlar la ira que me estalla en el pecho. Lo importante ahora es obtener respuestas y averiguar dónde están los agujeros en nuestra seguridad. En un tono más tranquilo, digo—: ¿Cómo pudo haber salido sin que se activaran las alarmas o sin que la detectaran desde cualquiera de las torres de vigilancia? Tenemos ojos en cada centímetro de esa frontera.

Se produce un silencio prolongado. Entonces Eduardo dice en voz baja:

—No sé por qué no se activó ninguna de las alarmas

de seguridad, pero es posible que haya un par de horas en las que no hayamos vigilado la frontera desde todas las posiciones.

—¿Qué? —No puedo contener la ira esta vez—. ¿Qué cojones quieres decir con eso?

—La hemos jodido, Kent, pero te juro que no teníamos idea de que el programa de seguridad dejaría pasar algo por alto. —El joven guardia habla precipitadamente, como si estuviera ansioso por soltar las palabras—. Era solo una jugada de póker amistosa; no sabíamos que el ordenador no...

—¿Una jugada de póker? —Mi voz se vuelve muy tranquila—. ¿Estabais jugando al póker mientras estabais de servicio?

—Lo sé. —Eduardo suena arrepentido de verdad—. Fue estúpido e irresponsable y estoy seguro de que Esguerra nos dará una paliza. Solo pensamos que, con tanta tecnología, no sería un gran problema. Solo una manera de escapar del bochorno de la tarde por un par de horas, ya sabes.

Si pudiera traspasar el teléfono y aplastarle la tráquea a Eduardo, lo haría.

—No, no lo sé —mascullo—. ¿Por qué no me lo explicas todo bien y despacio? O, mejor aún, pon a Diego al teléfono para que pueda hacerlo él.

Hay otro momento de silencio. Luego, escucho a Diego contestar:

—Lucas, escucha, tío... Ni siquiera sé qué decir. —La voz generalmente optimista del guardia está cargada de culpa—. No sé por qué decidió pasar por esa torre, pero estoy viendo las imágenes de los drones y es justo lo que ha hecho. Ha pasado por delante de nosotros, en dirección oeste, y, luego, ha subido al puente. Es como si supiera adónde tenía que ir y cuándo. —Se percibe una nota de incredulidad en su voz—. Como si supiera que estaríamos distraídos.

Me pellizco el puente de la nariz. «Mierda». Si lo que dice es verdad, la huida de Yulia no es solo cuestión de suerte.

Alguien le ha dado a mi prisionera detalles claves sobre la seguridad, una persona íntimamente familiarizada con el horario de los guardias.

—¿Con quién se ha puesto en contacto? —Lo más lógico sería pensar que el traidor fuera Diego o Eduardo, pero conozco bien a esos dos, y ambos son demasiado leales e inteligentes para este tipo de traición—. ¿Alguien ha hablado con ella además de vosotros dos?

—No. Al menos no hemos visto a nadie. —La voz de Diego se endurece cuando capta mi sospecha—. Pero, por supuesto, ha estado sola durante gran parte del día, por lo que alguien podría haber ido a tu casa cuando no estábamos allí.

—Cierto. —Mierda, el traidor podría incluso haberse acercado a Yulia antes de venirme a Chicago—. Quiero que reúnas imágenes de los drones sobre cualquier actividad alrededor de mi casa en las últimas dos semanas. Si alguien ha puesto un pie en el porche, quiero saberlo.

—Hecho.

—Bueno. Ahora ve y rastrea a Yulia. No puede haber llegado muy lejos.

Diego cuelga, claramente ansioso por remediar su error y el de Eduardo, y meto el teléfono en el bolsillo, forzando los dedos para cogerlo con más suavidad.

La atraparán y la traerán de vuelta.

Tengo que creer en eso o no podré trabajar esta tarde.

MIENTRAS ESPERO NOTICIAS DE DIEGO, HAGO LAS rondas con los guardias, asegurándome de que todos estén en su puesto en la nueva casa de vacaciones de Esguerra en Chicago. La mansión se encuentra en la rica urbanización privada de Palos Park y está bien situada desde el punto de vista de la seguridad, pero tengo que revisar las cámaras recién instaladas en busca de puntos ciegos y confirmar los horarios de patrullaje con los guardias. Lo hago porque es mi trabajo, pero también porque necesito algo para alejar mi mente de Yulia y la ira sofocante del pecho.

Ha huido. En el momento en que me fui, corrió hacia su amante, hacia ese tal Misha, cuya vida me rogó que perdonara.

Ha huido a pesar de que hace menos de dos días me dijo que me amaba.

La furia que me recorre al pensarlo es poderosa e irracional. Ni siquiera sé si las palabras de Yulia iban dirigidas a mí; las murmuró mientras estaba medio dormida y no tuve la oportunidad de averiguarlo. Sin embargo, la posibilidad de que me amara me mantuvo dando vueltas la noche antes de mi partida.

Por primera vez en mi vida, sentí que estaba cerca de algo… Cerca de alguien.

«Te quiero. Soy tuya».

Qué puta mentirosa. Se me contrae el pecho al recordar los intentos de Yulia de manipularme, de adularme para que así aceptara salvar la vida de su amante. Desde el principio, solo he sido un medio para lograr un fin. Se acostó conmigo en Moscú para obtener información e hizo el papel de cautiva obediente para facilitar su fuga.

Ni el tiempo que pasamos juntos ni mi persona significaron nada para Yulia.

El zumbido del teléfono en el bolsillo interrumpe mis amargos pensamientos. Al cogerlo, veo el número cifrado de la red privada de las instalaciones.

—¿Sí?

—Tenemos un problema. —La voz de Diego suena entrecortada—. Parece que tu chica cronometró su fuga a la perfección en varios aspectos. Esta tarde ha habido una entrega de comestibles en las instalaciones y la policía de Miraflores acaba de encontrar al conductor caminando por un lado de la carretera, a pocos kilómetros de la ciudad. Al parecer, recogió a una preciosa autoestopista estadounidense justo al norte de nuestro complejo. No tenía ni idea de que fuera algo más que una turista perdida hasta que sacó un cuchillo y lo hizo salir de la camioneta. Eso fue hace más de una hora.

—¡Joder! —Si Yulia tiene transporte, sus posibilidades de eludirnos aumentan exponencialmente—. Busca en todo Miraflores y encuentra esa furgoneta. Pídele ayuda a la policía local.

—Ya estamos manos a la obra. Te mantendré informado.

Cuelgo y vuelvo a la casa. Los suegros de Esguerra ya están entrando por el camino de acceso para cenar con mi jefe y su esposa, y es probable que Esguerra no esté de humor para que se le moleste en este momento. Aun así, tengo que hacerle saber lo que ha pasado, por lo que le mando un correo electrónico de una sola línea:

«Yulia Tzakova se ha escapado».

ulia

TAN PRONTO COMO ESTOY EN LA FRONTERA DE LA ciudad de Miraflores, entro en una gasolinera y le pregunto al empleado si puedo usar el teléfono fijo de la pequeña tienda. Entiende inglés lo suficiente para dejarme hacerlo y marco el número de emergencia que todos los agentes de la UUR hemos memorizado. Mientras espero que la llamada se conecte, observo la puerta, con las palmas de las manos resbaladizas por el sudor.

A estas alturas, Diego y Eduardo ya deben saber que he desaparecido, lo que significa que los guardias de Esguerra me están buscando. Me sentí mal amenazando al conductor de la furgoneta y forzándolo a salir del coche..., pero necesitaba el vehículo. Tal y como están las cosas, no tengo mucho tiempo antes de que los hombres de Esguerra sigan mi rastro hasta aquí, si es que no lo han hecho ya.

—*Allo*. —El saludo ruso, pronunciado por una voz suave y femenina, me devuelve la atención al teléfono.

—Soy Yulia Tzakova —le digo, dando mi identidad actual. Al igual que la operadora, estoy hablando ruso—. Estoy en Miraflores, Colombia, y necesito hablar con Vasiliy Obenko de inmediato.

—¿Código?

Recito un conjunto de números y, luego, respondo las preguntas de la operadora diseñadas para verificar mi identidad.

—Por favor, espere —dice y hay un momento de silencio antes de que escuche el clic que indica una nueva conexión.

—¿Yulia? —La voz de Obenko rezuma incredulidad—. ¿Estás viva? El informe de los rusos decía que habías muerto en la cárcel. ¿Cómo has...?

—El informe era falso. Los hombres de Esguerra me retuvieron. —Mantengo la voz baja, consciente de que el empleado está mirándome con creciente recelo. Le he dicho que soy una turista estadounidense y que hable en ruso, sin duda, le crea confusión—. Escucha, estás en peligro. Todos los que están conectados a la UUR están en peligro. Necesitas desaparecer y hacer desaparecer a Misha...

—¿Esguerra te retuvo? —Obenko parece horrorizado—. Entonces ¿cómo es que estás...?

—No hay tiempo para explicaciones. He escapado de sus instalaciones, pero me están buscando. Tenéis que desaparecer tú y toda tu familia. Y Misha. Van a ir a por vosotros.

—¿Te han hecho confesar?

—Sí. —El autodesprecio se me transforma en un nudo grueso en la garganta, pero mantengo la voz calmada—. No conocen tu ubicación actual, pero tienen las iniciales de la agencia y el nombre real de un exagente. Es solo cuestión de tiempo que den contigo.

—¡Joder! —Obenko se queda en silencio un momento y luego dice—: Necesitamos sacarte de ahí antes de que vuelvan a capturarte. —Antes de que tengan la oportunidad de sacarme más información, quiere decir.

—Sí. —El empleado está escribiendo algo en el móvil mientras me mira y entiendo que necesito darme prisa—. Tengo un coche, pero necesitaré ayuda para salir del país.

—Vale. ¿Puedes acercarte a Bogotá? Es posible que podamos pedirle algunos favores al gobierno venezolano y pasarte de incognito a través de la frontera.

—Creo que sí. —El empleado baja el teléfono y se dirige hacia mí, así que le digo a toda velocidad—: Ya me voy. —Y cuelgo.

El empleado está casi a mi lado, con la frente fruncida, pero me apresuro a salir de la tienda antes de que pueda atraparme. Me subo a la furgoneta, cierro la puerta a mis espaldas y enciendo el motor. El empleado viene corriendo detrás de mí, pero ya estoy saliendo del aparcamiento con un chirrido de neumáticos.

Cuando vuelvo a la carretera, evalúo la situación. Solo queda un cuarto de gasolina en el tanque de la furgoneta y el empleado probablemente haya informado a las autoridades sobre mí, lo que significa que la furgoneta me ha puesto en riesgo antes de lo que esperaba.

Necesitaré un transporte diferente si quiero salir de Miraflores.

Me martillea el corazón cuando piso el acelerador, llevando la vieja furgoneta al límite mientras vigilo la carretera. Un kilómetro, un kilómetro y medio, dos kilómetros… Mi ansiedad se intensifica con cada minuto que transcurre. ¿Cuánto tiempo pasará antes de que los hombres de Esguerra escuchen algo de una extraña rubia en la gasolinera? ¿Cuánto falta para que empiecen a buscar la furgoneta vía satélite? En este momento, no me debe quedar más de media hora.

Por fin, después de otro kilómetro, lo veo: una pequeña carretera sin pavimentar que parece conducir a alguna granja. Rezando para que mi corazonada sea cierta, la cojo y dejo la carretera principal.

Un par de cientos de metros más allá, veo un cobertizo. Está a una docena de metros a la derecha y, detrás, hay una zona boscosa hacia la que me dirijo. Aparco la furgoneta tras el cobertizo, escondiéndola bajo los árboles. Si tengo suerte, pasará algún tiempo hasta que la vean.

Ahora necesito encontrar otro vehículo.

Dejo el cobertizo y camino hasta que llego a un granero con un viejo y machacado tractor enfrente. No veo a nadie así que me acerco al granero y me asomo.

Bingo.

Dentro hay una pequeña camioneta. Parece vieja y oxidada, pero sus ventanas están limpias. Alguien la usa regularmente.

Aguantando la respiración, me meto en el granero y me acerco a la camioneta. Lo primero que hago es buscar llaves en los estantes cercanos. A veces las personas son lo bastante estúpidas como para dejarlas al lado del vehículo.

Para mi desgracia, este agricultor en particular no parece ser estúpido. Las llaves no están por ningún lado. Bueno… Echo un vistazo alrededor y veo una piedra que sujeta un trozo de lona. La cojo y la uso para romper la ventana de la camioneta. Es una solución de fuerza bruta, pero es más rápido que intentar desbloquear las cerraduras.

Ahora viene la parte difícil.

Tras abrir la puerta del conductor, me subo al asiento y quito, debajo del volante, la tapa de la caja de arranque. Luego, estudio la maraña de cables, esperando recordar lo suficiente para no cargarme el vehículo o electrocutarme. Aprendimos a hacer un puente durante el entrenamiento, pero nunca he tenido que hacerlo en la vida real y no tengo ni idea de si funcionará. Cada coche es diferente; no hay un sistema universal de colores para los cables y los más viejos, como esta camioneta, son particularmente difíciles. Si tuviera alguna otra opción, no me arriesgaría, pero es mi mejor apuesta en este momento.

Allá vamos. Estabilizo mi respiración y empiezo a probar las diferentes combinaciones de cables. En mi tercer intento, el motor del camión da signos de vida.

Exhalo un suspiro de alivio, cierro la puerta, salgo del granero y me dirijo hacia la carretera principal.

Con suerte, el propietario de la camioneta no descubrirá que ha desaparecido hasta dentro de un tiempo y llegaré a la siguiente ciudad antes de que tenga que conseguir otro vehículo.

Mientras conduzco, mis pensamientos se dirigen a Lucas. ¿Le habrán hablado los guardias sobre mi fuga? ¿Estará enfadado? ¿Sentirá que lo he traicionado al irme?

«Te quiero. Soy tuya». Aún me arden las mejillas al recordar esas palabras, dichas en un sueño que podría no haberlo sido. Hasta esa noche, no sabía cómo me sentía, no me daba cuenta de lo apegada que me encontraba a mi captor. Había tantos errores entre nosotros, tanto miedo, ira y desconfianza que me costó bastante tiempo entender ese extraño deseo.

Darle sentido a algo que no lo tiene y que es tan irracional.

«Te echaré de menos». Lucas me dijo eso cuando me abrazó en su regazo a la mañana siguiente e hice todo lo que pude para no estallar en lágrimas. ¿Sabía lo que me estaba haciendo con esas desconcertantes palabras de cariño? ¿Esa incongruente ternura era parte de su diabólica venganza? ¿Una forma aún más sádica de destruirme sin tener que infligirme tanto daño como con un golpe?

El camino se nubla ante mí y me doy cuenta de que las lágrimas que contuve aquel día resbalan por mi cara, la adrenalina de mi huida agudiza el dolor recordado. No quiero pensar en cómo me destrozó Lucas, en cómo me prometió seguridad y me rompió el corazón en pedazos, pero no puedo evitarlo. Los recuerdos pasan por mi mente y no puedo apagarlos. Algo sobre el comportamiento de Lucas el último día me sigue preocupando, una nota discordante que registré, pero que no procesé por completo en aquel momento.

—Que no ruegues por él, joder —me espetó Lucas cuando le pedí que salvara a mi hermano—. Yo decido quién vive, tú no.

Hubo otras cosas que también dijo. Cosas hirientes. Sin embargo, cuando me folló aquella noche, no hubo ira en su tacto. Lujuria, sí. Obsesión insana, en definitiva. Pero no ira, al menos no el tipo de ira que hubiera esperado de un hombre que me odia lo suficiente como para permitir que mi único familiar sea asesinado. Y ese «te echaré de menos» a la mañana siguiente. Simplemente no encaja.

Nada de aquello encaja, a menos que fuera así como lo quería Lucas.

Tal vez aún no ha terminado de liarme la puta cabeza.

Me empieza a doler la cabeza por la confusión y me limpio las lágrimas antes de apretar con fuerza el volante. Lo que Lucas planeó para mí ya no importa. He escapado y no puedo seguir mirando al pasado.

Tengo que seguir avanzando.

ucas

ME LEVANTO EL VIERNES POR LA MAÑANA CON UN palpitante dolor de cabeza que aumenta mi rabia. Apenas he dormido porque Diego y Eduardo han seguido enviándome, cada hora, noticias sobre la búsqueda de Yulia y necesito dos tazas de café antes de empezar a sentirme casi humano.

Cuando estoy preparándome para salir de la cocina, entra Rosa, vestida con pantalones vaqueros en lugar de su atuendo habitual de criada.

—¡Oh! Hola, Lucas —dice—. Justo estaba buscándote.

—¿Eh? —Trato de no mirar a la chica. Todavía me

siento mal por haberla decepcionado después de que se encaprichara conmigo. No es culpa de Rosa que mi prisionera haya escapado y no quiero pagar mi mal humor con ella.

—El señor Esguerra dijo que puedo explorar la ciudad hoy si viene un guardia conmigo —dice Rosa, mirándome con recelo. Debe de haber percibido mi ira a pesar de mis intentos de parecer tranquilo—. ¿Puedes prestarme a alguien?

Considero su petición. A decir verdad, la respuesta es no. No quiero enviar a ningún guardia lejos de la casa de los padres de Nora y, hace quince minutos, Esguerra me envió un mensaje de texto diciendo que se lleva a Nora a un parque, lo que significa que necesitará que al menos una docena de nuestros hombres esté allí preparada.

—Voy a ir hoy a Chicago —le contesto después de un momento de reflexión—. Tengo una reunión. Puedes venir conmigo si no te importa esperar un poco. Después, te llevaré a dónde quieras ir y, para la hora del almuerzo, uno de los guardias estará disponible para reemplazarme, suponiendo que desees quedarte en la ciudad más de un par de horas, claro.

—Oh, yo… —Un rubor oscurece la piel bronceada de Rosa, incluso cuando sus ojos se iluminan por la emoción—. ¿Estás seguro de que no molesto? No tengo que ir hoy si…

—No pasa nada. —Recuerdo lo que la chica me contó el miércoles acerca de que nunca había visitado

Estados Unidos—. Estoy seguro de que estás ansiosa por ver la ciudad y a mí no me importa.

Tal vez su compañía me distraiga de pensar en Yulia y en que mi prisionera todavía anda suelta.

Rosa habla sin parar mientras nos dirigimos a Chicago, contándome lo que ha leído en internet acerca de las diversas curiosidades de la ciudad.

—¿Y sabías que se llama la Ciudad del Viento debido a los políticos que dejaban sus promesas sin cumplir? Se las llevaba el viento —dice mientras me dirijo a West Adams Street, en el centro de Chicago, y al aparcamiento subterráneo de un alto edificio de vidrio y acero—. En realidad, no tiene nada que ver con el viento que viene del lago. ¿No te parece una locura?

—Sí, increíble —digo distraído, revisando el teléfono cuando salgo del coche. Para mi decepción, no hay noticias de Diego. Dejo el teléfono, rodeo el coche y abro la puerta para que salga Rosa.

—Vamos —le digo—. Ya llevo cinco minutos de retraso.

Rosa se apresura a seguirme mientras camino hacia el ascensor. Da dos pasos por cada uno de los míos y no puedo evitar comparar sus enérgicos pasos a los pasos largos y gráciles de Yulia. La criada no es tan pequeña como la esposa de Esguerra, pero, aun así, la veo baja, sobre todo porque me he acostumbrado a la altura de modelo de Yulia.

«Joder, deja de pensar en ella». Cierro las manos con fuerza dentro de los bolsillos mientras espero a que llegue el ascensor; solo escucho a medias a Rosa hablando sobre la Magnificent Mile. La espía es como una astilla debajo de la piel. No importa lo que haga, no puedo sacármela de la cabeza. Compulsivamente, saco el teléfono y lo reviso de nuevo.

Aún nada.

—Entonces ¿de qué trata la reunión? —pregunta Rosa, y me doy cuenta de que me mira expectante—. ¿Es algo para el señor Esguerra?

—No —digo, deslizando el teléfono de nuevo en el bolsillo—. Son cosas mías.

—Oh. —La noto desanimada por mi breve respuesta y suspiro, recordándome que no debería reflejar mi frustración con la chica. No tiene nada que ver con Yulia y con toda esa jodida situación.

—Voy a reunirme con mi gestor de carteras —le digo mientras las puertas del ascensor se abren—. Necesito ponerme al día con mis inversiones.

—Oh, ya veo. —Rosa sonríe cuando entramos en el ascensor—. Tienes inversiones, como el Señor Esguerra.

—Sí. —Presiono el botón del piso superior—. Este tipo también es su gestor de carteras.

El ascensor se eleva. Todas las superficies son de acero lustroso y reluciente y en menos de un minuto estamos saliendo a un área de recepción igual de elegante y moderna.

Para un chico de veintiséis años nacido en la miseria, Jared Winters lleva realmente una buena vida.

La recepcionista, una delgada mujer japonesa de edad indeterminada, se pone de pie cuando nos acercamos.

—Señor Kent —dice, sonriéndome con educación—. Por favor, tome asiento. El Señor Winters lo atenderá en un minuto. ¿Puedo ofrecerles a usted y a su compañera algún refresco?

—Nada para mí, gracias. —Miro a Rosa—. ¿Te gustaría tomar algo?

—Um... No, gracias. —Mira fijamente hacia la ciudad que se extiende a sus pies a través de la ventana que se extiende desde el suelo hasta el techo—. Estoy bien.

Antes de tener la oportunidad de sentarme en uno de los lujosos sillones junto a esa ventana, un hombre alto y de pelo oscuro sale de la oficina de la esquina y se acerca a mí.

—Lamento haberte hecho esperar —dice Winters, extendiendo la mano para estrechar la mía. Le brillan con frialdad los ojos verdes detrás de las gafas sin montura—. Estaba terminando de hacer una llamada.

—No te preocupes. Hemos llegado un poco tarde.

Sonríe y veo que mira a Rosa, que todavía está allí parada, hipnotizada al parecer por la vista exterior.

—Tu novia, imagino —dice Winters en voz baja y parpadeo, sorprendido por la pregunta personal.

—No —le digo, siguiéndolo mientras camina hacia

su oficina—. Más bien es mi tarea para el próximo par de horas.

—Ah. —Winters no dice nada más, pero al entrar en su oficina veo que mira a Rosa como si no pudiera evitarlo.

ulia

—¿YULIA TZAKOVA?

Casi se me sale el corazón del pecho cuando me doy la vuelta y agarro automáticamente el cuchillo que tengo metido en los vaqueros.

Hay un hombre de pelo oscuro parado frente a mí. Se le ve una persona del montón en todos los sentidos; incluso las gafas de sol y la gorra son de edición estándar. Podía haber sido cualquiera del ajetreado mercado de Villavicencio, pero no es así.

Es el contacto venezolano de Obenko.

—Sí —digo manteniendo la mano en el cuchillo—. ¿Eres Contreras?

Asiente.

—Por favor, sígueme —dice en ruso con acento español.

Suelto el mango del cuchillo y le sigo cuando comienza a serpentear entre la multitud. Como él, llevo una gorra y gafas de sol, dos artículos que robé en otra gasolinera de camino aquí, pero todavía siento que alguien podría señalarme y gritar:

—¡Es ella! ¡Esa es la espía que están buscando los hombres de Esguerra!

Para mi alivio, nadie me presta mucha atención. Además de la gorra y las gafas de sol, adquirí una voluminosa camiseta y pantalones holgados en esa misma estación de servicio. Con la ropa sin forma y el pelo metido en la gorra, parezco más un adolescente que una mujer joven.

Contreras me lleva hacia una insulsa furgoneta azul aparcada en la esquina.

—¿Dónde está el vehículo que has utilizado para llegar aquí? —me pregunta mientras subo a la parte trasera.

—Lo dejé a una docena de manzanas de aquí, como me dijo Obenko —le contesto. He hablado con mi jefe dos veces desde mi contacto inicial en Miraflores y ha sido él quien me ha dado la ubicación de este encuentro y las órdenes sobre cómo proceder—. No creo que me hayan seguido.

—Tal vez no, pero necesitamos sacarte del país en las próximas horas —dice Contreras arrancando la camioneta—. Esguerra está ampliando la cobertura. Ya tienen tu foto en todos los cruces fronterizos.

—Entonces ¿cómo me vas a sacar?

—Hay una caja en la parte de atrás —dice Contreras mientras nos movemos entre el tráfico—. Y uno de los guardias fronterizos me debe un favor. Con un poco de suerte, eso será suficiente.

Asiento mientras noto el frío del aire acondicionado de la furgoneta en la cara llena de sudor. He conducido toda la noche, deteniéndome solo para robar otro coche y conseguir ropa, y estoy agotada. Cada minuto que he pasado en la carretera, he estado buscando el sonido de las hélices del helicóptero y el zumbido de las sirenas. Que haya llegado tan lejos sin incidentes no es más que un milagro y sé que mi suerte podría acabarse en cualquier momento.

Aun así, incluso ese miedo no es suficiente para superar mi agotamiento. A medida que la furgoneta de Contreras entra en la carretera, en dirección noreste, siento que se me cierran los párpados y no lucho contra el impulso del sueño.

Solo necesito una siesta de un par de minutos y, luego, estaré lista para enfrentarme a lo que venga después.

~

—Despierta, Yulia.

La urgencia implícita del tono de Contreras me saca de un sueño en el que estoy viendo una película con Lucas. Abro los ojos al incorporarme y pronto me doy cuenta de la situación.

Ya casi es de noche y estamos atrapados en un atasco de tráfico.

—¿Dónde estamos? ¿Qué es esto?

—Un control —dice Contreras con sequedad—. Están revisando todos los coches. Tienes que meterte en la caja, ahora.

—El guardia de la frontera no iba a...

—No, todavía estamos a unos veinte kilómetros de la frontera de Venezuela. No sé de qué se trata este control, pero no puede ser bueno.

«Mierda». Me desabrocho el cinturón de seguridad y me cuelo por una pequeña ventana hacia la parte trasera de la camioneta. Como ha dicho Contreras, hay una caja, pero parece demasiado pequeña para que quepa una persona. Un niño, tal vez, pero no una mujer de mi estatura.

Por otra parte, en los espectáculos de magia, introducen a las personas en todo tipo de contenedores aparentemente demasiado pequeños. Así es como se hace a menudo el truco de cortar por la mitad: una primera chica flexible es la «parte superior del cuerpo» y una segunda, «las piernas».

No soy tan flexible como la típica asistente de un mago, pero estoy mucho más motivada.

Abro la caja, me tumbo bocarriba e intento doblar las piernas de tal manera que pueda cerrar la tapa. Después de un par de minutos frustrantes, me doy por vencida; tengo las rodillas al menos cinco centímetros por encima del borde de la caja. ¿Por qué me ha traído Contreras una caja tan pequeña?

Hubiera estado bien que fuera unos centímetros más profunda.

La camioneta comienza a moverse y me doy cuenta de que nos estamos acercando al punto de control. En cualquier momento, las puertas de la parte trasera de la camioneta se abrirán y me descubrirán.

Necesito encajar en esta puta caja.

Apretando los dientes, me volteo hacia un lado y trato de meter las rodillas en el pequeño espacio que queda entre el pecho y el lateral de la caja. No encajan, así que tomo aire y lo intento de nuevo, ignorando el estallido de dolor en la rótula cuando choca con el borde metálico. Mientras lo intento, escucho voces muy altas que hablan español y siento que la camioneta se detiene de nuevo.

Estamos en el punto de control.

Frenética, me doy la vuelta, agarro la tapa de la caja y tiro de ella con manos temblorosas.

Oigo pasos seguidos de voces en la parte trasera de la camioneta.

Van a abrir las puertas.

Me late el corazón con fuerza. Me hago una bola increíblemente pequeña aplastando los pechos con las rodillas. A pesar de los efectos adormecedores de la adrenalina, mi cuerpo grita de dolor en esta posición antinatural.

La tapa se encuentra con el borde de la caja y las puertas de la furgoneta se abren.

5

Lucas

MI ENCUENTRO CON WINTERS DURA POCO MENOS DE una hora. Revisamos el estado actual de mis inversiones y decidimos cómo proceder dado la reciente caída en el mercado. Desde que Jared Winters administra mi cartera, la ha triplicado hasta conseguir más de doce millones, por lo que no estoy especialmente preocupado cuando dice que está liquidando la mayoría de mis participaciones en el capital y preparándose para vender una acción tecnológica popular.

—El presidente está a punto de meterse en un grave problema legal —explica Winters y no me molesto en preguntar cómo lo sabe. El intercambio de información privilegiada puede ser un delito, pero nuestros contactos en la SEC aseguran que la inversión de Winters no está en su radar.

—¿Cuánto invertirás en el negocio? —pregunto.

—Siete millones —responde Winters—. Se va a poner feo.

—Está bien —le digo—. Ve a por ello.

Siete millones es una suma considerable, pero si la acción está a punto de caer como Winters piensa, podría fácilmente triplicarlo o conseguir incluso más.

Repasamos algunos negocios más y, luego, Winters me acompaña al área de la recepción, donde Rosa está leyendo una revista.

—¿Lista para irnos? —pregunto y ella asiente.

Tras levantarse, vuelve a colocar la revista sobre la mesa de café y nos mira a Winters y a mí.

—Totalmente lista.

—Gracias de nuevo —le digo girándome para darle la mano a Winters, pero no me está mirando.

A través de sus ojos verdes, observa a Rosa con extrañas intenciones.

—¿Winters? —le provoco, divertido.

Aparta los ojos de ella.

—Oh, sí. Fue un placer —murmura, estrechándome la mano y, antes de que pueda decir una palabra más, vuelve a su oficina y cierra la puerta detrás de él.

Como le prometí a Rosa, después de la reunión la

llevo de compras a la Magnificent Mile, también conocida como Michigan Avenue. Mientras se prueba un montón de vestidos en un centro comercial, me siento junto al probador y vuelvo a revisar el correo electrónico de nuevo. Esta vez, hay un nuevo mensaje de Diego:

«Localizada la camioneta robada en una gasolinera cerca de Granada. Ningún otro coche robado por ahora. Bloqueos en todas las carreteras principales según tus órdenes».

Suelto el móvil con una ira y frustración que me revuelven el estómago. Todavía no han encontrado a Yulia y ya podría estar en otro país. Sin duda, ha contactado con su agencia y, dependiendo de lo hábiles que sean, es muy posible que la hayan sacado de incógnito.

Por lo que sé, podría estar ya en un avión volando hacia su amante.

—¿Qué te parece? —me pregunta Rosa y me vuelvo para ver que ha salido del vestuario con un vestido amarillo, corto y ajustado.

—Está bien —digo con el piloto automático encendido—. Deberías comprártelo.

Objetivamente, puedo ver que a la chica de pelo oscuro le queda bien ese vestido, pero en lo único en lo que puedo pensar ahora es en que Yulia puede estar camino a Misha… al hombre que realmente ama.

—Genial. —Rosa me sonríe—. Lo compraré.

Vuelve rápido al probador y saco el teléfono para

enviar un correo electrónico a los piratas informáticos que buscan a la UUR.

Incluso si Yulia ha logrado escapar, no permanecerá libre durante mucho tiempo.

Cueste lo que cueste, la encontraré y no escapará nunca más.

 ulia

—Lo siento —dice Contreras, quitando la tapa de la caja—. No esperaba que fueras tan alta. Me alegro de que hayas cabido ahí.

Gimo cuando me saca. Tengo calambres musculares por haber estado encerrada en la caja durante la última hora. Siento las rodillas como si tuviera dos moretones gigantes y la columna me palpita tras haberla tenido aplastada contra el lateral de la caja. Sin embargo, estoy viva y al otro lado de la frontera con Venezuela, lo que significa que valió la pena.

—Estoy bien —digo girando la cabeza en un semicírculo. Tengo el cuello engarrotado y dolorido, pero nada que un buen masaje no cure—. Engañó a la policía y a la patrulla fronteriza. Ni siquiera intentaron mirar dentro de la caja.

Contreras asiente.

—Por eso la traje. Parece demasiado pequeña para que quepa una persona, pero cuando uno está decidido a hacer algo… —Se encoge de hombros.

—Sí. —Giro otra vez la cabeza y me estiro, intentando que los músculos respondan—. Entonces ¿cuál es el plan ahora?

—Ahora te llevaremos al avión. Obenko ya lo ha preparado todo. Mañana deberías estar en Kiev, sana y salva.

Tardamos menos de una hora en llegar a la pequeña pista de aterrizaje y, luego, nos detenemos frente a un avión con aspecto antiguo.

—Ya hemos llegado —dice Contreras—. Tu gente se encargará a partir de ahora.

—Gracias —le digo y asiente con la cabeza mientras abro la puerta.

—Buena suerte —dice en ruso con acento español y le sonrío antes de saltar de la camioneta y apresurarme hacia el avión.

Mientras subo la escalera, un hombre de mediana edad sale y bloquea la entrada.

—¿Código? —dice, con la mano apoyada en una pistola que tiene en el costado.

Mirando el arma con recelo, le digo mi número de

identificación. Técnicamente, acabar conmigo supondría lo mismo que alejarme de Esguerra: no podría revelar más secretos de la UUR. De hecho, sería una solución aún más limpia…

Antes de que mi mente se desvíe por ese camino, el hombre baja la mano y se aparta a un lado, dejándome entrar en el avión.

—Bienvenida, Yulia Borisovna —dice, usando mi apellido verdadero—. Nos alegra que lo hayas logrado.

Lucas

EL SÁBADO POR LA MAÑANA, ESTOY CONVENCIDO DE QUE Yulia ya habrá vuelto a Ucrania. Diego y Eduardo pudieron rastrearla hasta Venezuela, pero parece que allí le perdieron el rastro.

—Creo que se ha ido del país —dice Diego cuando lo llamo para que me ponga al corriente—. Un avión privado registrado en una corporación fantasma presentó un plan de vuelo a México, pero no hay registros de su aterrizaje en ese país. Debe haber sido su gente y, si eso es lo que ha ocurrido, se ha ido.

—Eso no es seguro. Sigue buscando —le digo, aunque sé que es muy probable que tenga razón.

Yulia se ha escapado y, si quiero mantener la

esperanza de recuperarla, tendré que ampliar la red y llamar a algunos de nuestros contactos internacionales.

Pienso en poner a Esguerra al tanto de toda esta situación, pero decido posponerlo hasta el domingo. Hoy es el vigésimo cumpleaños de su esposa y sé que no está de humor para que lo molesten. Lo único que le importa a mi jefe es darle a Nora todo lo que quiere... Incluido el viaje a un club nocturno popular en el centro de Chicago.

—Eres consciente de que vigilar ese lugar va a ser una pesadilla, ¿no? —le digo cuando menciona la salida a la hora del almuerzo—. Hay demasiada gente. Y un sábado por la noche...

—Sí, lo sé —dice Esguerra—, pero es lo que ha pedido Nora, así que vamos a encontrar la manera de hacerlo posible.

Pasamos las siguientes dos horas repasando los planos del club y decidiendo dónde colocar a todos los guardias. Es poco probable que alguno de los enemigos de Esguerra se entere de esto, ya que es un evento muy espontáneo, pero aun así decidimos colocar francotiradores en los edificios cercanos y tener a los otros guardias en un radio de una manzana. Mi papel será permanecer en el coche y vigilar la entrada del club en caso de que haya alguna amenaza proveniente de esa dirección. También elaboramos un plan para asegurar el restaurante donde Esguerra y su esposa cenarán antes de ir a la discoteca.

—Oh, casi se me olvida —dice Esguerra mientras

terminamos—. Nora quiere que Rosa se una a nosotros allí. ¿Puedes hacer que uno de los guardias la lleve?

—Sí, creo que sí —digo después de un momento de reflexión—. Thomas puede llevar a la chica a la discoteca antes de colocarse al final de la manzana.

—Estaría bien. —Esguerra se pone de pie—. Te veré esta noche.

Se marcha de la habitación y salgo para asignarles a los guardias sus tareas.

LA CENA DE ESGUERRA TRANSCURRE SIN INCIDENTES Y, luego, lo llevo a la discoteca junto a Nora. Rosa ya está allí esperando, con el vestido amarillo que adquirió en nuestro viaje de compras. En el momento en que Nora sale del coche, Rosa corre hacia ella y escucho a las dos jóvenes charlar con entusiasmo mientras se dirigen al club. Esguerra las sigue mirándolas un tanto divertido y yo me quedo en el coche, acomodándome para lo que promete ser una noche larga y aburrida.

Una hora después aproximadamente, me como el bocadillo que me he preparado y reviso el correo electrónico. Para mi alivio, hay una actualización de nuestros piratas informáticos.

El correo dice: «Finalmente hemos traspasado los cortafuegos del gobierno ucraniano y descifrado algunos archivos. UUR es el acrónimo de *Ukrainskoye Upravleniye Razvedki*, que se traduce más o menos como «Oficina de Inteligencia Ucraniana». Es un grupo de espías extraoficial que se estableció en respuesta a la corrupción de su principal agencia de seguridad y a los estrechos vínculos con Rusia. Ahora estamos trabajando en la descodificación de un mensaje que puede señalar a dos agentes de campo de la UUR y una ubicación en Kiev».

Sonriendo sombríamente, escribo una respuesta y guardo el teléfono. Es solo cuestión de tiempo que destruyamos la organización de Yulia. Una vez que lo hagamos, no tendrá hacia dónde correr, a nadie para ayudarla.

Ningún amante con el que pueda regresar.

Aprieto los dientes cuando me atraviesan unos celos violentos. Yulia ya podría estar con él, con su Misha. Él podría estar abrazándola en este preciso instante.

Incluso podría estar follándosela.

El pensamiento me llena de rabia ardiente. Si tuviera a ese hombre frente a mí en este momento, lo mataría con mis propias manos y haría que Yulia lo viese. Sería su castigo por esta última traición.

La vibración del teléfono me interrumpe los pensamientos negativos. Lo cojo y, leyendo el mensaje de Esguerra, se me hiela la sangre.

«Nora y Rosa agredidas», dice el mensaje. «Rosa capturada. Voy tras ella. Avisa a los demás».

EL OLOR FAMILIAR DE LOS TUBOS DE ESCAPE DE LOS automóviles y de las lilas me impregna la nariz cuando el coche pasa por las concurridas calles de Kiev. No conozco al hombre que Obenko envió a recogerme al aeropuerto. No habla mucho, lo que me permite contemplar las calles de la ciudad donde viví y me formé durante cinco años.

—¿No vamos al Instituto? —le pregunto al conductor cuando el coche gira por un lugar desconocido.

—No —responde el hombre—. Te llevaré a un piso franco.

—¿Está Obenko allí?

El conductor asiente.

—Te está esperando.

—Genial. —Respiro profundamente. Debería sentirme aliviada de estar aquí, pero, en cambio, estoy tensa y con ansiedad. Y no solo porque he jodido y comprometido a la organización. Obenko no se lleva bien con el fracaso, pero que me haya sacado de Colombia, en lugar de matarme, me alivia en ese sentido.

No, el motivo principal de mi ansiedad es el sentimiento de vacío en mi interior, un dolor que se agudiza con cada hora sin Lucas. Siento que tengo abstinencia, pero eso significaría que Lucas es mi droga y me niego a aceptarlo.

Todo lo que había empezado a sentir por mi captor pasará. Tiene que hacerlo porque no hay otra alternativa.

Lucas y yo hemos terminado para siempre.

—Hemos llegado —dice el conductor deteniéndose frente a un edificio de cuatro pisos. Se parece a cualquier otro edificio del vecindario: antiguo y deteriorado, el exterior cubierto con un yeso amarillento sin brillo de la era soviética. El olor de las lilas es más fuerte aquí. Viene de un parque que hay al otro lado de la calle. En cualquier otra circunstancia, me hubiera gustado la fragancia que asocio con la primavera, pero hoy me recuerda a la jungla que dejé atrás y, por consiguiente, al hombre que me retuvo allí.

El conductor aparca el coche y me lleva al edificio. Hay un ascensor y la escalera está tan deteriorada como el exterior. Cuando pasamos por el primer piso, escucho voces y huele a orina y vómito.

—¿Quiénes son los del primer piso? —pregunto mientras nos detenemos frente a un apartamento en el segundo piso—. ¿Son civiles?

—Sí. —El conductor llama a la puerta—. Están demasiado ocupados emborrachándose como para prestarnos atención.

No tengo oportunidad de hacer más preguntas porque la puerta se abre y veo a un hombre con el pelo oscuro allí parado. Tiene la frente arrugada y la boca apretada por la tensión.

—Entra, Yulia —dice Vasiliy Obenko, apartándose para dejarme pasar—. Tenemos mucho de lo que hablar.

Durante las siguientes dos horas, me someto a un interrogatorio tan agotador como todo lo que experimenté en la prisión rusa. Además de Obenko, hay dos agentes superiores de la UUR, Sokov y Mateyenko. Al igual que mi jefe, tienen unos cuarenta años y sus cuerpos delgados son armas mortales durante décadas de entrenamiento. Los tres se sientan frente a mí en la mesa de la cocina y se turnan para hacerme preguntas. Quieren saberlo todo, desde los detalles de mi fuga hasta la información exacta que le di a Lucas sobre la UUR.

—Todavía no entiendo cómo pudo contigo —dice

Obenko cuando termino de contar esa historia—. ¿Cómo sabía lo del incidente con Kirill?

Me arde la cara de vergüenza.

—Se enteró por una pesadilla que tuve.

Y porque confié en Lucas después, pero no lo digo. No quiero que mi jefe sepa que siempre estuvo en lo cierto conmigo, que no pude controlar mis emociones cuando debía.

—Y, en esa pesadilla, tú... ¿hablaste de tu instructor? —Es Sokov quien me pregunta esto. Su expresión deja claro que duda de mi historia—. ¿Hablas normalmente mientras duermes, Yulia Borisovna?

—No, pero no eran circunstancias normales. —Hago todo lo posible para no sonar a la defensiva—. Me mantuvieron prisionera y me expusieron a situaciones que fueron factores desencadenantes para mí y lo hubieran sido para cualquier mujer que haya sufrido una violación.

—¿Cuáles han sido esas situaciones? —interrumpe Mateyenko—. No pareces especialmente maltratada.

Me muerdo la lengua para no soltar una respuesta airada.

—No me han torturado físicamente ni me han matado de hambre, ya te lo he contado —digo de manera firme—. Los métodos de interrogación de Kent han sido más de naturaleza psicológica. Y sí, eso se debió en gran parte a que me veía atractiva. De ahí los desencadenantes.

Los dos agentes intercambian miradas y Obenko frunce el ceño.

—¿Así que te violó y eso provocó tus pesadillas?

—Él... —Se me tensa la garganta al recordar la respuesta impotente de mi cuerpo con Lucas—. Era la situación en general. No supe manejarla.

Los agentes se vuelven a mirar y Mateyenko dice:

—Cuéntanos más sobre la mujer que te ayudó a escapar. ¿Cómo dijiste que se llamaba?

Haciendo uso de mi paciencia, les cuento mis encuentros con Rosa por tercera vez. Después de eso, Sokov me pide que repase mi fuga de nuevo, minuto a minuto, y, luego, Mateyenko me pregunta sobre la logística de la seguridad de las instalaciones de Esguerra.

—Mirad —les digo después de otra hora de incansables preguntas—, os he dicho todo lo que sé. No me importa lo que penséis de mí, la amenaza a la agencia es real. La organización de Esguerra ha destruido redes terroristas enteras y nos persiguen. Si tenéis medidas de contingencia, ahora es el momento de implementarlas. Poneos a salvo, vosotros y a vuestras familias.

Obenko me estudia por un momento y, luego, asiente.

—Hemos terminado por hoy —dice, volviéndose hacia los dos agentes—. Yulia está cansada después de su largo viaje. Seguiremos mañana.

Los dos hombres se van y me desplomo en la silla, sintiéndome aún más vacía que antes.

*L*ucas

EN CUANTO LEO EL MENSAJE DE ESGUERRA, LLAMO POR radio a los guardias y ordeno que la mitad se dirija a la discoteca. Ninguno de ellos ha notado actividad sospechosa alguna, lo que significa que la amenaza, sea lo que sea, ha venido desde dentro del club, no desde fuera como esperábamos. Estoy a punto de correr hacia la sala de fiestas cuando recibo otro mensaje de Esguerra:

«Rosa recuperada. Sigue al todoterreno blanco».

Al instante, le pido a los guardias que lo hagan y, en ese momento, me llega otro mensaje:

«Lleva el coche al callejón de atrás».

Arranco el coche y doy la vuelta a la manzana; casi

atropello a un par de peatones en el proceso. El callejón de la parte trasera del club es oscuro y apesta a basura mezclada con orina, pero apenas reparo en el ambiente. Al salir del coche, espero con la mano en el arma que tengo colgada en el costado. Unos segundos más tarde, los hombres me comunican que han localizado el deportivo blanco y que lo están siguiendo. Estoy a punto de darles más instrucciones cuando la puerta del club se abre y sale Nora rodeando a Rosa con los brazos. Esguerra las sigue, con el rostro alterado por la rabia. Cuando la luz del coche ilumina sus figuras, me doy cuenta del porqué.

Ambas mujeres, temblorosas, tienen la cara pálida y llena de lágrimas. Sin embargo, el estado de Rosa me pone la presión arterial por las nubes. Tiene el vestido amarillo brillante desgarrado y manchado de sangre y un lado de la cara grotescamente hinchado.

Han agredido a la chica violentamente, igual que le ocurrió a Yulia hace siete años.

Una niebla carmesí me empaña la visión. Sé que mi reacción es desproporcionada, Rosa es poco más que una extraña para mí, pero no puedo evitarlo. Las imágenes en mi mente son las de una niña frágil de quince años, con el cuerpo delgado desgarrado y sangrando. Puedo ver la vergüenza y la devastación en el rostro de Rosa y saber que Yulia pasó por esto hace que se me revuelvan las tripas.

—Esos cabrones. —Mi voz está llena de rabia cuando rodeo el coche para abrir la puerta—. ¡Malditos cabrones! Los vamos a matar.

—Sí, lo haremos —dice Esguerra con gravedad, pero no le escucho. Alcanzo a Rosa y, con cuidado, la separo de Nora. La esposa de Esguerra no parece estar tan lastimada, pero todavía sigue agitada. Rosa solloza cuando la conduzco dentro del coche y hago todo lo posible para ser amable con ella, para consolarla como no pude consolar a Yulia hace tantos años.

Mientras le pongo el cinturón, oigo a Esguerra pronunciar el nombre de su esposa con voz extrañamente tensa y, al volverme, veo a Nora doblarse a un lado del coche.

Enseguida me acuerdo del bebé, recordando el embarazo, pero Esguerra ya la está metiendo en el coche y me grita que conduzca hacia el hospital, ¡ahora!

Llegamos al hospital en tiempo récord, pero, mucho antes de que Esguerra entre en la sala de espera, sé que el bebé no va a sobrevivir. Había demasiada sangre en el coche.

—Lo siento —le digo, fijándome en la expresión destrozada de mi jefe—. ¿Cómo está Nora?

—Han detenido la hemorragia. —La voz de Esguerra es ronca—. Quiere irse a casa, así que eso haremos. También nos llevaremos a Rosa.

Asiento. Les he dicho en el hospital que soy el novio de Rosa, por lo que he estado recibiendo noticias periódicas sobre su estado. Como era de esperar, la chica se ha negado a hablar con la policía y, como ninguna de sus lesiones es mortal, no necesita quedarse toda la noche.

—Está bien —le digo—. Cuida de tu esposa, yo voy a por Rosa.

Esguerra regresa con Nora y hago el seguimiento de nuestro equipo de limpieza, al que le doy instrucciones sobre qué hacer con el tipo que encontraron inconsciente fuera del club. Según lo poco que entendí de las explicaciones histéricas de Rosa, a la criada la atacaron, en la parte trasera del club, dos hombres con los que había bailado antes. Nora acudió a su rescate y dejó inconsciente a un tercer tipo que había estado vigilando la puerta de la habitación. Esguerra llegó justo a tiempo y mató a uno de los asaltantes, pero el otro arrastró a Rosa hacia afuera y habría tenido oportunidad de llevársela en el coche si el jefe no la hubiera salvado. Fue ese hombre el que se escapó en el deportivo blanco, el deportivo cuya matrícula estoy rastreando ahora.

Una vez que conozcamos su identidad, el conductor de ese coche estará más muerto que vivo.

Guardo el teléfono y voy a buscar a Rosa. Cuando entro en la habitación, la encuentro sentada en la cama con una bata de enfermera; el personal del hospital debe habérsela dado para reemplazar el vestido rasgado. Se lleva las rodillas al pecho y tiene el rostro magullado y pálido. Una imagen de Yulia pasa por mi mente otra vez y tengo que respirar profundamente para reprimir una oleada de rabia.

Con movimientos lentos y suaves, me acerco a la cama.

—Lo siento —le digo en voz baja, agarrándola del codo para ayudarla a levantarse—. Lo siento de verdad. ¿Puedes caminar o quieres que te lleve?

—Puedo caminar. —Su voz es débil, aguda por la ansiedad. Dejo caer la mano al darme cuenta de que se siente molesta cuando la toco—. Estoy bien.

Es obvio que es mentira, pero no se lo recrimino. Acompaso mi ritmo al suyo y la conduzco hacia el coche.

UNA HORA DESPUÉS DE REGRESAR A LA MANSIÓN DE Esguerra, mi jefe baja al salón, donde estoy esperándole para informarle sobre la situación.

—¿Dónde está Rosa? —pregunta. Su voz tranquila no deja traslucir nada de la agonía hueca que veo en su mirada. Está separando vida privada y personal para hacer frente a lo que ha sucedido, eligiendo centrarse en lo que se necesita hacer en lugar de detenerse en lo que no se puede arreglar.

—Está dormida —le respondo, levantándome del sofá—. Le di Ambien y me aseguré de que se duchara.

—Bien. Gracias. —Esguerra cruza la habitación hasta pararse frente a mí—. Ahora cuéntamelo todo.

—El equipo de limpieza se ha hecho cargo del cuerpo y ha capturado al chico que Nora dejó inconsciente en el pasillo —le digo—. Lo tienen en un almacén que he alquilado en el South Side.

—Bien. ¿Qué pasa con el coche blanco?

—Los hombres pudieron seguirlo hasta uno de los rascacielos residenciales del centro. En ese momento, desapareció en el aparcamiento y decidieron dejar de perseguirlo. Ya he rastreado el número de matrícula.

—¿Y?

—Y parece que podríamos tener un problema —le digo—. ¿El nombre de Patrick Sullivan significa algo para ti?

Esguerra frunce el ceño.

—Me suena, pero no lo ubico.

—Los Sullivan son dueños de la mitad de esta ciudad —le digo, contándole lo que acabo de averiguar sobre nuestro nuevo enemigo—. Prostitución, drogas, armas: están involucrados en todo lo que se te ocurra. Patrick Sullivan es el cabeza de familia y tiene en el bolsillo a casi todos los políticos locales y al jefe de policía.

—Ah. —Por la cara de Esguerra, parece que lo reconoce—. ¿Qué tiene que ver Patrick Sullivan con esto?

—Tiene dos hijos —le explico—. O, mejor dicho, tenía dos hijos. Brian y Sean. Brian está actualmente disolviéndose en sosa cáustica en el almacén alquilado y Sean es el propietario del deportivo blanco.

—Ya veo —dice Esguerra y sé que está pensando lo mismo que yo.

La conexión entre los violadores complica las cosas,

pero también explica por qué atacaron a Rosa en un lugar público. Están acostumbrados a que el mafioso de su padre los saque de problemas y nunca se les ocurrió que se podrían cruzar con alguien igual de peligroso.

—Además —digo mientras Esguerra lo digiere todo —, el chico al que hemos atado en ese almacén es su primo de diecisiete años, sobrino de Sullivan. Su nombre es Jimmy. Al parecer, él y los dos hermanos están muy unidos. O estaban, debería decir.

Los ojos azules de Esguerra se empequeñecen.

—¿Tienen alguna idea de quiénes somos? ¿Podrían haber escogido a Rosa para llegar hasta mí?

—No, no lo creo. —Una nueva ola de ira hace que se me contraiga la mandíbula—. Los hermanos Sullivan tienen una historia desagradable con las mujeres. Drogas para violarlas, asalto sexual, pandillas de chicas de hermandades… La lista sigue y sigue. Si no fuera por su padre, en este momento estarían pudriéndose en la cárcel.

—Ya veo. —La boca de Esguerra se tuerce con frialdad—. Bueno, para cuando hayamos terminado con ellos, desearían estarlo.

Asiento. En el momento en que descubrí lo de Patrick Sullivan, supe que iríamos a la guerra.

—¿Debo organizar un equipo de ataque? —pregunto, sintiendo una expectación familiar. No he estado en una buena batalla desde hace tiempo.

—No, todavía no —dice Esguerra. Se da la vuelta y se acerca a la ventana. No sé qué está mirando, pero permanece en silencio durante más de un minuto antes de volverse para mirarme.

—Quiero que llevéis a Nora y a sus padres a la finca antes de hacer nada —dice, y veo la dura determinación en su rostro—. Sean Sullivan tendrá que esperar. Por ahora, nos centraremos en el sobrino.

—Está bien. —Inclino la cabeza—. Voy a empezar a organizarlo todo.

 ulia

LA PRIMERA NOCHE EN EL PISO FRANCO DUERMO A RATOS, despertándome cada dos horas por las pesadillas. No recuerdo los detalles exactos de los sueños, pero sé que Lucas está en ellos y mi hermano también. Veo las escenas borrosas en la mente, pero recuerdo fragmentos en los que intervienen trenes, lagartos, disparos y, debajo de todo eso, el delicado aroma de las lilas.

Alrededor de las cinco de la mañana, dejo de intentar volver a dormirme. Me levanto, me pongo una bata y entro en la cocina para prepararme un té. Obenko está allí leyendo un periódico y, cuando entro, mira hacia arriba con los ojos color avellana, penetrantes y despejados a pesar de lo temprano que es.

—¿Afectada por el desfase horario? —pregunta y yo asiento. Es una buena explicación para mi estado.

—¿Quieres un poco de té? —Le ofrezco, echo agua en una tetera y la pongo al fuego.

—No, gracias. —Me estudia y me pregunto qué estará viendo. ¿Una traidora? ¿Un fracaso? ¿Alguien que ahora es más una carga que un agente? Solía importarme lo que mi jefe pensaba, anhelaba su aprobación como anhelé una vez la de mis padres, pero, en este momento, no siento ningún interés por su opinión.

Solo hay una cosa que me importa esta mañana.

—Mi hermano… —le digo, sentándome después de prepararme una taza de Earl Grey—. ¿Cómo está? ¿Dónde está la familia de tu hermana ahora mismo?

—Están a salvo. —Obenko dobla el periódico—. Los hemos trasladado a una ubicación diferente.

—¿Tienes algunas fotos nuevas para mí? —le pregunto, tratando de no sonar demasiado ansiosa.

—No. —Obenko suspira—. Pensamos que habías muerto y, cuando nos contactaste, me temo que hacer fotos no era nuestra principal prioridad.

Tomo un sorbo de té para ocultar la decepción.

—Entiendo.

Obenko deja escapar otro suspiro.

—Yulia… Han pasado once años. Tienes que olvidarte de Misha. Tu hermano tiene una vida que no te concierne.

—Lo sé, pero no creo que algunas fotos de vez en cuando sea pedir demasiado. —Mi tono es más agudo de lo que pretendía—. No es que esté pidiendo verlo… —Hago una pausa mientras la idea se apodera de mí—. Bueno, en realidad, ya que no tienes las fotos, a lo mejor puedo verlo desde la distancia —le digo, mi pulso se acelera por la emoción—. Podría usar prismáticos o un telescopio. Él nunca se enteraría.

La mirada de Obenko se endurece.

—Ya hemos hablado de esto, Yulia. Sabes por qué no puedes verlo.

—Porque intensificaría mi apego irracional —le digo, repitiendo sus palabras—. Sí, sé que dijiste eso, pero no estoy de acuerdo. Pude haber muerto en esa prisión rusa o haber sido torturada por Esguerra hasta morir. Que esté sentada aquí hoy…

—No tiene nada que ver con Misha y el acuerdo al que llegamos hace once años —dice Obenko—. La jodiste en este encargo. Por tu culpa, tu hermano ha tenido que ser desplazado, obligado a cambiar de escuela y renunciar a sus amigos. No tienes derecho a pedir nada ahora mismo.

Aprieto la taza de té con los dedos.

—No estoy exigiendo nada —digo con voz uniforme—. Estoy preguntando. Sé que mi error ha llevado a esta situación y lo siento. Pero no veo por qué eso es relevante para el asunto en cuestión. Pasé seis años en Moscú haciendo exactamente lo que querías que hiciera. Te envié mucha información valiosa. Lo único que quiero a cambio es ver a mi hermano desde la distancia. No me acercaría a él, no le hablaría, solo lo miraría. ¿Dónde está el problema?

Obenko se levanta.

—Bébete el té, Yulia —dice, ignorando mi pregunta—. Tendremos otro interrogatorio a las once.

Lucas

ME HE PASADO LA NOCHE COORDINÁNDOME CON EL equipo de limpieza y preparando nuestra partida. Si hay algún aspecto positivo de esto, es que nos vamos pronto a casa y que podré atrapar a Yulia sin distracciones.

Aunque, primero necesito encargarme de esta situación.

Empiezo por hacerle el desayuno a Rosa, quien no ha salido de la habitación esta mañana. Al principio, tengo la tentación de prepararle un simple bocadillo, pero, luego, decido probar mis habilidades culinarias con una de las tortillas que le he visto hacer a Yulia. Me lleva dos intentos, pero logro hacer algo que se parece a una de sus deliciosas creaciones. Después de probar un bocado, antes de poner la mitad de la tortilla en un plato para Rosa, concluyo que tampoco sabe tan mal.

Sostengo el plato con una mano y llamo a la puerta de la habitación de Rosa. Tras unos segundos, escucho pasos y se abre la puerta. Está vestida con una camiseta larga y sin forma y, para mi alivio, no tiene los ojos húmedos, aunque el cardenal en la cara tiene peor pinta aún.

—Hola —digo, forzando una sonrisa—. He hecho una tortilla. ¿Quieres un poco?

La criada parpadea; parece sorprendida.

—Oh... Claro, gracias. —Acepta el plato y lo mira—. Parece delicioso, gracias, Lucas.

—De nada. —Estudio sus heridas y se me contrae el estómago al mirarlas—. ¿Cómo te encuentras?

Rosa se ruboriza y mira hacia otro lado.

—Estoy bien.

—Vale. —Noto que no quiere compañía, así que le digo—: Si necesitas algo, solo tienes que avisarme. —Y vuelvo a la cocina.

Necesito desayunar antes de abordar la siguiente tarea.

Para cuando Esguerra sale de la casa, todo está preparado.

—He traído al primo —le digo cuando llega al camino de entrada—. Supuse que tal vez hoy no querrías ir hasta Chicago.

—Excelente. —Los ojos de Esguerra se iluminan con un brillo oscuro—. ¿Dónde está?

—En aquella furgoneta de allí. —Señalo la furgoneta negra aparcada detrás de los árboles más alejados de los vecinos.

Caminamos juntos hacia ella y Esguerra pregunta:

—¿Ya nos ha dado algo de información?

—Nos dio códigos de acceso al aparcamiento de su primo y a los ascensores de los edificios —le digo—. No fue difícil hacerle hablar. Pensé en dejarte hacer el resto del interrogatorio, por si querías hablar con él en persona.

—Bien pensado. Sí, lo haré. —Al acercarse a la furgoneta, Esguerra abre las puertas traseras y mira hacia la oscuridad del interior.

Sé lo que está viendo: un adolescente flaco, amordazado y con los tobillos atados a las muñecas detrás de la espalda. Es el tercer tipo, al que Nora dejó inconsciente ayer en el club. Ya he ordenado a un par de guardias que le den una paliza y, ahora, está listo para Esguerra.

Mi jefe no pierde el tiempo. Se sube a la camioneta, se da la vuelta y pregunta:

—¿Están las paredes insonorizadas?

Asiento.

—En un noventa por ciento. —El interior de la

camioneta huele a orina y a sudor y sé que estos olores pronto serán enmascarados por el hedor a sangre.

—Bien —dice Esguerra—. Eso debería ser suficiente.

Cierra las puertas de la camioneta, encerrándose con el chico y, un minuto después, el sonido de las súplicas y los gritos de la víctima llenan el aire. Desconecto del tema y dejo que Esguerra se divierta mientras leo la última noticia de Diego y Eduardo. Han encontrado el registro del aterrizaje de un avión privado en Kiev, por lo que Yulia definitivamente está fuera de Colombia.

Envío los hallazgos de Diego a los piratas informáticos y, cuando Esguerra acaba su tarea, envuelvo el cuerpo del adolescente en una lámina de plástico y aviso al equipo de limpieza para que entre.

MEDIA HORA MÁS TARDE, REGRESO A CASA Y MI teléfono vibra por otro mensaje de Esguerra.

«Tenemos novedades. Debemos acelerar la partida».

Se me pone la adrenalina por las nubes. Al entrar en casa, intercepto a Esguerra en el pasillo.

—¿Qué ha pasado?

—Frank, nuestro contacto de la CIA, me ha enviado un correo electrónico —dice, apartándose el pelo mojado. Debe haberse dado una ducha para deshacerse de la sangre del chico de Sullivan—. Un boceto de

Nora, Rosa y mío está circulando por la oficina local del FBI. Debe habérselo proporcionado el hermano Sullivan que se escapó en ese deportivo blanco. Supongo que no pasará mucho tiempo antes de que los Sullivan descubran quiénes somos y, teniendo en cuenta lo que le hice al otro hermano Sullivan en la discoteca y al primo hace un rato... —No termina la frase, pero no hace falta.

Esguerra y yo sabemos que Patrick Sullivan vendrá buscando venganza.

—Enviaré a Thomas a que prepare el avión —le digo—. ¿Crees que los padres de Nora estarán listos para irse durante la próxima hora?

—Tendrán que estarlo —dice Esguerra—. Quiero que ellos y las mujeres se vayan antes de que hagamos nada.

—¿Cuántos guardias enviarás en el avión?

—Cuatro, por si acaso —dice Esguerra después de un momento de reflexión—. El resto puede quedarse para formar parte de nuestro equipo de ataque.

—De acuerdo. Voy a decírselo a los demás y me aseguraré de que Rosa esté lista para irse.

Llegamos a casa de los suegros de Esguerra todos juntos, nuestra limusina seguida de siete vehículos utilitarios blindados que transportan a veintitrés guardias. Los vecinos nos miran boquiabiertos y siento una punzada de diversión al imaginarme la situación de los padres de Nora intentando dar explicaciones a sus conocidos del barrio. Estoy seguro de que la buena gente de Oak Lawn ha escuchado rumores sobre el esposo traficante de armas de Nora, pero una cosa es escuchar y otra, ver.

Como era de esperar, los padres aún no están listos, por lo que Esguerra y su esposa van a buscarlos. Rosa se queda en el coche tras decirle a Nora que no quiere molestar.

Cuando estamos solos, me doy la vuelta y miro a Rosa a través de la ventana divisoria de la limusina.

—¿Quieres que ponga algo de música? —pregunto, pero niega con la cabeza. No habla, solo observa el exterior y estoy seguro de que está pensando en lo que pasó ayer.

Sin querer incomodarla, cierro la ventana y aprovecho el tiempo para revisar el asunto del avión. Thomas me asegura que está listo, así que compruebo mis armas: una M16 colgada del pecho y una Glock 26 atada a la pierna. Me gustaría estar mejor armado, pero me toca conducir. Afortunadamente, Esguerra tiene todo un arsenal en la parte posterior, debajo de uno de los asientos. Espero que no lo necesitemos, pero estamos preparados por si acaso hace falta.

Unos cuarenta minutos más tarde, Esguerra sale de la casa, cargando una enorme maleta. Lo sigue el padre de Nora con otra maleta y, finalmente, Nora y su madre.

Aunque hay un montón de espacio en la parte de

atrás, Rosa viene a sentarse conmigo de copiloto y me explica que quiere darles más espacio a los cuatro.

—No te importa, ¿verdad? —pregunta ella, mirándome, y le muestro una sonrisa tranquilizadora.

—No, por favor, siéntate. —Cierro la ventana de la limusina otra vez, separándonos de la cabina principal, y enciendo el motor—. ¿Cómo estás?

—Bien. —Su voz suena tranquila y firme. No la presiono para que me cuente más y conduzco en un cómodo silencio durante un rato. Cuando salimos de la autopista interestatal por una carretera de dos carriles, Rosa habla de nuevo.

—Lucas —dice en voz baja—, me gustaría pedirte un favor.

Sorprendido, la miro antes de dirigir la atención de nuevo a la carretera.

—¿De qué se trata?

—Si alguna vez se da la oportunidad… —Se le quiebra la voz—. Si alguna vez los atrapas, quiero estar allí. ¿Vale? Solo quiero estar allí.

No lo explica, pero la entiendo.

—Trato hecho —le prometo—. Me aseguraré de que veas cómo se hace justicia.

—Gracias… —comienza a decir, pero, en ese momento, vislumbro un movimiento en el espejo lateral y se me acelera el pulso.

En la estrecha carretera detrás de nuestros deportivos hay una gran cantidad de coches que nos están alcanzando a toda velocidad.

Piso el acelerador impulsado por una oleada de

adrenalina. La limusina se mueve hacia delante, acelerando a un ritmo de locura, y bajo la ventana divisoria para encontrarme con la mirada de Esguerra en el espejo retrovisor.

—Nos están siguiendo —digo secamente—. Los tenemos encima y vienen a por todas.

Yulia

—*BAYU-BAYUSHKI-BAYU, NE LOZHISYA NA KRAYU…* —MI madre me está cantando una nana rusa con voz suave y dulce mientras me acurruco aún más en la manta— *Pridyot seren'kiy volchok, i ukusit za bochok…*

Su canto está desafinado y la letra es sobre un lobo gris que me morderá el costado si me tumbo demasiado cerca del borde de la cama, pero la melodía es cálida y reconfortante, como la sonrisa de mi madre. Me deleito con ella, disfrutándola tanto tiempo como puedo, pero, con cada palabra, la voz de mi madre va desvaneciéndose y haciéndose más suave, hasta que solo queda silencio.

Silencio y una oscuridad fría y vacía.

—No te vayas, mamá —susurro—. Quédate en casa, no vayas donde el abuelo esta noche. Por favor, quédate en casa.

Pero no hay ninguna respuesta. Nunca hay una respuesta. Solo hay oscuridad y el sonido de Misha llorando. Tiene fiebre y quiere que vengan nuestros padres. Lo cojo y lo mezo hacia delante y hacia atrás, hundiéndome en un mar de oscuridad por la robustez de su cuerpo de bebé.

—Está bien, Mishen'ka. Está bien. Todo estará bien. Cuidaré de ti. Estaremos bien, lo prometo.

Pero no para de llorar. Llora durante toda la noche. Sus gritos se vuelven histéricos cuando, por la mañana, la directora viene a por él y sé que ella le ha hecho algo. Le vi los moretones en las piernas cuando salió de su oficina la tarde anterior. Le ha hecho daño de alguna manera, traumatizándolo. No ha parado de llorar desde entonces.

—No, no se lo lleve.

Forcejeo para coger a Misha, pero lo aparta de mí, llevándose a mi hermano con ella. La persigo, pero dos chicos mayores me bloquean el paso, formando un muro humano delante de mí.

—No lo hagas —dice uno de los chicos—. No servirá de nada.

Sus ojos son completamente negros, como la oscuridad a mi alrededor y siento que doy vueltas. Estoy perdida, tan perdida en la oscuridad…

—Tengo una proposición para ti, Yulia. —Un

hombre con traje me sonríe con ojos color avellana fríos y calculadores—. Un trato, si quieres. No eres demasiado pequeña para hacer un trato ¿no?

Levanto la barbilla, encontrándome con esos ojos.

—Tengo once años. Puedo hacer cualquier cosa.

—*Bayu-bayushki-bayu, ne lozhisya na krayu...*

—Es culpa tuya, perra. —Unas manos crueles me agarran, hundiéndome en la oscuridad—. Todo es culpa tuya.

—*Pridyot seren'kiv volchok, i ukusit za bochok...*

La melodía se desvanece de nuevo y estoy llorando, llorando y peleando mientras me hundo aún más en la oscuridad.

—Háblame del programa.

Me cogen unos brazos fuertes, aprisionándome contra un musculoso cuerpo varonil. Sé que debería estar aterrada, pero, cuando miro hacia arriba y me encuentro con la mirada pálida del hombre, me inunda el calor. Su cara es dura, cada rasgo parece tallado en piedra, pero sus ojos azul grisáceo encierran el tipo de calidez que no he sentido en años. En ellos, hay una promesa de seguridad y algo más.

Algo que deseo con toda mi alma.

—Lucas... —Estoy llena de desesperación cuando estiro los brazos hacia él—. Por favor, fóllame. Por favor.

Entra en mí, abriéndome, penetrándome con la polla gruesa y su calor desvanece mi persistente frío. Estoy ardiendo y no es suficiente. Necesito más.

—Te quiero —susurro mientras le clavo las uñas en la espalda musculosa—. Te quiero, Lucas.

—Yulia. —Su voz es fría y distante cuando dice mi nombre—. Yulia, es la hora.

—Por favor —le ruego, buscando a Lucas, pero ya ha desaparecido—. Por favor, no te vayas. Quédate conmigo.

—Yulia. —Una mano se me posa en el hombro—. Despierta.

Jadeando, me siento en la cama y me quedo mirando los ojos color avellana de Obenko. Siento los latidos del corazón en la garganta y estoy cubierta por una fina capa de sudor. Giro la cabeza y veo ante mí el papel de la pared despegándose y la luz gris que entra por una ventana sucia. No hay ningún Lucas aquí, nadie para cogerme en la oscuridad.

Estoy en la habitación del piso franco, donde debo haberme quedado dormida antes del interrogatorio.

—¿Estaba...? ¿He dicho algo? —pregunto, intentando mantener la respiración temblorosa bajo control.

El sueño ya se está desvaneciendo de mi memoria, pero los fragmentos que recuerdo son suficientes para que se me forme un nudo en el interior.

—No. —La cara de Obenko no muestra ninguna expresión—. ¿Deberías?

—No, claro que no. —Mi pulso frenético empieza a ralentizarse—. Dame un minuto para refrescarme y salgo enseguida.

—De acuerdo.

Obenko se marcha de la habitación y estrecho la manta contra mí, desesperada por encontrar un poco de consuelo.

L ucas

EN EL MOMENTO EN QUE COMIENZA EL TIROTEO, MIRO al espejo retrovisor y veo a nuestros guardias en los SUV disparando a los vehículos que nos persiguen. Una bala roza un lateral de nuestro coche y viro con brusquedad, haciendo que la limusina sea un objetivo más difícil. En la parte trasera, los padres de Nora gritan por el pánico y Esguerra salta del asiento para coger su arsenal de armas.

«Joder». Aprieto el volante con las manos. Esto no debería estar pasando, no mientras tenemos a civiles con nosotros. Esguerra y yo podemos manejar esto, pero Rosa y Nora no y, desde luego, los padres de Nora tampoco. Si algo les pasara... Piso más fuerte el acelerador, pasando el velocímetro a 160 kilómetros por hora.

Más disparos. Por el espejo retrovisor, veo a nuestros hombres envueltos en un intercambio de tiros con los perseguidores. Detrás de nosotros, uno de los coches de Sullivan choca con uno de los nuestros, intentando sacarlo de la carretera y hay otro tiroteo antes de que el SUV de los perseguidores se salga de la carretera y se dé la vuelta.

Otro coche alcanza uno de nuestros SUV, estrellándose contra un lateral. Detrás de él, hay al menos una docena de vehículos: un conjunto de SUV, furgonetas y Hummers con lanzadores de granadas colocados en el techo.

No, no es una docena.

Tienen unos quince o dieciséis mientras que nosotros solo tenemos ocho.

«Hostia puta». Aprieto el acelerador otra vez y el velocímetro sube a 180 kilómetros. Necesitamos ir más rápido, pero la carrocería de la limusina es demasiado pesada. Está construida para proteger, no para correr.

Uno de nuestros SUV sale volando y salta por los aires. La explosión es ensordecedora, pero la ignoro, centrando toda la atención en la carretera que tengo ante mí. No puedo pensar en los hombres que hemos perdido y sus familias.

Si queremos sobrevivir, no puedo permitirme esa distracción.

—Lucas. —Rosa parece presa del pánico—. Lucas, eso es…

—Un bloqueo policial, sí.

Tengo que levantar la voz para que me oiga sobre el ruido del tiroteo y las explosiones. Hay cuatro coches de policía bloqueándonos el camino, rodeados por el equipo del SWAT. Están aquí por nosotros, lo que significa que deben estar del lado de Sullivan.

En la parte trasera, Julian le grita algo a Nora y, por el espejo retrovisor, le veo tirando de los chalecos antibalas y sujetando el lanzador de granadas.

—Tenemos que pasar a través de ellos —grito, manteniendo el pie en el acelerador.

Estamos a segundos de distancia, acercándonos al bloqueo a toda velocidad. Dirijo la limusina a un espacio estrecho entre dos coches de policía. En este caso, el gran peso de la carrocería de la limusina es una ventaja.

—¡Aguanta! —le grito a Rosa y, un segundo después, nos estamos chocando con los coches antes de que el impacto de la colisión me lance hacia delante.

Siento que se me incrusta el cinturón, oigo las balas del equipo del SWAT rebotando en los laterales y en las ventanas de nuestro coche y, después, hemos pasado. La limusina se apresura hacia delante mientras, detrás de nosotros, dos coches más chocan y explotan.

«Son coches de Sullivan», determino con alivio un momento después. Por lo que puedo ver en el espejo retrovisor de un lateral, nuestros SUV aún siguen intactos. Junto a mí, Rosa está blanca por el miedo, pero no parece herida.

Antes de que pueda recuperar el aliento, oigo un

«bum» ensordecedor y veo el coche de policía volar y explotar por los aires. Aterriza sobre uno de los lados, ardiendo, y uno de los Hummers de Sullivan choca con él. Hay otra explosión antes de que una de sus furgonetas se salga de la carretera. Sonrío con fiereza mientras capto la imagen de Esguerra de pie en medio de la limusina con la cabeza y los hombros sobresaliendo por la abertura del techo.

Mi jefe debe estar usando el lanzador de granadas de nuestro arsenal.

Suena otro «bum» explosivo cuando realiza el siguiente lanzamiento, pero ningún vehículo de nuestros enemigos cae bocarriba esta vez. En su lugar, uno de los Hummers se desvía, embistiendo a uno de nuestros SUV y veo el coche de los guardias girar, rodando fuera de la carretera.

«Mierda». Mi júbilo desaparece. Esguerra ya puede apuntar bien a su objetivo o estamos jodidos.

Como si estuviera respondiendo a mis pensamientos, hay otro «bum», seguido de una furgoneta de Sullivan explotando detrás de nosotros. Dos de sus SUV chocan con ella, pero mi satisfacción dura poco cuando oigo el golpeteo de las balas en el lateral de nuestro coche. Maldiciendo, sujeto con fuerza el volante y empiezo a zigzaguear de lado a lado.

A diferencia de la limusina, la cabeza de Esguerra no es a pruebas de balas.

—Vamos, Esguerra —murmuro, apretando el volante—. Dispárales, joder.

«¡Bum!» Otro SUV de Sullivan explota, llevándose por delante al que va detrás en el proceso.

—Lo está haciendo —dice Rosa con voz temblorosa—. Ya solo les quedan seis coches.

Echo un vistazo por el espejo y verifico que tiene razón. Seis vehículos del enemigo contra cinco de los nuestros.

Quizás todavía lo consigamos.

De repente, veo un destello de fuego por el espejo. Dos de nuestros SUV vuelan por el aire y me doy cuenta de que los Hummers los han eliminado. «Joder. Joder, joder, joder».

—Vamos, Esguerra. —Los nudillos se me vuelven blancos sobre el volante—. Hazlo, hostia.

«¡Bum!» Uno de los Hummers vira fuera de la carretera mientras le sale humo del capó.

—¡El señor Esguerra lo ha hecho! —La voz de Rosa rebosa alegría histérica— ¡Lucas, lo ha conseguido!

No tengo oportunidad de responder antes de que uno de los coches enemigos se desvíe bruscamente y golpee contra otro. Nuestros hombres deben haber disparado al conductor.

—Solo quedan tres, Lucas. ¡Solo tres!

Rosa está pegando saltos en el asiento y me doy cuenta de que tiene un subidón de adrenalina. Pasado cierto punto, uno deja de sentir miedo y todo se convierte en un juego, una carrera como ninguna otra. Es lo que hace que el peligro sea tan adictivo. Al menos, para mí.

Me siento más vivo cuando estoy cerca de la muerte.

Aunque reparo con un sobresalto en que eso ya no es cierto. Hoy no hay entusiasmo, está opacado por la preocupación por los civiles y la rabia por la muerte de nuestros hombres. En lugar de excitación, solo siento una severa determinación por vivir.

Vivir para poder atrapar a Yulia y sentirme vivo de una forma totalmente diferente.

—Lucas. —Rosa parece tensa de repente—. Lucas, ¿estás viendo eso?

—¿El qué? —digo, pero, luego, escucho un sonido, el rugido tenue pero inequívoco de las hélices de un helicóptero.

—Es un helicóptero de la policía —dice Rosa con voz temblorosa otra vez—. Lucas, ¿por qué hay un helicóptero?

Presiono el acelerador hasta el fondo en lugar de contestarle. Solo hay dos posibilidades: o las autoridades han escuchado lo que está pasando o hay más policías corruptos. Apostaría a que es la última, lo que significa que estamos más que jodidos. Según mis cálculos, a Esguerra solo le queda un tiro en el lanzador de granadas y no hay forma de que pueda derribar ese helicóptero.

—¿Qué vamos a hacer? —El pánico de Rosa es evidente— Lucas, ¿qué vamos...?

—Silencio.

Piso a fondo el acelerador, concentrándome en la estructura que aparece ante nosotros. Casi estamos en el aeropuerto privado y, si podemos entrar, aún tenemos una oportunidad.

—¡Me dirijo hacia el hangar! —le grito a Esguerra y giro con brusquedad a la derecha en dirección a la estructura.

Al mismo tiempo, piso hasta el fondo el acelerador, llevando a la limusina al límite. Vamos casi disparados hacia el hangar, pero el sonido del helicóptero se está volviendo inexorablemente alto.

«¡Bum!» Me zumban los oídos por una explosión y giro bruscamente antes de enderezar el coche y presionar el acelerador otra vez. Detrás de nosotros, uno de nuestros SUV se cierne sobre otro y colisionan con un chillido de llantas antes de salir rodando de la carretera.

—Han disparado. —Rosa parece aturdida—. Oh, Dios mío, Lucas, el helicóptero nos ha disparado.

Sacudo la cabeza, intentando deshacerme del pitido en los oídos, pero, antes de que el sonido desaparezca, hay otra explosión ensordecedora.

El Hummer detrás de nosotros se convierte en llamas, dejando dos SUV enemigos y el helicóptero.

Esguerra se prepara para el último tiro.

Antes de que pueda coger una bocanada de aire, una explosión golpea la limusina. Mi visión se oscurece y me da vueltas la cabeza, el pitido de los oídos se convierte en un silbido fuerte. Es solo gracias a décadas de entrenamiento que consigo mantener las manos en el volante y, mientras se me esclarece la visión, capto lo que Rosa está gritando.

—¡Nos han dado, Lucas! ¡Nos han dado!

Mierda, tiene razón. Hay humo saliendo de la parte trasera del coche y la ventana posterior está destrozada.

—¿Están Esguerra y su familia...? —Empiezo a decir con voz ronca, pero, luego, veo a Esguerra aparecer en el espejo retrovisor. Está cubierto de sangre, pero claramente vivo. Tras levantar a Nora del suelo, le tiende una AK-47. Detrás de ella, sus padres parecen mareados y ensangrentados, pero conscientes.

Casi estamos en el hangar, así que levanto el pie del acelerador. Puedo oír a Esguerra darle instrucciones a su esposa en la parte trasera. Quiere que coja a sus padres y corra hacia el avión tan pronto como paremos.

—Tú corre con ellos también, Rosa, ¿me oyes? —digo, sin quitar los ojos de la carretera—. Sales y corres.

—Va...vale.

Suena como si estuviese casi hiperventilando.

Pasamos a través de las puertas del hangar y piso de golpe los frenos, haciendo que la limusina se pare en seco.

—¡Corre, Rosa! —grito, desabrochándome el cinturón, Mientras se arrastra fuera del coche, salto por mi lado, cogiendo la M16.

—¡Ahora, Nora! —Esguerra grita detrás de mí, abriendo de repente la puerta del pasajero—. ¡Sal!

Por el rabillo del ojo, veo a Rosa corriendo detrás de Nora y sus padres, pero, antes de que pueda verificar que han entrado en el avión, un SUV de Sullivan derrapa dentro del edificio.

Abro fuego y Esguerra se une.

El parabrisas del SUV se rompe cuando se detiene frente a nosotros y salen hombres armados de él.

—¡Atrás! ¡Detrás de la limusina! —le grito a Esguerra, cubriendo su retirada.

Luego, él me cubre mientras le imito.

—¿Listo? —digo y él asiente.

Sincronizamos nuestros movimientos, nos asomamos uno por cada lado de la limusina y soltamos una descarga de disparos antes de agacharnos.

—Cuatro fuera —dice Esguerra, recargando su propia M16—. Creo que solo queda uno.

—Cúbreme —digo y gateo alrededor del vehículo.

Puedo sentir el sudor goteándome en los ojos cuando me deslizo sobre el estómago mientras Esguerra dispara al SUV para distraer al tío. Me lleva casi un minuto ver una oportunidad para abrir fuego contra el tirador.

Las balas le dan en el cuello, creando un géiser de sangre.

Respirando con fuerza, me pongo de pie. Después del constante caos de la pelea, el silencio es ensordecedor.

—Buen trabajo —dice Esquerra, saliendo de detrás de la limusina—. Ahora hay que ver si los hombres que quedan consiguieron...

—¡Julian! —Al otro lado del hangar, Nora agita la

AK-47 sobre la cabeza. Parece encantada— ¡Por aquí! ¡Ven, vámonos!

Una gran sonrisa ilumina el rostro de Esguerra mientras ella corre hacia él y, después, una cálida explosión ardiente me envía por los aires.

 ulia

EL SEGUNDO «INTERROGATORIO» ES INCLUSO MÁS exhaustivo que el primero. Obenko y los dos agentes quieren repasar cada conversación que tuve con Lucas y que describa cada uno de nuestros encuentros al detalle. Quieren saber cómo me tenía atada, en qué momento me dio ropa, qué tipo de comidas cociné y cuáles son sus preferencias sexuales. Al principio, coopero, pero, después de un rato, empiezo a dar evasivas. No puedo soportar que estos hombres diseccionen mi relación con el que fue mi captor. No quiero que conozcan mis sentimientos por Lucas ni mis fantasías con él. Esos momentos más tiernos entre nosotros y las cosas que me prometió; esos son solo míos.

Lo que pasó durante mi cautiverio estuvo mal y fue retorcido, pero también significó algo. Al menos, para mí.

—Yulia —dice Obenko después de que evada otra de sus preguntas—. Esto es importante. El hombre con el que pasaste dos semanas es el segundo al mando de Esguerra. Por lo que nos estás contando, parece que él, no Esguerra, es el que dirige la persecución contra nosotros. Es crucial que entendamos qué es exactamente lo que quiere y cómo piensa.

—Ya os he contado todo lo que sé. —Intento que mi voz no delate mi frustración—. ¿Qué más queréis de mí?

—¿Qué tal la verdad, Yulia Borisovna? —Mateyenko me lanza una mirada penetrante— ¿Te ha enviado Kent? ¿Trabajas ahora para él?

—¿Qué? —Abro la boca de golpe—. ¿En serio? Soy la que os advirtió del peligro. ¿Crees de verdad que traicionaría a la familia adoptiva de mi hermano?

—No lo sé, Yulia Borisovna. —La expresión de Mateyenko no cambia—. ¿Lo harías?

Me pongo de pie:

—Si trabajase para él, ¿por qué os iba a contar la información que consiguió sonsacarme? Una agente doble no os advertiría que confesó. Vendría como un héroe, no como un fracasado.

Al lado de Mateyenko, Sokov cruza los brazos.

—Eso dependería de lo inteligente que fuese el

agente doble, Yulia Borisovna. Los mejores siempre tienen una coartada.

Me giro hacia Obenko.

—¿Eso piensas tú también? ¿Qué te he traicionado?

—No, Yulia. —Mi jefe no parpadea—. Si lo pensara, ya estarías muerta. Pero sí creo que nos ocultas algo. ¿No?

—No. —Le aguanto la mirada—. Te lo he contado todo. No sé nada más que pueda ayudarnos.

Obenko aprieta los labios, pero asiente.

—De acuerdo, entonces. Hemos terminado por hoy.

Cuando Mateyenko y Sokov se van, vuelvo a mi habitación. La sien me palpita por el dolor de cabeza que me ha provocado la tensión. No tengo ninguna duda de que Obenko me ha dicho la verdad: si pensara que soy una agente doble, me habría matado.

Después de sobrevivir a la prisión rusa y a las instalaciones de Esguerra, podría haber muerto a manos de mis compañeros.

Extrañamente, el pensamiento no me disgusta demasiado. El profundo agujero que se me ha asentado en el pecho se traga todo, incluso el miedo. Ahora que estoy aquí, que he hecho todo lo posible por cerciorarme de que mi hermano está sano y salvo, mi propio destino no me suscita más que una pizca de interés. Incluso noto distante y apagado el recuerdo de la crueldad de Lucas, como si hubiese pasado hace años, en lugar de días.

Cuando estoy en mi cuarto, me tumbo y me envuelvo en la manta, pero no entro en calor.

Solo una cosa podría ahuyentar este frío y está a miles de kilómetros de aquí.

Lucas

¡RA-TA-TÁ!

El agudo crepitar de disparos atraviesa la oscuridad, haciéndome volver en mí. Siento el cerebro como si estuviera nadando en una espesa y viscosa neblina.

Con un gemido, me giro sobre el estómago, casi vomitando debido al dolor lacerante en el cráneo. ¿Dónde está Jackson? ¿Qué ha pasado? Estábamos fuera, patrullando, y, luego… «¡Mierda!».

Ignorando el zumbido en la cabeza, empiezo a gatear para alejarme del tiroteo. Me duele todo el cuerpo, las partículas de arena se me meten en los ojos y me llenan los pulmones. Me siento como si estuviese hecho de arena, mi piel lista para disolverse y volar por el fuerte viento punzante.

Más disparos; luego, un llanto de dolor.

El miedo me encoge el corazón.

—¿Jackson?

—Me han dado. —La voz de Jackson está llena de conmoción—. Ah, joder, Kent, me han dado.

—Aguanta. —Vuelvo gateando hacia el lugar del tiroteo, agarrando el rifle inútil. Me he quedado sin munición cinco minutos antes de que nos tendieran la emboscada, pero no quiero dejar el arma a los enemigos—. He llamado. Vienen a por nosotros.

Jackson tose, pero el sonido se convierte en un gorgoteo.

—Demasiado tarde, Kent. Es demasiado tarde, joder. Vete.

—Calla. —Gateo más rápido, la sombría luz de la luna ilumina un pequeño montículo al lado de nuestro Hummer volcado. La voz de Jackson viene de esa dirección, por lo que sé que es él—. Aguanta.

—No... No van a venir Kent. —Jackson respira con dificultad. La bala debe haberle atravesado los pulmones—. Roberts... Quería esto. Lo ordenó.

—¿De qué estás hablando? —Por fin lo alcanzo, pero, cuando lo toco, lo único que puedo sentir es carne húmeda y hueso fracturado. Retiro la mano—. Joder, Jackson, tienes la pierna...

—Debes... —Jackson toma aliento con un gorgoteo —. irte. Van a volar este sitio si vienen. Roberts, él... Le pillé. Le iba a delatar. No es el Talibán. Roberts lo sabía… —Suelta una tos acuosa—. Sabía que estaríamos aquí. Es cosa de él.

—Para. Vamos a superarlo. —No puedo pensar en lo que Jackson me está diciendo, no puedo procesar las consecuencias de sus palabras. Nuestro comandante no nos puede haber traicionado de esa forma. Es imposible—. Tan solo aguanta, colega.

—Demasiado tarde. —Jackson emite un jadeo parecido a un gorgoteo mientras estiro los brazos hacia él de nuevo—. Roberts…

Se ahoga y puedo sentir el líquido caliente cubriéndome las manos mientras le presiono el estómago.

—Jackson, quédate conmigo. —Me late el corazón a un ritmo enfermizo y errático. Jackson no, esto no le puede estar pasando a Jackson. Aumento la presión sobre la herida, intentando frenar el sangrado—. Vamos, colega, quédate conmigo. La ayuda llegará pronto.

—Corre —murmura Jackson de forma inaudible—. Va a matar…

Se estremece y puedo sentir el momento en el que ocurre. Su cuerpo se vuelve flácido y el hedor de los intestinos evacuados llena el aire.

—¡Jackson!

Mantengo la mano en el estómago y le alcanzo el cuello, pero no tiene pulso.

Se acabó. Mi mejor amigo está muerto.

¡Ra-ta-tá!

Los disparos han vuelto y también la niebla

pegajosa en el cerebro. Además, hace calor, mucho más calor de lo que debería hacer en el desierto de noche. El calor me consume, carcomiéndome como…

«¡Hostia puta, estoy ardiendo!».

Me tiro sobre el costado, girando y no paro hasta que el calor abrasador cesa. Mis costillas gritan de dolor y me da vueltas la cabeza, pero han desaparecido las llamas que me lamían la piel.

Jadeo, abro los ojos y miro al techo alto que hay sobre mí.

Es un techo, no el cielo de la noche.

Las sinapsis de mi cerebro finalmente se conectan y empiezo a disparar.

Afganistán fue hace ocho años.

Estoy en Chicago, no en Afganistán, y lo que sea que me ha derribado no tiene nada que ver con mi antiguo comandante.

¡Ra-ta-tá!

Giro la cabeza para ver a una pequeña figura corriendo al otro lado del hangar. Cuatro hombres con un equipo del SWAT corren detrás de ella. Mientras la observo con incredulidad, la mujer de Esguerra se gira y dispara la AK-47 contra sus perseguidores antes de meterse rápidamente detrás de uno de los aviones.

«Mierda». Tengo que ayudar a Nora. Gimiendo, giro sobre el costado. Hay escombros quemados a mi alrededor y la limusina está ardiendo. En la pared del hangar, detrás de la limusina, hay un agujero a través del cual puedo ver el helicóptero de la policía. Está posado en la hierba, con las aspas quietas.

Los secuaces de Sullivan deben de haber acabado con los guardias del último SUV que nos quedaba antes de venir a por nosotros.

Mientras lucho por ponerme de pie, veo cómo Esguerra salta dentro de la limusina que está ardiendo. Me doy cuenta aliviado de que ha sobrevivido. Peleando contra una ola de mareo, doy un paso hacia el coche, ignorando el dolor agonizante en las costillas.

Antes de llegar, Esguerra salta fuera de la limusina, sosteniendo dos pistolas y corre hacia los perseguidores de Nora. Estoy a punto de ir a ayudarle cuando veo movimiento cerca del helicóptero.

Dos hombres se están subiendo a él, con la clara intención de escapar.

Reacciono incluso antes de darme cuenta de quiénes son. Levanto el arma y los acribillo a balazos, evitando intencionadamente que los tiros les dañen órganos críticos. Cuando paro, el hangar se queda en silencio otra vez y miro hacia atrás para ver a Esguerra abrazando a Nora. Parecen no estar heridos.

Una sonrisa perversa me curva los labios cuando me giro y camino hacia los dos hombres a los que he disparado.

Es el momento de que los Sullivan paguen su deuda.

—¿ESE ES QUIÉN YO CREO QUE ES? —PREGUNTA Esguerra con voz ronca, señalando con la cabeza hacia el hombre mayor, y mi sonrisa se hace más grande.

—Sí. Patrick Sullivan en persona, junto con su hijo favorito, y el último que le queda, Sean.

He disparado a Patrick en la pierna y a su hijo en el brazo y ambos están dando vueltas en el suelo, lloriqueando por la agonía. Su dolor ayuda a suavizar en parte mi furia violenta. Estos hombres pagarán por lo que les hicieron a Rosa y a Nora y por los guardias que han matado hoy.

—Supongo que vinieron en el helicóptero para ver la acción y escabullirse en el momento adecuado —digo, sujetándome las doloridas costillas—. Pero el momento adecuado nunca llegó. Debieron averiguar quién eras y llamaron a todos los policías que les debían favores.

—¿Los hombres que hemos matado eran policías? —pregunta Nora, visiblemente temblando. Debe estar viniéndose abajo después del subidón de adrenalina— ¿Los que iban en los Hummer y los SUV también?

—A juzgar por su equipo, muchos de ellos lo eran. —Esguerra la rodea con un brazo reconfortante alrededor de la cintura—. Probablemente algunos serían corruptos, pero otros solo seguirían a ciegas órdenes de sus superiores. No tengo dudas de que les dijeron que éramos criminales muy peligrosos. Quizás incluso terroristas.

—Ah.

Nora se recuesta sobre su esposo y se le vuelve el rostro gris de repente.

—Joder —musita Esguerra, cogiéndola. La sujeta contra el pecho y dice—. La voy a llevar al avión.

Para mi sorpresa, Nora sacude la cabeza.

—No, estoy bien. Por favor, bájame.

Le empuja con tanta determinación que Esguerra le hace caso y la deja con cuidado en el suelo.

Manteniendo el brazo alrededor de la espalda, le lanza una mirada preocupada.

—¿Qué pasa, cariño?

Nora hace un gesto hacia nuestros prisioneros.

—¿Qué vas a hacer con ellos? ¿Vas a matarlos?

—Sí —Esguerra contesta sin dudarlo—. Así es.

Nora no dice nada y recuerdo la promesa que le hice a su amiga.

—Creo que Rosa debería estar aquí —propongo—. Querrá ver cómo se hace justicia.

Esguerra mira a su esposa y ella asiente.

—Tráela —contesta Esguerra y, a pesar de la gravedad de la situación, siento una punzada de alegría mientras camino hacia el avión.

La delicada esposa de Esguerra se ha aclimatado a nuestro mundo bastante bien.

Cuando llego al avión, Rosa sale a mi encuentro. Tiene la cara pálida.

—Lucas, están…

—Sí, ven.

Cogiéndola del brazo cuidadosamente, la guío hacia el hangar. Cuando salimos, veo que Patrick Sullivan se ha desmallado en el suelo, pero su hijo está aún consciente y ruega por su vida.

Le dedico una mirada a Rosa y me siento

complacido al ver que ha recuperado algo de color en las mejillas.

Se acerca a Sean Sullivan y le observa un par de segundos antes de mirarnos a mí y a Esguerra.

—¿Puedo? —pregunta, extendiendo la mano y sonrío con frialdad mientras le paso el rifle.

La mano de Rosa se mantiene firme mientras se enfrenta a su atacante.

—Hazlo —dice Esguerra y ella aprieta el gatillo.

La cara de Sean Sullivan explota, sangre y trozos de cerebro vuelan por todos lados, pero Rosa no retrocede ni aparta la vista.

Antes de que el sonido del disparo desaparezca, Esguerra da unos pasos hacia el inconsciente Patrick Sullivan y descarga una ráfaga de balas sobre el pecho del hombre más mayor.

—Hemos terminado —dice Esguerra, apartándose del cuerpo, y los cuatro volvemos al avión.

II

LA PISTA

Lucas

TRAS VOLVER DE CHICAGO ME PASO TODA LA SEMANA lidiando con las secuelas del viaje y recuperándome de las heridas. Según Goldberg, nuestro médico particular, tengo varias costillas rotas y algunas quemaduras de primer grado en la espalda y en los brazos, heridas que no son nada teniendo en cuenta la batalla a la que hemos sobrevivido.

—Eres un cabrón con suerte —dice Diego cuando, por fin, me siento con él y con Eduardo para ponerme al corriente de la situación de Yulia—. Todos esos tíos…

—Sí. —Me duelen los dientes de apretar la mandíbula durante todo el día. Las caras de nuestros hombres muertos me persiguen, como las de los escoltas que murieron en el accidente aéreo. Durante el último par de meses, hemos perdido a más de setenta personas, por lo que el estado de ánimo en las instalaciones es, como mínimo, sombrío.

Entre organizar funerales, encontrar nuevos reclutas y limpiar el desastre de Chicago, he funcionado nada más que a base de adrenalina.

—Espero que les hicieras pagar a esos hijos de puta —dice Eduardo con voz temblorosa por la ira—. Si hubiera estado allí…

—Estarías muerto, como los demás —afirmo desalentado. No estoy de humor para sucumbir a las fanfarronerías del joven guardia. Ya casi se me han curado las quemaduras, pero me siguen doliendo las costillas con cada movimiento—. Decidme qué habéis descubierto hasta ahora. ¿Habéis averiguado si alguien entró en contacto con la prisionera antes de que escapara?

Diego y Eduardo intercambian una mirada rara. Luego, Diego responde:

—Sí, pero no creo que sea ella.

Frunzo el ceño.

—¿Ella?

—Rosa Martínez, la criada de la residencia principal —contesta Eduardo, dudoso—. Ella… Bueno, la grabación del dron muestra que fue a tu casa un par de veces durante esas dos semanas.

—Ah, sí. —Suelto una carcajada sin pizca de humor —. Sentía una extraña curiosidad por Yulia. —No les voy a contar a los guardias que posiblemente se sintiera atraída por mí. La chica parece haber dejado atrás esa etapa y no creo que le guste que otros conozcan sus sentimientos.

Ya ha pasado por bastantes cosas.

—Ah, bien. Me alegro. —Diego suelta un suspiro de alivio—. Suponíamos que no sería ella, pero queríamos que lo supieras por si acaso. Es la única que vino a tu casa el martes, así que... —Se encoge de hombros.

—Espera, ¿el martes? ¿El día antes de irnos? —Avisé a Rosa de que se mantuviera alejada mucho antes y creía que me había hecho caso—. ¿Vino a mi casa el martes?

—Eso es lo que muestra la grabación —responde Eduardo con cautela—. Pero no pudo ser ella. Conozco a Rosa, estuvimos saliendo un tiempo. Ella no... No podría...

Pongo la mano en alto para acallarle.

—Estoy seguro de que no es culpa suya —digo, a pesar del nudo que se me forma en el pecho. Si Rosa vino a casa después de advertirle de que se mantuviera lejos, las cosas cambian. Mis suposiciones acerca de la chica eran erróneas—. Habéis hecho bien contándomelo —les digo a los dos guardias—. Pero me gustaría que lo mantuvierais en secreto por ahora. No queremos que nadie se forme una idea equivocada, Rosa incluida.

Si hay algo más que un amor no correspondido, no quiero que nadie la avise.

Diego y Eduardo asienten y parecen aliviados

cuando me despido de ellos. Al irse, cojo el teléfono y llamo a los hombres que enviamos a Chicago.

Los contactos de Esguerra en la CIA hicieron lo que estaba en sus manos para tapar nuestra rápida batalla, pero fue imposible ocultarla del todo y ahora los medios de comunicación de Chicago están emitiendo especulaciones acerca de una operación clandestina para arrestar a un traficante de armas peligroso. La historia del «traficante de armas» la ideó el jefe de policía, quien se había compinchado con Sullivan. El hombre utilizó la información que Sullivan había revelado sobre nosotros para inventarse la historia del traficante de armas que hacía contrabando con explosivos en Chicago. Con ese pretexto, había reunido al equipo de los SWAT para ayudar a Sullivan y les había dicho a todos que los hombres de este eran refuerzos de otra unidad. La operación se mantuvo en secreto para otros organismos policiales. Por eso, no nos avisaron del ataque con anterioridad. Así, ahora hay una cantidad ingente de trabajo que hacer. Tengo que ocuparme del jefe de policía y de cualquiera de los topos restantes de Sullivan, y los restos de su organización tienen que ser aniquilados antes de que los padres de Nora vuelvan a casa.

Por mucho que quiera abordar la traición de Rosa, tengo asuntos más urgentes que atender primero.

No tengo oportunidad de volver a pensar en Rosa

hasta que, bien entrada la noche, estoy tumbado en la cama. ¿Lo habrá hecho ella? ¿Habrá ayudado a Yulia a escapar? Si es que sí, ¿por qué? ¿Por celos o porque alguien contactó con la criada?

¿La agencia de Yulia habrá sobornado o amenazado a Rosa?

Medito sobre esa posibilidad durante unos minutos antes de decidir que es poco probable. Las instalaciones están apartadas y todos los correos electrónicos y las llamadas telefónicas con el mundo exterior están monitorizados. Las comunicaciones de Esguerra son las únicas privadas, lo que significa que no hay manera de que la UUR haya podido contactar con Rosa sin levantar sospechas en el sistema.

Lo que sea que Rosa hizo, lo hizo por cuenta propia.

El nudo en mi pecho se intensifica, la amargura de la traición se mezcla con el enfado permanente. La rabia ha sido mi compañera desde que supe de la huida de Yulia y ahora tengo un nuevo objetivo para mi furia. Si no fuera porque la criada ha pasado por un calvario, la arrastraría para interrogarla mañana mismo. Tal como está la situación, voy a darle a Rosa otra semana para que se recupere y voy a utilizar ese tiempo para vigilarla de cerca, por si estoy equivocado sobre sus motivos.

Si trabaja para alguien, voy a averiguarlo. Mientras tanto, tengo que terminar la limpieza de Chicago y localizar a Yulia, y lo tengo que hacer pronto. No tenerla me está provocando un lío en la cabeza. A pesar de trabajar hasta el agotamiento, no puedo dormir por las noches. Hay docenas de negocios urgentes que deberían ocupar mis pensamientos, pero no es la preocupación por encontrar nuevos guardias o controlar las filtraciones en los medios de comunicación lo que me mantiene despierto. No, es en ella en la que pienso cuando me tumbo en la cama.

Yulia.

Mi preciosa obsesión traicionera.

En el momento en que cierro los ojos, la veo. Sus ojos, su sonrisa, su elegancia al andar. Recuerdo su risa y sus lágrimas y la anhelo de una manera que va más allá del deseo de mi polla por su piel de seda. Por mucho que me guste follármela, también quiero abrazarla, escuchar cómo respira a mi lado y oler el cálido aroma a melocotón de su piel.

La echo de menos, joder, y la odio por eso.

¿Pensará en mí o estará muy ocupada con el hombre al que quiere? Me la imagino tumbada entre sus brazos, somnolienta y satisfecha tras el sexo, y la ira se acerca a la agonía oprimiéndome el pecho hasta que no puedo respirar. Preferiría una docena de costillas rotas o sufrir cientos de quemaduras para evitar esta sensación.

Haría lo que fuera para que regresara conmigo.

«Te quiero. Soy tuya.»

Hija de puta.

Me giro hacia la lámpara de noche y me siento, doblándome por el dolor en las costillas. Tras levantarme, camino hacia la biblioteca y cojo un libro al azar.

Solo al volver a la cama me doy cuenta de que el libro que he cogido ha sido el último que vi a Yulia leer.

La presión en el pecho regresa.

Tengo que traerla de vuelta.

Simplemente, tengo que hacerlo.

 *ulia*

—Tengo un nuevo trabajo para ti —dice Obenko, caminando hacia la cocina del piso franco.

Sobresaltada, levanto la vista de mi plato de gachas de sémola de trigo.

—¿Un trabajo?

Durante la última semana, mi jefe ha estado ocupado borrando de la red todas las huellas de la existencia de la UUR y reasignando a los agentes clave en operaciones de bajo perfil siempre que ha sido posible. Además, ha estado cautelosamente ignorándome. Por eso, me ha sorprendido verle aquí esta mañana.

Obenko se sienta a la mesa frente a mí.

—En Estambul —contesta—. Como ya sabes, la situación con Turquía y Rusia comienza a caldearse y necesitamos a alguien en el terreno.

Me tomo otra cucharada de gachas para darme tiempo a pensar.

—¿Qué quieres que haga en Estambul? —le pregunto tras tragar. No tengo hambre, no la he tenido en toda la semana, pero me obligo a comer para mantener las apariencias.

No quiero que Obenko sepa lo apática que me encuentro y especule acerca de la causa de mi malestar.

—Tu trabajo es acercarte a un importante oficial turco. Para eso, te matricularás en la Universidad de Estambul como estudiante de posgrado de un programa de intercambio con los Estados Unidos. Ya te hemos preparado todos los documentos. —Obenko desliza una carpeta gruesa hacia mí—. Tu nombre es Mary Becker, y eres de Washington D. C. Estás estudiando un máster de Ciencias Políticas en la Universidad de Maryland y, aunque cursaste el grado de Economía, te especializaste en el Oriente Próximo, de ahí tu interés por el programa de intercambio en Turquía.

Las gachas se convierten en una roca en mi estómago.

—¿Otra interpretación de larga duración?

—Sí. —Me dedica una mirada seria—. ¿Algún problema?

—No, claro que no. —Hago lo posible por parecer

despreocupada—. Pero ¿y mi hermano? Me dijiste que me darías las fotos.

La boca de Obenko se convierte en una fina línea.

—Están también en esa carpeta. Échale un vistazo y dime si tienes alguna pregunta.

Se levanta y sale de la cocina para hacer una llamada. Abro la carpeta con manos temblorosas. Intento no pensar en lo que este trabajo supondrá, pero no puedo evitarlo. Se me obstruye la garganta y se me revuelven las tripas por las náuseas.

«Ahora no, Yulia. Céntrate solo en Misha.»

Ignoro los papeles del archivo y encuentro las fotos unidas con un clip a la parte trasera de la carpeta. Son de mi hermano, reconozco el color del pelo y la inclinación de su cabeza. Las fotos han sido claramente tomadas con prisa; el fotógrafo le ha sacado casi siempre de lado y de espaldas. Solo hay una imagen en la que se le ve la cara. En ella, Misha frunce el ceño y su rostro juvenil parece extrañamente maduro. ¿Está preocupado porque tengan que reubicar a su familia o hay algo más en su tensa expresión?

Examino las fotos durante unos minutos. Me duele el corazón. Entonces me obligo a dejarlas a un lado para poder estudiar mi misión.

Ahmet Demir, miembro del parlamento turco, tiene cuarenta y siete años y es conocido por su debilidad por las mujeres rubias americanas. Hablando objetivamente, no está mal de físico: un poco calvo, un poco gordo, pero con características simétricas y una sonrisa carismática. Mirar su foto no debería provocarme náuseas, pero así es como me siento al pensar en acercarme a él.

No me imagino acostándome con este hombre o con cualquier otro que no sea Lucas.

Me siento cada vez peor, por lo que dejo a un lado los papeles y respiro profundamente varias veces. La última vez que sentí un temor tan grande fue en mi primera misión, cuando me daba miedo que un hombre me tocara tras el ataque de Kirill. Fue una fobia que tuve que combatir para hacer mi trabajo y ahora estoy decidida a superar lo que sea que esté sintiendo.

«Por Misha», me digo a mí misma, cogiendo sus fotos de nuevo. «Lo hago por Misha». Pero esta vez esas palabras suenan huecas en mi mente. Mi hermano ya no es un crío, ya no es un niño pequeño indefenso del que han abusado en un orfanato. La cara de la foto es la de un hombre joven, no la de un chico. Por mi culpa, ya ha visto su vida perturbada. No sé cuál es la razón que le habrán dado sus padres adoptivos para que tengan que cambiar de identidad, pero no me cabe duda de que está estresado y preocupado. La vida desenfadada y estable que quería para él ya no es una posibilidad y, a pesar de la negra culpa que se arrastra por mi pecho, soy consciente del sentimiento de alivio.

Lo que temía que ocurriera ya ha pasado y no puedo deshacerlo.

Por primera vez, me planteo qué ocurriría si dejara la UUR, si simplemente me fuera. ¿Me dejarían ir o me matarían? Si desapareciera, ¿la hermana de Obenko y su marido seguirían tratando bien a mi hermano? No me puedo imaginar que no lo hicieran; lleva siendo su hijo adoptivo desde que tenía once años. Solo unos monstruos se desharían de él y, según todos los indicios, los padres adoptivos de Misha son personas decentes.

Quieren a Misha y no le harían daño.

Cojo los documentos de la carpeta y los estudio. Parecen auténticos: un pasaporte, un carné de conducir, un certificado de nacimiento y una tarjeta de la seguridad social. Si acepto este encargo, comenzaré de nuevo como Mary Becker, una estudiante de posgrado americana. Viviré en Estambul, iré a clase y, finalmente, me convertiré en la novia de Ahmet Demir. Mi paréntesis con Lucas Kent se desvanecerá en el pasado y pasaré página.

Sobreviviré, como siempre.

—¿Tienes alguna duda? —pregunta Obenko y levanto la vista para verle regresar a la cocina—. ¿Has tenido oportunidad de mirar el archivo?

—Sí. —Tengo la voz ronca, por lo que tengo que carraspear antes de continuar—. Necesitaré repasar un par de temas antes de irme a Estambul.

—Claro —responde—. Tienes una semana antes de empezar el semestre de verano. Te sugiero que te pongas manos a la obra.

Sale de la cocina, y yo cojo el plato medio lleno con manos temblorosas. Lo llevo hasta la basura, vierto los restos del desayuno, lavo el plato y me dirijo a mi habitación con la silueta de un plan formándose en mi cabeza.

Por primera vez en la vida, puedo decidir sobre mi futuro y pretendo agarrar la oportunidad con ambas manos.

DURANTE LA SEMANA SIGUIENTE, APRENDO LO BÁSICO del lenguaje y la cultura turcos. No necesito saber mucho, lo suficiente para hacerme pasar por una estudiante de posgrado americana que está interesada en el tema. Además, memorizo el pasado de Mary Becker y hago un repaso sobre cómo es la vida en una universidad americana. Preparo historias sobre mis compañeros de habitación y acerca de las fiestas en las hermandades, leo libros de texto de Economía y me invento los intereses y las aficiones de Mary. Obenko y Mateyenko me ponen a prueba todos los días y, cuando están seguros de que hago de Mary Becker de manera convincente, me compran un billete de avión a Berlín.

—Viajarás hasta Berlín como Elena Depeshkova —me explica Obenko—. Y de Berlín a Nueva York como Claudia Schreider. Una vez que estés en Estados Unidos, comenzarás a ser Mary Becker y desde allí cogerás un vuelo a Estambul. De esta manera, nadie te relacionará con Ucrania. Yulia Tzakova desaparecerá para siempre.

—Lo entiendo —digo y me pinto los labios de color rojo brillante ante el espejo. Llevaré una peluca oscura para hacerme pasar por Elena, por lo que necesito un maquillaje más llamativo—. Elena, Claudia y, luego, Mary.

Obenko asiente y me hace repetir los nombres de todos los parientes de Mary, empezando por los primos lejanos y acabando por los padres. No cometo ni un solo error y, cuando se va, sé que mis esfuerzos han valido la pena.

Mi jefe cree que haré perfectamente de Mary Becker.

A la mañana siguiente, Obenko me lleva al aeropuerto y me deja en la zona de «Salidas». Ahora soy Elena, por lo que llevo la peluca y unas botas con mucho tacón que combinan bien con los vaqueros oscuros y mi elegante chaqueta. Obenko me ayuda a subir las maletas a un carrito antes de marcharse, y le digo adiós con la mano mientras se pierde entre el tráfico del aeropuerto.

En el momento en que su coche desaparece de mi vista, me pongo en marcha. Dejo las maletas en el carrito, corro hasta «Llegadas» y cojo un taxi.

—Diríjase hacia la ciudad —le digo al conductor—. Necesito buscar la dirección exacta.

Comienza a conducir y saco el móvil. Abro la aplicación de rastreo que he instalado hace un par de días, localizo un pequeño punto rojo que se dirige hacia la ciudad a uno o dos kilómetros de nosotros. Es un pequeño chip GPS que coloqué a escondidas en el móvil de Obenko en el piso franco.

Quizás no tenga intención de llevar a cabo la

misión de Estambul, pero le he encontrado uso al equipo de vigilancia que la UUR me ha dado.

—Gire hacia la izquierda —le ordeno al conductor cuando veo que el punto rojo gira hacia la izquierda, saliéndose de la autopista—. Después, siga recto.

Le doy instrucciones hasta que veo que el punto se para en el centro de Kiev. Le digo al conductor que se detenga a una manzana de distancia, saco el monedero y le pago. Luego, salgo de un salto y recorro el resto del camino a pie, asegurándome de que Obenko no se va a ningún otro sitio.

Encuentro su coche frente a un edificio alto. Parece un lugar de oficinas con el logo de una compañía internacional brillando en la parte superior. La planta baja está ocupada por varios negocios que van desde una cafetería de moda a una tienda de ropa de lujo.

Despacio, me acerco al edificio, mirando a mi alrededor cada pocos segundos para asegurarme de que nadie me está vigilando.

Me estoy aferrando a una posibilidad remota: hay cero garantías de que Obenko vaya a visitar a su hermana pronto. Pero es la única manera que se me ocurre de encontrar a Misha. Dada su reciente reubicación, los padres adoptivos de mi hermano estarán asentándose en su nueva vida todavía y hay probabilidades de que necesiten algo de Obenko, algo que haga que tenga que visitarlos personalmente.

Si sigo a mi jefe durante el tiempo suficiente, puede que me guíe hasta mi hermano.

Sé que el plan es desesperado y que roza la locura.

Puesto que estoy marchándome de la UUR, lo mejor sería desaparecer en algún lugar de Berlín o, mejor aún, ir a Nueva York. Y es lo que planeo hacer… después de ver a mi hermano con mis propios ojos.

No puedo dejar Ucrania sin asegurarme de que Misha está bien.

«Dos días», me digo a mí misma. «Haré esto un máximo de dos días». Si no he encontrado a mi hermano para entonces, me iré. No se darán cuenta de que no me subí al avión hasta que no me reúna con mi supervisor dentro de tres días, lo que me permite seguir a Obenko algo más de cuarenta y ocho horas antes de salir del país.

El punto en el móvil me indica que mi jefe está en la segunda planta del edificio. Tengo curiosidad por saber qué estará haciendo, pero no puedo arriesgarme a seguirle dentro. Dudo que la familia de mi hermano esté aquí; Obenko los habrá enviado fuera de la ciudad, suponiendo que vivieran en ella. Mi jefe nunca me reveló su ubicación por razones de seguridad, pero, por los paisajes de las fotos de mi hermano, supuse que habían vivido en un entorno urbano, como Kiev.

Entro en la cafetería, pido una empanada y una taza de té y espero a que el punto de Obenko comience a moverse de nuevo. Cuando lo hace, cojo otro taxi y le sigo hasta su siguiente destino: nuestro piso franco.

Se queda en el apartamento varias horas antes de que el punto empiece a moverse de nuevo. Para ese entonces, yo ya he comido en un restaurante cercano y he cambiado la peluca negra por una roja que he traído con ese propósito. También he cambiado los vaqueros por un vestido gris de manga larga y las botas de tacón por unos botines planos, la opción más cómoda que «Elena» tenía en su equipaje de mano.

El próximo destino de Obenko parece ser otro edificio de oficinas en el centro de la ciudad. Se queda allí durante un par de horas antes de dirigirse de vuelta al piso franco. Le sigo de nuevo, sintiéndome cada vez más desalentada.

Está claro que esta no es la manera de encontrar a mi hermano.

Mi teléfono comienza a quedarse sin batería, por lo que voy a otra cafetería para cargarlo mientras Obenko está en el piso franco. Me meto también en internet y compro un billete de avión a Berlín para mañana en sustitución del que no he usado hoy.

Es momento de admitir mi derrota y desaparecer definitivamente.

Suspiro, me pido otro té y me lo bebo mientras leo las noticias. Obenko parece haberse instalado para pasar la noche, ya que su punto sigue en el piso franco cada vez que miro la aplicación. Termino el té y me levanto, decidida a irme a un hotel y dormir un poco antes de la larga jornada de mañana. Sin embargo, cuando salgo, se escucha el pitido del teléfono dentro del bolso, lo que significa que hay movimiento en la aplicación.

Me da un vuelco el corazón. Atrapo el móvil, miro la pantalla y veo que Obenko se dirige hacia el norte, posiblemente fuera de la ciudad.

Podría ser.

Llena de energía de repente, me meto en un taxi y sigo a Obenko. Hay un 99,9 % de posibilidades de que esto no tenga nada que ver con mi hermano, pero no puedo evitar sentir una esperanza irracional que me invade mientras le veo dirigirse más y más al norte.

—¿Está segura de que sabe a dónde vamos, jovencita? —me pregunta el conductor del taxi cuando salimos de la ciudad—. Ha dicho que su novio le iba a mandar la dirección.

—Sí, me está escribiendo mientras hablamos —le aseguro—. No será mucho más lejos.

Estoy mintiendo descaradamente porque no tengo ni idea de lo lejos que iremos, pero espero que no sea mucho más. Con tantos viajes en taxi, me estoy quedando sin dinero y necesito lo que tengo para llegar al aeropuerto mañana por la mañana.

—Bueno —murmura el conductor—. Pero será mejor que me lo diga pronto o la dejo en la parada de bus más cercana.

—Solo quince minutos más —le digo mientras veo cómo el punto gira a la izquierda y se para medio kilómetro después—. Gire a la izquierda en la siguiente intersección.

El conductor me dedica una mirada asesina a través del espejo del retrovisor, pero hace lo que le pido. La carretera a la que accedemos está a oscuras y llena de baches. Le oigo maldecir mientras se desvía para evitar un agujero lo suficientemente grande como para tragarse nuestro coche.

—Pare aquí —le digo cuando la aplicación me indica que estamos a doscientos metros. Salgo del coche, me acerco a la ventanilla del conductor y le entrego un montón de billetes, diciéndole—: Aquí está la mitad de lo que le debo. Por favor, espéreme y le doy el resto cuando me lleve de vuelta a la ciudad.

—¿Qué? —Me mira—. Joder, no. Dámelo todo, zorra.

Le ignoro, girándome para alejarme, pero salta del coche y me coge del brazo. Por instinto, me doy la vuelta y le alcanzo con el puño en la parte inferior de la barbilla mientras le golpeo con la rodilla en las pelotas. Cae al suelo, resollando y agarrándose la entrepierna. Dirijo el pie hacia su sien y lo dejo inconsciente.

Me siento fatal por hacerle daño a un civil, pero no puedo dejar que se marche en el taxi. Si se va, no tendré manera de volver a la ciudad y perderé el vuelo de mañana por la mañana.

Dejando de lado la culpa, compruebo el pulso del conductor para verificar que sigue vivo, le cojo las llaves del coche por si se despierta y me dirijo hacia el punto rojo parpadeante del mapa del móvil.

Un par de minutos después, me topo con un almacén abandonado. Decepcionada, lo miro, debatiéndome entre si debo acercarme o no. Lo que esté haciendo Obenko aquí es poco probable que tenga que ver con los padres adoptivos de mi hermano; mi jefe no se arriesgaría a decirle a su hermana que se encontraran en mitad de la nada solo para darle unos documentos. Es mucho más factible que esté en medio de una operación y lo último que quiero es interponerme en su camino.

A pesar de eso, doy un paso hacia delante. Y otro y otro. Mis piernas parecen estar llevándome por voluntad propia. «He venido desde muy lejos», razono para justificar mis impulsos. ¿Qué son unos minutos más para confirmar que he perdido el tiempo?

Hay una leve luz visible en uno de los lados del almacén, por lo que me dirijo hacia allí y me pongo en cuclillas frente a una ventana pequeña y sucia. Dentro, oigo voces, por lo que contengo la respiración para intentar entender lo que están diciendo.

—...va bien —dice un hombre en ruso. Hay algo familiar en su voz, pero no lo ubico. La pared amortigua el sonido—. Muy bien. Creo que un par de años y estarán listos.

—Bien —responde otro hombre y, esta vez, identifico al hablante como Obenko—. Necesitaremos toda la ayuda que podamos conseguir.

—¿Te gustaría ver una demostración? —pregunta el primero—. Les gustará enseñarte lo que han aprendido hasta ahora.

—Claro —responde Obenko y entonces oigo un gruñido, seguido del golpe de algo cayendo. Los sonidos se repiten una y otra vez y me doy cuenta de que estoy escuchando una pelea. Dos o más personas están enzarzadas en un combate cuerpo a cuerpo lo que, combinado con los fragmentos que he entendido, solo puede significar una cosa.

He tropezado con una instalación de entrenamiento de la UUR.

Eso es todo. Necesito irme antes de que me pillen.

Me giro dispuesta a regresar cuando el primer hablante ríe a carcajadas y exclama:

—¡Buen trabajo!

Me quedo paralizada y un mal presentimiento se extiende por mi interior. Esa voz… Conozco esa voz. La he escuchado en mis pesadillas una y otra vez.

Un sudor frío me empapa la piel mientras me giro, acercándome a la ventana muy a mi pesar.

No puede ser.

Simplemente no puede ser.

Mi pulso es un violento redoble de tambores y me tiemblan las manos mientras las coloco en la pared junto a la ventana.

Me lo estoy imaginando.

Estoy alucinando.

Tiene que ser eso.

Hundiendo los dientes en mi labio inferior, me muevo con lentitud hacia la izquierda hasta que puedo ver a través de la ventana. Sé que estoy corriendo un gran riesgo, pero tengo que saber la verdad.

Tengo que saber si me han mentido.

La escena que captan mis ojos parece directamente sacada de mis propias lecciones de entrenamiento. Hay varios adolescentes de ambos sexos en un semicírculo, dándome la espalda y, frente a ellos, hay una lona en la que dos hombres o, mejor dicho, un chico y un hombre, luchan. Obenko está de pie a un lado, observándolos con una sonrisa de aprobación.

Me doy cuenta de todo esto levemente porque mis ojos están fijos en la pareja que pelea. Retorciéndose y rodando sobre la lona, no puedo ver bien a ninguno de los dos, al menos no hasta que paran, cuando el hombre sujeta a su joven oponente contra el suelo.

—Buen trabajo —dice, poniéndose de pie. Se ríe y le extiende la mano a su oponente vencido—. Hoy has estado excelente, Zhenya.

El chico se levanta también y se sacude la suciedad de la ropa, pero no lo miro.

Solo veo al hombre que está a su lado.

No ha cambiado mucho. Su pelo moreno es más escaso y grisáceo, pero su cuerpo es tan fuerte y ancho como lo recuerdo. Sus hombros tensan las costuras de la camiseta empapada en sudor y sus brazos son tan gruesos como las cañerías de un desagüe.

Hace siete años, nadie era mejor que Kirill en los combates cuerpo a cuerpo y parece que sigue invencible.

Invencible... y vivo.

Obenko me mintió. Todos me han mentido.

No mataron a mi violador por lo que me hizo.

Ni siquiera ha perdido su puesto como entrenador.

Un gusto metálico me inunda la boca y me doy cuenta de que me he rajado el labio.

«—Es culpa tuya, puta. Todo es culpa tuya. —El cuerpo enorme de Kirill me presiona contra el suelo y sus manos me desgarran la ropa con crueldad—. Vas a pagar por lo que has hecho».

El ácido sube por mi garganta, mezclándose con la amargura de la bilis. Siento que voy a ahogarme con el miedo y el odio, pero, antes de que los recuerdos me asfixien, alguien entra en mi campo de visión.

—Es mi turno —dice un chico rubio, acercándose a la lona—. Tío Vasya, quiero que veas esto. —Adopta la postura de un luchador frente a Kirill y el fluorescente le ilumina la cara.

Es una cara que conozco tan bien como la mía porque me he pasado horas mirándola en fotos, porque cada rasgo de esa cara es una versión masculina de lo que yo veo en el espejo.

Mi hermano está frente a mí, dispuesto a pelear con Kirill.

—YA ESTÁ —DIGO, ENTRANDO EN LA OFICINA DE Esguerra—. Tus suegros pueden irse a casa mañana si quieren.

Durante la última semana, hemos exterminado los restos de la familia de criminales de Sullivan y la CIA ha acordado finalmente dejar que los padres de Nora vuelvan a su hogar. Después de la pesadilla mediática que hemos causado, tuvimos que prometer grandes favores, pero los contactos de Esguerra se han encargado de eso de nuestra parte.

—¿Has conseguido también al jefe de policía?

Asiento, acercándome al escritorio.

—Su cuerpo se disuelve en lejía mientras hablamos.

Era el último topo. La policía de Chicago está limpia como la patena y desinfectada de bichos. Aparte de algunos superiores de la CIA, nadie sabe que tus suegros estaban metidos en este lío.

—Excelente. —Se frota la sien y veo que está inusualmente cansado. Al igual que yo, ha trabajado sin pausa desde que volvió de Chicago. No tendría que haberle dedicado tantas horas porque he supervisado la mayor parte de la logística de la limpieza, pero el trabajo parece ser su manera de afrontar el aborto—. Se lo diré a Nora. Mientras, quiero destinar a otra docena de hombres para que vigilen a sus padres en los próximos meses. Espero no tener ningún problema, pero es mejor estar a salvo.

—Entendido —respondo—. Quizás quieras decirles también que se mantengan alejados de lugares concurridos durante un tiempo, por si acaso.

—Buena idea. —Esguerra asiente de manera aprobatoria—. Mientras puedan volver a trabajar y retomar su vida social, no les importarán mucho esas restricciones.

—Seguro que los echarás de menos —digo secamente. Los padres de Nora han sido a regañadientes nuestros huéspedes durante las dos últimas semanas e imagino que Esguerra debe haber encontrado pesada su presencia.

Para mi sorpresa, mi jefe suelta una carcajada.

—No están mal. Ya sabes, son familia y todo eso.

—Cierto. —Intento no mirarle, pero no lo consigo. Esguerra ha cambiado, ahora lo veo claro. Cuando nos conocimos, la palabra «familia» no hubiera pasado nunca por sus labios. Y ahora tolera a unos suegros que no le soportan y hace lo imposible por mantener feliz a su joven esposa.

Es divertido y perturbador observarlo, como ver a un jaguar jugando con un gato doméstico.

—Ya lo entenderás algún día —responde Esguerra y me doy cuenta de que mi expresión debe haberme delatado—. Hay vida más allá de esto. —Señala los monitores de pantalla plana que están detrás de él y los tacos de papeles de su escritorio.

—¿Vas a rendirte? ¿Vas a ir por el buen camino? —digo medio en broma. Esguerra tiene suficiente dinero para hacerlo. Su red vale millones; incluso si no vendiera ni una sola arma más, podría vivir como un rey el resto de su vida.

Sin embargo, no me sorprende cuando niega con la cabeza y responde:

—Ya sabes que no puedo hacer eso. Una vez que esto entra en tu vida es para siempre. Además… —Enseña los dientes con una sonrisa afilada—. Lo echaría de menos. ¿Tú no?

—Definitivamente —contesto mientras compartimos un momento de crudo entendimiento.

El jaguar puede jugar con el gato e incluso quererlo, pero siempre será un jaguar.

AL SALIR DE LA OFICINA DE ESGUERRA, ME VIBRA EL

móvil al entrar un mensaje. Abro el correo electrónico y curvo los labios con una anticipación salvaje.

«El correo de los piratas informáticos dice: "mensaje decodificado". Se ha confirmado la localización de un centro clandestino de la UUR a veinticinco kilómetros al norte de Kiev. Parece que están en proceso de ocultar su rastro, pero no han sido lo suficientemente rápidos. Nos estamos acercando con dos operativos de campo. Esperamos tener más noticias pronto».

Al final del correo hay un archivo adjunto. Es una foto de satélite borrosa con una X marcando en el mapa el sitio en el que supongo que se encuentra el centro clandestino.

Tenemos un lugar por el que empezar.

—Hola, Lucas —dice una voz de mujer con un leve acento y al girarme veo a Rosa acercándose desde la vivienda principal. Lleva su característico conjunto de criada, con el pelo oscuro recogido en un elegante moño—. ¿Qué tal estás?

Hiervo de rabia, pero consigo contestar con calma:

—Estoy bien. —Su amabilidad habitual me chirría como una tiza sobre el vidrio. En este justo momento, estoy tentado de colgarla en el cobertizo e interrogarla, pero sería más inteligente esperar un poco. Cojo aire para tranquilizarme e imito su tono amistoso—: ¿Cómo te va a ti?

Se encoge de hombros y baja los ojos por un momento.

—Ya sabes. Día a día.

—Cierto. —A pesar de todo, siento una punzada de pena. Aunque los moratones en la cara de Rosa han desaparecido, recuerdo cómo se encontraba la chica tras el club y parte de mi enfado se enfría.

Si creyera en el karma, me inclinaría a pensar que ya ha sido castigada.

—¿Qué tal tus costillas? —me pregunta, mirándome de nuevo. Parece haber una preocupación real en su mirada—. ¿Te siguen doliendo?

—No, no tanto como antes —respondo, reduciendo un poco el cabreo—. Hasta dentro de un mes, por lo menos, no podré reanudar el entrenamiento normal, pero he llegado al punto en que puedo respirar sin dolor.

—Ah, bien. —Rosa sonríe y me pregunta despreocupadamente—: ¿Alguna noticia de tu fugitiva?

Mi ira vuelve con toda su fuerza; tengo que contenerme para no retorcerle el pescuezo.

—Bueno, sí —contesto con voz aterciopelada—. La acabo de encontrar. —Es mentira, no tengo ni idea de si la localización que los piratas informáticos han descubierto me llevará a Yulia, pero si Rosa está trabajando con la UUR, quiero que entre en pánico y contacte con ellos—. De hecho... —añado, decidiendo asustar de verdad a la criada—. Voy a ir a por ella en cuanto deje a los padres de Nora.

—Ah. —Rosa pestañea y veo que una sombra pasa por su cara—. Eso está bien.

—Sí, ¿verdad? —Le dedico mi sonrisa más insulsa—.

No puedo esperar. Ahora, si me disculpas, tengo que controlar a nuestros nuevos reclutas.

Antes de que responda, me giro y me dirijo hacia el campo de entrenamiento.

Si sigo frente a Rosa un segundo más, voy a matar a la chica con mis propias manos.

 Yulia

Mi hermano.

Kirill está entrenando a mi hermano.

Me siento como si hubiera entrado en una de mis pesadillas. Necesito alejarme, irme antes de que me vean, pero no puedo moverme. Parece que a mis pies les han crecido raíces y mis pulmones gritan por la repentina falta de aire.

Misha y Kirill.

Alumno y profesor.

La boca me sabe a vómito y se me oscurece la visión, nublándose a los lados.

«Corre, Yulia. Vete antes de que sea demasiado tarde».

Quiero obedecer a la voz de mi cabeza, pero estoy paralizada, congelada en el sitio.

Obenko no solo me mintió acerca de la muerte de Kirill, sino que me ha engañado sobre todo.

Trato de conseguir algo de oxígeno, pero siento como si se me estrechara la garganta. La ventana se tambalea frente a mí, como la lente de una cámara temblorosa. Entonces me doy cuenta de que estoy temblando intensamente. Siento los dedos congelados y entumecidos mientras presiono las palmas de las manos contra la pared.

«Corre, Yulia. ¡Ahora!».

La voz se vuelve más insistente y me obligo a mí misma a dar un pequeño paso atrás. Sin embargo, no puedo dejar de mirar el horror que tengo ante mí.

«¡Vamos, Yulia! ¡Corre!».

Antes de que pueda dar otro paso, Misha se gira hacia la ventana y se queda paralizado, mirando directamente hacia mí.

Veo cómo se le agrandan los ojos azules y, antes de saltar hacia la ventana, grita:

—¡Intrusa!

Finalmente, venzo mi parálisis, me doy la vuelta y corro.

Noto las piernas como palos de madera, rígidas y torpes, y no puedo tomar aire suficiente. Siento como si me moviera sobre arenas movedizas, cada paso requiere un esfuerzo excesivo. Sé que la sorpresa me está ralentizando, pero saberlo no ayuda. Noto como si mis músculos pertenecieran a un extraño y los pies entumecidos cuando tocan el suelo.

El coche. Tengo que volver al coche.

Me centro en ese objetivo, en poner un pie delante de otro sin pensar. Mientras corro, siento cómo la rigidez de mis músculos desaparece y sé que la adrenalina se está activando por fin, dominando la conmoción.

—¡Yulia! ¡Para!

Es Obenko. Escucharle me llena de tal rabia que los restos del aletargamiento se desvanecen. Apretando los dientes, aumento el ritmo con las piernas martilleándome debido a una desesperación cada vez mayor. Si me cogen, estoy muerta y entonces nadie hará pagar a Obenko por su atroz traición.

Me pudriré en una tumba sin nombre mientras Kirill convierte a mi hermano en una máquina de matar sin conciencia.

—¡Yulia!

Es una voz diferente la que dice mi nombre. Reconozco los tonos más graves de Kirill y un miedo enfermizo explota en mis venas. Los recuerdos se arrastran a mi alrededor como enredaderas venenosas. Trato de apartarlas, pero los fragmentos se escapan, relampagueando en mi cerebro como un vídeo inconexo.

«Entra en la habitación de la residencia. Una enorme mano se cierra sobre mi boca mientras me coge desde atrás».

Corro más y más rápido, el suelo se desdibuja ante

mis ojos. Mi respiración se transforma en jadeos y tengo los pulmones a punto de reventar.

«Lucho. Caigo al suelo. Un hombre encima de mí. Inmovilizada, indefensa».

Estoy a una docena de metros del coche y cojo las llaves del bolsillo, preparándome para saltar dentro.

¡Pum! ¡Pum! La ventana del coche se hace añicos y zigzagueo para esquivar la siguiente bala.

—¡No dispares a matar! —ruge Kirill detrás de mí. Su voz suena más cerca; me está ganando—. Repito: ¡no dispares a matar!

Saber que me quiere viva me da más miedo que la idea de morir. Volviendo a aumentar la velocidad, salto hacia el coche. El conductor está en el suelo, todavía inconsciente, y deseo con desesperación que ninguna de las balas le alcance. Sin embargo, no tengo tiempo para preocuparme de eso porque, cuando estoy a punto de meter a la fuerza las llaves en la cerradura de la puerta, una mano me coge por el hombro.

Me giro, cogiendo las llaves como arma, y las clavo en la parte superior con el objetivo de darle en el ojo a mi atacante. Se sacude y caigo antes de rodar bajo el coche, dándome cuenta vagamente del cuerpo pequeño y el pelo rubio de mi oponente.

No ha sido Kirill el que me ha cogido. Ha sido Misha.

Me pongo de pie al otro lado del coche y comienzo a correr de nuevo. Incluso a través del miedo, noto una punzada ilógica de orgullo. Mi hermano es un corredor muy rápido. Obenko nunca lo ha mencionado.

Lo escucho esprintar detrás de mí y me pregunto si sabrá quién soy, si se dará cuenta de que está matando a su propia hermana. ¿Habrá contribuido al engaño de Obenko o le habrán mentido a él también?

—¡Cógela! —grita Kirill y un cuerpo duro me golpea en la espalda, derribándome contra el suelo. Consigo girar en el aire, por lo que caigo sobre Misha y, antes de que tenga la oportunidad de actuar, le golpeo en la mandíbula. Me pongo de pie para seguir corriendo.

Pero es demasiado tarde. Cuando me giro, otro cuerpo me golpea, tirándome, y esta vez no tengo posibilidad de soltarle un puñetazo.

A la velocidad del rayo, mi brazo se retuerce contra mi espalda y mi cara acaba presionada contra la arena sucia mientras un peso enorme me aplasta.

—Hola, Yulia —me susurra mi entrenador al oído—. Me alegra verte de nuevo.

ucas

Esguerra me notifica que los padres de Nora desean coger el vuelo a primera hora de la mañana y decido hacer exactamente lo que le dije a Rosa: irme a Ucrania directamente tras dejarlos en casa. Sigo sin estar recuperado por completo, pero la carga de trabajo del desastre de Chicago se ha suavizado y mis costillas se pueden curar igual en Ucrania que aquí.

Ahora tengo que darle la noticia a Esguerra y ponerle al corriente de todo lo que he descubierto sobre la UUR.

—A ver, que me quede claro... —dice cuando me paso por su oficina y le explico lo del lugar clandestino—. ¿Quieres llevarte a una docena de nuestros hombres mejor entrenados para realizar una operación en Ucrania mientras seguimos tratando de recuperarnos de todas esas pérdidas? ¿Por qué es tan urgente?

—Están en proceso de ocultar su rastro —contesto—. Si esperamos mucho, será más difícil localizarlos.

Me guardo el hecho de que cada día que paso sin Yulia es una tortura y de que no puedo dormir sin ella a mi lado.

—¿Y qué? —dice Esguerra con el ceño fruncido—. Los atraparemos al final, cuando tengamos más fuerza y hayamos reconstruido nuestro equipo de seguridad. No podemos prescindir de una docena de guardias ahora mismo. La UUR no es una amenaza inmediata al mismo nivel que lo fue Al-Quadar. Vamos a hacer que los ucranianos paguen por el golpe, pero lo haremos cuando sea el momento correcto.

Respiro profundamente. Sé que Esguerra tiene razón, pero no puedo quedarme en la mansión mientras Yulia está ahí fuera con ese Misha suyo.

—Muy bien —respondo—. ¿Y si voy yo solo a Ucrania con un par de guardias? Podría llevarme a Diego y a Eduardo, seguro que puedes prescindir de nosotros tres.

La mirada de Esguerra se hace más penetrante.

—¿Por qué? ¿Es por la chica que escapó?

Dudo un momento antes de decidir contarle la verdad.

—Sí —contesto, observando la reacción de Esguerra—. La quiero de vuelta.

—Creía que solo te estabas divirtiendo con ella.

—Lo estaba… Pero aún no he terminado.

Esguerra me mira.

—Ya veo.

—Es mía. —Decido que es hora de contárselo—. Voy a recuperarla y me la voy a quedar.

—¿Quedártela? —La expresión de Esguerra no cambia, pero veo cómo un músculo de su mandíbula se contrae cuando se inclina hacia delante en la silla—. ¿Qué quieres decir con eso exactamente?

Separo los pies y le dedico una mirada sincera.

—Significa que voy a ponerle un localizador y que me la voy a quedar todo el tiempo que me convenga. Seguro que no pondrás objeciones a eso.

La contracción en la mandíbula de Esguerra se hace más intensa cuando nos miramos el uno al otro sin que ninguno de los dos ceda. El aire se carga de tensión y sé que este es el momento: ahora es cuando voy a descubrir si mi jefe valora de verdad mi lealtad.

Esguerra es el primero en romper el silencio:

—¿Entonces es eso? ¿Estás preparado para olvidarte del golpe?

—Estaba siguiendo órdenes —respondo—. Además, ¿quién ha dicho que vaya a quedarse sin castigo?

Por esta nueva traición, por correr tras su amante, Yulia pagará.

Esguerra me mantiene la mirada unos segundos más antes de levantarse y caminar rodeando el escritorio. Se para frente a mí y me dice con lentitud:

—Tú y yo sabemos que te debo una por lo de Tailandia y que, si es lo que quieres, si la quieres a ella, no me interpondré en tu camino. Pero es un problema, Lucas. Haz lo que tengas que hacer para sacártela de la cabeza, pero no olvides lo que es y lo que ha hecho.

—Ah, no te preocupes. —Le dedico una sonrisa sin pizca de humor—. No lo haré.

No he decidido todavía cómo voy a castigar a Yulia cuando la recupere, pero sí sé una cosa: los días con su amante están contados.

Esa tarde realizo los preparativos para que Tomas y otro guardia en el que confío vigilen a Rosa. No les digo el porqué, solo les pido que la sigan con discreción y que monitoricen todos sus correos electrónicos y sus llamadas. Mi prioridad principal es encontrar a Yulia, pero no me he olvidado del daño potencial que representa Rosa para nosotros.

Cuando vuelva de Ucrania, voy a ocuparme de ella. Sin embargo, primero tengo que llevar a los padres de Nora a casa y descubrir cómo entrar en Ucrania sin ser detectado.

Comienzo por contactar con Buschekov, el oficial ruso con el que nos reunimos en Moscú. No menciono la huida de Yulia, pero le doy la información que he descubierto hasta ahora sobre la UUR. Cuanta más presión pueda ejercer sobre la agencia de Yulia, mejor.

Desafortunadamente, Buschekov sostiene que es incapaz de ayudarme a entrar de manera discreta en Ucrania, explicándome que las tensiones entre los dos países son muy grandes. Sospecho que no quiere arriesgar a los agentes de los que disponga allí, pero no le presiono. Si estuviera seguro acerca de la ubicación de Yulia, sería diferente, pero este lugar clandestino es solo una pista y necesito conservar la buena voluntad que tienen los rusos con nosotros. Lo que significa que solo me queda una cosa por hacer.

Contacto con Peter Sokolov, el antiguo jefe de seguridad de Esguerra, y le pido ayuda.

Peter le salvó el culo a Esguerra después del golpe, pero, para eso, tuvo que dejar que los terroristas se llevaran a Nora, y mi jefe juró que lo mataría si volvía a verlo. Sin embargo, yo no comparto sus sentimientos. De hecho, me alegro de que Esguerra esté sano y salvo. No he mantenido el contacto con Peter, pero tengo su correo desde antes, por lo que le mando un mensaje explicándole la situación. Los contactos del ruso en Europa del Este son inigualables; fue él el que nos presentó a Buschekov por primera vez.

No me responde enseguida, pero no esperaba que lo hiciera. Sé que está ocupado con la venganza contra la gente de su lista. Sin embargo, espero que tenga un momento libre para mirar el correo. Solo necesito que un par de funcionarios de control aéreo en Ucrania miren para otro lado cuando aterrice en Kiev.

Como paso final, informo a Diego y a Eduardo sobre nuestra próxima misión.

—Seremos solo nosotros tres —les explico—. Por eso, vamos a ser discretos. No queremos que nadie se entere de nuestra presencia allí hasta que nos hayamos ido. El objetivo es descubrir lo que podamos y salir del país de una pieza, ¿entendido?

Ambos asienten y, a la mañana siguiente, cargamos temprano el avión con armas, chalecos antibalas, documentos falsificados y todo lo necesario por si las cosas no salen según el plan.

Ahora solo necesito que Peter haga lo que tenga que hacer.

Cuando aterrizamos en Chicago, aún no he recibido respuesta de Sokolov, por lo que dejo a los suegros de Esguerra en manos de nuestro equipo de seguridad de Chicago y les ordeno a los guardias que los lleven de vuelta a casa sanos y salvos. Los padres de Nora parecen aliviados de volver a pisar suelo estadounidense y sospecho que no volveremos a verlos de nuevo en Colombia hasta dentro de mucho tiempo.

—¿Cuál es el plan? —me pregunta Diego cuando regreso al avión—. ¿Vamos a volar directamente a Kiev?

—Quizás nos quedemos uno o dos días en Londres —respondo—. Estoy esperando una pista. —Mientras hablo, mi teléfono vibra al recibir un mensaje. Abro el correo, leo la respuesta de Peter y una sonrisa se dibuja en mi cara—. No importa —digo girándome hacia la cabina del piloto—. Nos dirigimos a Ucrania.

Yulia

—Bueno, Yulia, dinos —dice Obenko inclinándose sobre la mesa—. ¿Por qué no cogiste ese vuelo?

Permanezco en silencio y me centro en tomar aire despacio y regularmente. Una inhalación, una exhalación. Una y otra vez. Es todo lo que puedo hacer de momento. Todo lo demás me supera. En algún lugar, acechando en los bordes de mi conciencia, está el dolor de la traición, el tipo de dolor atroz que me destruirá si le dejo, por lo que me centro en lo mundano, como en mi respiración o en el parpadeo de las luces fluorescentes sobre mi cabeza.

Tengo las manos esposadas a la espalda y los

tobillos atados a mis muñecas por una cadena larga. Sigo llevando el vestido con el que me capturaron, pero en algún momento me han quitado la peluca. No sé cuándo ocurrió eso o dónde estoy porque solo tengo una vaga idea de las horas que siguieron a mi captura. Sé que este es un tipo de cuarto de interrogatorios, con un espejo que cubre toda la pared y muebles de metal duro, pero no sé si seguimos en Kiev. Creo que me llevaron a algún sitio desde el almacén, por lo que puede que no, pero, de cualquier manera, no importa.

No voy a salir viva de aquí.

—Contéstame, Yulia —dice Obenko con un tono más grave—. ¿Por qué no despegaste como se suponía que tenías que hacer y cómo has encontrado la instalación de entrenamiento? ¿Trabajas para Esguerra ahora?

No respondo y Obenko empequeñece los ojos.

—Ya veo. Bueno, si no quieres hablar conmigo, quizás quieras hablar con Kirill Ivanovich. —Se levanta y le dedica un pequeño asentimiento al espejo antes de salir de la habitación.

Un segundo después, mi antiguo entrenador entra con los labios curvos formando una fría sonrisa. A pesar de que hago lo posible para mantenerme en calma, se me estrecha la garganta y un sudor frío me humedece las axilas mientras se acerca a la mesa y se sienta frente a mí.

—¿Por qué eres tan terca? —Su rodilla se roza contra mi pierna desnuda bajo la mesa y tengo que tragar para contener el vómito que me sube por la garganta—. ¿Eres un agente doble como creen?

Intento mover la pierna, despegarla de su contacto, pero la cadena me mantiene quieta. Desde esta distancia, puedo oler su colonia y se me acelera la respiración hasta estar casi hiperventilando. Desesperada por controlarme, miro la mesa, centrándome en las manchas de grasa que unen la superficie metálica. «Inhala. Exhala. Inhala. Exhala».

—Yulia. —Kirill me coge la rodilla bajo la mesa y hunde los dedos en el muslo—. ¿Trabajas para Esguerra?

«Inhala. Exhala. Inhala. Exhala». Puedo sobrevivir a esto. Puedo mantener el dolor a raya. «Inhala. Exhala».

Su mano asciende por mi muslo.

—Contéstame, Yulia.

«Inhala. Exhala».

Siento la oscuridad acercándose, el vacío que me ha protegido desde mi captura, y me adhiero a ella por primera vez, dejando que mi mente revolotee por esta habitación, lejos de esta agonía invasora. No soy yo la que está atada a la silla, es solo mi cuerpo. Son solo huesos y piel que dejarán de moverse. No hay nada que puedan hacer para dañarme porque no estoy aquí.

No existo en este lugar.

—...CATATÓNICA —DICE UN HOMBRE. SU VOZ PARECE

proceder del otro lado de un espeso muro de agua. Tengo problemas para distinguir las palabras y lucho por alejar la oscuridad mientras continúa hablando—: No vas a conseguir ninguna respuesta por su parte mientras siga así. Déjalo. Está claro que está fuera de control.

—Necesitamos averiguar qué sabe —contesta otro hombre y reconozco esta voz como la de Obenko—. Además, no es una agente doble, quizás podamos arreglarlo todavía.

—Te estás engañando a ti mismo —responde la primera voz y, esta vez, la reconozco como perteneciente a Mateyenko, uno de los agentes de alto rango que me interrogó tras mi vuelta—. Nunca te lo va a perdonar.

—Quizás no, pero tengo una idea. —Oigo el sonido de pisadas retrocediendo. Mi mente lentamente comienza a aclararse y abro los ojos un poco, echando una ojeada entre mis pestañas.

Sigo en la sala de interrogatorios, pero ya no estoy atada a la mesa. En su lugar, estoy tumbada sobre un costado en el frío suelo de cemento, al lado de la silla, con las muñecas esposadas tras la espalda.

Hay dos hombres de pie cerca de la puerta: Kirill y Mateyenko. Están hablando bajo y, de vez en cuando, miran en mi dirección. Las náuseas se retuercen en mi interior mientras la oscuridad me presiona de nuevo. ¿Me ha tocado Kirill mientras estaba inconsciente? ¿Ha sido él el que me ha desatado y me ha puesto aquí?

—Está despierta —exclama Mateyenko, dando zancadas hacia mí, y dejo de luchar contra la oscuridad.

No estoy aquí.

No existo.

~

—YULIA. —UNA MANO FRÍA ME ROZA LA FRENTE—. Yulia, ¿estás despierta?

El muro de agua vuelve a aparecer, complicándome la audición, pero algo en la voz me llama la atención. La oscuridad se disipa, la pared de agua se hace más delgada y abro los ojos.

Un chico rubio está agachado sobre mí con los ojos de un azul penetrante en su preciosa cara.

Nos miramos unos segundos. Después, mi hermano se pone de pie.

—Tío Vasya —grita—. Se ha despertado.

Oigo pisadas y unas manos fuertes me levantan del suelo y me colocan otra vez en la silla. Se me acelera el pulso, pero, antes de perder el control por el pánico, me doy cuenta de que Kirill no está a la vista.

Solo estamos Obenko y yo.

—¿Dónde está Misha? —pregunto con voz ronca. Siento la garganta cubierta de arena y mi boca parece estar seca y llena de lana. Debo haber estado inconsciente bastante tiempo.

—Ha salido para que podamos hablar —me contesta Obenko—. Así que, Yulia, vamos a hablar.

—Está bien. —Me doy cuenta de que estoy temblando y de que tengo las puntas de los dedos entumecidas y heladas. A pesar de eso, mi voz es firme cuando digo—: ¿De qué quieres hablar? ¿De que me has mentido durante once años? —Mi voz se hace más fuerte a medida que desaparece la neblina residual de mi cerebro—. ¿De que me robaste a mi hermano y de que lo está entrenando un monstruo?

Obenko deja escapar un suspiro de cansancio.

—No hay necesidad de ser tan dramática. No te mentí, no acerca de Misha, por lo menos. No te lo conté todo, solo eso.

—¿Qué es todo?

—Hasta hace dos años, Misha llevaba exactamente el tipo de vida que te mostramos en esas fotos. Era un chico normal, feliz y equilibrado. Luego, las cosas empezaron a cambiar. Empezó a saltarse las clases, a meterse en peleas, a robar cigarrillos… —Obenko hace una mueca—. Mi hermana no sabía qué hacer, por lo que se puso en contacto conmigo para ver si podía hacerle entrar en razón. Pero, cuando lo intenté, me di cuenta de que no funcionaría. Misha estaba demasiado inquieto, demasiado aburrido con su vida. —Obenko me mira—. Un poco igual a cómo yo me sentía a su edad.

—¿Y entonces qué hiciste? —Mis manos congeladas se tensan tras mi espalda—. ¿Decidiste que debería ser un espía?

Obenko no pestañea.

—Necesitaba una guía, Yulia. Necesitaba un objetivo y se lo podíamos dar. Hay muchos jóvenes como él en este país desencantado, chicos que pierden el norte y no lo vuelven a encontrar. No saben lo que están haciendo con sus vidas, no les importa nada más que el disfrute momentáneo. No quiero que tu hermano se convierta en eso.

—Bien. —Siento que estoy a punto de asfixiarme—. Querías que fuera como tú y como Kirill.

—Yulia, escucha, sobre Kirill… —Algo parecido a la culpa ensombrece la mirada de Obenko—. Tienes que entender que somos una pequeña organización encubierta. No podemos permitirnos perder a alguien tan habilidoso y experimentado como Kirill. No por un error.

—¿Un error? —Se me quiebra la voz—. ¿Así es como se llama ahora a una agresión cruel?

Obenko suspira de nuevo, como si no estuviera razonando.

—Lo que ocurrió contigo fue un accidente aislado —dice pacientemente—. Ha sido la única vez que ha perdido el control así. Entiendo que fue una experiencia traumática para ti, pero tiene mucho valor para nuestra agencia y para nuestro país. Lo mejor que pudimos hacer fue recolocarlo lejos de ti y asegurarnos de que podías superarlo.

—¿Diciéndome que estaba muerto? ¿Que habías hecho que lo mataran?

Obenko asiente.

—Lo hice por tu propio bien. De ese modo pudiste olvidarte de él y seguir adelante.

—Te refieres a que fui de utilidad para la UUR.

Obenko no responde y sé que es exactamente a eso a lo que se refiere. En su mente, no soy una persona.

Soy una pieza en un tablero de ajedrez, una pieza que puede ser valiosa o ser una carga.

—¿Lo sabe Misha? —le pregunto, mirando al hombre al que algún día admiré—. ¿Sabe que soy su hermana?

Obenko duda antes de contestar:

—Sí, Misha lo sabe. Te recuerda del orfanato, por lo que no tuvimos más opción que hablarle de ti. También sabe que nos vendiste, que sea lo que sea que te ocurrió en el cuartel de Esguerra hizo que traicionaras a tu país.

Clavo las uñas en las palmas de las manos.

—Eso es mentira. Yo no os traicioné.

—¿Entonces por qué me seguiste? ¿Por qué me pusiste esto? —Obenko pone la mano sobre la mesa y abre el puño para mostrarme el chip GPS que coloqué en su teléfono.

Tras un momento de reflexión, decido que no tengo nada que perder si cuento la verdad. Ya soy un lastre a ojos de Obenko

—Porque quería ver a Misha por última vez —digo secamente—. Porque no podía seguir con esto.

—Así que nos ibas a abandonar. —Obenko me dedica una mirada para estudiarme—. ¿Sabes? Sospechaba que sería así. No eras la misma desde que volviste.

Me encojo de hombros porque no le voy a explicar nada acerca de mi compleja relación con Lucas y de mi incapacidad para aceptar otro «encargo». Cualquier rastro de culpa que haya sentido al abandonar la UUR ha desaparecido, se ha vaporizado a causa del golpe demoledor por la traición de Obenko y por las ganas de Misha de abandonar la vida que le he dado con tanto esfuerzo.

He pasado once años protegiendo a mi hermano, solo para descubrir que va a acabar como yo. Supongo que debería estar devastada, pero el dolor sigue siendo lejano, mantenido a raya por un entumecimiento frío que lo domina todo, incluso la ira.

—Quiero hablar con él —le digo a Obenko—. Quiero hablar con Misha.

Me estudia durante unos segundos; luego, niega lentamente con la cabeza.

—No, Yulia. Lo único que harás será confundir al chico. Está donde tiene que estar, mental y emocionalmente, y lo que sea que quieras decirle solo hará que sea más duro para él. No creo que quieras eso.

Curvo el labio superior.

—Así que no sabe lo que Kirill hizo o cómo me manipulaste todos esos años.

Obenko no pestañea.

—Lo que Misha sabe es que Kirill Ivanovich ha dedicado la vida a este país, igual que todos los que estamos en la UUR y que le abandonaste cuando era un bebé. Lo demás es una cuestión de opinión.

—Claro que lo es. —Debería cabrearme que mi hermano piense que soy una traidora por abandonarle en el orfanato, pero son demasiadas cosas que asumir a la vez. Siento como si esto le estuviera ocurriendo a otra persona, como si estuviera viendo una película en vez de viviéndolo—. ¿Cuál será su opinión si desaparezco?

Obenko suspira.

—Yulia…

—Dímelo.

—Habrás escapado —responde—. Habrás desaparecido en Latinoamérica para estar con tu amante.

—Ah, sí. Mi amante, claro. —Pienso en Lucas y en la manera en que nos separamos y una intensa angustia me desgarra—. ¿Cuándo voy a llevar a cabo mi gran huida? —consigo decir—. ¿Hoy? ¿Mañana?

—No tiene por qué ser así, Yulia. —Hay verdadero arrepentimiento en sus ojos—. No es tarde, podemos empezar de nuevo y olvidarnos de todo esto. Si demuestras que…

—¿Demostrar? —No puedo contener una carcajada amarga—. ¿Haciendo qué? ¿Follándome a unos cuantos hombres más por ti?

Obenko tensa las manos sobre la mesa, pero su tono sigue siendo sereno:

—Llevando a cabo tu misión. Ya sabes lo importante que es lo que hacemos…

—Sí, lo sé. —Tuerzo la boca—. Tan importante que dejas que un violador entrene a niñas menores de edad. Tan importante que mientes, matas y manipulas a todos… incluso a tu propio sobrino adoptivo.

Obenko endurece la mirada y se pone de pie.

—Como quieras. Tienes hasta mañana por la mañana. Si decides hacer lo correcto, házmelo saber.

Sale de la habitación y permanezco sentada a la mesa, escuchando el sonido de sus pisadas mientras se marcha.

Una hora después, Mateyenko vuelve para quitarme las esposas y llevarme a una habitación sin ventanas que parece una celda. Tiene un camastro pequeño con una manta fina, un retrete de metal sin tapa y un pequeño lavabo oxidado.

—¿Dónde estamos? —pregunto, pero el agente superior no responde. Sale y cierra la puerta a sus espaldas, dejándome sola.

Espero unos minutos para asegurarme de que no vuelve, uso el baño y me lavo las manos con el agua llena de óxido que gotea del grifo del lavabo. También pienso en beber algo de agua para calmar la sed, pero no me animo a hacerlo.

Prefiero no pasar toda la noche vomitando hasta mi primera papilla.

Camino hacia el camastro y me tumbo encima, mirando hacia el techo. Sé que no seré capaz de dormir, por lo que ni siquiera lo intento. Mi mente da vueltas y vueltas, pasando de la ira amarga a la desesperación entumecedora. Tres ideas se repiten una y otra vez:

Kirill está vivo y entrena a mi hermano para que sea espía.

Han llenado a mi hermano de un montón de mentiras sobre mí.

Voy a morir mañana a no ser que acepte trabajar para la UUR.

No hay nada que pueda hacer para resolver los dos primeros problemas, pero al menos el tercero está bajo mi control, si creo a Obenko. Teóricamente podría aceptar llevar a cabo mi misión y, si demuestro que pueden confiar en mí, me lo perdonarán todo.

Podría también prometer que voy a llevar a cabo la misión y, luego, huir.

Es una idea tentadora, pero no será fácil. He admitido que quería desaparecer, por lo que, si deciden dejarme salir al terreno de juego, me mantendrán vigilada de cerca. Puede incluso que me pongan un localizador, como quería hacer Lucas.

Mi desesperación da paso a una diversión amarga. Parece que estoy destinada a ser prisionera de una u otra manera.

Un escalofrío me agita el cuerpo y me doy cuenta de que vuelvo a tener frío. Tengo las manos y los pies congelados y rígidos. Me hago un ovillo pequeño, me pongo la manta sobre la cabeza y finjo estar en un capullo donde nada malo me puede tocar, donde puedo dormir y soñar una vida distinta, una vida donde Lucas me mira de la manera que lo hizo la mañana antes de su viaje y de donde no me tengo que marchar.

Un dolor familiar se me clava en el pecho y cierro los ojos, dejando que los recuerdos vengan. Nuestra relación ha sido una equivocación en muchos aspectos, pero también ha estado muy bien. Y ahora… Ahora nada de lo malo importa.

Lo único que tengo son los recuerdos y una nostalgia poderosa e insoportable por verlo al menos una vez más antes de morir.

❧

LA MANTA CAE DE MÍ Y UNAS MANOS FUERTES TIRAN DE mi ropa interior, rompiéndola mientras me levantan el vestido. Un cuerpo pesado de hombre se presiona contra mí y me coloca las muñecas sobre la cabeza. Al principio, pienso que estoy soñando con Lucas, pero entonces la huelo.

Colonia.

Lucas nunca lleva colonia.

Mis ojos se abren de golpe ante una ola de pánico y un grito grave me estalla en la garganta, un grito que instantáneamente se ve amortiguado por una palma de una mano enorme sobre mi boca.

—Cállate —murmura Kirill mientras me retuerzo histérica, tratando de liberarme de él—. No queremos molestar a nadie, ¿no?

Su mano sobre mi boca me está destrozando la mandíbula y su otra mano me está apretando las muñecas con tanta fuerza que siento los huesos rechinar unos contra otros. Sus piernas sujetan las mías contra la cama. No me puedo mover ni dar patadas y un miedo nauseabundo me sobrepasa cuando siento su erección rozándose contra mi pierna desnuda.

—Vamos a pasárnoslo bien —Sus ojos oscuros brillan con una excitación salvaje mientras lo dice—. Por los viejos tiempos.

Y, presionando su rodilla entre mis piernas, baja la cabeza.

ucas

LEVANTO EL PUÑO PARA INDICARLES A DIEGO Y A Eduardo que se detengan mientras miro a través de mis gafas de visión nocturna al edificio que tenemos enfrente. Para ser un sitio clandestino, es sorprendentemente pequeño, una casa desvencijada de una sola planta en un área rural con muchos árboles.

—¿Estás seguro de que este es el lugar? —murmura Diego, poniéndose en cuclillas junto a mí—. No parece gran cosa.

—Supongo que la mayoría estará bajo tierra —digo manteniendo la voz baja—. Veo dos SUV en el cobertizo trasero y no creo que los pueblerinos ucranianos conduzcan SUV.

Hemos dejado nuestro coche entre los árboles a unos ochenta metros para explorar la zona e idear un plan de acción. Hagamos lo que hagamos, tenemos que ser rápidos y discretos para que podamos salir del país antes de que la UUR se dé cuenta de que hemos estado allí. Gracias a los contactos de Peter Sokolov, hemos aterrizado en un aeropuerto privado no registrado, y podemos marcharnos de la misma manera.

—Ve hacia la parte trasera y desde ahí échale un vistazo al lugar —le digo a Eduardo, quien se ha acercado por detrás de Diego—. Voy a intentar jaquear a distancia los ordenadores.

Asiente y desaparece entre los arbustos. Saco el aparato que he traído. Uno de los beneficios de trabajar con Esguerra es que se tiene acceso a tecnología más avanzada de inteligencia militar, como este lector de datos a distancia.

Abro el portátil y lo sincronizo con el aparato antes de decirle a Diego:

—Buenas noticias: estamos en la onda. Ahora solo necesitamos dejar que el programa de jaqueo haga su magia.

Tardo más de una hora en superar los cortafuegos, pero poco a poco la pantalla se llena de todo tipo de datos, incluyendo planos de la casa y el vídeo en directo de un pasillo con poca luz.

—¿Ese es el interior del edificio? —pregunta Diego, mirando por encima de mi hombro.

—Seguro. —Veo a dos hombres pasar por delante de la cámara. Uno de ellos parece inusualmente joven, casi un adolescente, lo que me confunde por un segundo, hasta que recuerdo que la UUR tiene la costumbre de reclutar niños.

Pincho en la siguiente emisión de vídeo y veo una sala de interrogatorios. Está vacía excepto por una mesa de metal y dos sillas. Luego, accedo a una cámara que se encuentra en lo que debe ser la sala de seguridad. Hay un hombre fuertemente armado sentado frente a varios ordenadores. Clico en la siguiente emisión y aparece otro pasillo. También hay varios vídeos que presentan salas parecidas a una celda. Para mi decepción, todas esas salas están vacías.

Esta instalación no debe haberse utilizado mucho.

Pincho a través de varios vídeos, comparando las salas que veo con los planos de la pantalla y tomo algunas notas sobre cómo está colocado todo. En el proceso, me encuentro con dos hombres más: uno que es tan grande como un campeón de peso pesado y otro más pequeño que parece tener unos cuarenta años.

—De momento, solo hay cinco agentes y uno de ellos es un crío —dice Diego por encima de mi hombro—. Si eso es todo, quizás podamos capturarlos.

—Cierto. —Clico a través de varios vídeos más, cogiendo apuntes sobre el interior de cada sala, y paro cuando vuelvo a una de las celdas vacías o, al menos, una celda que pensaba que estaba vacía. Entonces me doy cuenta de que estaba equivocado: hay un pequeño bulto sobre un camastro cubierto por una manta.

—¿Eso es...?

—Sí, parece que tienen un prisionero —digo,

mirando el vídeo borroso. Definitivamente, el bulto es del tamaño de una persona. Debería haberme dado cuenta antes—. Un segundo, deja que vea si puedo obtener una imagen más clara.

Activo la opción de control remoto del programa de jaqueo y aíslo la parte del mecanismo de vigilancia que controla la cámara en esa habitación. Con cuidado, la inclino para que enfoque hacia el camastro. La persona, sea quien sea, no se mueve, como si estuviera inconsciente o dormida.

—Bien, son seis personas —dice Diego—. Si contamos al prisionero como una amenaza. Tenemos bastantes posibilidades, especialmente si los cogemos por sorpresa.

—Sí, eso pienso yo —contesto clicando en la siguiente imagen. Al principio, el plan era recoger información e irnos, pero no puedo dejar escapar esta oportunidad. Es posible que alguno de esos agentes sepa el paradero de Yulia. Mis costillas eligen este momento para retorcerse de dolor, pero ignoro esa monótona agonía.

Incluso conmigo herido, deberíamos poder vencer a cinco o seis oponentes.

Enciendo el auricular y le digo a Eduardo:

—Necesitamos que pongas algunos explosivos en las esquinas del noroeste y del sudoeste de la casa. Pon bastantes para derribar las paredes, pero no tantos como para destruir la casa entera. Queremos capturar vivos a cuantos sea posible.

—Entendido —responde Eduardo.

Me giro para mirar a Diego.

—Entraremos tras la primera explosión. Prepárate.

Asiente, sacando su M16, y yo fijo mi atención de nuevo en el portátil. En un segundo, el programa de jaqueo toma el control de los vídeos de vigilancia del exterior, reemplazando la imagen de Eduardo acercándose a la casa a hurtadillas por la vista poco amenazadora de unos árboles y arbustos en la oscuridad de la noche.

Ahora solo necesitamos que Eduardo coloque las cargas.

Mientras esperamos, compruebo el vídeo del interior. En la cámara del pasillo, veo a uno de los hombres caminar hacia la celda del prisionero. Se trata del agente que es tan grande como un luchador, esta vez solo. Con un leve interés, le veo entrar en la celda, colocar su arma en el lavabo al otro lado de la habitación y caminar hacia la figura del camastro. Se inclina sobre ella y, para mi sorpresa, se desabrocha la cremallera de los vaqueros.

¿Qué cojones...? Mi atención se aguza cuando le quita la manta a la figura y veo que es una mujer. Le levanta el vestido. Por el lugar en el que está situado el agente, la cámara no me permite ver bien a la prisionera, pero se me tensa el pecho con una premonición ansiosa.

—¿Kent? —dice Diego, pero no le escucho. Toda mi atención está centrada en la pantalla del ordenador mientras trabajo frenéticamente con el ángulo de la cámara.

El hombre se sienta a horcajadas sobre la prisionera y le coge de las muñecas, unas muñecas delgadas y delicadas que parecen a punto de romperse bajo su mano de oso. La cámara se ladea, obteniendo un ángulo de la izquierda, y veo un pelo rubio enmarañado y una preciosa cara pálida.

Mi corazón se detiene por una fracción de segundo. Entonces una furia salvaje me sobrepasa.

Yulia.

Está aquí… Y está siendo atacada.

 *ulia*

Siento el aliento de Kirill caliente y fétido sobre mi cara y su cuerpo enorme es como una montaña sobre mí, aplastándome contra el camastro. Mi interior se llena de horror y de asco mientras mi mente se desliza hacia el lugar oscuro en el que no existo ni siento nada.

¡No! Con total claridad, sé que si entro ahí, estoy perdida. Nunca emergeré de esa oscuridad. Tengo que estar consciente. Tengo que luchar.

No voy a dejar que me destruya de nuevo.

Reprimiendo mi inclinación instintiva a luchar, me calmo, relajando las muñecas bajo el agarre brutal de Kirill. No reacciono cuando pasa la lengua por mi mejilla ni me tenso cuando me abre las piernas, posicionándose pesadamente entre ellas. Necesita pensar que estoy aturdida y soy sumisa.

Es mi única oportunidad.

Siento su polla dura contra mi muslo desnudo y las náuseas me suben por la garganta, la comida que tomé hace mucho amenaza con salir. «Solo un poco más», me digo a mí misma, manteniendo los músculos relajados. «No corras. Espera al momento correcto».

El momento correcto llega cuando se mueve sobre mí y su cara acaba directamente sobre la mía. Le miro a través de un hueco entre mis pestañas y, cuando baja la mano para cogerme el pecho, ataco.

Con todas mis fuerzas, levanto la cabeza y estrello la frente contra su nariz.

La sangre lo salpica todo mientras Kirill retrocede sobresaltado dando un grito. Cualquier otro hombre se habría agarrado la nariz rota, pero él solo se encabrita, gruñendo:

—¡Puta! —Me revienta el puño contra la mandíbula.

Mi cabeza se golpea contra la pared y la explosión de dolor me aturde por un segundo. Veo estrellas en el contorno de mi visión y noto el sabor cobrizo de la sangre. Pero Kirill no ha terminado todavía conmigo.

—¡Puta zorra! —El siguiente puñetazo es contra mi estómago, golpeándome el riñón con su puño, que parece una bola de demolición—. Siempre has pensado que eras demasiado buena para mí, ¿no?

No respondo, solo puedo resollar a través de mi agonía mientras me hago un ovillo para protegerme.

Me doy cuenta aturdida de que me ha soltado las muñecas para golpearme, por lo que, cuando levanta el puño de nuevo, giro la parte superior del cuerpo sobre el costado. Su puño me roza el pómulo en lugar de rompérmelo como seguramente era su intención, pero aun así me pitan los oídos por el golpe. Me giro de nuevo, tratando de deshacerme de él, pero la parte inferior de su cuerpo es como una roca sobre mí.

«Lucha, Yulia, lucha». Las palabras son como un mantra desesperado en mi mente. Golpeo hacia arriba con el puño y consigo darle en la mandíbula, pero sus ojos se vuelven aún más brillantes cuando me coge de las muñecas. Veo la rabia y la locura en su oscura mirada y sé que no voy a salir viva de aquí.

—Vas a pagar por eso —dice con un siseo bajo y gutural y siento sus huevos peludos contra mi muslo cuando me obliga a abrir las piernas mientras sus dedos detienen el riego sanguíneo hacia mis manos. Su polla se presiona contra mi vagina y grito preparándome para el inevitable horror de la violación.

«¡Boom!»

Por un momento, estoy segura de que me ha golpeado de nuevo, de que el ruido ensordecedor proviene de mis huesos faciales rompiéndose, pero el polvo y el yeso que llueven sobre mí eliminan esa impresión. Kirill se aparta de mí maldiciendo, con la polla saliéndole de entre los pantalones desabrochados y se tambalea hacia atrás un par de centímetros cuando otra explosión hace temblar la sala.

Aferrándome a esa oportunidad, ignorando el dolor

punzante en la cara y en el costado, me giro en el camastro y me tambaleo al ponerme de pie. Se oye un silbido agudo de disparos sobre nosotros. Kirill se queda paralizado en el sitio, con su mirada balanceándose como loca entre la puerta y yo. Se da cuenta de que la instalación está siendo atacada y veo cómo su odio hacia mí entra en conflicto con su sentido del deber. Debería estar ahí fuera, defendiendo a sus compañeros, pero lo que quiere de verdad es hacerme sufrir.

Este último impulso parece vencer.

—¡Puta traidora! —dice a regañadientes con las venas sobresaliendo de su frente. Entonces da un paso hacia mí y levanta el puño para golpearme.

Instintivamente, me agacho y, en ese momento, otra explosión hace temblar la habitación, provocando que Kirill pierda el equilibrio y causando más lluvia de yeso sobre nosotros. De las profundidades del edificio, parece emerger el sonido de chillidos y gemidos y, de repente, una esquina de la habitación se desmorona. Los ladrillos y el yeso caen como en un alud a menos de un metro de mí.

Jadeando, salto hacia un lado y entonces lo veo.

Un ladrillo con una barra de metal oxidado incrustada.

Salto a por él, deslizándome sobre mi estómago a través de los restos de arena del suelo. Algunos pedazos de piedra y yeso se me clavan en las piernas desnudas y en la barriga, pero cierro las manos alrededor de la vara de metal y salto justo a tiempo para estamparle el ladrillo a Kirill en la cara cuando corre hacia mí.

Se tambalea hacia atrás, agarrándose al lavabo, y de nuevo escucho el furioso estallido de las armas automáticas sobre nosotros. Esta vez, sin embargo, el ruido sordo no se detiene. Quienes sean los atacantes tienen muchas armas de fuego. No obstante, no tengo oportunidad de preguntarme acerca de su identidad porque veo a Kirill meter la mano en el lavabo y sacar un arma.

Reaccionando al instante, tiro el pesado ladrillo y me lanzo hacia un lado, rodando por el suelo hacia mi atacante. Oigo el disparo, siento el escozor abrasador de la bala cuando alcanza mi brazo y, luego, choco a toda velocidad contras las piernas de Kirill.

No debe haberse recuperado totalmente del golpe de antes porque se tambalea hacia atrás y el siguiente disparo lo falla. Gateo para ponerme de pie, con los oídos pitándome por el disparo y por los tiros de arriba y le cojo la muñeca derecha, girándosela hacia un lado para que suelte el arma.

Un segundo después, estoy volando por la habitación. Entiendo vagamente antes de chocarme contra la pared que me ha hecho girar con la otra mano. El aire abandona mis pulmones y jadeo con una agonía paralizante mientras Kirill me apunta con la pistola al tiempo que su cara cambia con una ira frenética.

Me va a matar.

La idea me inyecta adrenalina en el cerebro. Sin

pensarlo, me tiro hacia él con los brazos extendidos para agarrarle con desesperación y mi mano se cierra alrededor del metal frío del cañón. Siento que se resiste bajo mis dedos, oigo el gemido mortal de la bala y caigo.

Estoy cayendo, pero no estoy muerta.

Aterrizo sobre Kirill, sorprendida, con mi mano aún agarrando convulsivamente el cañón. No puedo creer que esté viva. Por instinto, me lanzo a por la pistola tratando de que la suelte y, para mi sorpresa, lo consigo. Aferrándome al arma, me arrastro sobre el cuerpo enorme de Kirill y solo cuando estoy a un metro de distancia me doy cuenta de lo ocurrido.

Una porción del techo ha caído sobre él, derribándolo. Un ligero reguero de sangre le cae por la sien y hay yeso a su alrededor.

Kirill está inconsciente, quizás incluso muerto.

Mareada, me pongo en pie y le apunto con el arma, tratando de estabilizar el temblor violento de la mano. Mi visión se vuelve borrosa y cada pensamiento parece requerir un esfuerzo extraordinario. Solo soy consciente del odio. Negro y potente, me corre por las venas, llevándose todo pensamiento racional. Mi dedo aprieta el gatillo, casi por voluntad propia, y veo cómo el primer disparo abre un agujero sangriento en el costado de mi violador.

Su cuerpo se sacude y disparo de nuevo, apuntándole con el arma entre las piernas. Su deshinchada polla y sus huevos explotan rociando carne sangrienta. El mareo se intensifica, mi cabeza se sumerge en el dolor y aprieto los dientes, decidida a seguir consciente el tiempo suficiente para acabar con él.

Una nueva ráfaga de disparos en la planta superior llama mi atención y, de repente, me doy cuenta de que todavía no tengo ni idea de lo que está ocurriendo o de quiénes son los atacantes. Casi de inmediato, me acuerdo de algo más.

«Misha».

Mi hermano antes estaba aquí.

Un miedo glacial se cuela entre la neblina. ¿Estará Misha aquí? ¿Estará en la parte de arriba, en la zona de combate con enemigos desconocidos?

Antes de que procese el pensamiento, estoy saliendo por la puerta, corriendo a toda velocidad por el pasillo del sótano.

Tengo que encontrar a Misha.

Si sigue vivo, tengo que salvarlo.

Al girar una esquina de la escalera, choco con una persona que corre hacia mí. Colisionamos el uno con el otro y los dos caemos al suelo. Me doy cuenta, sorprendida, de que es Misha, de que mi hermano estaba corriendo hacia mí. Aterriza sobre mí y, antes de que pueda recuperar el aliento, se pone de pie, jadeando con fuerza.

—¡Misha! —Lucho contra el mareo y me pongo de pie. Sigo llevando el arma de Kirill en la mano, pero consigo agarrar a Misha del brazo antes de que se aleje—. ¿Te han hecho daño? ¿Estás herido? ¿Qué ocurre? —Las preguntas salen de mí con una mezcla frenética de ruso y ucraniano, pero Misha solo niega con la cabeza. Tiene los ojos enormes y desorientados y parece estar conmocionado. Bajo la suciedad y la sangre que le cubre la cara, sus mejillas tienen un color pálido enfermizo.

El corazón me martillea el pecho mientras con la mano libre le toco, buscando heridas de bala o huesos rotos, pero, aparte de algunos rasguños, parece estar de una pieza. Aliviada, le cojo el brazo de nuevo y tiro de él hacia una de las habitaciones que hay al final del pasillo.

—Vamos. Tenemos que salir de aquí.

—Tú... Ellos... —Parece tener problemas para hablar—. Ellos solo...

—Sí, lo sé, vamos. —Tiro de él hacia una pequeña celda parecida a la mía y busco un lugar en el que escondernos. No hay nada y se me para el corazón cuando los disparos en la parte superior se detienen para reanudarse después con más violencia todavía.

—Misha. —Sujetando la pistola con fuerza con la mano derecha, levanto la mano izquierda para acariciarle con delicadeza la mejilla. Mi hermano pequeño ya es varios centímetros más alto que yo y, si su aspecto es el reflejo de cuánto se desarrollará, le queda bastante. También está temblando de manera incontrolada y tiene la piel fría como el hielo bajo mi contacto—. Mishen'ka, ¿sabes alguna manera de salir de aquí?

Traga.

—No.

—Bien. —Yo también estoy temblando, pero mantengo la voz en calma para no asustarlo más—. ¿Sabes lo que está ocurriendo ahí arriba? ¿Quiénes nos están atacando?

—No lo sé. —Comienza a temblar más—. Ellos solo… Han matado al tío Vasya y…

—¿Obenko ha muerto? —A pesar de todo, siento una ligera punzada en el pecho. Dejando a un lado la parte irracional de las emociones, bajo la mano y le pregunto—: ¿Cuántos son? ¿Alguno ha dicho algo?

Misha niega con la cabeza de nuevo y tiene los ojos llenos de lágrimas.

—Han matado al tío Vasya —murmura, como si fuera incapaz de creerlo—. Y al agente Mateyenko. —Su cara se arruga como cuando era un crío.

—Oh, Misha… —Doy un paso al frente, tragándome mis propias lágrimas—. Lo siento. —Quiero abrazarlo y consolarlo más que nada en este mundo, pero no tenemos tiempo, por lo que le digo—: Tenemos que encontrar una vía de escape. Debe haber…

Me interrumpe el sonido de pisadas bajando por las escaleras. Misha se pone tenso y veo el terror pasar por sus ojos.

—Vienen a por nosotros. Van a…

—Shhh. —Me pongo un dedo sobre los labios mientras doy un paso atrás y miro con desesperación a mi alrededor. No sé si la pistola de Kirill estaba totalmente cargada cuando vino a mi celda, pero, incluso si así fuera, no deben quedar más de un par de balas. Sin embargo, podría utilizar esas balas para distraerlos mientras Misha se escapa.

—Vamos —susurro, cogiéndole del brazo—. En el momento en que veas una oportunidad de huir, corre. ¿Lo entiendes?

—Pero ellos van a...

—Calla —siseo, arrastrándolo hacia el pasillo. Cuando llegamos a la siguiente habitación, meto a mi hermano allí y le susurro—: No hagas ruido.

Cogiendo el arma con ambas manos, me giro hacia las escaleras, preparada para afrontar mi destino.

YULIA.

Tengo que encontrar a Yulia.

Ese pensamiento me martillea el cerebro mientras corro escaleras abajo, ignorando la sangre que me gotea por el brazo. Una bala me ha rozado el hombro y me duelen las costillas por todo el movimiento, pero prácticamente no soy consciente del dolor. La pelea se ha vuelto larga y brutal; incluso sorprendidos con la guardia baja y aturdidos por las bombas, no ha sido fácil acabar con los operativos de la UUR. Verme obligado a disparar mientras abusaban de Yulia en la planta de abajo casi me vuelve loco. Tan pronto como hemos eliminado a dos de los tres agentes que defendían la casa en el piso de arriba, he corrido escaleras abajo hacia el sótano, dejando a Diego y a Eduardo hacer frente al tercer tirador. Espero que sean capaces de capturarlo en lugar de matarlo como hemos hecho con los otros dos, pero, en cualquier caso, no vale la pena que me quede allí.

Salvar a Yulia es más importante que recabar información en cualquier momento.

Cuando llego al final de las escaleras, me obligo a frenar. El joven agente que ha corrido hacia aquí después de que matáramos al segundo tirador o el agresor de Yulia podrían estar al acecho esperándome. No creo que este último no haya escuchado los disparos y las explosiones de la parte de arriba. O eso espero, al menos. Di la orden de detonar las bombas antes de que estuviéramos en la posición correcta justo por esa razón: me imaginé que el tío no continuaría con Yulia cuando se diera cuenta de que estaban siendo atacados.

Agarrando la M16, me paro al llegar a la esquina. El pasillo con todas las habitaciones está a mi derecha. Si no me falla la memoria, la celda de Yulia era la cuarta a la izquierda.

Va a ser difícil. No puedo disparar indiscriminadamente como he hecho arriba, no sin poner en peligro la vida de Yulia.

Me agacho y me arriesgo a echar un rápido vistazo desde la esquina.

El pasillo está vacío.

Me arriesgo a echar un segundo vistazo, esta vez

calculando la distancia hasta la celda más próxima con la puerta abierta.

Poco más de tres metros. Puedo hacerlo.

Apretando con más fuerza el arma, me lanzo hacia la celda, rodando por el suelo. Casi espero sentir el mordisco de las balas, pero no ocurre nada cuando me introduzco por la puerta abierta y me pongo de pie, observando la sala en busca de peligros.

Vacía. No hay señales de que haya nadie.

Inhalo para regular el latido acelerado de mi corazón. Saber que Yulia está a solo unas habitaciones de mí es como tener un incendio en las venas, pero necesito ser paciente. En algún lugar aquí abajo hay dos contrincantes potencialmente peligrosos y tengo que tener cuidado si quiero sobrevivir y traerla de vuelta.

Pegándome a la pared junto a la puerta, estudio el pasillo con todos mis sentidos alerta. No tengo dudas de que saben que estoy aquí, lo que significa que es cuestión de tiempo que alguien pierda la paciencia e intente acabar conmigo. Para combatir mis propias ganas de actuar, cuento hasta diez mentalmente varias veces.

Durante la tercera vez, oigo un ligero chirrido y capto un leve movimiento. Es casi imperceptible, solo una sombra cambiando de forma cerca del umbral de una de las puertas, pero me doy cuenta.

Es el enemigo.

Lo más seguro sería acribillar el umbral con balas, pero no puedo arriesgarme a disparar a Yulia por accidente. He visto que las bombas que activamos han hecho bastante daño aquí abajo. El suelo está cubierto de yeso y las luces del techo parpadean intensamente. La idea de que Yulia pueda estar herida de alguna manera me es insoportable, por lo que alejo el pensamiento, junto con el miedo y la ira que se me clavan en el pecho. No me puedo centrar en nada de eso, no hasta que tenga a Yulia a salvo conmigo.

Inspiro de nuevo, calculando mentalmente la distancia hasta el otro umbral.

Dos metros, centímetro arriba o abajo. Me permito coger aire para calmarme una última vez y salto hacia él, cubriendo la distancia con tres largas zancadas. Se oye un disparo, pero ya estoy allí, quitándole el arma de la mano al tirador mientras lo derribo contra el suelo y sujeto la garganta del chico con mi fusil de asalto.

No, me doy cuenta una milésima de segundo después.

La garganta de la chica.

Yulia está bocarriba debajo de mí con sus enormes ojos azules llenos de sorpresa. Tiene la cara pálida, llena de suciedad y amoratada, manchada de sangre y trozos de yeso, pero no hay duda de que es ella.

—¿Lucas? —dice con dificultad, y veo su mirada cambiar de pronto hacia la derecha.

Reacciono por instinto. Agarrando a Yulia con una mano y la M16 con la otra, me tiro hacia un lado y ruedo, llevándola conmigo. Me duelen las costillas muchísimo, pero el ladrillo que estaba a punto de conectar con mi cabeza se estampa contra el suelo.

Salto para salir al encuentro de una nueva amenaza: el joven agente que vi en la emisión de vídeo.

El chico ha recibido cierto entrenamiento y es rápido. Cuando oscilo el arma sobre su cabeza, la esquiva y da una patada con la pierna derecha. Salto hacia atrás evitando que me golpee el costado con el pie y, antes de que se reponga, echo la pistola hacia delante, estrellando el cañón contra su plexo solar.

Su cara se vuelve de un blanco fantasmal y le ceden las rodillas. Cae al suelo, buscando aire, y levanto el arma para dejarle inconsciente. Sin embargo, antes de llevar el mango hasta su cabeza, vislumbro un leve movimiento a mi lado.

Yulia está saltando hacia mí enseñándome dientes.

—¡Déjalo! ¡No le hagas daño! —Su grito es casi histérico cuando la cojo en medio del vuelo y la giro para pegarla contra la pared. Su puño aterriza en mi costado, haciendo que mis costillas griten de agonía mientras lucho por contenerla sin dejar caer el arma. Ella la busca, tratando de alejarla de mí, y gruño de dolor cuando su codo me vuelve a golpear en las costillas.

—¡Ostia puta, Yulia! ¡Para! —No quiero hacerle daño, pero no puedo dejar que coja la pistola. Ya me ha disparado una vez; no sé qué hará con un M16 completamente cargado. Mientras forcejeo con ella, en mi visión periférica veo una sombra moverse por el pasillo.

Si otro agente se une a la pelea, estoy jodido.

Armándome de valor, me giro y le doy un golpe a

Yulia en el tórax con el codo. Controlo el golpe con cuidado, usando la fuerza justa para sacarle el aire de los pulmones. Luego, salto hacia atrás y me giro para encararme con el chico, que sigue en el suelo, pero que comienza a recuperarse del golpe.

Se le abren los ojos al verme levantar el arma, apuntándole directamente, y, por primera vez, me doy cuenta de la belleza de sus facciones, unas facciones que me son extrañamente familiares.

—¡No!

Antes de que tenga la oportunidad de procesar lo que estoy viendo, Yulia me golpea, placándome antes de que me dé cuenta con tal fuerza que me tambaleo. Su cara refleja una mezcla de terror y rabia mientras lucha contra mí por el arma y comienzo a hacerme una idea de lo que está pasando.

—¡Misha! —grita con todas sus fuerzas antes de seguir con algunas palabras rusas y mis sospechas cristalizan en certeza mientras veo al chico luchar por ponerse de pie y correr hacia mí enseñando los dientes en una mueca casi idéntica a la que hay en la cara de Yulia.

«Hija de puta».

—¡Para! —gruño, arrancándole el arma de las manos a Yulia con un tirón fuerte—. ¡No voy a hacerle daño, joder!

El chico choca contra mí antes de que acabe de hablar y le golpeo en la garganta, midiendo la fuerza para no romperle la tráquea. Incluso a pesar de mi ligero toque, cae, asfixiándose y buscando aire. Estoy libre para lidiar con el ataque de Yulia.

Vuela hacia mí como una criatura salvaje, con uñas y dientes y los ojos llenos de un terror salvaje. Está claro que no se ha creído la promesa de que no iba a herir al chico, sea quien sea, por lo que está luchando como una mamá oso protegiendo a su cría. Maldiciendo, bloqueo su intento de golpearme con la rodilla en las pelotas y me agacho para evitar su puñetazo. Antes de que arremeta contra mí de nuevo, la cojo y le sujeto los brazos contra los costados, oprimiéndola con fuerza. Sigo teniendo la M16 en la mano, pero no la uso. Simplemente sujeto a Yulia contra mí, dejando que se canse con sus esfuerzos desesperados.

Se debilita más rápido de lo que esperaba, posiblemente porque está herida. En un par de minutos, se vuelve flácida entre mis brazos y su respiración es rápida y temblorosa. Mientras la sujeto, siento que sus músculos tiemblan por el agotamiento y, a pesar del violento dolor en mis costillas, una mezcla familiar de lujuria y ternura se extienden por mi interior, calentándome el pecho y endureciéndome la polla.

Yulia.

Por fin tengo a mi Yulia.

Noto su pecho suave contra mí y su cuerpo delgado y delicado entre mis brazos. Huele a miedo, sudor y sangre, pero debajo de todo eso hay un leve aroma a melocotón, una fragancia que siempre relacionaré con ella. Absorbo su olor, satisfaciéndome a mí mismo por un segundo, pero luego recuerdo la sombra que vi antes moviéndose.

El otro agente, el atacante de Yulia, sigue suelto.

—¿Te ha hecho daño? —digo con voz grave mientras crece mi ira—. ¿Ese cabrón te ha tocado?

El cuerpo de Yulia se pone rígido y comienza a luchar de nuevo.

—Déjame. —Sus palabras suenan amortiguadas contra mi camiseta—. ¡Déjame, Lucas!

La estrecho entre mis brazos, ignorando el dolor que me causa el movimiento.

—¡Contéstame!

Se calma, respirando rápido, y veo que el chico trata de ponerse en pie. Aprieto la mandíbula y giro a Yulia para poder apuntarle con la M16. Se queda paralizado inmediatamente e intento averiguar qué hacer ahora. Mi interior me pide que corra hacia el pasillo para capturar al agente que abusó de ella, pero, si dejo ir a Yulia, me volverá a atacar y no quiero tener que hacerle daño.

Además, está el puto crío.

Mientras lucho con mi dilema, me doy cuenta de que ya no se oyen disparos. De hecho, hace un par de minutos que reina el silencio. Justo cuando lo pienso, oigo pasos rápidos en la escalera y, un minuto después, Eduardo entra en la sala, preparado para acabar con los oponentes restantes.

—Espera —le ordeno mientras apunta al chico con el arma—. No le dispares. —Yulia comienza a forcejear de nuevo, por lo que la aprieto con más fuerza y le susurro al oído—: Tranquilízate. No vamos a hacerle daño. Si hubiera querido matarle, ya estaría muerto.

Esto parece calar en ella. Deja de luchar y me arriesgo a aflojar mi abrazo. Cuando veo que sigue sin atacar, la suelto y doy un paso atrás. En el último momento, cambio de idea y la cojo por la muñeca con la mano izquierda, atrayéndola hacia mí.

De ninguna manera le voy a dar la oportunidad de que me abandone de nuevo.

—Hay alguien más aquí abajo, en algún sitio —le digo a Eduardo con voz grave. El pensamiento de que el atacante de Yulia esté suelto se me hace intolerable —. Encuéntralo y tráemelo.

Eduardo asiente y desaparece. Yulia me observa, temblando de pies a cabeza. Me mira como si estuviera a punto de desmayarse o de echar a correr.

—Tú no... —Se le quiebra la voz—. ¿No vas a hacerle daño a Misha?

Miro hacia el chico que sabiamente sigue sin moverse en el suelo.

—Si ese es Misha, no. —Cojo aire para calmarme, tratando de no doblarme por el dolor de las costillas—. ¿Qué relación tenéis?

Los ojos de Yulia se hacen más grandes.

—¿No lo sabes? Pero dijiste...

—Creo que es posible que no lo entendiera bien —digo, manteniendo la voz calmada—. ¿Quién es? ¿Tu primo?

Pestañea.

—Mi hermano.

Ahora me toca a mí estar sorprendido.

—Dijiste que eras hija única.

—Mentí —contesta. Luego, su frente se arruga por la confusión—. Pero dijiste que lo sabías. Cuando te pedí que no lo mataras, dijiste que lo sabías. ¿A qué te referías? ¿Por qué...?

—Creía que era tu amante, ¿de acuerdo? —La rabia, esta vez hacia mí mismo, me entrecorta la voz—. ¿Por qué me mentiste sobre lo de ser hija única?

Yulia se humedece los labios.

—Porque no confiaba en ti.

Claro y, al parecer, con razón. Me obligo a tomar aire de nuevo. Con un tono más calmado, le pregunto:

—¿Te ha hecho daño? ¿Ese cabrón te ha hecho daño?

Se pone rígida otra vez.

—¿Cómo...?

—Jaqueé las cámaras de la instalación —contesto. Le suelto la muñeca y levanto la mano para pasar las yemas de los dedos por la hinchazón del lado izquierdo de su cara—. ¿Te ha hecho esto? —pregunto, tratando de reprimir la ira—. ¿Te ha golpeado?

—Él... —Yulia traga saliva—. Luché, por eso me golpeó. Luego, tú... —Se detiene—. ¿Cómo has encontrado este sitio?

Empequeñezco los ojos, rechazando el cambio de tema.

—¿Te ha violado?

—Lo ha intentado, pero no. —Sus ojos se mueven hacia el suelo—. Esta vez no.

—¿Esta vez? —Estoy a punto de explotar—. ¿Te ha hecho daño antes?

Me mira y parece alarmada.

—Te lo conté. ¿No te acuerdas?

—Era...

—Kirill, sí. —Aprieta sus amoratados labios—. Me mintieron. Estaba vivo. Vivo y entrenando a Misha... —Mira hacia el chico, que ha estado totalmente en silencio durante nuestra conversación. No sé cuánto inglés entenderá, pero a juzgar por su expresión aturdida, debe haber entendido algo.

Veo que Yulia va a empezar a hablar con él, por lo que la cojo de la barbilla con firmeza para atraer su atención.

—Vamos a cogerlo —le prometo con tristeza—. No se va a escapar esta vez.

Para mi sorpresa, la boca de Yulia se curva en una pequeña sonrisa, por lo que bajo la mano.

—No pasa nada. Me he ocupado de él.

—¿Qué?

—Está muerto... O lo estará en breve si no lo está ya. —La sonrisa de Yulia se hace más grave—. Está en mi celda. Al menos su cuerpo debería estar ahí.

Estoy a punto de pedirle que me lleve hasta allí cuando Eduardo entra en la habitación.

—Se ha ido —el guardia habla con un asco evidente —. El cabrón ha conseguido, de alguna manera, llegar hasta uno de los SUV del patio trasero y escaparse.

Tiene que haber otra salida aquí abajo. Sin embargo, ha ido goteando sangre por todo el camino hasta el coche, por lo que debe estar muy malherido. Quizás se desangre solo.

Yulia junta las cejas.

—¿De quién…?

—Está hablando de Kirill. —Lucho por mantener la voz tranquila—. Vi una sombra moverse en el pasillo, cuando Misha y tú estabais haciendo lo imposible por reventarme la cabeza. Puede que no estuviera tan herido como pensabas o…

—Le disparé en la polla y en las pelotas. —El tono cortante de Yulia hace que yo, y todos los demás hombres en la sala, nos encojamos instintivamente—. Además, le metí una bala en el costado —dice y, antes de que nadie pueda responder, sale corriendo por el pasillo hacia su celda.

—Mantenle vigilado —le digo a Eduardo haciéndole un gesto hacia el hermano de Yulia y salgo disparado tras ella, dispuesto a no permitirle alejarse de mi vista nunca más.

 *ulia*

LUCAS ESTÁ AQUÍ. ME HA PROMETIDO QUE NO VA A hacerle daño a mi hermano. Puede que Kirill haya escapado.

No soy capaz de procesar todo eso, por lo que ni siquiera lo intento. En cuanto irrumpo en la habitación en la que Kirill me ha atacado, me doy cuenta de que Eduardo tenía razón.

Kirill ha desaparecido.

Hay sangre por todos lados. Me doy la vuelta para seguir el rastro fuera de la habitación, pero Lucas ya está allí, alzándose imponente como una montaña humana en el umbral de la puerta. Su dura mandíbula está oculta bajo la barba de varios días y tiene los ojos del color de un lago helado. Con sus herramientas al estilo SWAT y el fusil, parece el soldado más despiadado.

Quiero a la vez huir de él y saltar a sus brazos.

No hago ninguna de las dos cosas. En lugar de eso, digo débilmente:

—Ha desaparecido. —Sé que lo que estoy afirmando es obvio, pero cualquier pensamiento más profundo parece sobrepasarme en este instante. Me palpita la cabeza del dolor y siento que van a fallarme las rodillas de un momento a otro. Se ha desvanecido la adrenalina que me ha mantenido durante la pelea con Lucas y me quedo temblando.

Kirill ha estado a punto de violarme otra vez. Lucas me ha salvado. Lucas pensaba que Misha era mi amante.

Niego con la cabeza mientras una carcajada histérica brota de mi garganta.

—Yulia… —Lucas extiende las manos hacia mí con el ceño fruncido y mi risa se intensifica. No dejo de reír, ni siquiera cuando me abraza, clavándome la M16 en la espalda, o cuando me mece contra él, susurrándome al oído palabras tranquilizadoras sin sentido. Me promete que va a encontrar a Kirill por mí, que se asegurará de que el cabrón sufra, pero no le escucho. Mi mente es como una pelota de ping-pong, saltando de un hecho descabellado al siguiente.

Lucas está en Ucrania. Mi hermano está aquí conmigo. Lucas no pretende matarlo, aunque quería hacerlo cuando pensaba que era mi amante.

Las carcajadas histéricas se convierten en sollozos igual de histéricos. Sé que soy patética, pero no puedo parar. Todo el dolor de cabeza y el estrés de las últimas horas se fusionan en una bola cada vez más grande en mi garganta y no importa cuánto aire coja, no puedo dejar de sentir que me estoy ahogando.

Podrían haber matado a Misha. Pueden matarlo si Lucas cambia de idea. Quiero suplicarle de nuevo que deje vivir a mi hermano, pero solo consigo soltar un sonido ahogado que se convierte en otro sollozo.

—Shhh, cariño, todo va a salir bien… —La voz de Lucas es un sonido suave en mis oídos—. Te voy a proteger de él, te lo prometo.

Doblándose, me coge, meciéndome contra su pecho, y paso los brazos alrededor de su cuello, presionando la cara contra su garganta. Casi al instante, me siento más tranquila y los sollozos se aminoran mientras me lleva por el pasillo.

Sin embargo, cuando pasamos por la habitación en la que he dejado a mi hermano, veo que está vacía y la sensación de ahogamiento regresa.

—¿Dónde está? —Mi voz adquiere un tono más alto mientras empujo los hombros de Lucas—. ¿Dónde está Misha?

—Supongo que Eduardo lo habrá subido, a donde te estoy llevando yo ahora —contesta, presionándome con más fuerza contra él—. No te preocupes, pequeña. Va a estar bien y tú también.

Sus palabras me tranquilizan un poco. Sigo sin confiar en Lucas, pero no veo qué ganaría engañándome en esto. Como me ha dicho, si quisiera ver a Misha muerto, le hubiera matado.

—¿Qué vas a hacer con él? —Mi tono es un poco más calmado mientras me echo hacia atrás para mirar a mi captor—. Con nosotros, quiero decir.

—Tanto tú como tu hermano vendréis conmigo. —Los ojos de Lucas brillan mientras sube los escalones de dos en dos—. Ahora relájate, pronto arreglaremos todo lo demás.

Y, antes de que pueda preguntarle nada, llegamos a las ruinas de la primera planta de la casa.

LAS SIGUIENTES HORAS LAS RECUERDO BORROSAS. Me acuerdo de ver el cuerpo sangriento de Obenko mientras Lucas me sacaba de las ruinas, pero debí desmayarse poco después porque no recuerdo el viaje al aeropuerto o el despegue del avión. Mi último recuerdo más o menos claro es el de mi hermano sentado en el coche a mi lado con los ojos rojos e hinchados y las manos esposadas a la espalda.

Varias veces durante el vuelo, Diego me sacude para despertarme y me pregunta mi nombre y el número de dedos que me muestra. La primera vez que ocurre le pregunto por mi hermano y señala hacia un bulto cubierto con una manta en el sofá que se encuentra al otro lado de la cabina.

—Le hemos dado un sedante para que dejara de pelear con nosotros —me explica el guardia—. Tu hermano no se ha tomado bien la muerte de los otros agentes.

Trato de levantarme para asegurarme de que Misha está bien, pero mi cuerpo entero se queja violentamente, comenzando por el cráneo, y caigo hacia atrás en el asiento de felpa con un gruñido de dolor, luchando contra una ola de mareo nauseabundo.

—No intentes moverte —dice Diego, abrochándome el cinturón del asiento—. Lucas piensa que a lo mejor tienes una conmoción cerebral. Dijo que te vigiláramos mientras pilota el avión.

—Pero Misha…

—Está bien. —Diego camina hacia él y le da un toque en el hombro. Mi hermano hace un ruido incoherente y el guardia dice—: ¿Ves? Está dormido. Ahora relájate. Ya estamos sobre Atlanta y deberíamos llegar a casa pronto.

—¿A casa? —Intento pensar a través del dolor palpitante en las sienes.

—Nuestro campamento. —El joven mexicano sonríe—. El aire está a nuestras espaldas, por lo que aterrizaremos en nada.

Quiero alegar que el campamento de Esguerra no es mi casa, pero el dolor de cabeza se intensifica y me desvanezco inconsciente de nuevo.

—…TIENE MUCHOS MORATONES EN LA ESPALDA, EN LA cara y en el estómago y sí, una conmoción leve. Voy a darle unas pastillas para el dolor para que descanse bien. No hay necesidad de despertarla. No es una lesión grave en la cabeza. Su cuerpo solo ha sufrido un trauma y necesita curarse. Cuanto más duerma, mejor. Sugiero que tú también te lo tomes con calma. No les estás haciendo ningún favor a tus costillas con toda esta actividad.

La voz me resulta levemente familiar. Abro los párpados para curiosear y veo a Lucas junto a un hombre bajo y calvo, el doctor que me inspeccionó cuando me trajeron por primera vez a la mansión. ¿Cómo se llamaba? Ahogando un gruñido, giro la cabeza para observar lo que me rodea y me doy cuenta de que estoy en la habitación de Lucas, tumbada en su enorme y cómoda cama.

También estoy limpia y desnuda bajo la manta. Lucas debe haberme desvestido y lavado mientras estaba inconsciente.

—¿Dónde está Misha? —Las palabras salen en forma de un graznido apenas audible. Me aclaro la garganta y lo intento otra vez—: ¿Dónde está mi hermano? —A juzgar por las sombras que se dibujan y a que las luces del cuarto están encendidas, ya debe ser por la tarde o incluso por la noche.

Lucas y el doctor se giran al mismo tiempo para mirarme. La boca de Lucas se vuelve una fina línea, pero, en el momento en que intento sentarme, cruza la habitación con un par de zancadas y se sitúa en el borde de la cama.

—Tienes que descansar. —Su tono es grave, pero su

contacto es suave cuando me echa hacia atrás—. No te muevas.

Comienza a levantarse, pero lo cojo de la mano con desesperación.

—Necesito ver a Misha.

Lucas duda un momento y, luego, dice con aspereza:

—Bien, haré que lo traigan. Pero tienes que descansar, ¿me entiendes?

Aprieto más fuerte la mano de Lucas.

—¿Dónde lo tienes? —Ahora que estamos fuera del peligro inmediato, un nuevo miedo se apodera de mí. Mi hermano está aquí, en las instalaciones de Esguerra, en manos de hombres que podrían apagar su vida como si aplastaran un insecto. Si no hubiera detenido a Lucas en el sótano, seguramente hubiera matado a Misha, como mató a Obenko y a los otros agentes.

Mi captor es peligroso y no lo puedo olvidar.

—Misha, o Michael, como nos ha dicho que prefiere que lo llamemos, está en el barracón de los guardias —dice Lucas flexionando el músculo de la mandíbula. Parece enfadado por algo, pero no tengo ni idea de por qué—. Diego y Eduardo lo están vigilando. Ahora, si me perdonas, voy a llamar a Diego y le voy a pedir que lo traiga.

Suelto la mano de Lucas y se levanta.

—Dale la medicina —le ordena al doctor—. Vuelvo en un minuto.

El hombre asiente, y Lucas sale después de dedicarme una última mirada seria. Aunque el dolor me comprime la sien, entiendo su aviso silencioso: «Compórtate o verás».

Si me hubiera preguntado, le hubiera dicho que su advertencia era innecesaria. No solo me siento como si un camión me hubiera pasado por encima, sino que Lucas tiene a mi hermano. Incluso si quisiera huir, no iría a ningún sitio sin Misha, que es por lo que Lucas debe haberlo traído, me doy cuenta con un estremecimiento.

—Aquí tienes —dice el doctor, extendiendo la mano hacia mí, y yo automáticamente acepto las dos pastillas que me da.

—Gracias, doctor Goldberg —respondo, acordándome finalmente de su nombre.

El hombre bajito me dedica una sonrisa agradable y me ayuda a sentarme, poniéndome dos almohadas debajo de la espalda mientras me sujeto la manta al pecho. También me da una botella de agua, que utilizo para tragar las pastillas. No tiene sentido resistirse: las pastillas me pueden nublar la mente, pero el dolor de cabeza ya lo está consiguiendo. Incluso después de haber dormido durante todo el viaje, me siento débil y agotada, y me duele todo el cuerpo.

—Deberías descansar —dice el doctor Goldberg antes de girarse a rebuscar en su bolsa mientras pego más la manta alrededor de mi pecho desnudo, sujetándola con los brazos.

Como si estuviera obedeciendo sus instrucciones, mis párpados se vuelven cada vez más pesados y mi mente comienza a vagar mientras el doctor se queda ahí, tarareando en voz baja. Estoy casi dormida cuando me acuerdo de algo que ha dicho antes.

—¿Está Lucas herido? —Me incorporo y mi adormilamiento desaparece ante la avalancha de la preocupación—. Ha mencionado sus costillas.

El doctor Goldberg se gira con las cejas arqueadas por la sorpresa.

—Ah, eso. Sí, las costillas rotas tardan un tiempo en curar. Se supone que tiene que abstenerse de toda actividad física y no correr como si fuera Rambo.

Frunzo el ceño.

—¿Cuándo se ha roto las costillas? —Por el modo en que el doctor está hablando, parece una lesión más antigua.

El doctor me dedica una mirada de búho.

—¿No lo sabes? —Luego, su cara se despeja y niega con la cabeza—. Claro que no lo sabes. ¿En qué estaba pensando?

—¿Ha ocurrido algo?

Duda y, después, dice:

—Creo que será mejor que Kent te ponga al día.

—¿Ponerle al día de qué? —pregunta Lucas, entrando en la habitación, y veo a mi hermano pasar tras él con las manos esposadas delante.

—¡Misha! —Casi salto de la cama sin pensar en las heridas, pero, en el último momento, me acuerdo de que estoy desnuda bajo la manta. Me sonrojo y aprieto los brazos a los costados antes de mostrarle una sonrisa a mi hermano—. ¿Cómo te encuentras? —le pregunto en ruso—. ¿Estás bien?

Misha me observa y veo que se está poniendo rojo cuando pasa la mirada de mí a Lucas y, después, al doctor Goldberg.

Me giro hacia mi captor.

—Lucas, ¿sería posible…?

—Tenéis cinco minutos —refunfuña y sale de la habitación. El doctor le sigue y cierra la puerta tras él. Entonces me encuentro a solas con mi hermano por primera vez en once años.

26

En cuanto la puerta del dormitorio se cierra, me giro hacia Goldberg y le digo:

—Prepara los localizadores. Quiero que se los implantes antes de que te vayas.

El doctor me mira sorprendido.

—¿Esta noche? Pero...

—Ya está tomando calmantes y, con todos los golpes que ha recibido, apenas notará el dolor. —Cruzo los brazos delante del pecho—. Puedes usar anestesia local para que no le duela cuando se los pongas. —Me detengo y miro a Goldberg con el ceño fruncido—. A menos que pienses que esto dificultará la recuperación.

—No, pero... —Me mira con recelo—. ¿No crees que ya ha tenido suficiente?

—¿Perdón?

Goldberg suspira y dice:

—Da igual. Ya veo que estás decidido a hacerlo. Voy a prepararlo todo.

Se acerca al sofá y se sienta, abre el maletín médico, saca una jeringuilla con una aguja gruesa y esteriliza los implantes que le había dado antes. Los localizadores son pequeños, del tamaño de un grano de arroz, pero son capaces de emitir una señal desde cualquier parte del mundo. Lo observo durante unos instantes; luego, me acerco a la ventana y me quedo mirando el exterior sin pensar en nada, tratando de contener la ira que crece dentro de mí.

Kirill ha escapado.

Ha herido a Yulia y, después, se ha escapado, joder. No sé cómo lo ha conseguido. Si de verdad Yulia le hizo tanto daño como dice, debería haber estado a punto de morir, pero el cabrón se marchó en el todoterreno y no pudimos perseguirlo sin alertar a las autoridades de que estábamos en el país. En realidad, después de tantas explosiones y tiroteos, era solo cuestión de tiempo que nos surgieran problemas. Nuestra mejor opción era salir pitando del país lo antes posible y eso fue lo que hicimos.

Por supuesto, lo hicimos porque Yulia estaba herida y quería llevarla a casa cuanto antes. De lo contrario, habría perseguido a ese desgraciado y me habría preocupado de cómo salir del país más tarde.

Pensar que ha pegado a Yulia y que casi la viola de nuevo me provoca una ira que me invade todo el cuerpo. No sé qué me enfada más: que Yulia me haya mentido sobre ser hija única y haya escapado, o que yo no haya actuado con la diligencia necesaria antes de sacar conclusiones precipitadas.

Misha es su hermano, no su amante.

Su puto hermano adolescente.

En el vuelo tuve tiempo de pensar en todo y, viéndolo con perspectiva, estaba claro que los celos me cegaron tanto que no me dejaron ver la realidad. La idea de que Yulia estuviera enamorada de otro hombre me resultaba tan insoportable que me negué a escuchar sus súplicas.

Mi obsesión por ella casi la mata.

—¿Lucas? —La voz de Goldberg interrumpe mis pensamientos. Cuando me giro para fulminarlo con la mirada, el doctor dice con cautela—: Creo que los cinco minutos ya han pasado. Si quieres que realice la operación, estoy listo.

—De acuerdo. —Me obligo a utilizar un tono calmado—. Vamos.

Malentendido o no, Yulia no volverá a escaparse nunca más.

ulia

CUANDO EL DOCTOR CIERRA LA PUERTA A SUS ESPALDAS, me acerco al borde de la cama, asegurándome de que la manta me tapa el pecho. La cabeza me palpita al moverme, pero digo:

—Mishen'ka

—Es Mikhail, o Michael, ya que te gusta tanto lo inglés —masculla mi hermano, junta las cejas claras al fruncir el ceño de manera violenta—. No soy un niño.

—No, ya lo veo.

Ignorando las palpitaciones en las sienes, estudio sus rasgos y me doy cuenta de los cambios que la adolescencia ha provocado en él. A los catorce años ya ha empezado la transición hacia la madurez, tiene el rostro más delgado y duro de lo que recordaba haber visto en las fotos de hace un par de meses.

Contengo las ganas repentinas de llorar y lo intento otra vez:

—Michael. —Se me hace muy extraño pronunciar la forma americana de su nombre—. Quiero hablar contigo sobre… bueno, sobre todo.

Permanece de pie sin moverse, se le ve tenso y enfadado, así que continúo:

—De verdad, siento lo de Obenko, tu tío. Sé que significaba mucho para ti. Y Mateyenko… Eran muy buenos agentes. Se preocupaban de verdad por el país y sé que Obenko se preocupaba por ti. —Me doy cuenta de que me estoy yendo por las ramas, así que respiro hondo y digo—: Mira, sé que el hombre que nos tiene retenidos puede parecer aterrador, pero te prometo que voy a hacer todo lo que esté en mi mano para protegerte. Lucas ha dicho que no te iba a hacer daño, y yo…

—¿Es tu amante? —Las mejillas de Misha se enrojecen al hacer la pregunta, pero no aparta la vista, me mira fijamente, acusándome con la mirada.

Noto cómo me ruborizo. Es una conversación que preferiría no tener con mi hermano pequeño.

—Él es… Es complicado. Pero no tienes que preocuparte. Me encargaré de que estés a salvo, ¿de acuerdo?

—Sí, claro, como te encargaste de que el tío Vasya estuviese a salvo. —El tono de Misha es duro, pero siento el miedo y el dolor que hay detrás. El entrenamiento que ha recibido en estos dos años no lo ha preparado para esto. Puede que mi hermanito sepa luchar y disparar un arma, pero dudo que haya visto la muerte tan de cerca como ayer.

Esa parte no llega hasta después del programa de entrenamiento.

—Michael. —Me muerdo el labio, preguntándome cual es la mejor forma de afrontar las mentiras de Obenko—. Sé que tu tío te ha dicho cosas de mí, y…

—¿También lo vas a acusar de ser un mentiroso? ¿No te vale con que haya muerto por tu culpa? —Misha tensa la cara y en los ojos le aparece un brillo sombrío —. Esos asesinos iban detrás de ti. Todo esto ha ocurrido por tu culpa.

—No, Misha. Michael, no es verdad. —Su sufrimiento me parte el corazón—. Me escapé para poder avisar a Obenko de… —Me callo, consciente de que lo que iba a decir asustaría más a mi hermano. Con un tono más calmado, le digo—: Mira, sé lo que parece, pero te juro que lo hice con la mejor de las intenciones. Todo lo que he hecho desde que me fui del orfanato ha sido con el mismo fin…

—Oh, por favor. —Misha se acerca hacia mí, con las manos esposadas y rígidas delante de él—. Me dejaste allí para que me pudriese. Un día me prometiste que siempre estarías conmigo y al siguiente ya te habías ido.

Conmocionada abro la boca, pero no me da la oportunidad de responderle.

—¿Crees que no me acuerdo? —Alza la voz y da

otro paso hacia mí—. Pues sí que me acuerdo. Me acuerdo de todo. Me mentiste. Me dijiste que siempre estaríamos juntos, ¡y, después, te marchaste!

—Ya basta. —La voz de Lucas nos deja paralizados a los dos mientras la puerta se abre y entra mi captor. Lo sigue el doctor Goldberg con unos guantes de látex puestos y una bandeja quirúrgica con jeringuillas y agujas de varios tamaños.

El corazón me da un vuelco; luego, se me acelera.

—¿Qué es eso? —No puedo disimular el miedo al mirar a Lucas—. Dijiste que…

—Son los localizadores de los que te he hablado antes —dice, cruzando la habitación. Se para delante de mi cama, mira a mi hermano que, aterrado, observa fijamente la bandeja—. Estará bien —dice Lucas, cogiendo a Misha del brazo y apartándolo de la cama.

—No, espera. —Un sudor frío me recorre el cuerpo cuando el doctor Goldberg coge una jeringuilla y me la acerca. No estoy preparada para esto—. Lucas, por favor, no tienes que hacerlo —le suplico mientras arrastra a mi hermano por la habitación, ignorando el empeño de Misha por tirarse al suelo y golpearle en las rodillas—. No huiré, te lo prometo. Haré todo lo que me pidas…

Lucas se detiene en la puerta y empuja a Misha contra ella, estrangulándolo. Su robusto antebrazo es más grueso que el cuello de Misha.

—Lo sé —dice, su mirada gélida me deja clavada en el sitio—. Lo harás. Y ahora quiero que seas una buena chica y dejes que el doctor te ponga anestesia local para que la inserción sea más fácil.

—Pero...

La cara de Misha se vuelve morada mientras Lucas aprieta el brazo, y yo asiento rápido mientras los ojos me escuecen por lágrimas de impotencia.

—Vale, lo haré. Pero deja que se vaya.

—Le dejaré, cuando los implantes estén puestos. —Después de soltar la garganta de Misha, Lucas lo coge de la camiseta y lo empuja fuera de la habitación, cerrando en el trayecto la puerta.

—Lo siento —dice el doctor, inclinándose sobre mí. Sus ojos marrones están llenos de compasión—. Sé que esto no es fácil para ti. Podrías, por favor, acostarte boca abajo...

Los moratones me duelen ligeramente al obedecer, me tumbo y me pongo boca abajo. El doctor me retira la manta y siento un pequeño pinchazo entre los omoplatos mientras la aguja se hunde en la piel. Le sigue otro pinchazo en la nuca y una punzada cerca de la axila. La piel se me adormece y cierro los ojos mientras las lágrimas mojan las sábanas que tengo bajo la cara.

Mi secuestrador sigue siendo igual de cruel y esta vez no hay escapatoria.

L *ucas*

—¿QUÉ QUIERES DE NOSOTROS? —PREGUNTA EL CHICO en inglés, acariciándose el cuello con las manos esposadas. Su mirada oscila entre la puerta de la habitación y yo, y sé que se está planteando atacarme para intentar salvar a su hermana—. ¿Nos vas a matar?

Su inglés es muy bueno, casi tanto como el de Yulia, lo que tiene sentido. La UUR debe de habérselo enseñado también desde pequeño.

—No, Michael —digo—. No si tu hermana hace lo que se le pide. —No voy a matarlo, ni mucho menos voy a matar a Yulia, pero es mejor que el chico no lo sepa todavía. Puede que sea joven, pero es fuerte y está bien entrenado para su edad.

Necesito tener alguna ventaja sobre él para mantenerlo a raya.

Confiado, la barbilla del chico sobresale con agresividad.

—Si no vas a matarnos, ¿por qué nos has traído aquí? No voy a traicionar a mi país, así que, si crees que vas a hacerme hablar…

—Dudo que un aprendiz sepa algo de provecho, así que relájate. Torturarte no entra en mis planes de hoy.

Me fulmina con la mirada, y lo veo sopesando las posibilidades que tiene de ganarme en una pelea.

—Si fuese tú, no lo haría. —Doy un paso hacia la derecha para quedarme justo entre él y la puerta de la habitación—. Le prometí a Yulia que no te haría daño, pero, si sigues atacándome… —No pronuncio la amenaza, pero el chico se pone pálido y da un paso hacia atrás.

Satisfecho, hago un gesto señalando el sofá.

—Siéntate. Puedes ver la televisión hasta que Diego vuelva.

El chico no se mueve.

—¿Por qué le haces esto a Yulia? ¿Qué quieres de ella?

—Eso no es asunto tuyo. —Mis palabras han sonado más duras de lo que pretendía. Escuché a los dos hermanos hablar al entrar y, aunque no entiendo ruso, estaba claro que Michael estaba culpando a su hermana de algo. Ella parecía dolida, destrozada por lo que fuese que le había dicho el chico. Esto casi me hizo cambiar de opinión sobre obligarla a ponerse hoy los implantes.

Casi, pero no.

La necesidad de someter a Yulia, de encadenarla a mí, es una obsesión que no puedo controlar. No haberla tenido conmigo estas últimas semanas ha sido una tortura horrible y no quiero volver a pasar por eso. Sin duda, Esguerra tenía razón cuando usó los implantes con su esposa. Los localizadores me mantendrán informado del paradero de Yulia en todo momento. Con los dispositivos insertados en el cuello y en la espalda, solo un cirujano altamente cualificado podría quitarlos de una forma segura.

—Es mi hermana —grita el chico. Sus ojos azules, que guardan un parecido inquietante con los de Yulia, arden de furia—. Si le haces daño...

—No podrás hacer nada —digo, creo que es mejor dejarlo claro desde el primer momento—. El único motivo por el que estás vivo es porque yo he decidido que así sea. Muchas personas de este recinto han muerto por culpa de tu organización, y casi matáis a mi jefe. ¿Lo entiendes?

El chico me mira fijamente durante unos segundos, luego, se acerca al sofá y se sienta, tiene los hombros firmes por la tensión.

Ahora lo entiende.

Si me ocurriese algo, él y Yulia estarían perdidos.

Supongo que debería sentirme mal por atemorizar al chico, pero tiene que entender cuál es la situación. Hasta ahora, no ha dado más que problemas. Atacó a Eduardo en el avión, le dio una patada en la entrepierna y, cuando Diego lo trajo a mi casa, el guardia me contó que el chico había intentado cogerle el arma en el coche mientras venían hacia aquí.

Por su propia seguridad, el hermano de Yulia tiene que entender cuáles son las nuevas condiciones.

—Escucha, Michael… —Me acerco al sofá y cojo el mando a distancia—. No pretendo hacerle daño a Yulia ni tampoco a ti. Pero tienes que cooperar y dejar de pelearte con nosotros.

El chico me dedica una mirada hosca.

—Que te follen.

Debería castigarlo por hablar así, pero yo decía cosas peores a su edad.

—¿Qué quieres ver? —le pregunto, mientras muevo el mando hacia la televisión.

Se queda callado durante un momento, luego, responde en voz baja:

—Has matado a mi tío.

Me giro hacia él desconcertado.

—¿Tu tío?

—Sí. —El chico se levanta y aprieta las manos—. Ya sabes, el hombre al que disparaste ayer en la cabeza.

Frunzo el ceño. La historia es más complicada de lo que pensaba.

—¿Era uno de los agentes del centro clandestino?

—Que te follen. —El chico se deja caer en el sofá y mira al frente—. Ojalá comas mierda y te mueras.

—Pues *Modern Family* —digo, enciendo la televisión y pongo la famosa serie—. Diego debe estar a punto de llegar, pero, por ahora, creo que es lo mejor.

El programa empieza a reproducirse, me acerco a la

puerta de la habitación y me apoyo en la pared. Mientras le echo un ojo al chico, escucho los sonidos del cuarto. Dentro todo está tranquilo y, unos minutos más tarde, aparece Diego.

—Vigílalo con precaución —le digo al guardia, bajando la voz hasta casi susurrar—. Parece que hemos matado a alguien de su familia. Tengo que hablar con Yulia para encontrarle sentido a todo esto pero, por ahora, échale un vistazo. El chico quiere sangre.

Diego asiente y en su cara veo una expresión sombría. Sé que lo ha entendido.

Nada motiva más que la venganza.

Los llevo hasta la puerta, asegurándome de que el chico no intenta nada en el camino y vuelvo a la habitación, donde Goldberg ya está guardando las cosas en su maletín.

Yulia está tumbada boca abajo, tensa y en silencio, con apósitos que marcan cada sitio donde le ha hecho la inserción. La manta está doblada a la altura de la cintura dejando ver la espalda esbelta y la bella línea de la columna. Mira hacia el lado contrario a mí y tiene el pelo suelto sobre las sábanas formando una nube rubia enmarañada. Siento un dolor en el pecho al ver cómo los arañazos y los moratones le manchan la delicada piel.

Quizás debería haber esperado para insertarle los localizadores.

No. Dejo de dudar sobre mí mismo, no es propio de mí, y miro al doctor.

—¿Ha ido todo bien? —pregunto y Goldberg asiente mientras recoge el maletín.

—Todo ha ido bien —dice, dirigiéndose a la puerta —. Debería dejar de sangrar dentro de una hora. Entonces, si quieres, puedes cambiar los apósitos por tiritas normales. Si mantienes limpios los puntos de inserción, no le quedará cicatriz.

—Bien, gracias. —Me acerco a la cama y me siento, esperando a que el doctor se vaya. Cuando oigo que la puerta principal se ha cerrado, extiendo la mano y paso los dedos por encima de la espalda desnuda de Yulia, evitando las partes magulladas. Su piel está fría y suave, y siento cómo se estremece al tocarla. Enseguida, mi cuerpo cobra vida, mi deseo hacia ella se despierta con una furia salvaje.

Blasfemo en voz baja, retiro la mano y cierro el puño para evitar volver a tocarla. Todavía no me la puedo tirar. Está traumatizada y herida, demasiado débil para soportar mis deseos reprimidos.

Tengo que dejar que se recupere.

Para mi sorpresa, Yulia se da la vuelta y estira los brazos por encima de la cabeza. Ese movimiento hace que mi mirada se dirija hacia sus pechos suaves y redondos.

—¿No vas a follarme? —susurra y veo cómo sus pezones se endurecen, como si estuviese excitada.

La polla se me transforma en una vara de metal dentro de los vaqueros. Sé que probablemente los pezones estén reaccionando al frío del aire acondicionado, pero la boca se me hace agua y siento el deseo de chuparlos, de lamer la piel clara de alrededor de las aureolas rosadas y de hundir los dientes en la parte suave de los pechos. Solo los moratones en la cara y en el estómago me frenan de hacerme con ella aquí y ahora.

Con esfuerzo, retiro la mirada de su pecho.

—No —digo con voz ronca. Sé que debería levantarme y alejarme de la tentación, pero no puedo. La quiero y no solo para el sexo. El anhelo que me consume emana desde lo más profundo de mi ser. Solo hemos estado separados durante dos semanas, pero se me han pasado como dos años—. Hoy no voy a tocarte.

Yulia tuerce los labios, los ojos le brillan de una manera poco natural y veo rastros húmedos en las mejillas.

—¿No? ¿Ya no soy lo bastante guapa para ti? —Noto una provocación siniestra en su voz y me doy cuenta de que me está castigando por lo de los localizadores. Es su manera de reclamarme el control.

Aun sabiéndolo, muerdo el anzuelo.

—Eres preciosa y lo sabes, joder —digo con aspereza. Si atormentarme de esa forma le hace sentir mejor, se lo permitiré. Aunque solo sea para aliviar el sentimiento de culpabilidad que me produce verla llorar.

Hostia, tendría que haber esperado.

—Pues hazlo, fóllame —dice Yulia, destapándose del todo. Está desnuda, la he desvestido y bañado cuando llegamos hace una hora. Se me tensa el cuerpo al ver el vientre plano y las piernas esbeltas y torneadas que parecen prolongarse indefinidamente. Y, entre esas piernas… El calor brota en mí, la respiración se me acelera y se vuelve pesada al mirarle los pliegues brillantes y rosados entre los muslos.

—No voy a tocarte —repito, pero hasta a mí me ha sonado poco convincente. Estaba inconsciente cuando la bañé y, hasta esa acción tan simple, me produjo una excitación dolorosa.

Que Yulia esté totalmente despierta y me provoque con el cuerpo es como si un ratón indefenso se exhibiese delante de un gato hambriento.

—¿Por qué no? —Arquea la espalda, levantando los pechos hacia arriba en una pose de actriz porno, y aguanto un gemido de tortura mientras los pezones vuelven a atraer mi mirada una vez más.

—¿No es para lo que me perseguiste? ¿Para poder follarme?

Tiene razón, solo que ahora follar es solo una parte. Quiero lo que teníamos antes y más.

Lo quiero todo de ella.

Sucumbo ante el hambre viciosa que me atosiga, me subo a la cama y la pongo a cuatro patas, rodeándola con el cuerpo sin tocarla. En sus ojos muy abiertos, veo un atisbo de miedo en su mirada.

No se esperaba que aceptase la oferta.

Una sonrisa siniestra se me forma en los labios. Me inclino hacia ella y le susurro al oído:

—Claro, preciosa. Te he traído aquí para follarte y lo haré. Pronto. Pero ahora vamos a hacer algo diferente.

Un escalofrío le recorre mientras mi respiración le calienta el cuello y suelta un gemido silencioso cuando la beso en la zona sensible bajo la oreja. Luego, le muerdo el delicado lóbulo. Me hace cosquillas en la cara con el pelo, su fragancia a melocotón se me filtra por las fosas nasales, y noto cómo arde en mi interior el deseo de poseerla, de bajarme la cremallera e irrumpir dentro de ella, impregnándome de su suave y húmedo calor.

El impulso es casi insoportable, pero me obligo a bajar por el cuerpo, ignorando la palpitación continua de la polla. Le lamo el cuello, le beso la clavícula y chupo cada uno de los pezones erectos antes de probar el vientre plano y tembloroso. Cuando mi cara está a la altura de la uve que forman los muslos, agacho la cabeza e inhalo profundamente, respirando su cálido aroma femenino. Se le tensan los muslos para impedir que acceda a su sexo, y yo, con delicadeza pero firme, agarro la parte interior de estos, separándole las piernas.

—Tranquila, no voy a hacerte daño —murmuro mirándola. Sus ojos azules están muy abiertos y muestran incertidumbre, la actriz porno ha desaparecido sin dejar rastro. Noto cómo crece su ansiedad y la imagen de Kirill atacándola aparece como un fogonazo en mi mente, enfriando ligeramente mi lujuria.

A pesar de su valentía, mi preciosa espía no está ni mucho menos preparada para estos juegos.

Mientras la miro fijamente, oprimo la boca contra

el coño, saboreando su resbaladiza piel rosada. Yulia se estremece, cierra las manos esbeltas hasta formar un puño a ambos lados, y le muerdo los suaves pliegues alrededor del clítoris, excitando y chupando el área sensible antes de deslizar la lengua por la hendidura. Gime, cierra los ojos y noto cómo su excitación aumenta mientras sus músculos internos se aprietan sin control bajo la lengua.

—Sí, cariño, eso es... —Respiro de nuevo su aroma embriagador. Luego, cierro los labios alrededor del clítoris y lamo la parte inferior con la lengua antes de chuparlo con movimientos enérgicos y firmes. Grita, sus caderas se levantan de la cama y siento la tensión creciendo en su interior. El cuerpo me responde mandando una nueva oleada de sangre hacia la polla, y se me endurecen los huevos al notar que sus contracciones comienzan.

La lamo hasta que se relaja y jadea a consecuencia del orgasmo y, por último, me rindo ante mi propia necesidad. Me arrodillo, me desabrocho los vaqueros y cierro el puño alrededor de la polla.

Unas cuantas sacudidas fuertes y me corro también, mi semen se derrama por encima de su vientre blanco y por los pechos. No es que sea precisamente la liberación más satisfactoria, preferiría sin lugar a duda estar dentro de ella, pero ver mi corrida en su cuerpo es erótico de alguna manera.

A un nivel primitivo, es marcarla como si fuese de mi propiedad.

Yulia ni se mueve ni habla mientras me bajo de la

cama y voy hacia el baño. Solo me mira. Tiene los ojos entreabiertos y, después de un rato, cuando vuelvo con una toalla caliente y húmeda, continúa en silencio, mostrando una expresión ilegible mientras la limpio.

Cuando he terminado, me desvisto y me meto en la cama con ella. Con cuidado, la acerco a mí, intentando no hacer presión sobre las heridas al curvarme sobre ella desde detrás. Me duelen las costillas, pero ignoro el molesto dolor. Me gusta tenerla entre los brazos, abrazarla y saber que es mía.

Yulia está tensa al principio, pero, después de un rato, siento cómo la tensión de los músculos va desapareciendo poco a poco. Después, su respiración vuelve a la normalidad y sé que el sueño reparador la vuelve a reclamar.

Los párpados me pesan, y rozo con los labios su sien antes de cerrar los ojos.

—Buenas noches, preciosa —susurro, un sentimiento eufórico de satisfacción se apodera de mí mientras ella se acurruca con un murmullo adormilado.

Mi Yulia ha vuelto y no la voy a perder nunca más.

III

EL CUIDADOR

*L*ucas

EN EL CIELO, EL SOL PRESENTA UN BRILLO POCO COMÚN mientras camino hacia la oficina de Esguerra y la humedad del aire me hace sudar a pesar de ser temprano. Aun así, me siento más ligero de lo que me he sentido en semanas, saber que Yulia está durmiendo en mi cama me llena de una mezcla incandescente de satisfacción y alivio.

La encontré. La tengo.

Incluso saber que Kirill escapó no es suficiente para arruinar mi buen humor esta mañana. He dejado a Diego vigilando a Yulia mientras duerme para poder empezar a perseguir a Kirill, pero me siento mucho más tranquilo tras ocho horas de sueño.

De hecho, estoy tan calmado que mi pulso apenas aumenta cuando veo a Rosa atravesando el patio en dirección a mí. Mientras se aproxima, veo que parece inquieta y estruja la falda con los puños.

—He oído que estuviste en otro tiroteo en Ucrania —dice, estudiándome con preocupación y curiosidad—. Y que la encontraste. ¿Es verdad? ¿Estás bien?

Asiento y mi buen humor se escabulle con cada palabra que pronuncia. Antes de salir de la casa, revisé el informe de Thomas sobre Rosa y descubrí que no contenía ninguna información nueva. La criada no había contactado con nadie fuera del complejo ni nadie había contactado con ella. O la chica está trabajando para la UUR o para otro de nuestros enemigos y es muy buena escondiéndolo, o mi sospecha inicial sobre los celos es cierta.

Es hora de lidiar con este problema de una vez por todas.

—Rosa —digo con suavidad, acercándome a ella—. ¿Por qué ayudaste a escapar a Yulia?

La cara bronceada de la criada se vuelve pálida.

—¿A qué te refieres?

—¿Te ha pagado alguien?

Da un paso atrás, con los ojos como platos.

—¡No, por supuesto que no! —Hace un esfuerzo visible para recomponerse—. No sé de qué me hablas —responde con un tono casi uniforme—. Sea lo que sea lo que te ha contado es mentira. No he tenido nada que ver con su huida.

Sonrío con frialdad.

—Yulia no ha dicho ni una palabra, pero me resulta interesante que pienses que lo había hecho.

Rosa se pone aún más pálida, y veo cómo aprieta las manos de forma convulsiva mientras continúa retrocediendo.

—Por favor, Lucas, no es lo que piensas.

—¿No? —Acorto la distancia entre los dos y la agarro del brazo antes de que pueda darse la vuelta y correr—. ¿Qué es entonces?

—Es… —Aprieta los labios y niega con la cabeza, mirándome—. No he tenido nada que ver con su huida —repite, alzando la barbilla, y veo que no tiene la mínima intención de admitir nada.

—De acuerdo —digo, apretándole los dedos alrededor del brazo—. Ya que eres la criada de Esguerra, veamos qué tiene él que decir sobre todo esto.

Ignorando su expresión aterrada, reanudo el camino hacia la oficina de Esguerra, arrastrando a Rosa a mi lado.

La cara de Esguerra se pone rígida de rabia cuando le enseño las imágenes del dron. Los vídeos tienen poca resolución y hay algunas partes oscuras debido a los árboles, pero es imposible no ver las curvas de Rosa con su traje de criada acercándose a mi casa. Rosa está sentada en silencio, temblando de la cabeza a los pies, mientras Esguerra ve los vídeos en el ordenador. Cuando este se da la vuelta, ella comienza a llorar.

—¿Por qué? —Su voz es como el hielo al ponerse de pie—. ¿Qué esperabas ganar con esto? Sabes lo que le hacemos a los traidores.

Rosa niega con la cabeza, llorando con más fuerza, mientras Esguerra se acerca y, a pesar de mi propia ira, siento una punzada de pena por la chica. Al segundo siguiente, sin embargo, recuerdo lo que le ha estado a punto de suceder a Yulia por culpa de Rosa, y mi pena desaparece sin dejar rastro.

Lo que mi jefe decida hacerle a la criada no será peor de lo que se merece.

—Por favor, señor Esguerra —suplica cuando él la agarra del codo y la levanta de la silla en la que se acurruca—. Por favor, no fue así…

—¿Entonces cómo fue? —pregunto mientras saco la navaja suiza del bolsillo y abro la hoja. Me acerco a la criada y le retuerzo el pelo con los dedos, echándole hacia atrás la cabeza, a la vez que Esguerra la sujeta por los brazos—. ¿Por qué ayudaste a escapar a mi prisionera?

Las lágrimas corren por el rostro de Rosa y le tiembla la boca cuando presiono la hoja contra la garganta, cortándole el cuello solo lo suficiente para que sienta la primera punzada de dolor.

—No, por favor… —Su terror me abruma, pero esta vez me deja frío. Estoy en modo interrogatorio, igual que Esguerra. Se lo veo en el severo destello de los ojos.

Si la chica no habla en un par de minutos, la

pequeña herida que le he hecho en el cuello será la menor de sus preocupaciones.

—Julian, ¿has visto...? —Nora se queda helada cuando entra en el despacho. Abre cada vez más los ojos a medida que asimila la escena.

—Joder —murmura Esguerra, soltando a Rosa de forma brusca. La agarro por poco mientras se tambalea hacia atrás, chocándose conmigo. Antes de que pueda huir, sujeto a la sollozante sirvienta colocándole el antebrazo sobre la garganta y bajo el cuchillo. Al mismo tiempo, Esguerra se acerca a su esposa y le dice —: Nora, cariño, vete a casa. Es un asunto de seguridad.

—¿Un asunto de seguridad? —murmura con un hilo de voz mientras su mirada se mueve frenéticamente de su marido a mí—. ¿De qué estás hablando?

—Rosa ayudó a escapar a la prisionera de Lucas —le explica Esguerra con aspereza, cogiendo a Nora del brazo y poniéndole una mano en la espalda para guiarla fuera de la sala. Ella clava los tacones en el suelo, pero su pequeño cuerpo no es rival para la fuerza de Julian, quien la dirige hacia la salida gentilmente, pero con firmeza—. La estamos interrogando para averiguar algo más. No es nada de lo que debas preocuparte, mi gatita.

—¿Estás loco? —La voz de Nora se alza mientras comienza a resistirse y Esguerra para, rodeándola con los brazos por detrás cuando ella trata de darle una patada y un cabezazo—. Es mi amiga. ¡No la toques!

La única respuesta de Esguerra es levantar a su pequeña esposa contra el pecho y sujetarla con fuerza para contener su agitación. Nora grita, sacudiéndose en sus brazos, y el sollozo de Rosa se intensifica mientras ve a Esguerra sacando a Nora de allí. Están casi en la puerta cuando Nora grita:

—Detente, Julian! Ella no lo hizo. Fui yo, ¡todo fue culpa mía!

Los sollozos de Rosa se detienen de repente como si la hubieran silenciado, y Esguerra para, bajando a Nora.

—¿Qué? —Su expresión se torna colérica mientras agarra a su mujer por los estrechos hombros—. ¿De qué demonios estás hablando?

Estoy a punto de hacerle la misma pregunta, pero, en el último momento, mantengo la boca cerrada. Dada la inesperada implicación de Nora, es mejor dejar que Esguerra se encargue desde ahora.

Me habría destripado solo por mirar a su mujer de la manera equivocada.

—Lo hice yo. —Nora alza la barbilla y se encuentra con la mirada furiosa de su marido—. Yo ayudé a Yulia a escapar. Así que, si vas a interrogar a alguien, debería ser a mí. Ella no tuvo nada que ver.

—Estás mintiendo. —El tono de Esguerra desprende una delicadeza letal—. He visto las imágenes del dron. Rosa fue a casa de Lucas justo antes de que nos marcháramos.

Nora no vacila.

—Sí, porque yo le pedí que lo hiciera.

Rosa emite un sonido ahogado mientras me agarra el antebrazo con las manos, y me doy cuenta de que he apretado el brazo alrededor de su garganta sin darme cuenta. Maldiciendo en silencio, bajo el brazo y empujo a Rosa lejos de mí, dejándola caer sobre la silla en la que ha estado sentada antes. La esposa de Esguerra está mintiendo, estoy casi seguro de que es así, pero no tengo ni idea de cómo probarlo. No hay ninguna razón para que Nora ayudara a Yulia; no conoce a la espía ucraniana, y estoy seguro de que no siente nada por mí.

—¿Por qué lo hiciste? —pregunta Esguerra. Está claro que piensa lo mismo que yo—. Odias a esa chica. La odias por el accidente, ¿recuerdas? —Clava la mirada en Nora, pero ella no retrocede.

—¿Y qué? —Se zafa de Esguerra y da un paso atrás con el pecho agitado—. Sabes que no estaba de acuerdo con que Lucas estuviera torturando a una mujer en su casa, incluso aunque fuera esa mujer.

La cara de Esguerra refleja que se acuerda de eso antes de que apriete la mandíbula aún más, y me doy cuenta, para mi sorpresa, de que puede haber sido Nora quien lo haya hecho después de todo. Esguerra mencionó que ella y Rosa estuvieron en mi casa el día que Yulia llegó. Si fuera cierto, Nora podría haber visto a Yulia sentada en el salón, desnuda y atada a una silla. No es inconcebible que la visión perturbara a la chica. A pesar de su recién adquirida dureza, Nora es producto de su educación y de su cómodo pasado de clase media americana.

La mayoría de los novatos en este estilo de vida se habría quejado de que torturara a Yulia y es posible que Nora también lo hiciera.

¡Hostia puta! Si Nora no fuera la esposa de Esguerra…

El propio Esguerra parece al borde del asesinato cuando coge a Nora por el brazo y la arrastra hacia él.

—Explícamelo. —Le brillan los ojos azules con rabia—. ¿Qué le pediste a Rosa que hiciera exactamente?

La criada comienza a llorar otra vez, y le dedico una mirada antes de prestar atención al drama que se está representando delante de mí. Jamás había visto a Esguerra tan enfadado con su mujer. Si yo fuera Nora, ya estaría dando marcha atrás; las cosas que le he visto hacer a su marido harían estremecerse a asesinos en serie.

La cara de Nora está pálida mientras mira a Esguerra, pero su voz apenas se agita cuando dice:

—Le pedí que ayudara a Yulia a escapar. No le dije cómo hacerlo. Ella conoce el lugar mejor que yo, así que dejé que eligiera el modo. Rosa no quería, pero le conté lo mucho que me perturbaba y, con lo del bebé y todo, cedió a mi propuesta.

Pequeña bruja manipuladora. Quiero estrujarle el cuello a Nora y, al mismo tiempo, aplaudir con admiración. Mencionar al bebé que acaban de perder ha sido un golpe bajo, pero tiene el efecto deseado. La sujeción de Esguerra sobre el brazo de Nora flaquea, y el dolor se le refleja en la cara antes de recomponerse. Cuando habla otra vez, parte de su tono letal ha desaparecido.

—¿Por qué no me lo contaste? Si te perturbaba tanto, ¿por qué no dijiste nada?

—No creía que contarlo fuera a ayudar —dice Nora, y veo esos grandes ojos oscuros llenarse de lágrimas—. Lo siento, Julian. Quería que la chica ya se hubiera ido cuando volviéramos, y le dije a Rosa que se encargara. Estaba segura de que no lo aprobarías. —Le tiembla la barbilla al tiempo que le resbalan lágrimas por las mejillas—. Por favor, si tienes que castigar a alguien, es a mí, no a Rosa. Ella solo fue una buena amiga. Por favor, Julian. —Alcanza a tocarle la cara con la mano libre, y observo que Esguerra la coge de la muñeca y tira de la ruborizada chica hacia él. La tensión entre ellos se vuelve altamente sexual y, de repente, me siento como un intruso, un pervertido observando un momento íntimo.

Aclarándome la garganta, me acerco a Rosa y la agarro del brazo para ponerla de pie.

—Os dejaré para que lo arregléis —digo, acompañando a la criada hacia la puerta—. Mientras tanto, los guardias vigilarán a Rosa.

Ni Esguerra ni su mujer apoyan mi frase con una respuesta y, mientras salgo del edificio, oigo el sonido de algo cayendo, seguido por el grito ahogado de Nora. A Rosa se le corta la respiración, debe haberlo oído también, y le tiemblan los hombros por una nueva oleada de lágrimas.

—No te preocupes —digo, mirándola de forma fría mientras nos alejamos del edificio—. Puede que Esguerra sea un sádico, pero no le hará daño... no mucho. Tú, por otra parte, aún eres una pregunta sin respuesta. Si Nora ha mentido para protegerte…

No termino la frase, pero no hace falta.

Ambos sabemos lo que Esguerra le hará a Rosa si no permite que Nora asuma la culpa.

ulia

ME DESPIERTO MAREADA Y CONFUSA, DOLORIDA DE LA cabeza a los pies. Gruñendo, salgo de la cama y camino hacia el baño. Aún medio dormida, hago mis necesidades y no me doy cuenta hasta que me estoy lavando la cara de que me encuentro sola, y desatada.

Un dolor en la nuca me recuerda la razón: los implantes localizadores. Lucas debe estar seguro de que no seré capaz de escapar otra vez.

Alzo la mano y me toco el vendaje de la nuca; después, me doy la vuelta para observarme la espalda en el espejo. Aparte del punto que estoy tocando, en medio de un lienzo moteado de moratones, hay dos áreas más en las que me han insertado los localizadores. Los vendajes en las heridas han pasado a ser simples apósitos ahora; Lucas debe habérmelos cambiado mientras estaba durmiendo. Apenas recuerdo al doctor dando instrucciones sobre ese tema.

Además, me acuerdo de lo que pasó después, y un violento rubor me arde en la cara, ahuyentando los restos del sueño. No sé por qué incité a Lucas de esa manera, pero, en aquel momento, parecía tener sentido. Como es obvio, se preocupa poco de mí como persona, y quería que lo admitiera. Quería que me demostrara de una vez por todas que no soy más que un cuerpo idóneo para follar, un objeto sexual que puede herir y herirá a voluntad.

Solo que no me hizo daño. Me dio placer y, luego, se cogió el miembro con el puño y me dejó cubierta de semen.

—¿Yulia? —Un golpe en la puerta me sobresalta, y me vuelvo, con el pulso por las nubes. La voz no es la de Lucas, y estoy completamente desnuda.

—¿Sí? —contesto, agarrando una toalla grande y suave del estante y enrollándola a mi alrededor.

—Lucas me pidió que te vigilara esta mañana —responde el hombre, y suspiro aliviada al reconocer la voz de Diego—. Espero no haberte asustado. Dijo que quizá estarías durmiendo un rato, y estaba en la cocina, cogiendo algo de comer, cuando he oído el agua correr. ¿Estás bien? ¿Necesitas algo?

—No, estoy bien, gracias —contesto, y los latidos se me ralentizan un poco—. Ahora… ahora mismo salgo.

—No hay problema, tómate tu tiempo. Estaré en la cocina. —Oigo que vuelve sobre sus pasos.

Mecánicamente, me lavo los dientes y me cepillo el pelo, desenredando la salvaje maraña rubia. A decir verdad, ni siquiera sé por qué intento parecer presentable. La cara que me mira desde el espejo parece sacada de una pesadilla. Se me están empezando a curar los labios, pero el lado izquierdo, donde Kirill me golpeó, es un moratón grande y feo. Rasguños y moratones más pequeños me decoran el resto de la cara y el cuerpo, salvo por la espalda, que tiene incluso peor aspecto que la cara.

No me extraña que todavía me duela.

Con cuidado, giro el cuello de lado a lado, intentando suavizar la rigidez de los músculos. Me duele la cabeza al moverme, pero no tanto como ayer. El doctor tenía razón sobre la levedad de la conmoción; me desmayé en el avión debido tanto al *shock* y al agotamiento como a la lesión de la cabeza.

Sintiéndome un poco mejor, aprieto la toalla a mi alrededor y camino hacia la habitación para cambiarme. Los escuetos conjuntos que Lucas me compró siguen aquí, y elijo unos pantalones cortos y una camiseta al azar, haciendo muecas de dolor mientras me pongo la ropa.

Cuando por fin llego a la cocina, encuentro allí a Diego, untando crema de queso en un bollo tostado.

—Hola —dice, con su habitual sonrisa encantadora—. ¿Tienes hambre? —El estómago elige este momento para rugir, y la sonrisa del joven guardia se ensancha—.

Tomaré eso como un sí —comenta, dejando el bollo en el plato y levantándose—. ¿Qué te apetece? ¿Cereales, tostadas, fruta? Venga, siéntate. —Hace gestos señalando la mesa—. Tengo órdenes estrictas de asegurarme de que no hagas nada extenuante hoy.

—Cereales está bien. —Camino hacia la mesa y me siento, me noto desorientada. Parece que hace solo unos minutos estaba en Ucrania entre tiroteos y explosiones y ahora estoy en la cocina de Lucas, hablando de cereales con uno de los mercenarios que mató a uno de mis compañeros de la UUR.

Mis antiguos compañeros de la UUR, me corrijo mentalmente. Dejé de formar parte de la organización cuando tomé la elección de desaparecer en lugar de llevar a cabo mi misión.

—¿Dónde está mi hermano? —pregunto, recordando lo que Lucas me dijo sobre los guardias que le vigilaban.

Diego me dedica otra sonrisa

—Está con Eduardo. El pobre sacó la pajita más corta.

Pestañeo.

—¿Eh?

—Digamos que tu hermano no es muy feliz estando aquí. —Diego camina hacia el frigorífico y saca un cartón de leche. Echa los cereales en un bol, añade la leche, coge una cuchara y me los da. Antes de que pueda preguntar, continúa—: Pero está bien, así que no te preocupes. Nadie va a hacerle daño.

Cojo la cuchara, aunque ya no tengo hambre. Tengo

un nudo en el estómago por la ansiedad. Por supuesto que Misha no es feliz estando aquí. ¿Cómo podría serlo? Su tío fue asesinado delante de sus propios ojos y debe de estar muerto de miedo. Y, si Obenko no mintió sobre la relación de Misha con sus padres adoptivos, ellos deben de estar muy preocupados. A menos que haya estado viviendo en la residencia de la UUR como los otros aprendices. Si ese es el caso, quizá no sepan lo que ha pasado todavía, aunque estoy segura de que alguien se lo notificará pronto.

Vaya desastre, y todo por mi culpa. Si no hubiera sido tan débil, Lucas no habría sabido nada sobre la UUR. Dejé que mi captor me destrozara y, sin saberlo, le guíe hasta mi hermano, justo hacia la persona que estaba intentando proteger. Recuerdo la discusión de ayer con Misha, las acusaciones que hizo sobre mí, y quiero acurrucarme y llorar.

—¿Te encuentras bien? —Diego se sienta frente a mí y coge el bollo—. Estás muy pálida.

—Estoy bien —contesto mecánicamente, hundiendo la cuchara en los cereales y llevándome los copos de avena empapados a los labios—. Solo un poco aturdida.

—Por supuesto. —Diego sonríe con empatía—. El cambio horario es una putada. Además, lo pasaste bastante mal ayer.

Se centra en el bollo, y yo engullo varios cereales antes de dejar la cuchara. No he mentido sobre lo de estar aturdida; mis pensamientos van y vienen, mi mente salta de una pregunta a otra. El futuro, especialmente el de mi hermano, es como un terrorífico agujero negro que se avecina en la distancia, así que trato de centrarme en el presente y en el pasado cercano.

—¿Cómo supisteis dónde encontrarme? —le pregunto a Diego cuando se termina el bollo—. En términos generales, ¿cómo localizasteis la instalación?

—Oh, sí, eso... —El guardia se levanta y lleva el plato al fregadero—. Me temo que tu rescate fue más o menos un golpe de suerte, pero dejaré que Kent te lo cuente.

Genial. Otra persona con evasivas. ¿Todo el mundo en este complejo me ve como la propiedad de Lucas hasta tal punto que no pueden responder a mis preguntas por sí mismos?

Reprimiendo la frustración, me fuerzo a comer otra cucharada de cereales antes de levantarme a tirar el resto en la basura.

—¿Qué estás haciendo? Trae, yo me ocupo. —Diego me intercepta antes de llegar al fregadero y me quita el bol de las manos—. Necesitas descansar.

—Estoy bien —contesto y, después, me apoyo en la encimera porque la debilidad en las rodillas contradice mi afirmación—. Quiero ver a Misha, quiero decir, a Michael. ¿Puedes traerle aquí o llevarme con él?

—No —dice Diego de buen humor—. Eduardo se lo ha llevado a entrenar al gimnasio hace una hora. ¿Por qué no descansas por ahora y, luego, veremos qué dice Kent? —El guardia sonríe, pero noto la severidad bajo su apariencia despreocupada. No va a dejarme hacer

nada que no sea descansar y esperar a que Lucas vuelva.

Quiero contradecirle, pero sé que sería inútil. Además, volver a la cama no suena tan mal.

—De acuerdo —contesto—. Gracias por el desayuno.

Me encamino de vuelta a la habitación y me tumbo, sintiéndome tan exhausta como si acabara de correr diez kilómetros. La cabeza me vuelve a palpitar y me duelen los moratones. Incluso noto la garganta dolorida y la piel tensa y malherida por todas partes. Sobre la mesita de noche que hay junto a la cama, veo las píldoras de ayer para el dolor y, tras un momento de indecisión, alcanzo el frasco y saco dos pastillas. Cojo una botella de agua que alguien dejó a propósito en la mesita de noche, me meto las píldoras en la boca y me las trago con agua antes de tumbarme y cerrar los ojos.

Hoy no tiene sentido luchar contra las órdenes de Lucas. Necesito guardar las fuerzas para cuando sea necesario.

*L*ucas

DESPUÉS DE HABER ESTADO FUERA VARIOS DÍAS, TENGO bastante trabajo con el que ponerme al día y no llego a casa hasta la hora de la cena. Cuando por fin entro, veo a Diego viendo la televisión en el sofá.

—¿Cómo está? —pregunto, mirando hacia la habitación—. ¿Sigue durmiendo?

Diego asiente, poniéndose de pie.

—Sí. Como te dije en los mensajes, ha dormido hasta el almuerzo, luego, se ha levantado una hora más o menos, ha leído en la cama y se ha vuelto a quedar dormida otra vez. Le he hecho un sándwich, pero casi no lo ha tocado. Oh, y sigue diciendo que quiere ver a su hermano, pero le he contestado que eres tú el que lo tiene que autorizar.

—Ya veo. Gracias por vigilarla. Te lo haré saber si te necesito mañana.

Diego sonríe

—Sin problema, tío.

Se marcha, y yo entro en la habitación para comprobar cómo está Yulia. El sueño excesivo es una reacción normal a un trauma físico y al estrés emocional extremo, es la manera que tiene el cuerpo de curarse, pero la falta de apetito me preocupa.

La habitación está a oscuras, así que camino hacia la cama y enciendo la lámpara que hay al lado. Yulia solo se remueve bajo la tenue luz. Está tumbada boca arriba, con la manta hasta el cuello y la cara girada hacia mí. Se me tensa el pecho cuando veo la mandíbula inflamada y el ojo morado. Con la palma de la delicada mano hacia arriba descansando sobre la almohada, parece dolorosamente joven e indefensa, una niña herida en lugar de una mujer adulta.

Si Kirill está todavía vivo, deseará haber muerto diez veces cuando haya acabado con él.

Esta mañana he mandado mensajes a todos nuestros contactos en Europa y les he asignado una nueva misión a nuestros piratas informáticos: localizar a Kirill Luchenko. Además, he contactado con Peter Sokolov otra vez para ver si conoce a alguien en Ucrania que pueda ayudarnos. Me ha respondido enseguida, prometiendo investigar, así que ahora es solo cuestión de tiempo hasta que localicemos a ese cabrón. Suponiendo que no haya muerto por las heridas, claro. Puesto que Yulia le arrancó la polla de un disparo, quizá esté en estado crítico durante un tiempo.

Sentado en el borde de la cama, alcanzo y acaricio la palma de la mano de Yulia con la punta del dedo, sintiendo la suavidad cálida de la piel. Como todo el cuerpo, la mano parece delicada, la encarnación de la elegancia femenina. Pero sé lo peligrosa que puede ser, y Kirill también lo sabe.

Ese maldito hijo de puta morirá como un eunuco sin polla. Eso me encanta.

Los dedos de Yulia se curvan en respuesta a mi contacto y un pequeño gemido le sale de la garganta. Sin embargo, no se despierta y mi instinto me hace tocarle la frente con el dorso de la mano.

Joder.

Está caliente, demasiado caliente. Tiene la frente ardiendo.

Un segundo después, estoy en pie, sacando el teléfono. Goldberg no contesta a la primera, así que le llamo una y otra vez.

Al tercer intento, responde al teléfono.

—¿Qué ocurre?

—Yulia está enferma —le digo sin preámbulos—. Está muy mal. Necesito que vengas. Ahora.

—Voy de camino.

Cuelga, y me siento en la cama antes de volver a sujetarle la mano a Yulia, dándome cuenta del calor seco que desprende la piel. El corazón me palpita con

un ritmo sordo e intenso mientras le levanto la muñeca hacia mi cara y presiono los labios contra la palma.

—Vas a ponerte bien —susurro, ignorando el miedo afilado que se me clava en las entrañas—. Vas a ponerte bien, nena. Tienes que hacerlo.

~

—Parece algún tipo de gripe —dice Goldberg después de examinar a Yulia—. Le ha golpeado fuerte, probablemente porque su sistema inmune ya estaba sometido a mucho estrés por las heridas y todo eso. Voy a ponerle un antivírico y le daré Tylenol para bajarle la fiebre. Aparte de eso, mantenla cómoda y asegúrate de que tome suficientes líquidos.

Mientras habla, los párpados de Yulia se abren, agitados, y me mira confusa.

—¿Lucas? —dice con voz débil y ronca mientras se tumba de lado—. ¿Qué...?

—Todo bien, cariño. Solo estás febril por la gripe —la tranquilizo, sentándome en la cama junto a ella. Cojo la botella de agua de la mesita de noche, le deslizo el brazo bajo la espalda y le ayudo a sentarse, apoyándola en las almohadas. Le tiendo la botella y las pastillas que me da Goldberg y murmuro—: Toma, bebe esto. Te hará sentir mejor.

Puedo notar la mirada burlona del doctor mientras recoge sus cosas, pero ya no me importa un carajo lo que piense o a quién le cuente mi debilidad por Yulia.

Ella es mía, y es hora de que todos lo sepan.

Yulia, obediente, se toma las pastillas y las acompaña con el resto del agua de la botella—. ¿Dónde está Misha? —pregunta cuando acaba, y yo suspiro, dándome cuenta de que esta va a ser una batalla continua.

—Tu hermano ha tenido un día muy agradable con Eduardo —le contesto, poniendo la botella vacía de vuelta en la mesita de noche mientras Goldberg sale con discreción de la habitación—. Han tenido una larga sesión de entrenamiento en la que Michael ha desahogado parte de la agresividad contra el guardia, y ahora estarán cenando, creo… lo que deberíamos estar haciendo nosotros. ¿Tienes hambre? Puedo calentar algo de sopa de pollo con fideos. Es de bote, pero…

—No tengo hambre —dice ella, negando con la cabeza—. Solo quiero ver a Misha.

—¿Qué tal esto? Te das una ducha, comes un poco de sopa y bebes algo de té, y yo veré qué puedo hacer para traer a Misha aquí otra vez. —Quiero que coma para que se recupere, y esta parece ser la mejor manera.

—Está bien. —Yulia aparta la manta y comienza a levantarse, pero la cojo y la alzo contra el pecho antes de que pueda dar un par de temblorosos pasos. Me mira sorprendida, pero me rodea el cuello con los brazos, agarrándose a mí mientras la llevo al baño.

Cuando llego a mi destino, pongo a Yulia de pie con cuidado y empiezo a desvestirla, quitándole la camiseta y los pantalones cortos mientras ella se queda parada en silencio, con los ojos vidriosos por la fiebre. Por alguna razón, me recuerda a la primera vez que la traje

aquí, desaliñada y desnutrida después de la cárcel rusa. Parece imposible que solo haya pasado un mes desde entonces, y que la conociera hace solo tres meses.

Parece que haya estado obsesionado con mi cautiva durante toda una vida.

—¿Necesitas un momento? —pregunto, y Yulia asiente mientras la parte de la cara sin moratones se ruborizan—. De acuerdo. Estaré fuera. Llámame si te mareas o algo.

Salgo y le dejo usar el baño. Cuando oigo el agua de la ducha correr, vuelvo a entrar. Ella ya está de pie dentro de la mampara de cristal, moviendo la mano en busca del champú.

—Déjame ayudarte —digo y rápidamente me quito mi propia ropa y me uno a ella en la ducha—. No quiero que te esfuerces.

—Estoy bien —protesta, pero le quito el champú de la mano y me echo una pequeña cantidad en la palma. Después, me pongo bajo el grifo para evitar que el agua le dé en la cara. Mientras le enjabono el pelo, se inclina hacia mí, cerrando los ojos, y reprimo un gemido cuando su culo firme y curvado me presiona la entrepierna, llevándome de un estado semierecto a una erección completa. Hasta entonces, he conseguido no mirarle el cuerpo desnudo, con la libido en segundo plano debido a mi preocupación por su salud, pero esto es demasiado.

Incluso enferma y herida, me pone cachondo de forma insoportable.

«Baja. Baja, joder», le ordeno a la polla. Siento la

sangre como lava en las venas cuando giro a Yulia hacia el grifo y le aclaro el champú del pelo antes de aplicarle el acondicionador en los largos mechones rubios.

—Lucas... —Su voz es un tembloroso susurro mientras se vuelve hacia mí, mirándome fijamente a la cara con los ojos brillantes por la fiebre. Gotas de agua penden de las pestañas marrones, enfatizando su longitud, y siento que no puedo coger más aire en los pulmones cuando se acerca a mí. Me roza los abdominales con la mano antes de bajarla y colocarla alrededor de mi pene duro y ansioso.

Necesito de todas mis fuerzas para salir de su alcance.

—¿Qué estás haciendo? —pregunto de forma áspera, el pene rígido se me sube hacia el ombligo mientras el chorro de agua le golpea en el pecho—. Tienes la gripe, joder.

Me sigue, apartándose el agua de los ojos con un parpadeo.

—Déjame cuidar de ti al menos así. —Con los dedos, me roza otra vez la erección, pero la cojo por la muñeca antes de que pueda colocar la mano alrededor de mi miembro.

—¿Qué coño haces, Yulia? —La miro incrédulo, observándole los cercos oscuros bajo los ojos y la palidez poco natural de su piel. Está a punto de derrumbarse y ¿aun así quiere masturbarme? Ante mi rechazo, los labios de Yulia tiemblan, y baja la mirada. La muñeca queda inerte entre mis dedos. Parece totalmente abatida y, mientras le miro la cabeza inclinada, se me ocurre una oscura posibilidad—. ¿Estás haciendo esto porque piensas que tienes que hacerlo? —pregunto, endureciendo el tono—. ¿Tienes miedo de que le haga daño a tu hermano si no te acuestas conmigo?

Mira hacia arriba, con los ojos inundados en lágrimas, y me doy cuenta de que eso es exactamente lo que teme, me cree capaz de eso. No está totalmente equivocada, usaría a su hermano para controlarla si tuviera que hacerlo, pero no para esto.

No mientras continúe en este estado.

—Yulia… —Le sujeto por la mandíbula con delicadeza, asegurándome de que solo toco la parte de la cara que no está lesionada—. No voy a castigarte por estar enferma, ¿de acuerdo? No soy un monstruo. Tu hermano está a salvo. Puedes descansar y recuperarte sin preocuparte por él.

—Pero…

—Shhh. —Presiono la punta de los dedos contra sus labios—. Estará bien con una condición: que pares de estresarte y te des tiempo para curarte. ¿Crees que puedes hacerlo?

Asiente despacio, y bajo la mano.

—Bien. Ahora vamos a lavarte el resto del cuerpo y meterte en la cama. Esta noche, voy a cuidar de ti, ¿sí?

Yulia vuelve a asentir, y le aclaro el acondicionador. Luego, la lavo por todas partes, ignorando mi excitación persistente. Me digo a mí mismo que soy un doctor cuidando de un paciente, que esto no es diferente a lavar a un niño, pero la polla no se lo cree.

Sin embargo, me las apaño para salir de la ducha sin saltar sobre ella y, para cuando la seco y la llevo a la cama, ya casi he recuperado el control.

—Ahora sopa y té —le digo, apoyándola de nuevo sobre las almohadas. Me mira desganada, con la palidez aún más pronunciada.

—De acuerdo —murmura—. Y, luego, mi hermano, ¿verdad?

—Sí —contesto, pero, al volver con la sopa y el té, ya está dormida, con la piel ardiéndole aún más.

Yulia

Los siguientes días pasan en una neblina de fiebre y sufrimiento. Me duelen los huesos, y tengo la garganta como si me hubiese tragado una bola de fuego. Me duelen hasta las raíces del pelo. El calor de la fiebre me consume desde dentro. La enfermedad se lleva todo de mí, dejándome débil y temblorosa, e, incluso para realizar las tareas más simples, como ir al baño y ducharme, requiero de la ayuda de Lucas.

Duermo durante lo que parecen veinte horas al día y, si no fuera porque Lucas me fuerza a tomar agua, té, y sopa a intervalos regulares, dormiría aún más. Pero continúa despertándome para darme de comer distintos alimentos líquidos y estoy demasiado agotada como para resistir su gentil, pero insistente cuidado. Está junto a mí por la noche, con ese cuerpo grande doblado de manera protectora alrededor del mío cuando dormimos, y está a mi lado durante el día, todo el día.

—¿No tienes que ir a ningún sitio? —suelto con un graznido la primera vez que veo a mi captor al lado de la cama, trabajando con un portátil en una silla que parece incómoda—. Normalmente, a estas horas, sueles estar ya fuera.

La boca firme de Lucas se curva en una sonrisa.

—Me he cogido el día por enfermedad. ¿Cómo te encuentras? ¿Tienes hambre? ¿Sed?

—Estoy bien —murmuro cerrando los ojos—. Tan solo muy, muy cansada. —La extenuación parece habérseme instalado profundamente en los huesos, pesándome como un ancla. Hasta este breve diálogo ha agotado mi energía inexistente y estoy casi dormida de nuevo cuando Lucas hace que me incorpore y que beba, de una taza, agua a temperatura ambiente con una pajita curvada.

Tragar me hace daño en la garganta, pero el líquido me revitaliza lo suficiente para preguntar por mi hermano. Lucas me asegura que está bien, pero, como continúo insistiendo en ver a Misha, Lucas le hace a Eduardo grabar a mi hermano, de manera improvisada, en un vídeo de dos minutos y mandárnoslo. En el vídeo, mi hermano se está comiendo una hamburguesa y discutiendo con Diego sobre los méritos de Krav Maga frente a Tae Kwan Do. No parece ni asustado ni que le hayan maltratado, lo que me tranquiliza bastante.

—Lo traeré aquí cuando estés algo más fuerte —promete Lucas—. Goldberg dijo que mañana debería haber pasado lo peor.

Pero no estoy mejor. El día siguiente es incluso peor, la fiebre me sube sin control, y me despierto a mediodía al oír a Lucas discutir con el doctor sobre si debería estar hospitalizada.

Soñolienta, abro los ojos para ver a mi captor caminando por la habitación, aferrando un termómetro con su poderoso puño.

—Tiene casi cuarenta grados de fiebre. ¿Qué pasa si es neumonía o algo parecido?

—Ya te lo he dicho, tiene los pulmones limpios —contesta el doctor Goldberg con un ápice de exasperación—. Mientras le sigas dando suficientes líquidos, estará bien. Tan solo necesitas dejar que la enfermedad llegue a su fin. El cuerpo humano no lleva bien el estrés extremo y, por lo que me has contado, ha pasado por más cosas en estos últimos tres meses que la mayoría en toda su vida. Está traumatizada física y mentalmente y necesita descansar y dormir para recuperarse. En cierto modo, la fiebre es la forma que tiene su cuerpo de decirle que frene y se cuide a sí misma.

Lucas se para frente a la cama formando un puño con las manos.

—Si le llega a pasar algo...

—Sí, lo sé, me descuartizarás —dice el médico,

cansado—. Ya me lo has avisado. Ahora, si no te importa, hay un guardia con una bala en la pierna que necesita mi atención. Llámame si la fiebre le sube y, por ahora, altérnale Tylenol con Advil.

Se va, y yo cierro los ojos, volviendo a dormirme.

LA FIEBRE CONTINÚA DURANTE TRES DÍAS MÁS, SUBIENDO y bajando de forma impredecible.

Cada vez que me despierto sintiendo que me muero, Lucas está al lado de mi cama, preparado para darme líquidos, ponerme una toalla mojada en la frente o llevarme al baño.

—¿Estás seguro de que no tienes la carrera de enfermería? —bromeo débilmente cuando vuelve a depositarme en la cama, después de haber cambiado las sábanas y de ahuecar las almohadas—. Porque se te da muy bien.

Lucas sonríe y me arropa con la manta.

—Podría considerarlo si este asunto con Esguerra no sale bien.

Consigo devolverle una pequeña sonrisa y, después, me vuelvo a dormir, demasiado cansada para intentar estar despierta durante mucho tiempo.

Esa noche, la fiebre me atormenta sin parar, desafiando los esfuerzos de Lucas de bajarla con Tylenol y toallas frías. Me estremezco y me giro, temblando y sudando alternativamente mientras sueños preocupantes me invaden la mente. El lobo de la nana para niños viene hacia mí, mordiéndome el costado, y grito cuando su morro se convierte en la cara de Kirill, una cara que explota en pedazos cuando le disparo, una y otra vez. Lucas me sacude para despertarme, sosteniéndome en su regazo hasta que mis llantos histéricos pasan, pero, tan pronto como me vuelvo a dormir, veo una variación del mismo sueño, aunque esta vez mis balas no alcanzan a Kirill, sino a mi hermano, mientras Kirill se ríe agarrándose la polla ensangrentada.

—Yulia, shhh, cariño, no. Está bien. Misha está bien. —La seguridad que me proporciona la voz profunda de Lucas me calma hasta que otro sueño-recuerdo retorcido me arrastra y el círculo vicioso continúa hasta que la fiebre desaparece por la mañana.

—Lo siento —susurro cuando me despierto y veo a Lucas, sentado a mi lado, con cercos oscuros alrededor de los ojos y la mandíbula firme sin afeitar, fruncir el ceño a algo que está viendo en el portátil—. ¿Te he mantenido despierto toda la noche?

Levanta la mirada del ordenador.

—No, claro que no. —A pesar de su apariencia cansada, sus ojos pálidos están profundamente alerta al estirarse hacia la mesilla de noche y darme el vaso con la pajita—. ¿Cómo te encuentras?

—No podría matar ni a una mosca —digo con voz ronca tras beber, de un solo sorbo, el vaso de agua—. Pero, en general, mejor. —Por primera vez en días, no me duele la cabeza ni la piel parece que quiera quedarse pegada a mi cuerpo. Hasta la garganta vuelve a estar casi normal, y hay una sensación de vacío en el estómago que se parece sospechosamente al hambre.

El aspecto tenso de Lucas se relaja al colocar el portátil en la mesilla y levantarse.

—Me alegro. Algunas horas más como esas y te hubiera llevado a un hospital sin importar lo que dijera Goldberg. —Inclinándose hacia mí, me coge y me lleva al aseo donde me prepara un baño porque estoy demasiado débil para estar de pie en una cabina de ducha.

—¿Por qué estás haciendo esto? —pregunto cuando acaba de lavarme de la cabeza a los pies. Ahora que me siento un poco más humana, me doy cuenta de lo extraordinarias que han sido las acciones de Lucas estos últimos días. No conozco muchos maridos que se hayan preocupado por sus mujeres con tanta dedicación.

—¿A qué te refieres? —Lucas frunce el ceño mientras me envuelve con una toalla gruesa y me levanta—. Necesitabas darte un baño.

—Lo sé, pero no tenías que ser tú el que me lo diera —digo cuando me lleva de vuelta a la habitación—. Podrías haberle pedido ayuda a uno de los guardias o… —Paro al ver que se le oscurece la expresión.

—Si piensas que voy a dejar que otro hombre te toque... —Su voz es puro hielo mortal y, a pesar de mis esfuerzos, tiemblo cuando me deja de vuelta en la cama, colocándome dos almohadas detrás de la espalda para quedarme en una posición semisentada.

Inclinándose, gruñe:

—Eres mía y solo mía, ¿lo entiendes?

Asiento con prudencia. Me había olvidado por un momento de lo peligroso y enfermizamente posesivo que mi captor puede ser.

Incorporándose, Lucas hace un esfuerzo visible por controlarse. Se le expande el pecho al respirar con profundidad y pregunta en un tono más calmado:

—¿Tienes hambre? ¿Quieres caldo de pollo?

Me relamo los labios agrietados.

—Sí. Y, a lo mejor, ¿algo como un sándwich?

Levanta las cejas.

—¿En serio? ¿Un sándwich? Debes estar a punto de recuperarte. ¿Qué te parecen unos huevos? Intenté hacer una tortilla hace poco y no me salió tan mal.

—¿De verdad? —Lo miro fijamente—. Vale, me comeré los huevos con mucho gusto.

Lucas sonríe y desaparece por la puerta. Veinte minutos después, vuelve con una tortilla que desprende un aroma delicioso y una taza humeante de Earl Grey en una bandeja.

—Aquí tienes —dice colocando la bandeja en la mesilla y cogiendo el plato y el tenedor. Cortando un trozo de tortilla, levanta el tenedor y me ordena—: abre.

—Puedo comer yo sola —empiezo a contestar, estirando los brazos hacia el plato, pero lo pone fuera de mi alcance.

—Estás demasiado débil como para matar a una mosca, ¿recuerdas? —Me mira firmemente—. Ahora relájate y abre la boca.

Resoplo, pero le obedezco, sintiéndome incómoda al parecer una niña de dos años cuando Lucas se sienta en el borde de la cama y me da de comer con la indiferente eficiencia de un enfermero. Sin embargo, el destello en sus ojos no es como el de los enfermeros y, para mi sorpresa, me doy cuenta de que, de alguna forma, lo está disfrutando.

Le gusto indefensa y dependiente de él.

Para probar mi teoría, le observo de cerca la siguiente vez que se aproxima el tenedor a la boca. Y entonces aparece: en el momento en el que mis labios se cierran alrededor del tenedor su mirada se dirige hacia la boca y se queda ahí, apretando con la mano el mango del cubierto. La manta enrollada en mi regazo me impide ver la parte inferior de su cuerpo, pero sospecho que, si lo comprobase, lo encontraría duro, con el pene grueso presionándose contra los vaqueros.

Una espiral de calor me recorre la espalda y se me tensan los pezones debajo de la sábana. La reacción de mi cuerpo me pilla de improviso. No estoy en forma para pensar en practicar sexo. Aun así, soy consciente de la humedad que me va creciendo entre los muslos mientras Lucas continúa dándome de comer, inclinándose hacia mí cada vez que me lleva la comida a los labios.

La tortilla está buena, Lucas aprendió de verdad a hacerla, pero casi no saboreo el rico y sabroso manjar. Toda mi atención está en el retorcido erotismo de la situación. De algún modo, la insistencia de Lucas en cuidarme es una extensión de su deseo de poseerme, de controlarme por completo. Débil y enferma, estoy a su merced más que nunca y, por alguna razón perversa, esa información nos pone cachondos a los dos.

En poco tiempo me termino la tortilla y caigo de nuevo contra las almohadas, llena y cansada a partes iguales por el simple hecho de comer. Excitada sexualmente o no, todavía no estoy bien. Lucas mete una pajita en el té y me deja beber media taza. Luego, me apago otra vez cuando el cuerpo me pide más reposo.

AL DESPERTARME DE NUEVO, ME ENCUENTRO UN POCO más fuerte y recuerdo algunas de las pesadillas que tuve por la noche.

—¿Puedo ver a mi hermano, por favor? —le pregunto a Lucas cuando me trae un sándwich y un cuenco de sopa—. Me gustaría hablar con él.

Lucas sacude la cabeza.

—Aún no estás bien del todo.

—Estoy bien. Por favor, necesito hablar con él. —Pongo la mano en el muslo de Lucas, sintiendo el músculo fuerte a través de la tela áspera de los vaqueros—. Tan solo quiero verle con mis propios ojos.

—No quiero que te canses —dice Lucas, pero veo que titubea.

—¿Qué te parece esto? —Me impulso para estar en una posición más recta—. Como y, si después no me quedo dormida de nuevo, le dejarás que venga. Solo un momento. Por favor, Lucas.

Entrecierra los ojos.

—Come y me lo pensaré.

Asiento con avidez e hinco el diente en el sándwich, devorándolo con unos pocos mordiscos. Lucas insiste en darme la sopa, mirándome a través de los pesados párpados de esos ojos pálidos al llevarme la cuchara a la boca. No me opongo; estoy demasiado emocionada por la idea de ver a Misha y no me importa este extraño fetiche que parece haber desarrollado mi captor. Además, no quiero que Lucas se dé cuenta de que no estoy tan recuperada como pensaba. De nuevo, comer me ha cansado y empiezo a sentirme incómodamente acalorada, como si me estuviera volviendo a subir la fiebre.

Por suerte, Lucas no se da cuenta de esto, así que, como no me quedo dormida de inmediato después de la comida, le manda un mensaje a Diego para que traiga a Misha a verme.

—Te voy a dar diez minutos —dice Lucas, poniéndome una de sus camisetas—. Pero en el momento en el que te encuentres cansada...

—Acabaré la conversación y descansaré —digo, curvando los labios en lo que espero que sea una sonrisa brillante y sana—. No te preocupes, va a salir bien.

Lucas frunce el ceño al tocarme la frente, pero, en ese momento, alguien llama a la puerta.

Mi hermano y Diego están aquí.

—Diez minutos —me avisa Lucas doblando las sábanas a mi alrededor—. Estaré fuera, ¿vale?

Asiento.

—¿Puedes poner una silla a unos metros de la cama, por favor? No quiero que Misha coja este virus.

Lucas hace lo que le digo antes de salir de la habitación y, unos momentos después, mi hermano pasa.

—¿Cómo te encuentras? —pregunta en ruso nada más entrar en la habitación y levanto la mano para que no se acerque demasiado. Aunque supongo que habré pasado la parte contagiosa de esta enfermedad, aún me parezco más a un trapo infectado de gérmenes que a una persona.

—He tenido días mejores —contesto, señalando la silla que Lucas ha preparado para que se siente. La piel me duele otra vez, pero mi hermano no tiene por qué saber eso—. ¿Cómo estás tú? ¿Cómo te están tratando?

Misha titubea, luego, se encoge de hombros.

—Bien, supongo. —Se sienta en la silla y me doy cuenta de que esta vez no tiene las manos esposadas.

—¿Te dejan andar suelto? —pregunto, sorprendida, y mi hermano asiente.

—No me dejan solo con armas y me esposan por la noche, pero sí, tengo algo de libertad.

—Bien. —Me devano la cabeza para elegir una buena forma de empezar. Después, decido soltarlo sin más—. Michael, ¿dónde están tus padres adoptivos? ¿Cómo acabaste en la UUR?

Me mira petrificado.

—El tío Vasya dijo que te lo contó todo.

—Me contó... algunas cosas. Pero me gustaría escucharlas de ti. —Después de la traición de Obenko, no confío nada en la versión de la historia de mi antiguo jefe—. ¿Tus padres saben lo que estabas haciendo? ¿Estaban de acuerdo con tu entrenamiento?

Misha me mira en silencio.

—Mishen'ka... —Los huesos me duelen al incorporarme—. Solo quiero saber un poco de tu vida. No tienes ninguna razón por la que creerme, pero, hace once años, hice un pacto con Vasily Obenko, tu tío Vasya. Le prometí que me uniría a la UUR a cambio de que su hermana te adoptase y te diera una buena vida. Por eso me fui: porque quería que tuvieras la vida que teníamos antes de que mataran a nuestros padres, el tipo de vida que no te podía dar en el orfanato...

Mientras hablo, Misha niega con la cabeza.

—Mientes —dice levantándose de golpe—. Te fuiste. El tío Vasya me dijo que te uniste al programa porque no querías la responsabilidad de un hermano pequeño... porque estabas harta del orfanato. Se sintió mal porque me dejaras allí y le habló a mamá sobre mí y, luego... —Se detiene mientras se le hincha el pecho—. No me habría mentido sobre eso. No lo habría hecho —Repite como si intentara convencerse a sí mismo y me doy cuenta de que mi hermano no está tan seguro de Obenko como parece. ¿Tuvo ya la oportunidad de comprobar la crueldad de este hombre?

—Lo siento —digo tumbándome en las almohadas cuando disminuye mi breve estallido de energía—.

Ojalá fuese eso cierto, pero la prioridad de tu tío siempre fue su país. Lo sabes, ¿no?

Los labios de Misha crean una fina línea y niega de nuevo.

—No. Dijo que se te daba bien tergiversar las cosas.

—Misha...

—Me llamo Michael. —Cruza los brazos delante del pecho—. Y no quiero hablar más de esto.

—Vale. —Aún estoy demasiado enferma para discutir con un adolescente traumatizado—. Tan solo dime una cosa... ¿Son buenos tus padres adoptivos? ¿Te trataban bien?

Tras un momento de duda, Misha asiente y se deja caer sobre la silla.

—Lo fueron y lo son. —Su mirada se dulcifica un poco—. Mamá hace pastel de patata los fines de semana y papá juega al tenis de mesa. Se le da muy bien. Solía jugar con él todas las tardes cuando era pequeño.

Lágrimas de alivio me llenan los ojos al notar verdadera emoción en su voz. Sin importar lo que le haya hecho acabar en la UUR, Misha quiere a sus padres adoptivos, los quiere como yo quería a nuestros mamá y papá.

—¿Los ves a menudo? —Ahora que mi hermano me está hablando, me veo desesperada por oír más sobre su vida—. Desde que empezaste el entrenamiento, quiero decir. ¿Te quedas en la residencia o vives aún en casa? ¿Qué piensan tus padres de que estés haciendo esto?

Misha parpadea por mis preguntas rápidas.

—Ahora... ahora los veo una vez al mes —responde despacio—. Y sí, me quedo en la residencia. Mamá no quería, pero tío Vasya dijo que sería lo mejor, que me ayudaría con la transición y todo eso.

Asiento alentadoramente y continúa tras una breve pausa.

—En general, aceptan que me haya unido a la agencia. Es decir, entienden que servimos a nuestro país. —Desvía la mirada mientras se mueve con nerviosismo en la silla, y leo entre líneas.

Puede que sus padres lo hayan entendido, pero no deben estar nada contentos con que a su hijo adolescente le reclutaran para la causa.

—¿Crees que están preocupados por ti? —Ignorando mi creciente cansancio, me impulso para incorporarme de nuevo—. ¿Sabrán lo que ha pasado?

—Ellos... —Su voz se quiebra al mirarme de nuevo y parpadea rápido—. Sí, creo que deben saberlo ya. Alguien habrá informado a mamá sobre el tío Vasya.

—Lo siento, Michael. —Me muerdo el labio—. Siento mucho que pasara tal y como pasó. Créeme, si pudiera volver atrás...

—No. —Misha se levanta apretando los puños—. No finjas.

—No estoy fingiendo...

—Ya es suficiente. —La voz de Lucas es afilada como un cuchillo al entrar en la habitación, acercándose a mi hermano con pasos furiosos—. Te lo dije, no puedes molestarla. —Gruñendo, arrastra a

Misha hacia la puerta, agarrándole por la parte trasera de la camiseta —Está enferma. ¿Qué parte de eso no entiendes?

—Lucas, para. —Tiro de la manta y se me acelera el pulso por un miedo repentino—. Por favor, él no ha hecho nada.

Lucas suelta a Misha de inmediato y atraviesa la habitación hacia mí cuando apoyo los pies en el suelo a punto de levantarme a pesar de una oleada de mareo.

—¿Qué haces? —Mirándome fijamente, me agarra de las piernas y las coloca de nuevo en la cama, obligándome a adoptar una posición semisentada contra las almohadas antes de enjaularme entre los brazos. Le brillan los ojos con furia al inclinarse, colocando la cara a centímetros de la mía.

—Tienes que descansar, ¿entiendes?

—Sí. —Trago el nudo que tengo en la garganta—. Perdón.

Al parecer, eso satisface a Lucas, porque se incorpora y se gira hacia mi hermano.

—Vámonos —dice señalando hacia la puerta con el pulgar y Misha me lanza una mirada de disculpa antes de salir de la habitación delante de Lucas.

Exhausta, me deslizo entre las almohadas y cierro los ojos.

Mi hermano está bien por ahora, pero este no es un buen sitio para él. Necesito llevarle de vuelta con sus padres.

Tiene que irse a casa.

Lucas

TRAS ESCOLTAR A MICHAEL FUERA DE LA CASA Y entregárselo a Diego, vuelvo a la habitación para encontrarme a Yulia dormida otra vez. Aunque las heridas del asalto de Kirill son apenas perceptibles ahora, tiene sombras azul oscuro bajo los ojos y la cara pálida y delgada. Ha perdido peso durante la enfermedad y otra vez parece preocupantemente frágil, como una figura de cristal que se podría romper al menor contacto.

Debo ser un pervertido porque la deseo de todos modos.

Tomando una bocanada de aire, me desvisto y me subo a la cama junto a ella. Las almohadas están apiladas, así que las coloco mejor y me tumbo tirando de ella hacia mí. Todavía lleva puesta la camiseta, pero no me importa la barrera que hay entre nuestros cuerpos.

Esto mantiene bajo control mi lujuria por Yulia, me ayuda a conservar la apariencia de que soy un cuidador imparcial en vez de un hombre que se ha tenido que hacer una paja dos veces al día durante la última semana.

No dormí anoche así que debería haberme quedado dormido a la velocidad de la luz, pero estoy completamente despierto al notar el calor que sale de su piel otra vez. La puta fiebre ha vuelto. Sé que no debería haber hecho caso a Yulia, pero no he podido resistir la súplica latente en esos ojos grandes y azules. Aún no sé la historia completa de su hermano, el chico se niega a responder cualquier pregunta, pero sé que le quiere.

Huyó para salvarle de mí.

Cerrando los ojos, me regaño a mí mismo por milésima vez por no haberla escuchado. En los últimos días, he podido reproducir en mi cabeza nuestras conversaciones antes de la huida y veo que nadie tiene la culpa del malentendido excepto yo. Si hubiera dejado a Yulia hablar, habría sabido quién era Misha y hubiera prometido no herirle.

Hasta yo tengo límites.

Yulia murmura algo en sueños, la acerco más a mí, y le beso el delicado lóbulo de la oreja, lo que hace que se me encoja el pecho al notar su piel ardiendo. No está tan enferma como anoche, pero aún está lejos de recuperarse.

Voy al baño tras despegarme con cuidado de ella y vuelvo con una toalla fría. Cuando le quito la camiseta y le paso la toalla por el cuerpo, Yulia se despierta parpadeando con la mirada aturdida, pero, antes de terminar de mojarla, se vuelve a dormir.

Apago la luz y me meto en la cama a su lado otra vez, tirando de ella hacia mis brazos. Mi calor corporal no es lo más aconsejable en este momento, pero me he dado cuenta de que duerme mejor si la estoy abrazando. De esta forma es menos propensa a tener pesadillas.

Cierro los ojos de nuevo e intento no pensar en el origen de esos sueños, pero me es imposible. La enfermedad de Yulia ha interrumpido mi rutina de trabajo normal, pero me he asegurado de que la búsqueda de Kirill siga sin interrupciones. Por desgracia, aparte de unos rumores inciertos y algunas pistas falsas, no hemos conseguido nada en los últimos días. Es como si el cabrón se hubiese esfumado. Es probable que no haya sobrevivido a las heridas, pero, en ese caso, deberíamos haber encontrado un cuerpo u oído algo sobre un funeral.

No, mi instinto me dice que el antiguo entrenador de Yulia sigue vivo, probablemente muy dolorido, pero vivo. Tendré que aumentar mis esfuerzos para encontrarle cuando Yulia esté bien.

Primero, no obstante, tengo que hacer que se recupere.

Besándola en la sien, la pego más contra mí, ignorando el deseo que me endurece la polla. Con algo de suerte, la mejoría en su apetito significará que se está recuperando y pronto la tendré fuerte y sana de nuevo.

Si no, Goldberg deseará no haber nacido.

PARA MI ALIVIO, EN LOS DÍAS SIGUIENTES, LA recuperación de Yulia continúa sin ninguna recaída. Su apetito vuelve con avidez y me encuentro buscando en Internet recetas simples pero nutritivas. Sigo siendo bastante malo en la cocina, pero he descubierto que, con suficiente atención y concentración, puedo hacer platos básicos siguiendo instrucciones y viendo vídeos, algo para lo que nunca me había sentido motivado. Pero con Yulia dependiente de mí por completo, me parece mal alimentarla solo a base de sándwiches y cereales.

Quiero que coma bien para que recupere la salud.

—¿Qué haces, tío? —pregunta Diego cuando entra en la cocina y me ve cortando verduras para un estofado—. Nunca te había visto cocinar.

—Sí, bueno, estoy ampliando mis habilidades —digo, poniendo las verduras en una olla grande antes de echarle un vistazo al portátil abierto para leer el siguiente paso del proceso—. Nunca es tarde para aprender, ¿verdad?

—Sí, sí, claro. —Diego me mira con dudas—. ¿Por

qué no le pides a la ama de llaves de Esguerra que haga algo más de comida para ti? Normalmente no le importa.

—No soy la persona favorita de Ana ahora mismo —digo, midiendo con cuidado una cucharadita de sal —. Ya sabes, con lo de Rosa y tal.

—Ah, claro —Diego se sienta en la mesa y me mira con una fascinación evidente—. Está bastante enfadada por todo eso, ¿verdad?

—Se podría decir que sí.

Aunque la intervención de Nora salvó a Rosa del interrogatorio y del posterior castigo, la criada ha estado en arresto domiciliario durante la última semana mientras Esguerra decide qué hacer con ella. Si no hubiera sido por la amistad de Nora con la chica, habría sido fácil, pero Esguerra no quiere entristecer a su mujer matando a su querida amiga.

Además, ninguno de nosotros está completamente seguro de que Nora dijera la verdad, lo que significa que hay todavía una posibilidad de que la criada estuviese trabajando para alguien más.

Ahora que Yulia se encuentra mejor, voy a preguntarle sobre eso y sobre el resto de las cosas.

—¿Así que es eso? ¿Ahora eres un maestro cocinero? —dice Diego cuando echo la cantidad de agua recomendada en la olla y la tapo antes de encender el fuego—. ¿Eso significa que Eduardo y yo podemos venir a cenar?

—No, joder. Haz tu propio puto estofado.

Diego se echa a reír, pero para enseguida cuando me giro para mirarle.

—Ya hemos hablado lo suficiente —mascullo, limpiándome las manos con papel de cocina—. Ponme al día sobre los aprendices nuevos y explícame cómo van los esfuerzos de reclutamiento.

El guardia comienza a contarme su informe diario y me siento a la mesa manteniendo la vista en la olla para asegurarme de que no se cuece demasiado.

Cuando ya se ha hecho el estofado, compruebo el estado de Yulia y veo que está dormida en el sillón de la biblioteca, vestida con otra de mis camisetas. La traje aquí después de la comida, cuando insistió que quería levantarse, afirmando que estaba cansada de estar en la cama todo el día. A juzgar por el libro en el regazo, se ha quedado dormida mientras leía.

Frunciendo el ceño, le paso la mano por la frente para comprobar la fiebre. Para mi consuelo, su piel parece normal al tacto. No está recuperada del todo aún, pero Goldberg estaba en lo cierto al aconsejarme que no entrara en pánico.

Echo un vistazo al reloj.

Cuatro de la tarde. Falta bastante tiempo para la cena.

Tomando una decisión, salgo en silencio de la habitación y me dirijo fuera. Necesito hacer mis rondas con los guardias y ponerme al día con Esguerra. Con suerte, Yulia dormirá las próximas dos horas mientras trabajo un poco y, luego, tomaremos juntos una comida deliciosa, nuestra primera comida normal desde que volvió.

No puedo esperar, joder.

34

Yulia

UNA SENSACIÓN INQUIETANTE ME DESPIERTA. ES COMO SI alguien me estuviera observando o...

Jadeando, me incorporo en el sillón y miro boquiabierta a la chica bajita de piel dorada que está en medio de la biblioteca de Lucas. Lleva puesto un vestido azul claro y el pelo negro brillante le cae por los hombros delgados y desnudos. Estoy segura de que no la he visto antes, aunque algo en sus rasgos delicados me resulta familiar.

—¿Quién eres? —Intento mantener un tono tranquilo, lo que no es tarea fácil al oírme los latidos del corazón en la garganta. Aún estoy débil debido a la enfermedad, y, aunque la muñequita que está frente a mí no parece suponer una amenaza, sé que las apariencias engañan—. ¿Qué haces aquí?

—Soy Nora Esguerra —dice en un inglés americano sin acento. Sus ojos oscuros de pestañas abundantes me miran con fría burla—. Has conocido a mi marido, Julian.

Parpadeo. Eso explica cómo ha entrado en casa, debe tener la misma llave maestra que Rosa, y por qué me resulta familiar. Su foto estaba en los archivos que Obenko me dio en Moscú.

Además, he visto esos ojos oscuros antes.

—Estabas mirando por la ventana el primer día que me trajeron —digo, tirando de la camiseta de Lucas para cubrirme más los muslos. Si hubiera sabido que iba a tener visita, me habría puesto ropa de verdad—. Con Rosa, ¿verdad?

La chica asiente.

—Sí, te vinimos a visitar. —No se disculpa o da explicaciones, tan solo me estudia, con los ojos ligeramente entrecerrados.

—Vale, y estás hoy aquí porque... —Dejo que mi voz se apague.

—Porque he estado esperando una oportunidad para hablar contigo y esta es la primera vez que Lucas ha salido de casa en muchos días —dice acercándose al sillón.

Me levanto al sentirme tensa. Aunque todavía noto las piernas como espaguetis cocidos, estaré mejor de pie para protegerme si la situación lo requiere.

—¿De qué querías hablar? —pregunto, mirando con

atención las manos de la chica. No parece que vaya armada, pero algo en su postura me dice que puede que no necesite armas para causar daño.

Se nota que ha tomado algunas lecciones de lucha.

—De Rosa —contesta la chica. Eleva el pequeño mentón al mirarme con severidad—. En especial de qué les vas a decir a Lucas y a Julian sobre ella.

Frunzo el ceño, confusa.

—¿A qué te refieres?

—Van a querer saber cómo escapaste y quién te ayudó —dice Nora con voz uniforme—. Y vas a decir que Rosa actuó bajo mis órdenes. ¿Entiendes?

—¿Qué? —Eso era lo último que esperaba escuchar —. ¿Quieres que te culpe?

—Quiero que digas la verdad —dice con frialdad—. Y sí, eso implica decirles a todos que Rosa te estaba ayudando porque yo se lo pedí.

—No dijo nada de que fuera petición tuya —digo, con la cabeza a cien por hora. Parece que el ama de llaves está en apuros y la mujer de Esguerra la está intentando proteger admitiendo su propia implicación. A menos que...

—No importa lo que Rosa dijera o no dijera. —La voz de Nora se tensa—. Te estoy diciendo que Rosa estaba actuando bajo mis órdenes y eso es lo que les dirás a Lucas y a Julian cuando te pregunten sobre esto. ¿Lo entiendes?

—¿O qué? —Puedo percibir la amenaza en el tono de la chica, pero quiero saber hasta dónde puede llegar —. ¿O qué, señora Esguerra?

—O me aseguraré personalmente de que Julian despelleje cada pedacito de carne de tus huesos. —Me dedica una sonrisa gélida—. De hecho, puede que lo haga yo misma.

La miro fijamente, intentando recordar lo que sé sobre la chica. Es joven, un par de años más joven que yo, según el archivo de Esguerra, y se acaba de casar con el traficante de armas. Antes de eso, supuestamente él la secuestró; hubo una investigación del FBI que duró más de un año. Pero, dejando a un lado sus antecedentes, parece obvio que ahora no difiere tanto de su marido.

No es una amenaza sutil.

—De acuerdo —digo despacio—. Supongamos que de verdad le dijiste a Rosa que me ayudara. ¿Por qué? ¿Cuál habría sido tu motivación? Lucas querrá saberlo.

—Entenderá mi motivación. Lo único que tienes que hacer es decir la verdad, la verdad absoluta, incluyendo mi involucración.

Aprieto los labios.

—Perfecto. Y supongo que la verdad absoluta no incluye tu visita de hoy.

—Correcto. —No pestañea—. No hay motivo para que Rosa tenga que pagar por mis acciones. Seguro que estás de acuerdo con eso.

—Lo estoy. —Si la mujer de Esguerra quiere que su marido notablemente despiadado piense que todo eso fue idea suya, no tengo intención de interponerme en su camino, en especial después de haber tenido esta charla—. Bueno, ¿eso es todo, o puedo ayudarte con algo más?

—Eso es todo —dice. Después, se gira y comienza a marcharse. Pero, antes de que pueda exhalar un suspiro de alivio, se para en la puerta y me mira.

—Tan solo una cosa más, Yulia...

Levanto las cejas, a la espera.

—Por lo que dice Julian, Lucas parece... extrañamente enamorado de ti. —Su voz es uniforme —. Eso te beneficia, dado lo que ha pasado.

Me doy cuenta de que está hablando del accidente aéreo. Como es normal, la mujer de Esguerra me culpa por ello. Al menos no tuve éxito al intentar seducir a su marido; tengo el presentimiento de que, si Nora supiese que Esguerra era mi objetivo inicial, me hubiese despertado con la garganta rajada.

—Estoy segura de que tan solo estabas haciendo tu trabajo —continúa en el mismo tono uniforme—, llevando a cabo órdenes de tus superiores.

Asiento con cautela. No tengo ni idea de qué quiere que diga. No sabía que la información que conseguí iba a usarse para derribar el avión de su marido, pero, aunque lo hubiera sabido, estoy segura de que eso no habría cambiado nada. A lo mejor habría intentado mantener a Lucas alejado de ese avión, aunque era un desconocido para mí por aquel entonces, pero no habría levantado un dedo para salvar a Esguerra. Seguiría sin hacerlo.

Dado todo lo que sé de ese hombre, el mundo sería mejor sin él, incluso para su mujer...

—Bien. Eso es lo que Lucas le dijo a Julian —dice Nora—. No era personal, por así decirlo.

Asiento de nuevo, esperando que vaya al grano pronto. El cansancio prolongado de la enfermedad está haciendo que me tiemblen las piernas, y estoy sudando por el esfuerzo de estar de pie tanto tiempo. Aunque, no quiero mostrar vulnerabilidad delante de la mujer de Esguerra. Sería como descubrirse el cuello para una pequeña pero mortífera loba.

—Bueno, Yulia... —Los ojos de la loba brillan con una luz peculiar—. Supongo que lo que intento decir es que, por tu bien, espero que compartas los sentimientos de Lucas. Porque, si alguna vez te retira su protección... —No termina la frase, pero la entiendo a la perfección.

Mi hermano no es el único que no pertenece a este lugar.

—Entendido —logro decir con tranquilidad—. ¿Algo más?

Me dedica una sonrisa forzada.

—No. Eso es todo. Espero que te mejores pronto.

Se da la vuelta y desaparece por la puerta, y yo me derrumbo de nuevo en el sillón, tan cansada como si acabara de luchar en una guerra.

ucas

ME LLEVA MÁS DE LO QUE ESPERABA PONERME AL DÍA con todo lo que he ido posponiendo últimamente y, cuando llego a casa, son casi las siete y media.

Lo primero que hago nada más entrar es encaminarme a la biblioteca. Para mi sorpresa, Yulia no está ahí.

—¿Lucas? —me llama y me doy cuenta de que la voz proviene de la cocina. Con el ceño fruncido, retrocedo sobre mis pasos y me dirijo hacia allí.

—¿Qué estás haciendo? —digo cuando la veo llevando dos cucharas a la mesa. Tras acercarme en dos zancadas, le cojo los utensilios de la mano y la agarro por el codo—. Tienes que descansar.

—Estoy bien —protesta mientras la guío hacia la mesa—. En serio, Lucas, estoy mucho mejor. Me he cansado de no mover el culo en todo el día y quería poner la mesa para cenar.

—Gilipolleces. —Le retiro la silla—. Siéntate, ya me encargo yo de eso. Tu única obligación ahora mismo es recuperarte, ¿de acuerdo?

Yulia me dedica una mirada exasperada, pero obedece. Por primera vez desde que enfermó, lleva su ropa habitual, unos vaqueros cortos y una camiseta de tirantes, pero el revelador conjunto no hace más que acentuar la gravedad de su pérdida de peso. Tiene el abdomen cóncavo, y los brazos delgados como un palo. No sé por qué se está forzando tanto a sí misma, pero no me gusta.

—No tienes que mover ni un músculo —digo mientras me lavo las manos y saco un par de cuencos. Yulia debe haber encendido antes los fogones para calentar el estofado, porque, cuando miro, lo encuentro cociéndose a fuego lento. Sirvo una ración bastante generosa para cada uno y llevo los cuencos a la mesa—. No quiero que tengas otra recaída —digo, sentándome frente a ella.

Olfatea el estofado en lugar de responder.

—¿Lo has hecho tú? —pregunta mirándome, y asiento, esperando a que me diga qué opina. Lo probé antes y me gustó, pero aún me queda mucho camino para poder competir con Yulia en lo que a cocinar se refiere.

Sumerge la cuchara y prueba un poco del caldo que rodea las verduras.

—Está bueno, Lucas —contesta, y no puedo reprimir una sonrisa al notar la sorpresa en su voz.

—Me alegro de que te guste —digo, empezando a comer de mi plato—. No ha sido muy difícil cocinarlo, así que debería poder volver a hacerlo.

Yulia empieza a comer con evidente entusiasmo, y la observo, contento de verla disfrutar con mis esfuerzos. Hay algo extrañamente satisfactorio en verla sentada a la mesa de mi cocina, comiéndose lo que he preparado y llevando la ropa que le he regalado. Nunca me había visto como un tipo cariñoso ni había considerado la posibilidad de que alguna vez querría cuidar de alguien, pero eso es precisamente lo que deseo hacer con ella. Es raro porque, dejando la enfermedad a un lado, Yulia es una de las mujeres más capaces que he conocido.

Permanece en silencio mientras terminamos el estofado con rapidez, y la dejo comer en paz, preocupado por si incluso esta comida puede ser demasiado agotadora para ella. Cuando acabamos, recojo y le hago a Yulia una taza de su té favorito.

—¿Cómo te encuentras? —pregunto cuando se lo llevo a la mesa, y sonríe, tocándose la barriga plana.

—Llenísima. El estofado estaba muy bueno. Gracias por prepararlo.

—De nada. —Sonrío mientras ella ahoga un bostezo antes de dar un sorbo al té—. ¿Cansada?

—Más bien aletargada, creo —dice con otro casi bostezo—. Es imposible que tenga ganas de dormir. Ya he dormido suficiente para el resto de mi vida.

—Tu cuerpo lo necesitaba —digo y mi expresión divertida se desvanece al recordar su estado casi catatónico tras el ataque de Kirill—. Has pasado por muchas cosas.

Yulia baja la mirada a la taza.

—Sí, supongo.

—Yulia… —Me siento y estiro el brazo por encima de la mesa para envolver su mano con la mía—. ¿Qué pasó? ¿Cómo acabaste con Kirill?

Los finos dedos se retuercen bajo la palma de mi mano, pero no me mira.

—Yulia. —Le aprieto ligeramente la mano—. Mírame.

Me mira a los ojos con reticencia.

—¿Tienes algún otro hermano que me estés ocultando?

Niega con la cabeza.

—¿Alguien más a quien estés intentando proteger?

Pestañea.

—No.

—Entonces cuéntame qué pasó. ¿Por qué estabas en esa celda? ¿Pensaban que les habías apuñalado por la espalda?

—Ellos… Es… Es complicado, Lucas. —Le tiemblan los labios un segundo antes de apretarlos.

—Ya veo. —Me pongo de pie y rodeo la mesa. Yulia

me dirige una mirada de sorpresa cuando la levanto de la silla, pero solo la cojo en brazos y la llevo al salón, acurrucada contra el pecho.

—¿Qué estás haciendo? —pregunta cuando me siento en el sofá con ella en el regazo. Me preocupa lo ligera que la siento, tan débil como después de su estancia en la prisión rusa.

—Ponerme cómodo para que me cuentes esa historia tan complicada —digo, colocándola de manera más segura sobre el regazo. Incluso tras haber perdido peso, tiene el trasero redondo y suave y el pelo desprende un olor dulce, como a melocotón mezclado con vainilla. Mi cuerpo reacciona al instante, pero ignoro el pinchazo de lujuria. Con un brazo alrededor de la espalda, le coloco un mechón de pelo detrás de la oreja con la mano que me queda libre y digo con suavidad:

—Habla conmigo, cielo. No os haré daño ni a ti ni a tu hermano, lo prometo.

Yulia me mira después de unos segundos, y sé que está preguntándose internamente hasta qué punto puede confiar en mí. Espero con paciencia y, al final, murmura:

—¿Por dónde quieres que empiece?

—¿Y si empiezas por el principio? Háblame de Michael. ¿Cuándo os reclutaron a los dos para la agencia?

Yulia respira con profundidad y comienza la historia. Escucho y me duele el corazón cuando me habla de la niña de diez años a la que sus padres dejaron cuidando de su hermano de dos una fría noche de invierno para nunca regresar, de la visita de la policía al día siguiente y de los horrores del orfanato que vino después.

—Nadie me hacía mucho caso; como te conté, era muy delgada y torpe a esa edad, un patito feo. Pero Misha era precioso —dice con voz ronca—. Podría haber salido en anuncios de productos para bebés. Y yo no era la única que lo pensaba. La directora no paraba de llevarlo a su oficina, y yo veía cómo entraban hombres en ella, cada vez uno distinto. No sé qué le hacían, pero salía de allí con moratones y, a veces, sangre. Los días siguientes no paraba de llorar. El país era un caos, lo sigue siendo, y nadie se preocupaba por los huérfanos. Lo importante era que no estuviéramos en medio. —Le brillan los ojos mientras dice—: Habría hecho lo que fuera para sacar a Misha de ahí. Lo que fuera.

Siento cómo la furia me palpita en la cabeza, pero permanezco en silencio y sigo escuchando mientras Yulia me habla de la visita de un hombre bien vestido, cuyos ojos color avellana la asustaban y, a la vez, le daban esperanza.

—Vasiliy Obenko me ofreció un trato, y yo lo acepté —dice—. Era la única forma de salvar a Misha. Llevábamos menos de un año en el orfanato y ya estaba hecho un desastre: se comportaba de forma extraña, lloraba sin venir a cuento, desobedecía a los profesores… Incluso si hubiera aparecido alguna buena familia, no habrían querido adoptar a un niño con ese tipo de problemas de conducta, daba igual lo precioso que fuese. Estaba tan desesperada que incluso pensé en coger a Misha y huir, pero habríamos acabado muertos de hambre en la calle o algo peor. El mundo no es un lugar agradable para los niños sin hogar.

Toma aire de forma entrecortada, y le acaricio la espalda, tratando de evitar que me tiemblen las manos de rabia.

Pienso encontrar a la directora de ese orfanato y hacer pagar a esa proxeneta de niños.

—Así que sí —continúa Yulia tras una pausa—, cuando Obenko vino a reclutarme a cambio de que su hermana y su cuñado adoptaran a Misha y le dieran un buen hogar para vivir, no lo dudé ni un segundo. Sabía que era bastante probable que estuviera haciendo un pacto con el diablo, pero no me importó. Solo quería darle a Misha la oportunidad de tener una vida mejor.

Claro. Aquello explicaba muchas cosas: su extraña lealtad a una organización que había abusado de ella, su disposición para llevar a cabo "misiones" después de lo que había pasado con Kirill. Nunca fue cuestión de patriotismo: lo había estado haciendo por su hermano todo ese tiempo.

—¿Y Obenko cumplió con su parte del trato? —Mi tono de voz es relativamente tranquilo.

—Más o menos… bueno, no lo sé. —Se muerde el labio—. Aún estoy intentando separar la verdad de las mentiras. Se suponía que Misha iba a tener una vida normal, y parece que así fue, al menos hasta hace un par de años. Sus padres adoptivos no tenían nada que ver con la agencia: la hermana de Obenko es enfermera y su marido es ingeniero eléctrico. Parte del trato era que no me acercara a Misha y a su nueva familia, así que solo le veía en fotos. No me di cuenta de que habían reclutado a mi hermano para la UUR hasta que seguí a Obenko a un almacén a las afueras de Kiev y vi a Misha allí, entrenando con Kirill al lado de otros jóvenes.

—¿El mismo Kirill que pensabas que había muerto? —Mi rabia se intensifica mientras me imagino su reacción ante este golpe doble, una traición tan grande que no puedo ni imaginármela.

Yulia asiente, y su mirada se endurece al contarme su captura y posterior interrogatorio por parte de la agencia a la que ella misma pertenecía.

—Pensaban que me había convertido, ¿sabes? —dice—. Que yo les había traicionado a ellos.

—Hay algo que no entiendo. —Le paso la mano por debajo del pelo y la poso en la nuca, consiguiendo mantener la rabia bajo control—. ¿Qué hizo que siguieras a Obenko hasta ese almacén? ¿Sospechabas algo?

—No, para nada. —Se le ensombrecen los ojos azules—. Empecé a seguir a Obenko con la esperanza de que me llevara hasta la familia de su hermana… hasta mi hermano. Quería ver a Misha una vez más antes de… —Hace una pausa, mordiéndose el labio inferior.

—¿Antes de qué?

Yulia no responde.

—¿Antes de qué, preciosa?

—Antes de tener que marcharme a otra misión —susurra, pestañeando rápidamente. Sus palabras me producen una oleada de celos tan violenta que casi no la oigo cuando añade, de forma casi inaudible—: Y desaparecer para siempre.

—¿Qué? —Tenso la mano sobre su nuca—. ¿Qué cojones quieres decir con eso?

Se estremece, y aflojo la sujeción sobre su nuca, masajeando la zona que acabo de apretar. Sin embargo, sigue sin decir nada, y cada segundo que pasa hace que mi furia crezca más.

—Yulia… —Lo único que logra que no explote ahí mismo es el recuerdo de lo que pasó la última vez que dejé que me cegaran los celos—. ¿Qué cojones quieres decir con eso?

—Nada. Solo estaba… —Cierra los ojos un segundo, antes de abrirlos y encontrarse con los míos—. Me iba a marchar, ¿de acuerdo? —Le tiembla la voz—. No podía seguir con aquello, no podía llevar a cabo más misiones para ellos. Iba a usar los billetes de avión y las identidades falsas que me habían dado para desaparecer y empezar de cero.

—¿En serio? —Bajo la mano a la parte inferior de la espalda, y parte del enfado se disipa—. ¿Por qué? ¿Por qué después de tantos años?

Se encoge de hombros levemente y mira hacia abajo, evitando mi mirada.

—Pensé que llegados a ese punto mi hermano

estaría a salvo; sus padres adoptivos no iban a llevarlo de vuelta al orfanato después de once años.

—Estoy seguro de que tampoco lo habrían llevado después de cinco años. —La agarro de la barbilla para hacer que me mire. Puedo notar que está incómoda con el tema, lo cual me hace tener más ganas de resolver el misterio—. Aún no sabías lo de Kirill y tu hermano, así que… ¿por qué decidiste huir?

Permanece en silencio.

—Yulia… —Me inclino hacia delante hasta que nuestras narices casi se rozan. A esta distancia, su dulce aroma es embriagador. Inhalo, y siento que estoy a punto de perder el control. El corazón me late desbocado en el pecho y, cuando hablo, mi voz suena dura y ronca—. ¿Por qué decidiste huir, preciosa? ¿Qué cambió?

Abre la boca ligeramente mientras me mira, y la tentación de besarla y probar la suavidad rosa y carnosa de sus labios es insoportable. Soy muy consciente de su presencia, de toda ella. El ritmo irregular y poco profundo de su respiración, la calidez de la piel suave, la forma en la que sus largas pestañas marrones se enredan entre sí en el rabillo del ojo… todo ello me llama e intensifica el deseo que me arde en las venas. Lo único que me frena es la convicción de que tengo que conseguir esa respuesta, de que es algo importante.

—Dímelo, cariño —susurro, alargando la mano para acariciarle la mejilla—. ¿Por qué no podías seguir?

La respiración de Yulia se entrecorta, y se le llenan

los ojos de lágrimas mientras me empuja por los hombros, tratando de quitarse de encima de mí. La veo tan afectada que estoy a punto de dejarla marchar, pero algo en mi instinto me hace cogerla.

—Shhh. —La calmo, apretando el brazo alrededor de la espalda para sujetarla bien—. No pasa nada. Estás a salvo. Cuéntamelo, cariño. Cuéntame por qué ibas a marcharte.

—Lucas, por favor… —Las lágrimas le inundan los ojos, derramándose por las mejillas mientras deja de empujarme—. Por favor, no.

—¿No qué? —Siento como si estuviera torturando a un gatito indefenso, pero no puedo parar. Acercándome más, beso la humedad salada de las mejillas y murmuro—: ¿No preguntes? ¿Por qué no? ¿Qué es lo que no quieres decirme? ¿Qué estás ocultando?

Yulia cierra los ojos, y le rozo los párpados temblorosos con los labios.

—Venga, cariño —susurro, echándome hacia atrás —. Dímelo. ¿Qué cambió para ti? ¿Por qué no querías seguir con aquello?

—Porque no podía. —Abre los ojos y me mira con las pupilas inundadas de lágrimas—. No podía seguir, ¿de acuerdo?

—¿Por qué?

Trata de levantarse de nuevo, pero aprieto más el brazo, manteniéndola en su sitio.

—¿Por qué, Yulia? —La presiono—. Dímelo.

—¡Porque me enamoré de ti! —Con una fuerza

sorprendente, me empuja, y me quedo tan atónito que aflojo la sujeción, dejando que se levante de mi regazo. El impulso la lanza hacia atrás, haciendo que esté a punto de caerse, pero, antes de que pueda sujetarla, recupera el equilibrio, corre a la habitación y cierra la puerta de un portazo.

DURA! IDIOTKA! IMBECILE! DEBILKA!

Sollozando, empujo la silla contra la puerta de la habitación, metiendo el respaldo debajo del pomo para mantenerla cerrada. Me tiemblan los brazos por el esfuerzo y la adrenalina, y el arrepentimiento me golpea en el cráneo como un martillo. ¿Cómo he podido ser tan estúpida? ¿Cómo he podido admitir mis sentimientos por Lucas otra vez? Al menos la última vez pensó que estaba soñando, pero hoy no tengo excusa.

Totalmente despierta y consciente, me he rendido ante la implacable ternura de Lucas, me he derrumbado ante la despiadada presión de sus dulces exigencias.

—¡Yulia! —El pomo de la puerta se agita mientras la empuja—. ¿Qué cojones estás haciendo? Déjame entrar.

Jadeando, me alejo de la puerta, apretando el puño contra la boca para sofocar los sollozos. ¿Por qué lo he vuelto a hacer? ¿Acaso soy masoquista? Sé lo que soy para él: un objeto sexual, alguien de quien ser dueño y a quien poseer. Si me quedaba alguna duda de eso, los dispositivos de rastreo la deberían haber disipado. Lo que ha hecho es lo más parecido a ponerle una correa de perro a una persona, y no hay cuidados suficientes que compensen su intención de tenerme prisionera hasta que se canse de mí.

El amor y la cautividad no son compatibles, al menos no para la mayoría de la gente cuerda.

—Yulia. —Lucas aporrea la puerta con el puño—. ¡Déjame entrar de una puta vez!

Le pega una patada, y la silla chirría mientras se mueve un par de centímetros sobre la alfombra, dejando la puerta abierta una rendija.

Recorro la habitación con una mirada desesperada. No sé qué estoy buscando, pero no hay nada, así que sigo retrocediendo a la vez que Lucas empieza a dar patadas a la puerta con insistencia. La rendija se hace más grande con cada golpe violento, y justo cuando toco la cama que hay detrás de mí con las piernas temblorosas, la silla se rompe y la puerta se abre de golpe.

—Lucas, yo… —No estoy segura de lo que voy a

decir, pero tampoco me da oportunidad de hacerlo. Antes de que pueda pensar con claridad, está sobre mí, y el mundo me da vueltas mientras caigo de espaldas en la cama. Aterriza encima, y en un abrir y cerrar de ojos me coge de las muñecas, estirándome los brazos sobre la cabeza. Sus ojos pálidos atraviesan los míos mientras me presiona contra el colchón, ese cuerpo musculoso, cálido y pesado sobre el mío. Ya está excitado, siento el bulto duro en sus pantalones, y sé que esta noche solo puede acabar de una forma.

Mi descanso por la gripe se ha acabado.

Aprieta las manos alrededor de las muñecas, y me golpea una oscura ansiedad, mezclada con una perversa emoción. Soy visceralmente consciente de la fuerza de mi captor, del poder de ese enorme cuerpo masculino. Cuando Kirill se colocó encima de mí de la misma forma, lo único que sentí fue terror y repulsión, pero con Lucas es infinitamente más complicado. Bajo el miedo y la desconfianza instintivos, hay una potente atracción animal mezclada con una desesperación más profunda, un deseo de conexión que no tiene sentido en el contexto de quiénes y qué somos.

Estoy enamorada de un hombre que tiene miles de razones para odiarme, un hombre que me da un miedo atroz.

—Yulia... —murmura, mirándome, e inhalo una bocanada de aire entrecortada, sintiéndome como si no pudiera respirar. Me encuentro dividida: una parte de mí quiere huir y esconderse, fingir que esto no está pasando, pero otra parte, la más débil, quiere rendirse ante él de nuevo, decirle cuánto significa para mí y suplicarle que se quede conmigo para siempre.

Suplicarle que me ame como yo lo amo, como siempre lo amaré.

—Yulia, cariño… —Su mirada se suaviza, y me doy cuenta de que estoy llorando otra vez, todo el cuerpo agitándoseme con sollozos entrecortados—. Shhh, cariño, no es para tanto… Estás bien. Todo irá bien.

Pero no puedo dejar de llorar, ni siquiera cuando me besa, recorriéndome los labios con la lengua, y tampoco cuando me suelta las muñecas y se retira de encima para quitarme la ropa. No puedo dejar de llorar porque está equivocado. No irá todo bien. No tenemos futuro, no hay esperanza de que tengamos algo parecido a una vida normal. Él es la mano derecha de un traficante de armas, un hombre sin conciencia, y yo soy su prisionera.

No hay finales felices para la gente como nosotros.

El dolor de esa certeza me consume tanto que apenas noto cuando Lucas me arranca el tanga y se sube encima de mí tras haberse deshecho de su ropa. Siento un nudo agonizante en el pecho, y se me nubla la vista por las lágrimas. Hasta que no se coloca entre las piernas, abriéndome los muslos con la fuerza de los suyos, no regresa la consciencia animal, y mi cuerpo responde a pesar de la angustia. La punta de la polla me roza los pliegues húmedos, pero, en lugar de continuar, se detiene, apoyándose en los codos mientras me envuelve el rostro con las enormes manos.

—Yulia… —Tiene los ojos ardiendo por un deseo

oscuro y su piel es bronceada y tersa sobre los pómulos afilados—. Eres mía —dice en voz baja y gutural—. Nada ni nadie te va a separar de mí. Basta de mentiras, basta de huir, basta de esconderse. Voy a cuidar de ti y te voy a proteger. A ti y a tu hermano, ¿lo entiendes?

Logro asentir levemente y levanto las manos para aferrarle los costados. Le vibra el cuerpo duro como la cuerda de una guitarra, con los músculos tensos como si estuviera listo para pelear, y sé que le está costando controlarse. Cualquier otra noche ya estaría dentro de mí, pero trata de contenerse, de ir despacio debido a mi reciente enfermedad.

Algo en su comportamiento deshace el nudo que tengo en el pecho, ahuyentando el pánico que estaba sintiendo. A lo mejor no soy solo un juguete para él.

No se contendría si no le importara.

—No pasa nada, Lucas —susurro, pestañeando para limpiarme las lágrimas. Dado lo que me está prometiendo, dejarle poseer mi cuerpo es lo menos que puedo hacer—. Estoy bien.

Se le dilatan las pupilas, oscureciéndosele los ojos azul grisáceo, y baja la cabeza, capturándome los labios en un beso voraz y profundo. Me recorre la boca con la lengua, conquistándola y acariciándola a la vez, y se me tensa el vientre cuando siento la dura e insistente presión de su miembro. El calor se acumula dentro de mí, concentrándose entre las piernas, pero también regresa una oleada de pánico. A pesar de sentirme más segura, estoy lejos de encontrarme preparada para esto, al menos emocionalmente.

El sexo con mi captor nunca es ni casual ni fácil.

Pero es demasiado tarde para expresar mis dudas. Los labios y la lengua de Lucas me devoran, dejándome sin respiración, y una de sus manos me recorre el cuerpo, masajeándome los pechos antes de bajar un poco más para tocarme el sexo. Encuentra el clítoris con los dedos y juega con él hasta que estoy empapada y palpitante. Entonces se agarra la polla y la guía hasta mi entrada, levantando la cabeza para mirarme al mismo tiempo.

Le brillan los ojos mientras me sostiene la mirada, y ambos inhalamos bruscamente cuando la suave y ancha punta de la polla me atraviesa, ensanchando la estrechez de mis músculos. Se me había olvidado lo grueso que es, lo enorme que es en todos los aspectos. A pesar de la excitación, mis músculos tienen que ajustarse a la sensación de tenerlo dentro, y mi respiración se entrecorta cuando empuja con más profundidad, su penetración lenta y controlada pero inexorable. Cuando ya está dentro del todo, se detiene, quedándose quieto sobre mí, y veo gotas de sudor formándosele en la frente. Está intentando controlarse, ser tan delicado como puede ser alguien como él.

—Te quiero —susurro, incapaz de contenerme. En este momento, no me importa que no me corresponda ni que todos los pronósticos estén en nuestra contra—. Te quiero, Lucas. Mucho.

Su mirada se llena de un calor volcánico, se le tensan los poderosos músculos aún más y veo cómo se desintegra el autocontrol que le quedaba.

—Yulia —gime, y sale de mí para volver a entrar, embistiéndome tan fuerte que me quedo sin aire. Debería haber sido demasiado, demasiado arrollador, pero, de alguna forma, es perfecto, y lo rodeo con los brazos y las piernas, agarrándome fuerte mientras empieza a penetrarme, poseyéndome con una intensidad feroz.

—Lucas… —Pronuncio su nombre con un gemido irregular mientras el calor se extiende y crece en mi interior, transformándose en una tensión insoportable —. Ah, joder, Lucas…

Todos los músculos del cuerpo me vibran con un placer agonizante, y noto el latido del corazón en los oídos. El momento parece durar una eternidad y entonces me corro con sorprendente violencia. Se me tensan los músculos alrededor de la polla mientras cada terminación nerviosa del cuerpo me estalla con múltiples sensaciones.

Lucas baja la cabeza, ahogando mi grito con la boca, y continúa embistiéndome, conduciéndome al orgasmo. Me folla como un hombre poseído, deslizándome las manos por el pelo para sujetarme y poder besarme con voracidad, y siento cómo me viene otro orgasmo, cada una de las estocadas de su polla me acerca más y más al clímax. Pero antes de que pueda llegar, se detiene y levanta la cabeza para mirarme.

—Dilo otra vez —me pide con voz ronca, taladrándome con la mirada. Le brilla la piel por el sudor, y se le agita el pecho por la respiración acelerada mientras la polla palpita dentro de mí—. Dime que me quieres.

—Te quiero —jadeo, levantando las caderas en un intento desesperado por alcanzar el clímax—. Por favor, Lucas. ¡Te quiero!

Toma aliento de forma sonora, y le noto hincharse dentro de mí, volverse cada vez más grueso y duro mientras me embiste una vez más antes de echar la cabeza hacia atrás con un gemido salvaje. La polla se estremece dentro de mí, su semilla brotando en cálidas salpicaduras, y, después, mueve las caderas con un movimiento circular, frotando la pelvis contra mi sexo. Para mi sorpresa, sus movimientos consiguen que alcance el clímax y grito, clavándole las uñas en la espalda mientras una devastadora ola de placer se cierne sobre mí, dejándome débil y temblorosa a su paso.

—Joder, cariño —gime Lucas, y siento la polla convulsionar una vez más antes de que salga y se aparte de mí. Al igual que yo, está empapado en sudor y respira con dificultad, pero, de alguna forma, encuentra la fuerza para pegarme a él, abrazándome por detrás.

Mientras se me ralentiza el corazón y la euforia posterior al orgasmo comienza a disiparse, cierro los ojos, tratando de no pensar en lo que he hecho.

Tratando de ignorar el poder aterrador que ahora Lucas tiene sobre mí.

Lucas

Cuando mi respiración se ralentiza y los músculos comienzan a obedecerme, me levanto de la cama y llevo a Yulia al baño para lavarla rápidamente. Está callada y retraída, casi tambaleándose sobre los talones mientras la lavo, y sé que la he presionado demasiado, que la he hecho mía con demasiado ímpetu y demasiado pronto. Debería haberle dado al menos un par de días más para recobrar fuerzas, pero la he atacado como un hombre salvaje de las cavernas, sin hacer ninguna concesión a su frágil estado.

Me reconcome el arrepentimiento, mezclado con la preocupación por su salud, pero bajo el peso de la culpa brilla una intensa y oscura satisfacción. Más allá de los efectos del increíble placer, más allá del alivio físico del sexo, es una sensación que me calienta desde dentro, haciéndome sentir como si estuviera en la cima del mundo.

Yulia me quiere. Ya no hay duda de ello. Me quiere a mí, no a ningún fantasma o amante de ensueño que me haya inventado.

Es ridículo, pero me siento como si me hubiera tocado la puta lotería.

Cuando estamos los dos limpios, ayudo a Yulia a salir de la ducha y la seco con una toalla antes de cogerla en brazos de nuevo. Cuidarla así parece la cosa más natural del mundo, y la sensación de alegría se intensifica cuando me rodea el cuello con los brazos y apoya la cabeza con confianza sobre mi hombro mientras la llevo a la habitación.

—¿Cómo te encuentras? —pregunto, deteniéndome al lado de la cama. Agachándome, la poso con delicadeza sobre las sábanas y aclaro—: ¿No te he hecho daño, verdad?

—No —susurra Yulia, cerrando los ojos. Parece agotada, y noto de nuevo un pinchazo de preocupación. ¿Y si esto le provoca una recaída? Debería haberme contenido, debería haberme controlado más. Joder, debería haber esperado para sonsacarle las respuestas hasta que se hubiera recuperado del todo, en lugar de sucumbir a mi impaciencia.

Dejando la culpa a un lado, apago las luces y me tumbo junto a ella en la cama, rodeándola con los brazos. El tacto de sus delgadas y cálidas curvas me excita de nuevo, pero esta vez logro ignorar la reacción del cuerpo.

—Buenas noches, preciosa —susurro, estirándome para taparnos a ambos con la colcha—. Que duermas bien.

En menos de un minuto, la respiración de Yulia adopta el ritmo regular del sueño, y cierro los ojos, sintiendo de nuevo esa alegría mientras la abrazo con fuerza.

Ella me quiere, y es mía.

La vida no me podría ir a mejor.

PARA MI ALIVIO, A LA MAÑANA SIGUIENTE YULIA no muestra signos de recaída. Estoy en la cocina haciendo el desayuno cuando entra, ya vestida con unos vaqueros cortos y una camiseta, peinada y con los ojos brillantes y alerta.

—Hola —dice suavemente, deteniéndose en el umbral de la puerta. Se le tiñen las mejillas de un delicado rubor cuando me mira—. ¿Hoy también te quedas en casa?

—Solo un rato —digo, sonriéndole—. ¿Cómo te encuentras?

—Estoy bien. —Me devuelve una media sonrisa—. Un poco hambrienta, nada más.

—Bien. La tortilla está casi lista.

—¿Necesitas ayuda? —pregunta, acercándose a los fogones—. Puedo...

—Gracias, pero no hace falta. —Le hago un gesto para que se aleje—. Si quieres, puedes hacer té. Esto estará listo en nada.

Yulia hace lo que le digo y cinco minutos más tarde nos sentamos a comer.

—Quiero ver a Misha hoy —dice después de comerse la mitad del plato en tiempo récord—. Ahora que ya estoy bien y eso.

—Estoy seguro de que no habrá ningún problema —contesto—. Le diré a Diego que lo traiga esta tarde.

Aún sigo enfadado con el mocoso por haberla hecho sentir mal el otro día, pero sé que no puedo mantenerla alejada de él, no después de lo que me contó anoche.

Yulia deja el tenedor con una expresión indescifrable en el rostro.

—Lucas... —Estira el brazo para pasarse la mano por la nuca—. ¿Sigo prisionera en esta casa, incluso con los dispositivos de rastreo?

Frunzo el ceño.

—No. —Ya había decidido que le iba a dar libertad para recorrer el finca una vez hubieran llegado los dispositivos de rastreo—. Ya te lo dije.

—¿Entonces por qué tiene que traer Diego a mi hermano? ¿No puedo ir a verlo yo misma?

Dudo un momento, mirándola. Aunque en teoría me gusta la idea de darle a Yulia algo de independencia, ahora que ha llegado el momento estoy intranquilo con la idea de que vaya sola por el complejo.

—Sí que puedes —respondo finalmente—, pero hoy no. Tengo que presentarte a algunas personas más. Tienen que saber quién eres y lo que significas para mí.

—Por mi conexión con el accidente —dice, y asiento, aliviado porque lo entienda. Aunque parte de mi intranquilidad se debe a una posesividad irracional, tengo mis razones para ser precavido.

Los guardias que murieron en el accidente de avión tenían amigos y familia, algunos de los cuales residen en el complejo. Y, aunque Esguerra y yo hemos hecho todo lo posible para mantener los detalles del accidente en secreto, sé que hay rumores de que Yulia estuvo implicada.

Hasta que no diga públicamente que es mía, no está a salvo yendo sola.

—¿Y mi hermano? —pregunta, cogiendo la taza de té, y me doy cuenta de que ha dejado de comer y tiene los ojos fijos en mí—. ¿Está en peligro?

—No —le aseguro—. Diego o Eduardo están a su lado todo el tiempo.

—¿Así que él sí es un prisionero?

Suspiro.

—Yulia, tu hermano es... bueno, es una situación temporal. Una vez que estemos seguros de que no va a disparar a nadie o intentar fugarse, le daremos más libertad también, ¿de acuerdo? Necesitamos algo de tiempo.

Da un par de sorbos al té y sigue comiendo, pero

observo las arrugas que se le forman en la frente. Está preocupada por Michael, un hermano que no parece apreciar todos los sacrificios que ella ha hecho por él.

—¿Por qué estabais discutiendo? —pregunto cuando terminamos de comer—. Parecía que tu hermano estaba enfadado contigo por alguna razón.

Yulia se termina el té y dice en voz baja:

—Está confundido. Obenko le contó un montón de mentiras sobre mí cuando lo reclutó y era su tío, así que…

Se encoge de hombros, como si no importara, pero veo una sombra de dolor en los ojos.

La traición de la UUR es peor de lo que pensaba.

—¿Quieres decir que Michael no sabe lo que hiciste por él? —Se me tensa la mano alrededor de la taza al pensar en todo lo que les voy a hacer a los antiguos compañeros de Yulia.

—No creo, pero no importa. —Trata de sonreír—. Misha está aquí ahora, así que lo único que necesito es hablar con él, aclarar las cosas.

—De acuerdo —respondo, tomando una decisión. La rabia me late en el pecho, pero mantengo el tono uniforme cuando digo—: Vamos. Te llevo yo a verle.

Yulia abre los ojos como platos.

—¿Ahora? ¿No tienes que trabajar?

—El trabajo puede esperar. —Dejo la taza, me pongo de pie y rodeo la mesa—. ¿Te apetece dar un paseo?

Se levanta de un salto al instante.

—Por supuesto —dice, radiante—. Vámonos.

SALIMOS DE CASA POR LA PUERTA PRINCIPAL. CUANDO estamos fuera, tomo a Yulia de la mano, apretándole con suavidad los dedos, y me dedica una mirada burlona.

—No me voy a escapar, ¿sabes? —dice, y sonrío mientras parte de mi enfado se disipa.

—No es para que no te escapes —digo, apretándole más la mano.

Yulia es mía ahora, y nadie va a volver a hacerle daño, al menos no sin enfrentarse a mí.

—Ah. —Mira a los guardias y a otros paseantes que hay alrededor, la mayoría de los cuales nos está observando con disimulo—. ¿Entonces es estratégico?

—En parte sí. —Le estoy dando la mano a Yulia porque quiero, pero mostrar nuestra relación a los demás es un añadido, sobre todo porque los guardias están estudiando esas largas y esbeltas piernas con evidente admiración.

Los miro fijamente y se dan la vuelta.

Cabrones.

Yulia me observa y se acerca más a mí, casi pegándoseme al costado mientras andamos. Asiento con la cabeza en señal de aprobación. Es inteligente por su parte aceptar mi protección en público. En cuanto todo el complejo se entere de que es mía, estará a salvo.

Pasamos por delante de las casetas de los guardias, y Yulia me mira de nuevo.

—¿Adónde vamos? —pregunta—. Pensaba que Michael estaba aquí.

—Se hospeda ahí, pero Diego me ha dicho que están en el campo de entrenamiento esta mañana. Así que es allí donde vamos.

—Ah, ya veo. —Yulia deja de hablar cuando pasamos por delante de un grupo de guardias. En cuanto estamos fuera de su alcance, aminora el paso y gira la cabeza para observarme—. Lucas... —dice en voz baja—. Hay algo que quiero preguntarte.

—¿De qué se trata?

—Cuando volvimos, el doctor Goldberg dijo que te habías lesionado recientemente. ¿Qué pasó? ¿Tuviste algún incidente durante el viaje?

—¿Incidente? —De manera inconsciente, la mano que tengo libre se dirige a las costillas, que cada día me molestan un poco menos—. Sí, se podría decir que sí.

Mientras caminamos le cuento a Yulia los acontecimientos de Chicago, desde la violación de Rosa hasta la persecución y las consecuencias de todo ello. Trato de suavizar las partes más duras, pero, aun así, cuando termino, Yulia está blanca como la nieve, y tiene la mano helada dentro de la mía.

—Te podrían haber matado —susurra horrorizada —. Y Rosa... Dios mío, pobre Rosa...

—Sí, en cuanto a eso... —No estamos lejos del campo de entrenamiento, así que paro y me doy la vuelta para mirar a Yulia—. ¿Por qué no me hablas de Rosa? Quiero saber cómo te ayudó a escapar.

La mano de Yulia se tensa entre mis dedos antes de volver a relajarse.

—¿A qué te refieres? —contesta, frunciendo el ceño con aparente confusión. Su expresión es la imitación perfecta de la más pura ignorancia: si no hubiera sentido su mano moverse, jamás habría notado que mi pregunta le ha hecho detenerse—. Ella no...

—No más mentiras, ¿recuerdas? —la interrumpo—. Teníamos un trato.

Yulia se moja los labios.

—Lucas, yo...

—No la estarías delatando, si es eso lo que te preocupa —digo, soltándole la mano. Acercándome, agarro a Yulia por la barbilla, haciendo que levante la cabeza para encontrarse con mi mirada—. Sabemos lo que hizo Rosa, y tenemos un vídeo para demostrarlo.

—¿En serio? —La fina garganta de Yulia se mueve —. ¿Tú...? ¿Está bien?

—Por ahora. —Bajo la mano, pero no me molesto en explicarle nada más—. Cuéntame exactamente qué pasó. ¿Cómo escapaste?

Me mira fijamente, y sé que se está debatiendo entre si creerme sobre lo del vídeo o no. Al final, susurra:

—El día antes de que te marcharas, Rosa vino a verme y me dio una cuchilla y una horquilla. También me contó cosas sobre los horarios de los guardias, incluido que los de la Torre Norte Dos juegan al póker los jueves por la tarde.

—Ya veo. —Esto explica por qué Yulia pasó por

delante de esa torre justo a esa hora—. ¿Y por qué te estaba ayudando? ¿Tu agencia contactó con ella?

—No, claro que no. —Yulia parece sorprendida—. ¿Cómo podrían haberlo hecho?

—No lo sé. ¿Pero por qué iba a hacer ella algo así?

Yulia duda de nuevo y, después, dice con lentitud:

—Fue raro. Actuaba como si yo no le cayera bien, así que al principio no lo entendí, pero luego…

—¿Luego qué? —la animo cuando deja de hablar.

—Luego mencionó algo sobre Nora —dice, con los ojos como platos y sin pestañear—. Parecía que ella le hubiera pedido que lo hiciera. Pero Rosa no me dijo por qué.

Bueno, me cago en la puta. Quiero pegar a alguien.

La mujer de Esguerra no había mentido después de todo.

—¿Tú sabes por qué la tal Nora me ayudó? —pregunta Yulia, y me doy cuenta de que estoy ahí parado, hirviendo de rabia—. ¿Es la mujer de Esguerra, no?

—Sí —respondo con gravedad, girándome para continuar caminando—. Por desgracia, sí.

Si no lo fuera, ya estaría muerta. Pero tal y como están las cosas, a no ser que Esguerra decida castigarla, Nora es intocable y, si Rosa actuó siguiendo órdenes suyas, entonces la sirvienta también podría serlo.

ulia

CUANDO REANUDAMOS NUESTRO CAMINO HACIA EL campo de entrenamiento, miro a hurtadillas a Lucas, tratando de percibir si se ha creído la historia. De momento, me inclino a pensar que sí. La mandíbula cuadrada está en tensión por la rabia y forma con la boca una fina y severa línea. Parece que esté listo para asesinar a alguien y, para mi sorpresa, siento una ligera punzada de culpa por mentirle sobre lo de Nora.

Es como si estuviera traicionando su confianza.

«¡No!» Me deshago de ese sentimiento ridículo. Nunca ha habido confianza entre nosotros. Lujuria sí, e incluso algo de ternura incoherente, pero confianza no. Quizás ya no esté esposada, pero tengo localizadores insertados en el cuerpo. Sigo siendo la prisionera de Lucas y enamorarme de él no me ha vuelto ciega. Sé el tipo de hombre que es y de lo que es capaz. Si Lucas supiera que Nora me ha pedido que la implique en mi huida, es muy probable que matara a la criada, que es, supongo, por lo que la esposa de Esguerra ha asumido la culpa. Si es lo que ha hecho, claro. Es posible que la chica menuda esté diciendo la verdad y, en ese caso, yo no habría mentido a Lucas. Lo único que no habría hecho sería haber mencionado la visita de Nora, que es un tema totalmente distinto.

Además, cuando pienso en lo que le ocurrió a Rosa, me pongo enferma. Sé lo mal que se tiene que sentir. Lo último que quiero es que le hagan más daño.

Por suerte, a medida que avanzamos, el enfado de Lucas parece disiparse y, para cuando nos estamos acercando al enorme campo cubierto de hierba, ha desaparecido por completo.

—¿Es aquí? —pregunto mirando el terreno. Está dividido en dos partes iguales: un campo de tiro y una pista de obstáculos. También hay un edificio con el techo plano (¿un gimnasio interior, quizás?) en uno de los laterales y algo similar a un cobertizo en una esquina.

—Sí, esta es el área de entrenamiento —contesta Lucas mientras pasamos cerca de unos guardias practicando diversas artes marciales—. Y creo que ese de allí es tu hermano. —Señala hacia un pequeño grupo de hombres en la pista de obstáculos.

Como es obvio, el pelo rubio de mi hermano resalta

como la luz de un faro entre los guardias, latinos en su mayoría. Está haciendo flexiones en la hierba, cerca de un guardia delgado con el pelo moreno que parece solo unos años mayor que él.

A medida que nos acercamos, me doy cuenta de que están en medio de una competición. Los otros hombres forman un semicírculo a su alrededor, animándolos y haciendo apuestas con una colorida mezcla de español e inglés. Tanto Misha como el chico contra el que está compitiendo se han quitado la camiseta y están envueltos en sudor. Me pregunto cuánto tiempo han estado haciendo eso. Aunque, con este tiempo, tampoco es que se necesite mucho esfuerzo para sudar; yo misma tengo la camiseta pegada a la espalda simplemente por la caminata hasta aquí.

—Parece que Misha va ganando —comenta Lucas y capto una pizca de perversa diversión en su voz—. Tengo que incrementar el régimen de entrenamiento de los nuevos reclutas. Esto no puede ser.

Le mando callar porque no quiero interrumpir la concentración de mi hermano. La cara de Misha está roja y le tiemblan los brazos como si le fueran a fallar. El otro guardia, sin embargo, tiene peor aspecto y, mientras le observo, el joven colapsa sobre el estómago, incapaz de hacer otra flexión más.

—¡Vamos, Michael! —grita alguien y me giro para ver a Diego aplaudiendo. Está sonriendo de oreja a oreja. Se gira hacia los otros guardias y les dice mostrándoles la mano—: Os he dicho que el chaval lo podía conseguir. Venga, pagadme.

Mientras habla, mi hermano también colapsa sobre la hierba. Jadeando, se da la vuelta sobre la espalda y veo una enorme sonrisa brillante adornándole el rostro. Parece tan feliz como en aquellas fotos.

Me aproximo con rapidez hacia él, con una sonrisa de júbilo en la cara.

—Buen trabajo, Michael —grito, sintiendo que estoy a punto de estallar de orgullo—. Ha sido increíble.

Se sienta, abriendo los ojos a medida que ve cómo me acerco.

—¿Yulia? —dice en ruso—. ¿Qué tal te encuentras?

—Estoy mucho mejor, gracias —respondo en el mismo idioma. Entonces, consciente de que algunos guardias han comenzado a fruncir el ceño, digo en inglés—: Me alegro de que lo estéis pasando bien, chicos.

Misha se pone de pie y se sacude la tierra y la hierba de los pantalones cortos.

—Ah, sí —dice en inglés, dedicándoles una mirada avergonzada a los demás—. Solo estábamos... Ya sabes...

—Sí, lo sabe —dice Lucas, acercándose detrás de mí. Cruza los brazos delante del pecho y mira a los guardias, quienes se dispersan murmurando algo sobre que tienen trabajo que hacer.

Solo se queda atrás Diego con una enorme sonrisa iluminándole el rostro.

—Deberíamos contratarle —dice—. Ya es mejor que

algunos de los nuevos reclutas. Con un poco de entrenamiento…

Lucas levanta la mano, interrumpiendo a Diego.

—Michael se va a quedar con nosotros durante un tiempo. Te aviso cuando te necesite.

—De acuerdo —responde con tranquilidad—. Estaré por aquí.

Se une con los demás con un par de zancadas y Lucas se gira hacia Misha, quien le observa con cautela.

—Tengo que hablar con algunos guardias —dice Lucas—. ¿Puedo confiar en que te vas a quedar en el campo y no te vas a meter en problemas si te dejo a solas con tu hermana?

La cara de Misha se vuelve de piedra, pero asiente.

—Bien. —Lucas me sujeta del brazo y me atrae hacia él. Baja la cabeza y me da un beso rápido y firme en los labios antes de alejarse—. Volveré pronto. Quedaos dónde pueda veros. ¿Entendido?

—Sí —contesto tratando de ignorar el rubor en las mejillas—. Estaremos aquí.

Lucas se marcha y me giro para mirar a Misha. Mi vergüenza aumenta al verle un rubor idéntico en la cara. Sé por qué Lucas me ha besado de esa manera, hoy quiere mostrar en público que soy suya, pero eso no significa que deseara que mi hermano de catorce años lo presenciara.

Misha ya piensa bastante mal de mí.

—¿Quieres que vayamos a dar un paseo? —le ofrezco, tratando de aparentar que el beso no ha sucedido—. Nunca había estado en esta zona. Quizás me la puedas enseñar, ¿sí?

—Claro. —Misha parece contento de tener algo que hacer. Coge la camiseta de la hierba, se la pone y dice —: Por aquí, vamos en esta dirección.

Me guía hacia la pista de obstáculos y yo le sigo, ignorando la mezcla de miradas hostiles y curiosas que nos dedican los guardias.

—¿Cómo te encuentras? —le pregunto en inglés. Quiero acostumbrarme a hablar con Misha en ese idioma para que Lucas y los otros no se piensen que estamos ocultándoles algo—. ¿Te siguen tratando bien?

Asiente.

—Me controlan a todas horas —responde en inglés —. Pero, aparte de eso, todo va bien.

—Genial. —Le dedico una sonrisa de alivio—. ¿Qué tal es el sitio en el que te alojas?

Se encoge de hombros mientras pasamos cerca de un par de guardias que están entrenando, escalando una valla de alambre.

—No está mal. Un poco mejor que la residencia, creo.

—Eso está bien. ¿Y...?

—¿Cuánto tiempo nos van a tener aquí? —me interrumpe, dedicándome una mirada de soslayo—. Los guardias no me dicen nada.

—Bueno, sobre eso... —Cojo aire profundamente—. Voy a hablar con Lucas, pero antes quiero saber un poco más sobre tu situación.

Misha frunce el ceño.

—¿A qué te refieres?

Esto va a ser complicado.

—¿Cómo acabaste en la UUR, Michael? —le pregunto con cautela, usando la versión de su nombre que más le gusta—. ¿Te pidió tu tío que te unieras?

—No. —Misha no pestañea—. Fue idea mía.

Me detengo, observándole sorprendida.

—¿Tuya?

Mi hermano me dedica una mirada tranquila.

—Me había metido en problemas en el colegio y el tío Vasya vino a hablar conmigo. Me dijo que estaba haciendo el tonto, que muchos niños matarían por tener la oportunidad de vivir la vida que yo tenía. Y le dije que eso no era lo que quería. Que no quería ser ni contable ni abogado ni enfermero, que quería ser un agente como él.

Frunzo el ceño, confundida.

—¿En tu familia se hablaba abiertamente de la UUR y todo eso?

—No, claro que no. Mis padres habían mantenido en secreto el trabajo del tío Vasya, pero escuchaba cosas. Además, sabía que tenía una hermana que estaba trabajando para nuestro país. Mis padres me lo contaron, ya que no paraba de preguntarles por qué me habías abandonado. —Esbozo una mueca de dolor, pero mi hermano ya ha reanudado la marcha—. De todas formas, até cabos y, en esa visita, le pregunté al tío Vasya sobre ello. Admitió que te habías unido al programa y me contó por qué me habían adoptado mis padres.

—Michael, eso no es...

—No me mientas. Me dijo que me mentirías sobre ese tema. —El tono de Misha se vuelve más cortante—. Era un buen hombre. Murió por Ucrania.

—Lo sé, pero... —Inhalo para calmarme—. Escúchame, Michael. Tu tío y yo teníamos un trato. Tu adopción formaba parte de él. Se suponía que estarías a salvo, no reclutado para este tipo de vida. Se suponía que eso solo me correspondía a mí. Me uní a la agencia porque quería protegerte y no podía hacerlo en el orfanato. Obenko me prometió...

—Para. No quiero oírlo. —Misha da un paso atrás, negando con la cabeza—. Me estás mintiendo. Lo sé.

—No, Mishen'ka. —Se me encoge el corazón ante la rabia y la confusión de su mirada—. Tu tío no te lo contó todo. No te abandoné porque estuviera cansada del orfanato. Me marché porque era el único modo de que estuvieras a salvo.

Misha sigue negando con la cabeza, pero ya no me interrumpe, por lo que le cuento lo de la visita del hombre trajeado y el acuerdo que me propuso, incluyendo que tenía que estar alejada de él y lo de las fotos que recibiría cada pocos meses. Mientras hablo, parte del enfado se ve reemplazado por la duda en los ojos de mi hermano.

Ya no sabe qué creer y no lo culpo.

—Sigo teniendo todas esas fotos —digo cuando permanece en silencio—. Las subí a una nube segura hace unos meses. Te las puedo enseñar algún día si quieres.

Misha me mira.

—¿Las guardabas?

—Claro. —Siento el pecho tan tenso que duele, pero intento sonreír—. Eres la única familia que tengo, Michael. Las guardé todas y cada una de ellas.

Traga y desvía la mirada antes de reanudar la marcha. Le alcanzo y caminamos sin hablar durante unos minutos. Hay un millón de cosas que le quiero contar, un millón de preguntas que le quiero hacer, pero no deseo que nos enzarcemos en otra discusión.

Por ahora, estoy a gusto con solo tener la compañía de mi hermano.

Para mi sorpresa, es Misha el que rompe el silencio.

—No sabía que eras tú ese día —dice despacio mientras nos paramos a observar a dos guardias lanzando cuchillos.

—¿Qué? —Me giro para mirarle—. ¿De qué estás hablando?

—Ese día, en el almacén, cuando les ayudé a capturarte. No sabía que eras tú. —Misha tiene la frente arrugada por la tensión—. Lo descubrí después.

—Ah, claro. —Ni siquiera se me había ocurrido que hubiera podido reconocerme—. No me habías visto desde los tres años y llevaba una peluca. Además, ¿por qué ibas a pensar que tu hermana estaba merodeando alrededor de tu centro de formación?

—Cierto. —Cruza los brazos delante del pecho—. ¿Por qué estabas allí? El tío Vasya dijo que nos habías traicionado, que ya no eras leal a la UUR.

—Nunca traicioné a la agencia, pero me iba a

marchar —digo, decidiendo ser totalmente honesta—. Seguí a Obenko porque esperaba que me llevara a ti para poder verte una última vez antes de irme.

Misha pestañea.

—¿Le seguiste para verme? Pero ¿por qué te ibas a marchar?

—Es una larga historia, Michael.

—¿Fue por él? —Misha mira hacia el lado contrario del campo donde Lucas está hablando con un grupo de guardias—. Porque... —Se le enrojecen las mejillas—. ¿Estáis juntos?

—Es... —Madre mía, ¿por qué es tan difícil? Tampoco es que sea yo la que tiene catorce años—. Lo nuestro es complicado —consigo decir al final—. Su jefe lleva un tiempo en conflicto con Ucrania y...

—¿Te está forzando Kent? —Los ojos de Misha refulgen con un fuego azul—. Porque le mataré si te está...

—No, claro que no —le interrumpo mientras el pulso se me acelera. Lo último que necesito es a Misha en modo defensor—. Quiero estar con Lucas —digo con firmeza—. Pero es complicado por la situación con la UUR y todo eso. —Mi hermano no parece convencido, por lo que añado rápido—: Y sí, que estemos juntos era, en gran medida, la razón por la que iba a marcharme.

Misha se sonroja de nuevo y desvía la mirada.

—De acuerdo —murmura—. Era lo que pensaba.

—Sí, tenías razón. —Dejando de lado la incomodidad, le dedico una sonrisa triste—. Eres muy listo y casi un adulto. Tengo que acostumbrarme. La última vez que te vi, tu mejor hazaña fue que hicieras pis en el orinal, por lo que es un ligero cambio para mí verte tan mayor.

Misha sonríe, tan contento por el halago como cualquier chico de catorce años y me doy cuenta de lo maduro que es mi hermano la mayor parte del tiempo. No tengo mucha experiencia con adolescentes, pero no creo que la mayoría pudiera sobrellevar esta situación como lo hace él.

De hecho, algunos adultos no podrían mantener la calma al ser capturados, traídos al otro lado del mundo y retenidos como prisioneros en el complejo de un traficante de armas.

Mientras reflexiono sobre este dato, un ligero movimiento en el otro extremo del campo capta mi atención.

—Deberíamos volver —digo al darme cuenta de que Lucas me está haciendo gestos con la mano—. Creo que nos está llamando.

Misha asiente, poniéndose a mi lado, y, mientras regresamos, intento pensar en la mejor manera de dirigirme a mi captor para que envíe a mi hermano a casa.

ucas

Tras hablar con los nuevos reclutas en el campo, capto la atención de Yulia y le hago gestos con la mano, pidiéndole que vuelva. Coge a su hermano y se disponen a regresar, por lo que me dirijo hacia la barra de flexiones, decidiendo hacer algo de ejercicio rápido mientras espero.

En mitad de mi primera serie de flexiones de agarre ancho, veo a Esguerra aproximarse hacia mí.

—¿Qué ocurre? —pregunto, soltando la barra para caer sobre la hierba. Hace un calor insoportable y utilizo la parte inferior de la camiseta para limpiarme el sudor de la cara—. ¿Me estabas buscando?

—Necesitamos decidir qué hacer con Rosa —dice

sin preámbulos—. Nora quiere que le retire el arresto domiciliario, pero todavía no sabemos si…

—En realidad, sí lo sabemos —le interrumpo—. Te iba a hablar sobre ese tema esta tarde. Me acaba de confirmar Yulia que Nora está implicada.

La cara de Esguerra se oscurece.

—¿Qué te ha dicho exactamente la espía?

Le relato la conversación con Yulia palabra por palabra.

—Así que sí —concluyo—, parece que no fue idea de Rosa, lo que no significa que tenga que irse impune.

Ni tampoco Nora, en mi opinión, pero sé que es mejor no decirlo.

—Joder. —Esguerra se gira a la vez que la rabia le hace adoptar una postura rígida y noto el momento en el que identifica a las figuras que se están acercando a nosotros. Se da la vuelta hacia mí y dice incrédulo—: ¿Esos son…?

—Sí. —Le miro a los ojos con frialdad—. Esos son Yulia y su hermano, Michael. Te conté que le capturamos durante el viaje a Ucrania, ¿recuerdas?

Comienza a temblarle el rabillo del ojo auténtico.

—Que le capturasteis, sí, que le habéis dado total libertad para pasearse por el complejo junto a su peligrosa hermana, no. ¿Qué cojones estás haciendo, Lucas? Dijiste que no se iría impune.

—Y también dije que me quedaba con ella. —La dureza en mi tono de voz combina con su expresión gélida—. Es cosa mía si la castigo o no. Al igual que haces tú con Nora.

Por un momento, estoy seguro de que Esguerra me va a pegar y me pongo en tensión, listo para contratacar. Pero, en lugar de eso, toma aire y da un paso hacia atrás, con las manos suspendidas a ambos lados. Se gira para mirar a Yulia y a su hermano, que están a poco más de quince metros.

Yulia debe haberle reconocido porque comienza a avanzar de forma más lenta con la cara pálida por la ansiedad. Su hermano camina a su lado, pero, según se acercan, lo coge por la muñeca y da un paso frente a él, como si tratara de ocultarle de la mirada de Esguerra.

—Es mía —repito con un tono bajo y severo mientras Yulia se detiene por completo a unos nueve metros de nosotros, paseando la mirada entre Esguerra y yo una y otra vez—. Si les haces algo…

Esguerra gira la cabeza para mirarme.

—No lo haré. —Le brillan los ojos fríamente—. Pero, Lucas, haznos un favor a los dos. Mantenla tan alejada de mí como sea posible.

Inclino la cabeza, pero ya ha comenzado a alejarse, dirigiéndose en dirección contraria a Yulia y su hermano.

EN NUESTRO CAMINO DE VUELTA A CASA, YULIA permanece en silencio y sé que está preocupada por Esguerra. Diego vino a por Michael poco después de mi enfrentamiento con él, y Yulia le sonrió y le dio a su hermano un abrazo de despedida. Desde entonces, sin embargo, no ha dicho casi nada y tiene la mirada distante y los hombros tensos mientras camina a mi lado.

Quiero reconfortarla, decirle que no se tiene que preocupar por nada, pero las palabras se me atraviesan en la garganta. La finca de Esguerra es muy extensa, pero en ella vive la misma cantidad de gente que en un pueblo. Todos se encuentran con todos en el día a día y mantener a Yulia fuera del alcance de Esguerra no va a ser fácil, sobre todo si cumplo mi palabra y la dejo campar a sus anchas.

Quizás Esguerra no le vaya a hacer daño en un futuro cercano, pero tampoco la va a perdonar.

Según nos acercamos a casa, Yulia ralentiza el ritmo, y me doy cuenta de que el largo paseo debe haberla cansado, agotando las recién recuperadas reservas de fuerza de su cuerpo. Sin pensarlo dos veces, me agacho y la alzo en brazos, ignorando su chillido asustadizo y la ligera punzada de dolor en las costillas.

—¿Qué haces? —exclama cuando reanudo la marcha—. Lucas, no me tienes que llevar…

—Calla. —La presiono contra el pecho aún más, ignorando sus intentos poco entusiastas de apartarme de ella—. Te voy a llevar a casa.

Deja de resistirse y, tras un instante, me rodea el cuello con los brazos y apoya la cabeza en mi hombro.

—Lucas… —murmura con el tono de voz más cansado que he escuchado nunca—. No va a funcionar, lo sabes.

—¿De qué hablas?

—Tú y yo. —Levanta la cabeza para mirarme y observo una sombra oscura de desesperación en sus ojos—. No va a funcionar.

—Gilipolleces. —Aumento el ritmo, impulsado por un estallido de ira—. Va a funcionar si quiero que sea así.

Yulia niega con la cabeza lentamente.

—No. Quizás en otra vida…

—En otra vida, nuestros caminos nunca se hubieran cruzado, preciosa. Esta es la única manera de que seas mía.

Si sus padres no hubieran muerto en un accidente de coche, si no trabajara para Esguerra, si la UUR no le hubiera encargado esa misión… El número de acontecimientos por los que no la hubiera conocido es eterno, pero la he conocido y, de ninguna puta forma, voy a rendirme con ella.

Yulia suspira y vuelve a colocar la cabeza contra mi hombro, dejando que la lleve sin ninguna protesta más. Sin embargo, sé que no la he convencido.

Como yo, ella ha visto demasiadas cosas en este mundo como para creer en finales felices.

—Lucas, creo que Misha debería irse a casa.

Me detengo con la cuchara a medio camino hacia la boca.

—¿A casa?

—Con sus padres —aclara Yulia, bajando su propio

cubierto. Sale humo del bol de sopa que tiene ante sí, casi terminado—. Con sus padres adoptivos.

—Creía que estaba con los de tu agencia. —Dejo la cuchara y me limpio la boca con la servilleta.

He estado esperando algo así desde el incidente de esta mañana, pero no me apetece tener esta conversación.

—Se unió a la UUR por voluntad propia, sí, pero todo indica que también se lleva bien con sus padres. —La mirada de Yulia es inquebrantable—. Le dejaron unirse a pesar de estar en contra y estoy segura de que ahora mismo se están volviendo locos de preocupación por él.

Tamborileo los dedos sobre la mesa.

—¿Y qué quieres que haga? ¿Que los traiga? ¿Y qué pasa con el hecho de que no le hayas visto en once años? ¿No quieres pasar más tiempo con tu hermano?

La cara de Yulia se pone tensa.

—Claro que sí, pero no puedo ser egoísta. Misha no pertenece a este lugar y no está a salvo. He visto la manera en que Esguerra le miraba... A los dos. Nos odia, Lucas. Sé que dijiste que nos protegerías, pero...

—No os pondrá un dedo encima a ninguno de los dos —contesto y digo cada palabra en serio. Por mucho que respete a Esguerra, le mataré antes de dejar que le haga daño a Yulia—. Estás a salvo, igual que tu hermano.

—Pero ¿por cuánto tiempo? —Se inclina hacia delante—. ¿Hasta que te canses de mí? ¿Y, luego, qué? ¿Estaremos a merced de Esguerra?

—No me voy a cansar de ti. —No me imagino el día en que deje de desearla. Me ha ocurrido con otras mujeres, pero no de esta manera. Mis ganas de Yulia parecen parte de mí, como algo grabado en mi ADN—. No te tienes que preocupar por eso.

—No puedes esperar que te crea, pero de acuerdo, presupongamos por un momento que es cierto. —Empuja a un lado el bol—. Seguimos teniendo el problema de que tu trabajo es peligroso, Lucas. Tu vida es peligrosa. Mira lo que ocurrió cuando fuiste a Chicago. Si el objetivo de una bala fuera Esguerra, es muy probable que te alcance a ti primero.

La miro en silencio, sabiendo que tiene razón. Eso mismo le he dicho a Michael. Si algo me ocurriera, Yulia y su hermano estarían solos en un lugar en el que nadie movería un dedo para ayudarles.

No, peor que eso. Si muero, es probable que los maten al instante.

—No puedo enviar a Michael a casa ahora mismo —digo tras un par de segundos. Me inclino hacia atrás y entrecruzo los dedos detrás de la cabeza antes de dedicarle una mirada tranquila a Yulia—. No si quieres que siga a salvo, al menos.

El color le desaparece de las mejillas.

—¿Por qué?

—Porque la operación UUR está en plena acción. —El programa de rastreo que usamos durante nuestro asalto al centro clandestino nos descargó y transmitió mucha información confidencial de los ordenadores de la agencia. Ahora tenemos los nombres y las identidades encubiertas de cada operativo de la UUR y estamos eliminándolos de manera sistemática. Sin embargo, no le puedo explicar esto a Yulia, por lo que todo lo que digo es—: Sería demasiado peligroso para tu hermano.

Lo entiende y el rostro se le vuelve de un pálido increíble.

—¿Y sus padres? ¿Están...?

Bajo los brazos y me inclino hacia delante.

—Ya he mandado un comunicado para que no se toque a la familia de la hermana de Obenko. —Lo hice al darme cuenta de la conexión de Michael con ellos—. Sin embargo, sus nombres están en los archivos —continúo antes de que Yulia pueda decir nada—. Y, dado que tu hermano está involucrado directamente con la agencia, es mejor que se quede aquí por ahora.

—Ay, madre mía. —Echa la silla hacia atrás y se pone de pie, tapándose la boca con la mano. Puedo ver cómo tiembla—. Los estáis matando a todos, ¿no?

Junto las cejas.

—Dijiste que salvara a Michael y eso es lo que estoy haciendo. —Me pongo de pie y rodeo la mesa. Extiendo la mano hacia Yulia y cierro los dedos alrededor de su muñeca para apartarle la mano lejos de los temblorosos labios—. Era lo que querías, ¿no? —Tiro de ella hacia mí—. Tu hermano tenía que quedar ileso, aunque estuviera conectado con la agencia. E incluso he extendido el favor a sus padres adoptivos. Como puedes ver, todo se va a arreglar.

Los ojos de Yulia brillan por las lágrimas mientras

niega con la cabeza, pero no se aparta cuando le suelto la muñeca y le cojo de la cadera, acoplando la parte inferior de su cuerpo contra la mía. Le presiono la creciente erección contra el estómago y se me acelera la respiración mientras un calor incandescente me recorre las venas. Nuestra cena a medias, la UUR, su hermano… Nada de eso importa ahora mismo.

Solo puedo centrarme en la preciosa mujer que tengo entre los brazos y en el dolor de esos enormes ojos azules.

—Yulia… —Respiro su aroma y mi deseo se intensifica mientras saco la lengua para humedecerle los labios. Me estoy inclinando para saborear su suavidad resplandeciente cuando me presiona el pecho con ambas manos, empujándome con todas sus fuerzas para mantenerme a raya.

—Lucas, por favor, escúchame… —Tiene el pecho agitado por un ritmo acelerado—. La mayoría de los agentes no tienen nada que ver con el accidente. Fue idea de Obenko y ahora está muerto. No tienes que…

—Olvídate de ellos —gruño mientras se me tensan las manos sobre la cadera de Yulia cuando intenta alejarse. Mi deseo frustrado se une a mi enfado y digo con un tono más severo—: La agencia ya no te concierne. Ahora estás conmigo, ¿lo entiendes?

—Pero, Lucas, ellos…

—Tienen los días contados —respondo con brusquedad—. Los que aún están vivos, claro. Tu agencia ha matado a muchos de nuestros hombres y van a pagar por ello. Los únicos que os salvaréis seréis tu hermano y tú.

Las lágrimas le resbalan por las mejillas, pero la imagen no me convence. No hay nada que pueda hacer para persuadirme de que perdone a nuestros enemigos. Decidieron atacarnos y ahora están pagando las consecuencias de sus acciones. Es así de simple.

Sin embargo, no me gusta ver a Yulia preocupada.

Le suelto la cadera y subo la mano para limpiarle las lágrimas.

—No llores por ellos —le digo con un tono ligeramente más suave—. No se lo merecen. Ya lo sabes.

—No es cierto. —Su voz suena tensa—. Algunos no se lo merecen, el único pecado de muchos de ellos es querer servir a su país y...

—Y el pecado de los cuarenta y cinco hombres que murieron en ese avión solo fue trabajar para Esguerra. —Dejo caer la mano mientras la rabia vuelve con todas sus fuerzas—. Nadie es inocente en este trabajo, preciosa... ni siquiera tú.

Yulia da un paso atrás, pero la cojo del brazo antes de que pueda alejarse.

—No me has preguntado por Kirill —digo con frialdad. La polla me palpita dentro de los vaqueros, pero aparto la lujuria, sabiendo que necesito lidiar con esto de una vez —. ¿No quieres saber qué medidas estamos llevando a cabo para encontrarle?

Pestañea.

—Suponía que había muerto. Sus heridas...

—No se ha hallado el cuerpo ni hay acta de enterramiento de ningún tipo. No hay rastro de él, punto. Los muertos no suelen ser tan buenos cubriendo sus huellas.

Yulia coge aire de forma entrecortada.

—¿Qué quieres decir?

—Quiero decir que es muy probable que el hijo de puta esté vivo y se esté escondiendo con la ayuda del resto de tu agencia. —Hago una pausa, intentando controlar la ira. Cuando hablo de nuevo, uso un tono algo más calmado—. Las personas cuyas vidas estás intentado salvar son las mismas que mantuvieron a ese monstruo en su puesto y que te mintieron sobre él. Nuestra operación en Ucrania ya no trata solo de venganza. También tiene que ver con rastrearle.

Yulia me observa y veo un conflicto doloroso en su mirada. Quiere ver muerto a Kirill tanto como yo, pero no desea que los agentes de la UUR mueran en el proceso. Lo entiendo en cierta manera; debe haber conocido a muchos durante el entrenamiento, quizás incluso haberse hecho amiga de algunos, por lo que no quiere su muerte en su conciencia.

Para desgracia de esos agentes, yo sí puedo lidiar con su muerte en mi conciencia.

—¿Y qué le digo a Misha? —me pregunta Yulia al final. Sigue teniendo la voz ronca, pero se le han secado las lágrimas de las mejillas—. ¿Se supone que tiene que quedarse sentado y esperar a que extermines a todos los agentes de la UUR? ¿Que entrene con los guardias y espere a que sus padres sobrevivan a la purga?

—Lo que le digas es cosa tuya —contesto, negándome a morder el anzuelo—. Yo sería más diplomático si fuera tú, pero es tu hermano y tú lo conoces mejor. Ahora... —Uso el brazo que tengo sujeto para atraerla hacia mí—. ¿Por dónde íbamos?

Yulia parece a punto de decir algo más, pero, para mí, la conversación ha terminado.

Rodeándole la esbelta figura con los brazos, inclino la cabeza y presiono mis labios contra los suyos.

40

Yulia

EL BESO DE LUCAS DESPRENDE UNA PIZCA DE ENFADO. Me castiga con los labios y la lengua cuando me invade la boca y la excitación teñida de miedo me calienta el interior, añadiéndose a mi confusión.

El hombre al que amo está matando a mis antiguos compañeros de trabajo y todo es por mi culpa. Si no hubiera dejado que Lucas me destrozara aquella vez, si no hubiera venido a por mí, nada de esto hubiera ocurrido. De manera racional, entiendo que hay otros factores en juego, como el desafortunado ataque de Obenko al avión de Esguerra, pero sigo sintiéndome responsable del desastre actual.

Si la familia adoptiva de mi hermano muere, será culpa mía.

No ayuda que, bajo la presión asfixiante de la culpa, no me sienta totalmente arrepentida. En algún punto del proceso, una semilla de odio se ha arraigado en mi interior y no lo sabía hasta que Lucas ha pronunciado el nombre de Kirill. He reprimido todos los pensamientos sobre mi antiguo entrenador, convenciéndome de que ya he tenido mi venganza, pero, en cuanto Lucas le ha mencionado, me he dado cuenta de que el daño que le hice no fue suficiente.

Quiero a Kirill muerto, desaparecido de la faz de la Tierra, junto con todo aquel que le esté ayudando.

Lucas intensifica el beso, tensando los brazos a mi alrededor, y dejo caer la cabeza hacia atrás cediendo ante la presión de su boca. Me explora con la lengua, mostrándome un deseo que roza la brutalidad. Me muerde y tira del labio inferior, haciéndome gemir impotente. Subo las manos para sujetarle por los hombros musculosos cuando me empuja contra la pared de la cocina, capturándome. Lleva unos vaqueros y una camiseta, y yo también estoy vestida, pero, incluso a través de las capas de ropa, siento el calor de ese enorme cuerpo y percibo su aroma corporal. Me presiona el estómago con la polla, dura como una roca, y se me yerguen los pezones exponiendo la respuesta de mi cuerpo ante su necesidad.

—Joder, Yulia, te deseo —murmura, levantando la cabeza, y jadeo cuando desliza una de las enormes manos por mi cuerpo y me palpa el sexo a través de los pantalones cortos, acariciándolo con fuerza. Me presiona el clítoris con la palma de la mano y me humedezco cuando la mueve en semicírculos, con un ritmo tosco sorprendentemente erótico.

—Sí. —Noto los latidos del corazón en los oídos y se me tensan los músculos por un placer creciente—. Oh, Dios, sí... —No sé lo que estoy diciendo, solo sé que deseo a este hombre, a este asesino despiadado que no me conviene en muchos aspectos. Lo deseo y lo temo. Lo odio y lo quiero. La dicotomía de estas emociones me desgarra, dividiéndome en pedazos y, sin embargo, parece lo adecuado, como si debiera estar en este lugar, entre sus brazos.

Como si le perteneciera.

Baja la cabeza para besarme de nuevo y me aferro a esa boca, respondiendo con el mismo deseo feroz. Le clavo los dientes en el labio inferior hasta notar el sabor de la sangre, lo que libera un sentimiento violento en mi interior, algo salvaje que no sabía que existía. Estoy atrapada entre sus brazos, pero, en este momento, me siento libre: libre para enfurecerme, para hacerle el daño que me han hecho. Me siento como una cadena rompiéndose y me deleito con esta sensación mientras la impotencia se transforma en triunfo cuando aparta la boca y observo la mancha de sangre en los labios. Se le agita el ancho pecho por la respiración jadeante al mirarme, con los ojos claros llenos de una necesidad ardiente y la bestia de mi interior crece, desplazando el miedo y la razón.

Lo deseo y no me lo voy a negar.

Extiendo los brazos para coger a Lucas por la cara con las dos manos y le acerco la cabeza para reclamarle la boca. Me sigue acariciando con la mano entre las piernas, con la presión insistente llevándome al límite. Pero no es suficiente y le muerdo el labio de nuevo, tan desesperada por hacerle daño como por liberarme.

Se estremece como respuesta y, con una suavidad sorprendente, me gira para hacerme retroceder contra el borde de la mesa. Barre la mesa con el brazo con un movimiento violento y se me acelera el pulso cuando oigo los boles romperse y los restos de la cena extenderse por el suelo. Casi salgo de mi estado de trance, pero Lucas ya me está tumbando sobre la mesa y el calor me recorre el cuerpo otra vez, centrándose en un punto palpitante entre los muslos cuando me baja los pantalones por las piernas y se desabrocha la cremallera de los vaqueros.

Seguimos besándonos, con los labios y las lenguas retándose con un deseo feroz. Entonces se introduce en mi interior, abriéndome con el grosor de la polla. Jadeo en su boca, tensándome por la vorágine de sensaciones. Tiemblo a su alrededor, tratando de ajustarme a él, pero no se detiene, no disminuye la velocidad. Comienza a penetrarme y abro la boca mientras mi respiración se convierte en jadeos dolorosos a medida que sus estocadas me arrastran hacia delante y hacia atrás sobre la mesa dura. Me posee con violencia, de manera arrolladora, pero sigo queriendo más. Más de su aspereza, más de su calor oscuro y salvaje.

Quiero que se complemente con la bestia de mi interior, que me haga daño como se lo estoy haciendo yo a él.

Levanto las piernas, envolviéndole la cadera, y clavo los dientes en el músculo tenso del cuello, disfrutando del sabor salado a hombre. Su enorme cuerpo se estremece y masculla una palabrota antes de acelerar el ritmo hasta penetrarme con violencia. Aprieto los dedos alrededor de la camisa manchada de sudor y la tensión en mi interior crece mientras el calor entre las piernas aumenta y se intensifica. Parece que está sobrepasando todos mis sentidos, alejando cualquier cosa que no sea la necesidad de correrme.

—Lucas —jadeo, sintiendo el placer a punto de llegar a su momento más álgido—. ¡Oh, joder, Lucas!

Aumenta la velocidad de sus sacudidas hasta adquirir un ritmo extremo y traspaso el límite cuando el orgasmo me sacude con una fuerza impresionante. El placer me explota en cada terminación nerviosa del cuerpo, tan afiliado que es casi doloroso, y grito con los músculos contrayéndose y relajándose con cada oleada palpitante. El corazón me martillea de manera incontrolable con las secuelas del orgasmo extendiéndose por mi interior, pero Lucas aún no ha terminado. Antes de que pueda recuperar el aliento, sale de mí y me gira sobre el estómago, inclinándome sobre la mesa.

—¿Es esto lo que quieres? —masculla, colándose en

mi interior de nuevo. Me agarra del pelo y me obliga a despegar la parte superior del cuerpo de la mesa—. ¿Que te folle? ¿Que te utilice y te haga daño?

—Sí. —Oh, Dios, sí. Siento la polla gruesa y ardiente dentro de mí, una amenaza y una promesa al mismo tiempo. No sabía que era esto lo que quería, pero es así. Quiero que el dolor que me inflige sea lo único en mi mente; su contacto, el único en mis recuerdos. Es enfermizo y completamente ilógico, pero quiero que Lucas me haga daño para olvidarme de Kirill.

—Muy bien. —La voz de mi captor suena perversa y tensa—. Recuerda que tú me lo has pedido.

Se me acelera el pulso al máximo, pero ya me está cogiendo con más fuerza del pelo, haciendo que el cuello se me doble en un ángulo imposible. Grito, levantando las manos para cogerle de la muñeca, pero ignora la agitación de mis brazos y me introduce dos dedos de la mano libre en la boca. Siento una arcada por el asalto repentino. Los dedos le saben ligeramente salados y parecen enormes y toscos en mi boca, tan grandes como una polla. Los sumerge tan adentro que vuelvo a sentir otra arcada y escupo saliva, lo que parece que pretende.

Me saca los dedos húmedos de la boca y utiliza la sujeción del pelo para bajarme hasta la mesa, presionándome la cara contra ella.

—Espera, Lucas... —El pánico me estalla en el cerebro mientras mueve la mano de mi boca al culo y empieza a trabajar con un dedo sobre el apretado círculo de músculos—. Yo no... Esto no es... —Echo las brazos hacia atrás a ciegas, empujándole la cadera con las manos, pero no tengo fuerza desde mi posición. Estoy doblada sobre la mesa con la polla hasta el fondo; incluso si Lucas no fuera puro músculo, poco podría hacer.

—Shhh... Todo va a ir bien. —Lucas acompaña las palabras con una dura embestida de la polla y se me corta la respiración cuando me presiona con los dedos más profundamente mientras la capa de saliva le facilita la inserción—. Vas a estar bien, preciosa. —Me suelta el pelo, pero me apoya la mano en la parte superior de la espalda para mantenerme quieta—. Ya lo hemos hecho, ¿te acuerdas?

Es verdad; utilizó el dedo y lo disfrute hasta cierto punto, pero hoy quiere ir un paso más allá. Siento su deseo y me aterroriza. Quiero alejar los malos recuerdos, reemplazarlos por un dolor que yo haya elegido, pero esto es demasiado, se parece demasiado a mis pesadillas. Aprieto los glúteos, tratando de mantenerlo fuera, pero el segundo dedo ya está entrando en mi interior, haciendo que la piel se me estire y me arda por la invasión.

—Espera, así no... —Más allá del escozor, siento una sensación extraña e incómoda de plenitud, de estar llena y superada. Se le tensa la polla en mi interior, añadiéndose a esa sensación, y la respiración se me convierte en jadeos mientras el sudor me recorre la espalda—. Por favor, Lucas...

Ignora mis súplicas, trabajando con lentitud con los dedos húmedos en el culo, y mi cuerpo se rinde ante su inexorable avance, los músculos se estiran porque deben hacerlo. Jadeante, sigo tumbada con la cara presionada contra la superficie dura de la mesa y siento la polla palpitar dentro del coño. Tiene los dedos metidos hasta el fondo, lo que es demasiado. Mi cuerpo no está hecho para esto. Todo acerca de esta penetración me parece erróneo y poco natural, como aquella vez cuando...

Lucas comienza a empujar, apartándome de mis pensamientos, y me doy cuenta de que, en algún punto, se me han relajado los músculos ligeramente y la quemazón por la invasión ha disminuido. No mueve los dedos, solo los deja en mi interior mientras desplaza la polla dentro y fuera con un ritmo lento y cuidadoso. La sensación ya no es tan incómoda como antes.

Cierro los ojos e intento calmar la respiración. Siento los dedos demasiado grandes, pero no hay dolor y darme cuenta de esto me tranquiliza, haciendo que me concentre en la tensión que poco a poco se acumula en mi interior. Las penetraciones de la polla mandan sobre mi excitación y la plenitud invasiva del culo no parece alejarme de ella. De algún modo perverso, se está uniendo a su intensidad.

Después de todo, puede que sobreviva a esto.

—Yulia —dice Lucas con voz ronca cuando se retira casi del todo—. Te voy a follar duro.

Me da un vuelco el corazón, toda impresión de calma desaparece.

—Espera...

Pero es demasiado tarde. Antes de que termine de hablar, introduce la polla de nuevo, empujándome contra el borde la mesa. Grito y deslizo las manos hacia delante para equilibrarme, pero ya ha vuelto a retirarse y a embestirme. Me deslizo entre sus manos debido a los golpes duros de la cadera y grito, tensándome por las sensaciones devastadoras. Pero no se detiene. Continúa penetrándome, follándome, y la incomodidad se convierte en algo más: un calor oscuro y palpitante se me extiende por todo el cuerpo. Se me acelera el corazón en el pecho y mi respiración se vuelve frenética. Siento cómo traspaso el límite de nuevo mientras la doble invasión en mi cuerpo me aviva los sentidos. El atractivo olor a sexo en el ambiente, el temblor de mi piel demasiado estirada, la presión restrictiva de esa mano enorme en la espalda… Todo suma en mi sobrecarga sensorial, apretándome más y más. Mis gritos se vuelven más fuertes, transformándose en chillidos, y entonces me hago añicos, estallando con una fuerza que me roba el aliento y me nubla la visión. Los espasmos de los músculos le comprimen la polla y los dedos y escucho un gemido áspero mientras me penetra una vez más y se detiene, vibrando en lo más profundo de mi interior, liberándose.

Mareada y temblorosa, me quedo ahí tumbada, incapaz de hablar o decir nada mientras Lucas saca los dedos y me aparta la mano de la espalda. Sigue con la polla en mi interior, pero, tras un momento, también la retira. El aire frío me inunda la piel caliente cuando da un paso hacia atrás y siento algo pegajoso cubriéndome los pliegues, mi propia humedad mezclada con su semen.

—Espera, cariño —murmura, alejándose, y oigo el agua del lavabo correr.

Un minuto después, regresa con una hoja de papel de cocina mojada. Para entonces, me he recuperado lo suficiente para despegarme de la mesa y quedarme de pie con las piernas temblorosas. Cojo el papel y lo uso para limpiarme la humedad de entre los muslos. Lucas me observa con los ojos medio cerrados y la cremallera ya subida. Un rubor caliente me recorre el cuero cabelludo cuando veo los pantalones cortos en el suelo, al lado del desastre de boles rotos y comida derramada.

Trago saliva, hago una bola con el papel de cocina en la mano y me giro hacia los pantalones, pero Lucas me coge del brazo.

—Ya lo hago yo —se ofrece con un brillo en los ojos claros—. Ve a darte una ducha. Me uno en un minuto.

No discuto y, poco después, estoy de pie bajo el chorro de agua caliente con la mente en blanco, por suerte. Cumpliendo su palabra, Lucas se une algo más tarde y cierro los ojos, inclinándome contra él mientras me lava de la cabeza a los pies, cuidándome una vez más. Me alegra que no diga nada ni haga ninguna pregunta. No estoy segura de si alguna vez podré articular por qué quería algo tan perverso... por qué, incluso ahora, después de haberme presionado más allá de mis límites, me siento agradecida por la experiencia.

Cuando los dos estamos limpios, Lucas me guía

fuera de la ducha y me envuelve en una toalla antes de coger otra para él. Sigue en silencio, con la mirada expectante, y al final siento la necesidad de hablar.

—No me has follado por detrás —digo apretando la toalla con las manos—. ¿Por qué?

—Porque no estabas preparada. —Termina de secarse y cuelga de manera casual la toalla, revelando su cuerpo con toda su masculinidad—. Por no mencionar que necesitaríamos algo de lubricante de verdad para hacerlo. Estás muy estrecha y, bueno… —Se mira la polla que, incluso relajada, tiene un tamaño impresionante.

—Cierto. —Consigo tragar el nudo que se me ha creado por el miedo repentino en la garganta—. La tienes más grande que los dos dedos.

—Sí, algo así —dice secamente y le veo un brillo divertido en los ojos.

Por alguna razón, saber que eso le divierte me ruboriza de nuevo. Me giro y doy un paso hacia la puerta para salir del baño, pero Lucas se coloca delante de mí con expresión seria.

—No te preocupes, preciosa —murmura, sujetándome la mejilla. Me pasa el pulgar sobre el labio inferior con una dulce caricia—. Todo tu cuerpo acabará siendo mío. Te vas a olvidar de él, te lo prometo.

Lo miro, sobresaltada y aterrorizada a partes iguales por su perspicacia, pero Lucas ya ha bajado la mano y se ha girado.

—Venga —dice, abriendo la puerta—. Vamos a vestirnos. Haremos otra comida.

Se dirige hacia el pasillo y yo le sigo con mis pensamientos convertidos en un caos.

No estoy segura de qué esperaba yo de mi nuevo cautiverio, pero esto, sea lo que sea, no.

IV

EL NUEVO CAUTIVERIO

ulia

EN LAS SEMANAS SIGUIENTES, LUCAS Y YO REANUDAMOS algo parecido a lo que había sido nuestra rutina. Mis fuerzas vuelven a pasos agigantados, así que decido ocuparme de la cocina y las demás tareas domésticas mientras Lucas retoma su horario de trabajo normal, regresando a casa solo por la noche y a la hora de comer. Cuando está fuera, me dedico a leer y a hacer ejercicio para mantenerme en forma y, cuando estamos juntos, charlamos sobre lo que he leído. También damos paseos matutinos. La diferencia principal entre antes y ahora es la presencia de mi hermano en la finca y que, técnicamente, puedo salir y entrar con libertad.

Digo «técnicamente» porque la primera vez que intento aprovecharme de esta opción, Lucas me recomienda que evite a Esguerra en la medida de lo posible.

—No te hará daño, pero es mejor que no llames su atención sin necesidad —dice Lucas, pero sé leer entre líneas.

Si no fuera por Lucas, Esguerra cumpliría las amenazas de su mujer y me arrancaría hasta el último centímetro de piel.

Por todo esto, decido meditar la idea de pasarme por el barracón de los guardias para hablar con mi hermano. En vez de eso, le pido a Diego que lo traiga a casa de Lucas. No tengo miedo por mí (desde que me capturaron en Moscú, siento que el tiempo que he vivido lo he cogido prestado), pero no logro soportar la idea de que le pase algo a Misha. Esta posibilidad me preocupa tanto que, cuando viene Diego, lo aparto a un lado para pedirle que mantenga a mi hermano alejado de su jefe.

—¿De Esguerra? —Diego me dirige una mirada de sorpresa—. ¿Por qué? No le importa Michael. Se ha cruzado con el chico varias veces desde que llegasteis y nunca ha mostrado ningún interés en él.

Eso, de alguna manera, me tranquiliza. En el campo de entrenamiento recibí una mirada cargada de inconfundible odio por parte de Esguerra. Si no siente lo mismo por mi hermano o, incluso mejor, si lo que siente es indiferencia, es una buena señal. Aun así, mi preocupación no se desvanece. Incluso si la hostilidad del traficante de armas está reservada solo para mí, sé de lo que es capaz. Si Esguerra decide hacerme daño, no le importará que Misha tenga catorce años ni que no haya tenido nada que ver con el accidente.

Mi hermano podría acabar pagando por mis pecados.

—¿De verdad Misha está más seguro aquí que en Ucrania? —le insisto a Lucas aquella noche—. A lo mejor, si sus padres se mudan a otra parte del país o…

—Ucrania es un campo de batalla ahora mismo —dice Lucas sin rodeos—. Tenemos a tres docenas de hombres desplegados en la zona y, conforme hablamos, están llegando más. No podría asegurarte que tu hermano no fuera a ser víctima del fuego cruzado. ¿Quieres arriesgarte?

—Por supuesto que no. —Me muerdo la parte interna de las mejillas, intentando ahuyentar las imágenes mentales de la masacre que debe estar teniendo lugar—. ¿Pero qué pasa con los padres adoptivos de Misha? Seguramente estén muy preocupados por él, por no mencionar que, si tienen la mínima idea de lo que está pasando, estarán aterrorizados.

—Lo único que puedo hacer es enviarles un comunicado para que sepan que Misha está sano y salvo —dice Lucas—. Eso y recordarles a nuestros hombres que ellos están fuera de su alcance. Pero ya te lo he dicho, no puedo garantizarte nada. La situación es muy inestable y, puesto que no estoy allí en persona para supervisar la operación, los agentes tienen autonomía para decidir cómo llevar a cabo la misión.

—Entiendo. —Trago saliva—. Gracias. Cualquier cosa que hagas para que los padres de Misha estén a salvo es un detalle para tener en cuenta —le digo de corazón. Quizás no pueda evitar que Lucas y Esguerra consumen su venganza, pero, si puedo mantener a la familia de mi hermano fuera de todo peligro, no tendré que enfrentarme al conflicto interno de sentirme a la vez cómplice e impotente.

No solo estoy acostándome con un monstruo, estoy enamorada de él.

Y el monstruo lo sabe. Se deleita con ello al hacerme admitir mis sentimientos casi a diario. No entiendo el regocijo que le provoca (es imposible que sea la primera mujer que se enamora de él), pero desde luego disfruta cuando me escucha decírselo. Me obliga a gritárselo cuando me folla con brusquedad, y susurrárselo mientras me mece con mimo entre sus brazos. La constante yuxtaposición de violenta posesividad y cuidados tiernos me confunde, me mantiene desconcertada. No tengo ni idea de lo que soy para mi captor. Un segundo estoy segura de que me ve como su muñeca hinchable y, al siguiente, me sorprendo pensando que ojalá sea algo más.

Acabo fantaseando con que tal vez algún día él también me ame.

Que Lucas haga cosas que me hacen sentir como si fuéramos una pareja de verdad no ayuda. Siempre que se entera que una bebida o una comida me gusta, la consigue para sorprenderme. La semana pasada llegaron paquetes con dulces rusos dificilísimos de encontrar, una caja con caquis maduros de Israel, cinco variedades exóticas de té Earl Grey y barras de pan de centeno alemán recién horneadas. También ha encargado distintas prendas de ropa para mí, algunas de las cuales me ha dejado elegir a través de Internet, y me ha conseguido productos de aseo personal, entre los cuales está mi champú favorito, con olor a melocotón.

Me cuida tanto que estoy asustada.

Y ya no es solo por las cosas que me compra, sino por todo lo que hace. Si me hago el más mínimo rasguño, me lo venda. Si me duelen los músculos después de entrenar, me masajea todo el cuerpo. Últimamente, vemos la televisión por la noche y ha cogido por costumbre acariciarme el pelo o juguetear con mi mano mientras estoy acurrucada a su lado. Es un tipo de atención casi distraída, como el que acaricia a un gato, pero eso no hace que me impacte menos. Es lo que he estado pidiendo a gritos, lo que llevaba tanto tiempo esperando. Cada vez que mi captor me da un beso de buenas noches, cada vez que me abraza, las grietas secas y vacías que tengo alrededor del corazón se me curan ligeramente, haciendo desaparecer el dolor de todas mis pérdidas.

Con Lucas, la terrible soledad de los últimos once años parece un recuerdo lejano.

Sin embargo, lo que más me conmueve es que

Lucas entiende la devoción que siento por mi hermano y no intenta interferir en que estemos reconstruyendo nuestra relación. A pesar de la continua hostilidad de Misha hacia él, Lucas me deja invitarlo siempre que quiero y comemos los tres juntos, aunque es cierto que dichas comidas suelen cargarse de una tensión extraña.

—No le caigo muy bien a tu hermano, ¿verdad? —dice Lucas con sequedad, después de nuestro primer almuerzo juntos—. Ha habido momentos en los que pensaba que iba a imitarte y a intentar apuñalarme con un tenedor.

—Lo siento —me disculpo, preocupada porque no me deje volver a invitarlo—. Hablaré con él. Entre lo de su tío y lo que ha pasado en Ucrania...

—No pasa nada, cariño. Lo entiendo. —Lucas dulcifica el semblante sin que me lo espere—. Todavía es un niño y ha pasado por muchas cosas. Tiene todos los motivos del mundo para odiarme. No le guardo ningún rencor.

—Ah, ¿no? —Parpadeo.

—No. Ya cambiará de idea. Y, si no... Bueno, es tu hermano, así que me tocará asumirlo.

—Gracias —alcanzo a decir, con un nudo en la garganta por la emoción—. En serio, Lucas, gracias por esto y... y por todo.

No he olvidado que, al capturarme en Ucrania, es bastante probable que Lucas no solo salvara mi vida, sino que salvara también mi cordura. No sé si podría haber sobrevivido un segundo ataque de Kirill, así que, de alguna manera, que volviera a capturarme supuso también mi salvación.

—De nada —dice Lucas mientras se acerca a mí. La calidez de su mirada pronto se transforma en un conocido calor perverso—. Créeme, es todo un placer.

Y, mientras me coge en brazos, me olvido de todas mis preocupaciones, al menos por un tiempo.

—¿Estás enamorada de él? —me pregunta Misha cuando llevamos seis semanas en la finca—. ¿Sois novios?

—¿Perdona? —Me quedo mirando a mi hermano con un gesto de sorpresa. Estamos paseando por el bosque para minimizar las posibilidades de encontrarnos con Esguerra y, hasta el momento, hemos hablado de temas totalmente triviales: el antiguo colegio de Misha, su mejor amigo Andrey y el tipo de películas que le gusta a los chicos de su edad. La pregunta ha salido de la nada—. ¿Por qué lo dices? —respondo con cautela.

—No sé. —Misha se encoge de hombros—. Al principio creía que quizá lo estabas engañando para que fuera más fácil escaparnos, pero cada vez que os veo juntos esa posibilidad parece más remota. —Me lanza una mirada indescifrable—. ¿Acaso quieres irte?

—Michael, yo... —Respiro, sabiendo que no puedo dar ningún paso en falso. Nuestra relación ha avanzado mucho. La semana pasada por fin convencí a Lucas para que me dejara conectarme a Internet y pude enseñarle a Misha las fotografías que tenía guardadas en la nube. Las observó en silencio, sin acusarme de mentir o manipular, y al fin sentí que estábamos progresando. Lo último que quiero es volver a nuestros inicios conflictivos—. Mira, Michael —consigo decir al fin—, estoy intentando que vuelvas con tu familia. Ya te lo he dicho, nos hemos puesto en contacto con tus padres para decirles que estás bien y, en cuanto se calmen las cosas en Ucrania…

—No te he preguntado nada de eso. —Misha se detiene en seco y se gira para mirarme—. ¿Quieres escaparte? ¿Si tuvieras la oportunidad de librarte de él, lo harías?

Yo también me paro, sorprendida por la pregunta. En el último mes no le he dedicado ni un solo segundo a la idea de escaparme. Incluso si no tuviera los localizadores implantados bajo la piel, no tengo adónde ir, como me mostró el hecho de que Lucas me encontrara en Ucrania. Además, si me las ingeniara para escaparme otra vez, Lucas vendría a por mí y me traería de vuelta.

Pero eso no es lo que Misha quiere oír.

—No —digo en voz baja, sosteniéndole la mirada a mi hermano—. No me iría aunque pudiera.

—Lo suponía —dice tras asentir.

Misha comienza a andar de nuevo y me apresuro para poder alcanzar sus largas zancadas. Parece que ha crecido unos centímetros desde que llegamos y se le han ensanchado y musculado los hombros.

Sospecho que cuando crezca del todo tendrá la complexión y la altura de Lucas. Aun así, por ahora no es más que un niño y yo sigo siendo su hermana mayor.

—Michael, escúchame. —Al final consigo llegar a su altura—. Que yo no quiera escapar no significa que no esté haciendo lo posible para que puedas irte. Por favor, créeme. Estoy haciendo todo lo posible para llevarte de vuelta a casa.

—Lo sé. —Me mira, con el ceño fruncido—. Pero me gustaría que vinieras conmigo cuando me vaya. Mucha gente aquí te odia, ya lo sabes.

—Lo sé. —Sonrío para ahuyentar la ansiedad en su mirada—. Pero no te tienes que preocupar por mí, estaré bien.

—Porque lo tienes a él.

—¿A Lucas? Sí. —Me he dado cuenta de que a mi hermano no le gusta referirse a Lucas por su nombre, sino que prefiere decir «él»—. Él me mantendrá a salvo.

Misha todavía tiene el ceño fruncido así que, por impulso, le alboroto el pelo con gesto juguetón.

—Vaya fregona tienes en la cabeza, tío. ¿Quieres que te corte el pelo o prefieres dejarte coleta?

—Puaj, no. —Misha hace una mueca de disgusto y se lleva la mano a la cabeza. Los dedos desaparecen entre los densos mechones de cabello rubio—. Es verdad, tengo que cortármelo —dice de mala gana—. ¿Se te da bien hacer de peluquera?

—Seguro que me las apaño. —Sonrío a su expresión

dubitativa—. Si la cago, le podemos pedir a Lucas que lo arregle. Él se rapa cada dos semanas.

Al mencionar a Lucas, Misha se vuelve a poner tenso y desvía la mirada.

—De acuerdo —murmura, fascinado de repente por un hormiguero situado a nuestra izquierda—. Seguro que tú lo haces bien.

Suspiro, pero dejo el tema. No puedo hacer que a mi hermano le caiga bien Lucas. El brutal ataque al centro clandestino y la muerte de Obenko le causaron una impresión perenne a su mente joven. Ve a Lucas como el enemigo y con razón. Si Lucas no se hubiera dado cuenta de quién era Misha, mi hermano hubiera sido uno de los muertos del ataque.

Seguimos andando sin hablar durante unos minutos. Cuando nos acercamos al límite del bosque, toco el brazo de Misha para que se pare.

—Siento mucho lo que pasó aquel día —le digo cuando se gira para mirarme—. De verdad, lo siento. Si pudiera cambiar el pasado, lo haría. Lo último que quería era ponerte a ti o a los otros en peligro, créeme.

—No fue culpa tuya… en realidad —comienza a decir, despacio, mirándome fijamente—. Siento haber dicho eso. Además, si no hubieran venido… —De repente, se detiene y traga saliva.

—¿Qué?

—Probablemente estarías muerta. —Apenas se le oye al hablar. Se da media vuelta y comienza a andar de nuevo. Me apresuro a alcanzarlo con un nudo en el estómago.

—¿Quién te ha contado eso, Michael? —Cuando lo alcanzo, lo cojo del brazo, obligándolo a parar de nuevo—. ¿Por qué lo dices?

—Porque es verdad. —El rostro de Misha se oscurece mientras se le tensa el antebrazo bajo mi agarre—. Escuché al tío Vasya hablar de ti con Kirill Ivanovich. Al principio no quería creérmelo, pensaba que a lo mejor no los había entendido bien o había sacado sus palabras de contexto, pero, cuanto más lo pensaba, más claro me parecía. Iban a matarte y a decirme que te habías escapado con tu amante. —Coge aire de manera entrecortada—. Iban a mentirme, como llevaban haciendo mucho tiempo, cada vez que hablábamos de ti.

—Ah, Michael... —Le suelto el brazo, con el corazón encogido por el dolor que se le refleja en los ojos. No puedo ni imaginar lo dolorosa que tiene que haber sido para él esta traición. Obenko había sido mi jefe y mentor, pero para mi hermano había sido más que eso. Misha ha tenido que luchar contra la realidad, intentando negar la verdad tanto tiempo como ha podido—. A lo mejor entendiste mal —digo, incapaz de soportar su pena—. A lo mejor era...

—No. Me lo llevas diciendo todo este tiempo y he sido un estúpido por no creerte. Y, cuando me enseñaste esas fotos la semana pasada... —Mientras niega con la cabeza, da un paso atrás—. Debería haberte hecho caso desde el principio. No quería creerme lo que me decías, ¿sabes? —Esboza una mueca —. Él había muerto y...

—Y era tu tío, un hombre al que admirabas, y yo era la hermana que te había abandonado cuando tenías tres años. —Mantengo un tono de voz bajo y suave—. No tenías ningún motivo para creerme a mí antes que a él. Lo entiendo y lo entendí en su momento. —Inhalo para aflojar el nudo de la garganta—. Y lo siento, Michael, siento de corazón que las cosas hayan tenido que pasar así.

—No tienes que sentir nada —dice con voz tensa. Su expresión no cambia—. El tío Vasya, Obenko, era un mentiroso y yo soy un idiota por creerle. Kent dijo… —Vuelve a dejar de hablar mientras se pone rojo por alguna razón que se me escapa.

—¿Lucas? —Miro a Misha, sin entender—. ¿Has hablado con él?

—Ayer —masculla mientras reanuda la marcha—. Cuando me llevó a los barracones después de cenar.

—¿Qué te dijo? —le pregunto, poniéndome a su altura. No responde, así que insisto con más firmeza—. ¿Qué te dijo, Michael?

—Me dijo que Kirill Ivanovich te hizo daño cuando tenías mi edad —responde, con ciertas reservas—, y que Obenko te dijo que se ocuparían de él, pero no lo hicieron. —Me lanza una mirada con el rostro pálido —. ¿Es verdad? ¿Te…? —Frena, bloqueándome el paso —. ¿Te hizo algo?

Dios mío. La cantidad de sangre que me sube a la cabeza me marea. Se me encienden las mejillas y rápidamente se enfrían cuando la rabia me inunda el estómago. ¿Cómo se ha atrevido a contarle algo así a un niño de catorce años? No quería que Misha supiera nada de Kirill. Parece que mi hermano se ha olvidado de lo que le pasó en el orfanato, al menos por lo que he sido capaz de averiguar. Recuerda que fue una mala experiencia, pero no hasta qué punto. Algo como esto podría liberar todos esos recuerdos horribles, pero, incluso si no fuera así, no quiero que esté expuesto a esa clase de maldad. Ya tiene bastante con la traición de su tío, con esta información va a llegar a pensar que el mundo está lleno de malas personas.

Por un momento, me tienta la idea de negarlo todo. Pero eso solo me convertiría en otra de las personas que han engañado a Misha.

—Sí —digo, con la voz tensa—. Es cierto. Por aquel entonces yo era un poco mayor que tú, tenía quince años, y lo alejaron de mí en cuanto se enteraron de lo que había pasado.

—¿Estás intentando justificarlos? —Las manos de Misha se han ido crispando mientras yo hablaba. Alza la voz, incrédulo—. ¿A esos… a esos monstruos? ¿Después de todo lo que te han hecho? Creía que Kent se lo había inventado todo para que lo odiara menos a él, pero es cierto, ¿no? De eso hablabais los dos cuando estábamos en el centro clandestino. Os oí, pero, con todo lo que estaba pasando, no asimilé nada. Kirill te hizo daño y yo… —La cara se le contrae en una mueca de dolor—. Joder, yo entrenaba con él, me caía bien.

—Mishen'ka… —Dejo la rabia a un lado y estiro la mano hacia el hombro de Misha, pero se aleja mientras niega con la cabeza.

—Soy un idiota. —Tropieza con una rama, pero consigue agarrarse a un árbol y continúa retrocediendo mientras murmura con amargura—. Soy un puto idiota...

—Michael. —Relego a un segundo plano las preocupaciones sobre sus recuerdos y endurezco la voz —. No me gusta que utilices ese lenguaje, ¿entiendes? No eres un idiota y, muchísimo menos, un puto nada. No podías saber eso, de la misma manera que no podías saber que Obenko te estaba mintiendo. Nada de esto es culpa tuya.

—Pero... —Misha parpadea.

—No hay pero que valga. —Alejo toda emoción del rostro, me acerco y me paro delante de él—. No quiero escuchar más lamentos. Lo hecho, hecho está. Es algo del pasado. El aquí y el ahora es el presente. Estamos aquí y no hay que mirar atrás. Sí, hemos vivido muchas experiencias malas, hemos conocido a gente horrible, pero hemos sobrevivido y ahora somos más fuertes. — Suavizo un poco la voz. Alargo el brazo y le doy un apretón en la mano—. Lo somos, ¿verdad?

—Sí —susurra Misha mientras me coge los dedos con los suyos—. Lo somos.

—Bien. —Libero la mano y doy un paso atrás—. Vámonos. Diego me dijo que a lo mejor te llevaba a practicar tiro esta tarde porque te has portado bien. No querrás llegar tarde.

Doy la vuelta y empiezo a andar y Misha me sigue. La perplejidad le ha sustituido la amargura en el rostro.

Nunca habíamos hablado así, por lo que no sabe cómo tomárselo.

A pesar de la rabia latente que siento contra Lucas, sonrío mientras nos acercamos a su casa.

Soy la hermana mayor de Misha, está muy bien actuar como tal.

*L*ucas

—¿Cómo has podido hacer eso?

En cuanto entro por la puerta, Yulia se aproxima a mí, con esas piernas infinitas y esa impresionante melena rubia. Tiene los ojos azules entrecerrados y parece que va a echar fuego por la nariz.

—¿Hacer qué? —le pregunto, confuso. Acabo de recibir esta misma mañana un informe horripilante de la situación en Ucrania, pero no sé cómo es posible que se haya enterado—. ¿De qué hablas?

—Misha —sisea, parándose frente a mí. Tiene los puños apretados—. Le has contado lo de Kirill.

—Ah. —Estoy a punto de sonreír, pero me lo pienso mejor. Yulia parece lista para atacarme y, teniendo en cuenta su recuperación física, podría darme uno o dos golpes antes de que la neutralizara. Mientras mantengo una cuidada expresión neutral, le digo en un tono razonable—: ¿Por qué no debería haberle contado nada? Merece saber la verdad. Sabes que parte de su rabia se debe a la decepción, ¿verdad? A nadie le gusta que lo manipulen.

—Tiene catorce años. —Yulia aprieta los dientes—. Sigue siendo un niño. No se les puede hablar a los niños de violaciones brutales, especialmente a un niño con ese historial. Kirill era su entrenador. Misha lo admiraba.

—Exactamente. —La cojo por las muñecas, como una medida de defensa anticipada—. Tu hermano no hacía más que hablar de ese cabrón y de todo lo que le había enseñado. ¿Crees que eso era bueno para él? ¿Saludable? ¿Cómo crees que se habría sentido si se hubiera enterado de que le habías dejado admirar a tu violador? Se hubiera enterado, créeme. La verdad siempre sale a la luz.

Las muñecas de Yulia se ponen rígidas bajo mi agarre, pero todavía no ha intentado darme una patada o zafarse de mí. Lo interpreto como una señal de que le estoy abriendo los ojos.

—Además, tu hermano no es un niño. En realidad, ya no. Sabes que tu hermano ya se ha acostado con una chica, ¿verdad?

—¿Qué? —La boca de Yulia se abre de golpe.

—Sí, se lo contó a Diego. —Aprovecho su sorpresa para acercarla más a mí, presionando su parte inferior del cuerpo contra mi incipiente erección—. Hace unos meses, los aprendices salieron de fiesta y, en la discoteca, ligó con una chica mayor que él. No deja de pavonearse de eso, como haría cualquier chico de su edad.

—Pero... —Traga saliva.

—No te preocupes, usó protección. Diego se lo preguntó.

Antes de que Yulia se pueda recuperar de la sorpresa, bajo la cabeza y la beso, disfrutando del modo en que se resiste antes de derretirse contra mí.

Tardamos mucho tiempo en sentarnos a cenar, pero no me arrepiento ni un solo minuto del retraso.

CUANTO MÁS AVANZA NUESTRA VIDA EN COMÚN, MÁS obsesionado me encuentro con todo lo relacionado con Yulia. Cualquier cosa sobre ella me fascina: la manera que tiene de canturrear mientras cocina, cómo estira por la mañana o el gemido felino que escapa de sus labios cuando le beso el cuello. Su cuerpo está volviendo a su estado anterior y está perdiendo la palidez enfermiza. Estos días, todo lo que hace falta para provocarme una erección es echarle un vistazo a su belleza dorada. Me la follo cada vez que puedo, pero no es suficiente. La deseo constantemente, con una necesidad que me consume. Cada vez que la poseo, siento que es la mejor sensación del mundo y aun así me quedo con ganas de más.

A veces pienso que me iré a la tumba deseándola.

No es solo apetito sexual, podría haber soportado algo así, pero mi interés es más profundo. Quiero saberlo todo de ella, cada mínimo detalle de su vida. No me gusta pensar en mi pasado, así que nunca me ha importado mucho el pasado de los demás, pero, con Yulia, mi curiosidad no conoce límites.

—Oye, nunca me has dicho tu verdadero nombre —le digo un día mientras almorzamos juntos—. Bueno, tu apellido.

—Ah. —Parpadea—. ¿Por qué te importa?

—Porque sí. —Dejo el tenedor en la mesa y me quedo mirándola con atención—. Ya no tienes que proteger a nadie. Dímelo, por favor, cariño.

Al principio duda, pero, luego, responde:

—Es Molotova. Mi nombre de nacimiento es Yulia Borisovna Molotova.

«Molotova». Tomo nota mentalmente. Todavía no me he olvidado de lo que me contó sobre la directora del orfanato y pretendo usar esta información para encontrar a la mujer. Dudo sobre si contárselo o no, pero no estoy seguro de cómo reaccionaría, así que decido callármelo por ahora.

—¿Alguna vez has matado a alguien? —le pregunto cambiando de tema—. No me refiero en una pelea o en defensa propia, sino a sangre fría.

Para mi sorpresa, Yulia asiente.

—Sí, una vez —murmura, bajando la vista hacia el plato.

—¿Cuándo? —Extiendo el brazo por la mesa para cubrirle la delicada mano con la mía—. ¿Cómo pasó?

—Fue durante un entrenamiento, como parte final del programa —me dice, levantando la cabeza para mirarme con la vista perdida—. Se suponía que ninguno iba a ser un asesino, pero querían asegurarse de que éramos capaces de apretar el gatillo si fuera necesario.

—¿Y qué hicieron? ¿Os obligaron a matar a alguien?

—Más o menos. —Se humedece los labios—. Trajeron a un sintecho moribundo. Padecía cáncer de hígado en etapa cuatro. En el mejor de los casos, apenas le quedarían unos días de vida y tenía unos dolores horribles. Lo atiborraron a medicamentos y lo colgaron donde debería estar la diana. Nuestro objetivo era dar el tiro de gracia.

—¿Y todos le disparasteis?

—Sí. —Se le contraen los dedos bajo mi contacto—. Usamos balas marcadas y, luego, le practicaron la autopsia para ver cuáles habían dado en el clavo. Un par de aprendices no se atrevieron a disparar.

—Pero tú sí.

—Sí. —Libera la mano de mi sujeción, pero no aparta la mirada—. La autopsia reveló que tenía tres balas en el corazón.

—¿Alguna era tuya? —le pregunto, reclinándome en la silla.

—No. —Su mirada es inquebrantable—. La mía estaba en el cerebro.

Esa misma noche, Yulia se aferra a mí con una pasión que roza la desesperación y es entonces cuando me doy cuenta de que mi interrogatorio ha traído consigo algunos malos recuerdos. Sé que debería dejarla en paz, dejarla vivir en el presente cómo ella desea, pero las preguntas siguen reconcomiéndome, así que acabo cediendo a ellas.

—¿Alguna vez te has acostado con un hombre por iniciativa propia? —le pregunto mientras yacemos enredados después de una larga sesión de sexo. Normalmente, estaría ya a punto de caer dormido, pero mi cuerpo rebosa energía y mis pensamientos se niegan a abandonar este tema.

Siento a Yulia ponerse rígida entre los brazos. Se da la vuelta y se incorpora para mirarme.

—¿A qué te refieres? Solo me forzaron esa vez…

—Quiero decir que si alguna vez has tenido una cita que no fuera por obligación —le pregunto mientras le coloco la mano en la cadera—. ¿Eras de ir a bares o discotecas? ¿Ligaste con algún chico solo para divertirte? —Había pensado esta pregunta para que fuera algo casual, pero, al formularla, me doy cuenta de que imaginar a Yulia con otro hombre nunca será un tema trivial para mí.

El mero pensamiento de que otra persona que no sea yo la haya tocado me hace que me plantee el asesinato.

La mirada de Yulia se ilumina, llena de comprensión.

—No —dice con suavidad—. Nunca he tenido una cita, no hubiera sido justo para el chico.

—¿Así que había un chico? —Mis celos aumentan—. ¿Alguien que te gustara?

—¿Qué? —Para mi alivio, parece sorprendida por la idea—. No, no había nadie. Siempre estaba de misión en misión, hubiera sido una novia horrible.

—Entonces ¿ni un ligue de una noche? —presiono.

—No. —Ella se muerde el labio—. No le veía mucho el sentido. Tenía clases y deberes además del trabajo, así que tampoco es que tuviera mucho tiempo libre.

—¿Me estás diciendo que, aparte de con tus tres amantes asignados y conmigo, no has estado con nadie más?

—Te olvidas de Kirill —dice, mientras se le tensa el rostro.

—No me he olvidado de él. —Que todavía no le hayamos encontrado, vivo o muerto, se me clava como una astilla bajo la piel. Suprimiendo una llamarada de ira, digo con un tono uniforme—: Kirill es un violador, no tu amante.

—Entonces, sí. —Los ojos azules de Yulia tienen un aspecto cristalino e inocente cuando me miran—. He tenido cuatro amantes contándote a ti.

Me quedo mirándola, sin creerme lo que estoy escuchando. Mi espía seductora, la hermosísima chica que usaba su cuerpo para conseguir información, se ha acostado con menos hombres que una universitaria normal.

—¿Y tú? —contraataca ella, mientras se apoya sobre un codo—. ¿Con cuántas mujeres te has acostado tú? —Su mirada es un reflejo de los celos que yo he sentido antes.

—Seguro no tantas como te crees —le respondo, complacido por su posesividad—, pero definitivamente más de cuatro. Empecé joven, como tu hermano, y, bueno, no era un chico de estar en una relación por aquel entonces.

—¿En serio? —Empequeñece los ojos—. ¿Y ahora lo eres?

—Estamos en una relación, ¿no? —digo mientras se me endurece la polla al ver su pezón asomando entre las sábanas—. Así que, diría que sí lo soy.

Yulia abre la boca para responder, pero yo ya estoy apartando la manta. Me pongo encima de ella y le abro las piernas con las rodillas. Entonces, me agarro el miembro y lo presiono contra su abertura. Todavía está húmeda por nuestro encuentro anterior, así que la penetro, invadiendo su aterciopelado y prieto sexo sin preliminares. No parece importarle, ya que me rodea con los brazos y las piernas para mantenerme cerca y comienzo a follarla en serio, tomándola de forma rápida y brusca. En apenas unos minutos, noto cómo mi orgasmo se aproxima y me obligo a calmarme, con ganas de prolongar el momento.

—Dime que me amas —le pido, adentrándome con

más profundidad en su cuerpo—. Quiero escuchártelo decir.

—Te amo, Lucas —suspira en mi oído, abrazándome las caderas con las piernas. Siento el coño como si fuera un guante cálido y húmedo alrededor de la polla. Los testículos se me encogen contra el cuerpo cuando noto que empieza a tener espasmos. Nos corremos a la vez y, en ese momento, siento que somos uno, que nuestras irregulares mitades se han fusionado, formando una unidad inquebrantable. Nuestros pulmones funcionan al unísono, nuestras respiraciones se entremezclan y, cuando levanto la mirada y veo a Yulia mirándome, algo cálido y denso se extiende por mi pecho—. Siempre te amaré —suspira ella, acunándome la mejilla con la mano, y el sentimiento se hace más fuerte, esa densa calidez se expande hasta llenar todos los recovecos de mi alma.

Con Yulia, me siento completo y valoro esa sensación.

De alguna extraña manera, siento que Lucas y yo somos una pareja de recién casados y que este período inusual, esta larga tregua entre nosotros, es nuestra luna de miel.

En parte se debe al sexo. Lejos de desvanecerse con el tiempo, la atracción entre nosotros aumenta, nuestro magnetismo se intensifica cada día que pasa. Nuestros cuerpos están en una sincronía perfecta que no podría haber imaginado jamás. Una mirada, un suspiro o un ligero toque basta para encender la llama. Ninguno de los dos tiene suficiente. Todas las veces que Lucas me busca respondo, mi cuerpo tiene ganas de él sin importar lo dolorida que acabe. Su contacto me reduce a una persona que no reconozco, un ser primitivo lleno de deseos y necesidades. Es como si mi existencia estuviera programada solo para complacerlo, para desearlo de cualquier forma posible. Me lleva más allá de mis límites y aun así quiero más. Con brusquedad o amabilidad, mi captor me consume, y la necesidad que siento por él me ata más fuerte que cualquier soga.

Sin embargo, aparte del sexo, existe un creciente lazo emocional entre nosotros. Cada día, Lucas reclama mi amor y yo se lo doy, incapaz de negárselo. No es un intercambio igualitario: Lucas nunca me dedica a mí esas palabras o me hace ver de cualquier otra manera qué sentimientos alberga. No obstante, después del sexo, me abraza, como si tuviera miedo de que me extraviara en el otro lado de la cama, y sé que esos momentos tiernos y silenciosos son tan importantes para él como lo son para mí. Son los que me dan la esperanza de que, algún día, pueda darme más que ahora, de que pueda conocer al hombre que hay bajo la coraza.

—Oye, nunca me has contado cómo acabaste aquí… cómo pasaste de ser un marine de los Estados Unidos a ser la mano derecha de Esguerra —murmuro una noche mientras yacemos en la cama, tan envueltos el uno en el otro que no se sabe dónde empieza y dónde acaba cada cuerpo. Mientras dibujo un círculo con el índice en su poderoso pecho, le digo—: Solo sé lo que leí en tu expediente, y no había nada que explicara por qué lo hiciste.

—¿Matar a mi oficial? —La voz de Lucas no destila

ninguna emoción, pero los músculos del brazo se le tensan bajo mi cabeza—. ¿Es eso lo que quieres saber? ¿Por qué maté a ese hijo de puta?

—Sí. —Me incorporo un poco para poder mirarlo. Bajo la tenue luz de la lámpara de noche, el semblante de mi captor se muestra más duro de lo que jamás lo haya visto. Aun así, no me disuade—. ¿Por qué lo hiciste? —le pregunto con suavidad.

—Porque mató a mi mejor amigo. —Una vieja furia helada se cuela en la voz de Lucas—. Jackson, mi amigo, pilló a Roberts vendiéndoles armas a los talibanes. Iba a denunciarlo, pero, antes de que tuviera oportunidad, Roberts ordenó matarlo... Lo preparó todo para que pareciera una emboscada de las tropas enemigas. Yo estaba allí cuando ocurrió.

—Dios mío, Lucas, lo siento muchísimo. —Me dispongo a tocarle la cara, pero me intercepta la mano y me la aprieta como si tuviera unas tenazas.

—No. —Me mira empequeñeciendo los ojos—. Fue en Afganistán, hace mucho tiempo. —Su mirada vuelve a posarse en el techo, pero no me libera la mano. Mientras me mantiene los dedos firmemente agarrados, me dice—: En cualquier caso, sobreviví. Tardé varios días en volver a la base, pero lo hice. Cuando llegué, maté a ese cabrón. Cogí su propia pistola y lo acribillé a balazos.

Por supuesto que lo hizo. Me quedo mirando a mi captor con una mezcla de tristeza y amargo entendimiento. Como a mí, a él lo traicionó una persona en la que confiaba, alguien que se suponía que estaba ahí para él. Yo no sé qué habría hecho con Obenko si hubiera sobrevivido, pero ni me sorprende ni me horroriza que Lucas eligiera un método tan brutal para vengarse.

—Y entonces ¿qué pasó? —apunto cuando Lucas se queda callado, con la mirada fija en el techo—. ¿Te arrestaron?

—Sí. —Sigue sin mirarme—. Me trajeron de vuelta a los Estados Unidos y me llevaron ante un tribunal militar. Roberts tenía amigos en las altas esferas, así que mis acusaciones en su contra acabaron en nada, no tuve tiempo ni de hacer una acusación formal.

—¿Y cómo saliste de ahí?

Entonces Lucas gira la cabeza para mirarme.

—Mis padres —contesta con voz dura y uniforme—. No podían soportar la vergüenza de que se juzgara a su hijo por asesinato, así que lo arreglaron todo para quitarme del medio. Mi padre hizo un trato conmigo: él me ayudaría a desaparecer en Sudamérica y yo nunca volvería a ponerme en contacto con ellos.

—¿Te querían sacar de sus vidas? —Me quedo boquiabierta, incapaz de procesar que un padre pueda hacer un trato de tal magnitud—. ¿Por qué? ¿Porque te habían acusado de asesinato?

—Porque, según mi padre, soy una manzana podrida. «Podrida hasta las semillas», fueron sus palabras.

—Oh, Lucas... —El corazón se me rompe en mil pedazos por él—. Tu padre estaba equivocado. No eres...

—¿Mala persona? —Arquea una ceja y una sonrisa sarcástica aparece en su semblante—. Vamos, cariño, ya sabes cómo soy. Mis padres me pagaron los mejores colegios, me dieron todo lo que estuvo en su mano y ¿qué hice a cambio? Lo tiré todo por la borda y me alisté en la marina para satisfacer mis ansias de lucha. Eso es bastante jodido, ¿no crees? ¿En serio puedes culpar a mis padres por no querer tener nada que ver conmigo?

—Pues claro que puedo. —Trago saliva y le sostengo la mirada—. A pesar de todo, eras su hijo. Tendrían que haberte apoyado.

—Tú no lo entiendes. —La mirada de Lucas brilla, helada—. Nunca quisieron un hijo. Yo debía ser su legado. Una extensión perfecta de ellos, la culminación de sus ambiciones. Lo arruiné todo cuando me convertí en soldado. El juicio por asesinato fue solo la gota que colmó el vaso. Mi padre hizo bien ofreciéndome ese trato. No encajaba en sus vidas, nunca lo había hecho, y ellos no encajaban en la mía.

Me muerdo la parte interna de las mejillas mientras intento contener las lágrimas que me anegan los ojos. Me puedo imaginar a Lucas como un niño voluble e inquieto, obligado a ser algo que no quería. También puedo ver a unos padres abogados intentando criar con todas sus ganas a un niño que, en el fondo, era un guerrero, un chico que, por alguna extraña broma de la genética, no se parecía a ellos en nada.

Pero, aun así, decirle a un hijo que no quieres volver a verlo...

—¿No has hablado con ellos desde entonces? —le pregunto, manteniendo un tono de voz tranquilo—. ¿Ni una sola vez?

—No. —Su mirada se asemeja al acero puro—. ¿Para qué?

Tiene razón, ¿para qué? Para mí, la familia es sagrada, pero mis padres no tenían nada que ver con los de Lucas. No me puedo imaginar a papá o a mamá abandonándonos a Misha o a mí con independencia del camino que tomáramos en nuestra vida. Nos habrían apoyado de cualquier manera, tal y como haría yo por mi hermano.

Y, con una repentina sacudida de sorpresa, me doy cuenta de que también lo haría por Lucas. De hecho, ya lo estoy apoyando, incluso aunque él y Esguerra hayan acabado con la organización para la que trabajaba. Su padre no estaba del todo equivocado; Lucas no es, bajo ningún concepto, una buena persona, pero eso no cambia mis sentimientos hacia él.

A lo mejor yo también estoy podrida hasta las semillas, pero, en algún punto del camino, mi captor despiadado se ha convertido en algo parecido a mi familia.

Dejo a un lado esta sorprendente revelación para centrarme en el resto de la historia.

—Y entonces ¿cómo acabaste junto a Esguerra? —le pregunto, apoyándome en el codo—. ¿Te lo encontraste por Sudamérica y acabó contratándote?

—Fue... un poco más complicado que eso. —Contrae las comisuras de la boca—. A mí me contrató un cartel mejicano para vigilar un envío de armas que le habían comprado a Esguerra. Cuando me presenté para hacer mi trabajo, descubrí que uno de los jefes del cartel se había vuelto un avaricioso y quería robar la mercancía para quedársela él solo, traicionando tanto a Esguerra como a los suyos en el proceso. Entonces hubo un tiroteo bastante desagradable y, al final, Esguerra y yo fuimos de los pocos supervivientes al estar ambos a cubierto. A él le quedaba poca munición y yo apenas tenía balas, así que, en vez de intentar matarnos el uno al otro, me ofreció un trabajo estable. Obviamente, acepté. —Escucho una risa perversa entre dientes antes de que añada—: Ah, y, luego, disparé a un tío que estaba detrás de Esguerra y que quería destriparlo. Digamos que fue mi manera de sellar el trato.

—¿Por eso me contaste que Esguerra te debe una? —le pregunto al recordar las palabras que me dijo hace tanto tiempo—. ¿Porque le salvaste la vida esa vez?

—No, yo solo estaba haciendo mi trabajo. Esguerra me debe una por otro tema.

Lo miro, expectante, y, al cabo de un rato, Lucas suspira y dice:

—Esguerra resultó herido el año pasado en la explosión de un almacén en Tailandia. Lo saqué de allí y lo llevé a un hospital, pero no salió del coma hasta casi tres meses después. Me encargué de sus asuntos durante ese tiempo, me aseguré de que sus negocios siguieran funcionando, que su mujer estuviera a salvo, etcétera.

—Entiendo. —Ahora comprendo por qué Lucas estaba tan seguro de que Esguerra no le pondría problemas para que me quedara. La lealtad verdadera tiene que ser más rara que un unicornio en el mundillo de los traficantes de armas—. ¿Y nunca tuviste la tentación de quedártelo todo? Los negocios de Esguerra tienen que valer miles de millones.

—Los valen, pero con Esguerra tengo un buen sueldo, ¿por qué hacerlo? —Lucas me dedica una mirada irónica—. Además, no me cae mal el tío. Cuando empecé a trabajar para él, movió sus hilos para borrar mi nombre de la lista de los más buscados, por no mencionar que no intenta ir de algo que no es y con eso me vale.

Por supuesto. Puedo verle el atractivo después de la traición de su comandante en Afganistán. Aun así, a muchos hombres en la misma posición que Lucas los habría cegado la codicia y que él sea una excepción dice mucho de su personalidad.

Puede que mi captor no tenga un trato cercano con su familia, pero, a su manera, es tan leal como lo soy yo.

Conforme avanza nuestra especie de luna de miel, me encuentro con un extraño problema: tengo mucho tiempo libre. No tengo misiones ni clases, ningún tipo de responsabilidad real. Al principio estaba bien, mi enfermedad y los eventos traumáticos por los que había pasado me habían consumido, me habían dejado exhausta mental y físicamente. Durante varias semanas, me contenté con leer, ver la televisión, pasar tiempo con Misha u holgazanear por la casa, pero, a medida que las semanas se convertían en meses, empecé a anhelar hacer algo más. Siempre he estado ocupada, primero como estudiante, después como aprendiz y los últimos años como espía en activo. El tiempo libre era un lujo que atesoraba, pero, ahora que me sobra, no me gusta.

Para rellenar algunas horas, decido experimentar en la cocina. Lucas me ha dejado acceder a internet (en un ordenador monitorizado, ya que todavía no se fía de mí del todo), así que me dedico a ojear páginas webs en busca de platos nuevos e interesantes. Lucas está encantado con mi nuevo pasatiempo (disfruta de todas las comidas que cocino). Poco a poco, voy aumentando mi repertorio culinario, desde clásicos platos rusos como el *borscht* hasta la exótica cocina de fusión, que incorpora elementos de la gastronomía asiática, francesa y latina. Incluso me invento mis propias creaciones, como el sushi al curri con cilantro coronado y remolacha en escabeche, pato a la pequinesa relleno de col con sabor a manzana, y arepas con crema rusa de berenjenas.

—Yulia, esto está de muerte —me dice Lucas cuando preparo pastelitos con champiñones *shiitake* y queso camembert—. En serio, está mejor que cualquier plato de un restaurante de lujo. Deberías haber sido chef.

—Está increíble, en serio —coincide mi hermano,

devorando su cuarto pastelito. Come con nosotros casi todos los días, y creo que mis habilidades en la cocina son un gran incentivo. Incluso parece dispuesto a tolerar a Lucas últimamente, aunque siguen estando lejos de ser buenos amigos.

—Me alegro de que te guste —le digo mientras llevo mi plato al fregadero. Yo estoy reventando con dos pastelitos, pero parece que Misha y Lucas tienen un espacio infinito en el estómago. Reprimo una risita cuando veo que Lucas coge el penúltimo y mi hermano coge enseguida el último, metiéndoselo en la boca como si tuviera miedo de que se le fuera a escapar.

—¿Quedan más? —pregunta Misha después de masticar y tragar—. Diego y Eduardo me pidieron que les llevara las sobras.

—Pero qué cojones. —Lucas deja su pastelito a medias para mirar a Misha—. Que se hagan sus propios pastelitos, aquí no sobra nada.

—De hecho, he cocinado una remesa más por si acaso —digo, dirigiéndome al horno. No es la primera vez que los dos guardias han usado a mi hermano para pedirme comida, y seguramente no será la última. Si Lucas me dejara, los invitaría a comer todos los días, pero, como no quiere, encuentran otras maneras de beneficiarse de mi nuevo pasatiempo—. Diles que se los coman antes de que se enfríen del todo. No estarán tan buenos si los recalientan en el microondas.

—Por supuesto —dice Misha mientras envuelvo la bandeja en papel de plástico y se la ofrezco—. Ahora mismo se la llevo.

—Pero qué pasa con... —Lucas nos está mirando con un ceño nada amigable.

—Haré más dentro de poco —le prometo, sonriendo—. Para cenar tenemos pasta *enoki* con salsa de anacardos y pudin de bizcocho de chocolate con *yuzu* y frambuesas. Si te quedas con hambre después de eso, te hago más pastelitos, ¿de acuerdo?

Misha está escuchando con una envidia palpable y pregunta:

—¿Creéis que podré comer un poco de ese pudin si me paso por aquí después de la cena? Los guardias me han invitado a una barbacoa esta noche, pero seguro que puedo hacerle hueco al postre...

—Sí, claro que sí. —Sonrío de oreja a oreja—. Me encargaré de guardarte un poco.

—Sí, a él y a la mitad de los guardias —murmura Lucas mientras se levanta para fregar su plato—. Dentro de poco estaremos alimentando a toda la finca.

Me río, pero, al poco tiempo, Diego y Eduardo empiezan a encontrar varias excusas para dejarse caer por casa, normalmente con un par de colegas. A mí no me importa cocinar para más personas, es un reto divertido, pero a Lucas le irrita, sobre todo cuando los visitantes nos interrumpen con frecuencia durante las comidas.

—Esto no es un puto restaurante —le gruñe a Diego cuando el joven «pasa por aquí» con seis amigos a la hora del almuerzo—. Yulia cocina para mí y para su hermano, ¿entendido? Iros a tomar por el culo antes de que os haga doblar turno.

Los guardias se marchan abatidos, pero, al día siguiente, Eduardo se pasa por casa justo antes de que Lucas tenga el descanso para comer.

—¿Por casualidad os ha sobrado algo de ensalada de gambas? —me pregunta mientras ojea la puerta de cuando en cuando—. Michael dijo algo sobre que anoche preparaste un poco y...

—Claro. —Reprimo una sonrisilla—. Pero deberías darte prisa. Creo que Lucas y Michael están al caer.

Le doy un bol con las sobras de la ensalada y me da las gracias antes de salir pitando por la puerta. Al día siguiente, Diego copia la estrategia de Eduardo, y decide pasarse por casa media hora antes de la hora de cenar, así que le doy un pollo entero relleno de arándanos rojos y arroz que he preparado precisamente para esta ocasión. Me da las gracias repetidas veces y, durante la semana próxima, me dedico a alimentar a los guardias a escondidas. Sin embargo, el lunes siguiente, Lucas me pilla con las manos en la masa y no le gusta nada.

—¿Qué cojones significa esto? —gruñe mientras entra en la cocina justo en el momento en el que le estoy dando a Diego una bandeja de pasteles de carne recién horneados. Se para a nuestro lado y le dedica al guardia una mirada iracunda—. Te lo advertí...

—Lucas, no pasa nada. He cocinado para todo el mundo —le aseguro—. En serio, no pasa nada. No me importa cocinar para ellos. Lo disfruto.

—¿Ves? A ella le gusta. —Diego sonríe, quitándome

la bandeja de las manos—. Gracias, princesa. Eres la mejor.

Sale corriendo de la cocina y Lucas se gira hacia mí, con la mandíbula tensa.

—¿Qué coño te crees que haces? Tu trabajo no es alimentar a los guardias. Tienen una cafetería en los barracones, ¿sabes?

—Lo sé. —Casi por impulso, doy un paso hacia delante y le apoyo la mano en la mandíbula, sintiendo cómo se mueven los músculos bajo la piel cubierta por una barba incipiente—. Pero, aun así, no me parece mal. Es algo divertido. Me alegro de que les guste mi cocina. Me siento… —Hago una pausa para buscar la palabra idónea.

—¿Útil? —dice Lucas mientras su semblante se relaja. Yo asiento, sorprendida porque haya encontrado una palabra tan precisa.

Él suspira y me cubre la mano con la suya antes de llevársela a la boca, rozándome los nudillos con los labios. Me estudia y su expresión se vuelve más preocupada que enfadada.

—Yulia, cariño… Tú eres útil para mí, ¿vale? No hace falta que cocines para todas las personas de esta finca con tal de mostrar tu valía.

Me quedo mirando a Lucas, con un nudo inexplicable en el estómago cuando me suelta la mano.

—¿Y si no quiero ser útil solo para ti? —susurro—. ¿No has pensado que a lo mejor tengo más ambiciones que calentarte la cama y limpiarte la casa? Sabes que he terminado una carrera, ¿verdad? —Veo cómo se va oscureciendo la mirada de Lucas conforme hablo, pero no puedo parar, mi voz aumenta de volumen con cada palabra—. Tengo un título universitario en Lengua Inglesa y Relaciones Internacionales y fui una excelente intérprete y espía. Viví durante seis años en una de las ciudades más cosmopolitas del mundo y me codeaba con los altos cargos del gobierno ruso. Siempre iba a sitios, hacía cosas, y ahora apenas doy un paso fuera de esta casa porque no quiero recordarle a Esguerra que existo. —Me detengo para tomar aire y me doy cuenta de que le palpita un músculo en la mandíbula.

—¿En serio? —dice con un tono tan bajo que resulta letal—. ¿Echas de menos ser espía?

Maldigo al instante mi verborrea. Debería haber previsto cómo se tomaría Lucas mis palabras.

—No, claro que no...

—¿Echas de menos follarte a tíos por obligación? —Se acerca a mí, empujándome contra la encimera de la cocina.

—No quería decir eso... —Se me acelera el pulso.

Me aferra la garganta con las manos, apretando lo suficiente para hacerme sentir la fuerza de acero de esos dedos. Inclinándose hacia mí, me susurra al oído:

—¿No soy suficiente para ti? —Su aliento me calienta la piel, provocando que se me pongan de punta los vellos de los brazos—. ¿Necesitas más variedad, preciosa?

—No —respondo con dificultad, con la respiración entrecortada. Lucas celoso es algo aterrador—. No es así, para nada. Quiero decir que...

—Eres mía —gruñe, alzando la vista para taladrarme con una mirada glacial—. Me importa una mierda qué tipo de vida tuvieras antes. Te capturé y te hice mía, eres de mi puta propiedad. Ningún hombre volverá a tocarte y, si me sale de los huevos meterte en una jaula el resto de tu vida, lo haré. ¿Me has entendido?

Su sujeción se debilita, pero se me forma un nudo en la garganta y el dolor se expande como un tsunami por mi cuerpo. En las últimas semanas, he vivido en una burbuja de dicha doméstica, he estado jugando a las casitas con un hombre que me veía como una propiedad más, poco más que una esclava sexual «marcada» por los localizadores. Cualquier otra mujer habría luchado con uñas y dientes por su libertad, pero yo asumí mi cautividad como si hubiera nacido para ello, llegando a fantasear con la idea de que esta relación tan tóxica podría convertirse, al final, en algo real.

Anhelando el amor de mi captor, me he dedicado a construir castillos en el aire.

—Entendido —consigo murmurar con los labios entumecidos—. Lo siento.

Lucas me libera y da un paso atrás, con el rostro todavía contraído en una mueca de rabia. Me doy la vuelta y busco a tientas algún plato en el fregadero para lavarlo.

Nuestra «luna de miel», tal y como ha sido, se ha acabado.

ESA MISMA NOCHE, LUCAS TARDA EN LLEGAR, Y MISHA Y yo cenamos solos. Me pongo una careta de felicidad para que mi hermano no se preocupe, pero sé que nota algo. Es todo un alivio acompañarlo a la salida con una gran cantidad de sobras para los guardias. Más que nada en el mundo, quiero estar sola para lamerme las heridas.

Estoy terminando de ducharme cuando vuelve Lucas. Entra al baño conforme salgo del plato de la ducha y, sin mediar palabra, me toma en sus brazos y me lleva al dormitorio. Su semblante es duro, tiene los ojos entrecerrados mientras camina y una antigua inquietud me invade. No creo que me vaya a hacer daño de verdad (al menos, físico), pero eso no reduce mi ansiedad. Cuando Lucas se encuentra en este estado, es impredecible, apenas consigo mantener la compostura. Por un breve momento de locura, considero la idea de luchar contra él, pero la descarto al instante. No tengo ninguna posibilidad real de ganar. Además, ¿para qué resistirse? Como bien dijo, soy suya y puede hacer conmigo lo que quiera.

Mi vida (y la de mi hermano) está en sus manos.

Si pudiera invocar el entumecimiento que me poseyó esta tarde, sería más fácil, pero todo está claro y diáfano en mi mente, cada sensación tan vívida que duele. Noto el calor que emana de su cuerpo a través de la ropa, y cómo flexiona los músculos cuando me deja en la cama. Veo un brillo pálido en sus ojos y huelo su cálido aroma masculino. Se inclina sobre mí y mi cuerpo cobra vida gracias a un calor familiar que me nace en el bajo vientre. Se me endurecen los pezones, mis pechos anhelan su tacto y se me humedece el sexo mientras me besa, y noto cómo me invade la boca con toscas y exigentes caricias. Me coge las muñecas con sus enormes manos y me las levanta por encima de la cabeza mientras cierro los ojos y me hundo con ganas en el olvido cálido de la lujuria. El dolor y la ansiedad se disipan y un instinto animal se apodera de mí. Gimiendo, me arqueo contra Lucas, rozando los pezones contra su camiseta, y me da un vuelco el estómago al notar la presión de la dureza dentro de sus pantalones contra la cadera desnuda.

«Sí, tómame, fóllame, hazme olvidar...». Ese mantra erótico suena en bucle en mi mente. Por ahora, no necesito preocuparme por el futuro, por una vida con un hombre que me ve como su juguete personal. No necesito pensar que quizás nunca sea algo más que un recipiente para su lujuria. Solo puedo centrarme en sus besos adictivos y en la cálida y pesada presencia de su cuerpo sobre el mío.

Solo cuando me sujeta las muñecas con una de las manos para hurgar entre los cajones de la mesilla de noche con la otra, vuelve a emerger en mí un destello de inquietud. Abro los ojos y alejo los labios de los suyos.

—Lucas, ¿qué estás...?

Me interrumpe con otro beso ardiente y apasionado y, al segundo siguiente, tengo la respuesta a mi pregunta. Siento el metal frío contra la muñeca izquierda y escucho un clic cuando la esposa se cierra. Jadeando, giro la cabeza a un lado e intento liberar la otra muñeca de su agarre, pero Lucas aprovecha este movimiento para ponerme de lado y acercarme el brazo esposado al poste metálico del cabecero que instaló en los primeros días de mi cautiverio. Se pone a horcajadas sobre mí y rodea el poste con las esposas para coger mi otra muñeca y esposarla también antes de que me dé tiempo a oponer ningún tipo de resistencia.

La inquietud se transforma en un miedo auténtico. Estoy de lado, desnuda y con las manos atadas al poste de la cama, como en los viejos tiempos.

—¿Por qué estás haciendo esto? —pregunto con voz chillona cuando giro la cabeza para mirar a Lucas, que sigue rebuscando en el cajón de la mesilla de noche—. Lucas, no, por favor. —Tengo el pelo en la cara, por lo que no veo bien, y, antes de poder quitármelo, una tela suave y oscura me cubre los ojos.

—Shhh —susurra Lucas, anudando la venda—. No va a pasar nada, cariño.

¿Que no va a pasar nada? Pero si me acaba de esposar y tapar los ojos. Escucho el pulso palpitándome los oídos y mi excitación se atenúa por el pánico.

—Lucas, por favor… ¿qué estás haciendo?

Aún encima de mí, se inclina y noto su aliento cálido contra la cara.

—¿Me amas? —murmura. Me roza la oreja con los

labios y recorre el lóbulo con la lengua—. ¿Me amas, Yulia?

—Sí. Ya sabes que sí —le digo, tras tragar saliva con dificultad.

—¿Confías en mí?

«No». La verdad casi se escapa, pero consigo cerrar los labios a tiempo. No confío en Lucas, nunca lo he hecho, pero no es el momento de admitir tal cosa. No sé cuáles son las reglas en este nuevo juego y, hasta que las conozca, voy a seguirle la corriente.

—Ya veo —murmura. Me doy cuenta de que mi silencio era una respuesta por sí sola. Se me acelera el pulso aún más.

—Lucas, yo...

—No pasa nada. —Me muerde con suavidad el lóbulo de la oreja—. No tienes que mentirme. —Se quita de encima y escucho cómo se desviste y abre el cajón de la mesilla de noche. Intento seguir escuchando, en alerta, pero no oigo nada más y, un segundo después, Lucas me gira para que me quede boca arriba, con los brazos esposados a un lado.

Estoy a punto de preguntarle de nuevo qué va a hacer, pero entonces lo noto moverse hacia abajo y abrirme las piernas, sujetándome los muslos contra el colchón con esas poderosas manos.

El primer toque de la lengua en mis pliegues es sorprendentemente suave, lo noto como una caricia en lugar de una agresión. Me desorienta y me desarma. Estaba preparada para algo horrible y brutal, pero los pausados toques de la lengua contra los labios inferiores y los bordes de mi abertura no muestran nada de eso. Me lame como si tuviera todo el tiempo del mundo, usando los labios y la lengua para jugar con mi piel sensible durante lo que parecen horas, antes de llegar a mi palpitante clítoris. Para entonces, estoy totalmente húmeda y gimo su nombre mientras muevo las caderas sin control y siento volver mi lujuria con fuerzas renovadas. Si no fuera porque me tiene los muslos firmemente sujetos, hubiera enterrado el sexo en su boca para llegar al orgasmo que estoy a punto de alcanzar.

—Por favor, Lucas —suplico mientras, con la lengua, traza caricias circulares de manera exasperante alrededor de mi clítoris—, sigue un poco más, por favor...

Para mi sorpresa, me hace caso y se aferra al clítoris, dando un chupetón que siento hasta en los dedos de los pies. Un grito ahogado se me escapa de la garganta cuando se me tensa la cara interna de los muslos y me sobreviene el orgasmo, haciéndome olvidarlo todo excepto un placer devastador. Me corro con tal potencia que veo destellos de luz y las caderas casi se me salen de la cama a pesar de la sujeción de sus manos. Los espasmos siguen durante bastante tiempo y, cuando remiten, quedo tendida allí, jadeante y relajada, exhausta por las emociones.

Sé que Lucas todavía no ha terminado conmigo, pero me sigo sorprendiendo cuando me pone boca abajo, haciendo tintinear las esposas contra el poste de la cama. Ahora tengo los brazos estirados hacia el lado opuesto y, por primera vez, me doy cuenta de las posibilidades aterradoras de esta restricción.

Lucas puede hacer lo que quiera conmigo, ponerme en cualquier postura, y no puedo hacer nada para detenerle.

Me flexiona las piernas y las inmoviliza contra la cama. El miedo me vuelve a invadir, ahuyentando buena parte de las endorfinas provocadas por el orgasmo. Un segundo después, siento como algo frío y húmedo me gotea entre los glúteos y me doy cuenta de que mi ansiedad está justificada.

Lucas me ha puesto lubricante.

—No, por favor. —Tiro de las esposas que me encadenan al poste, con el corazón latiendo a toda velocidad—. Por favor, no lo hagas así.

—No pasa nada, preciosa. —Ignorando mis intentos de zafarme, Lucas me pone dos cojines debajo de las caderas, lo que hace que me quede prácticamente a cuatro patas—. Ya te lo he dicho, no te voy a hacer nada malo.

Pero sí me lo va a hacer. Lo sé por mi propia experiencia. Me va a desgarrar, su miembro es demasiado grande y grueso como para que mi cuerpo lo acepte de esa manera. No es la primera vez que juega con mi culo en las últimas semanas, tanto con los dedos como con pequeños juguetes sexuales, pero nunca ha ido más allá y había empezado a pensar, de forma ingenua, que tal vez nunca lo haría, que me respetaría en ese aspecto. No debería haber sido tan necia.

Su lujuria no conoce límites conmigo.

Se inclina sobre mi cuerpo y el calor del suyo me calienta la piel helada. Me doy cuenta de que estoy temblando y tengo la espalda cubierta por una capa de sudor frío. Me acaricia la cadera con la mano y me estremezco antes de ser capaz de controlar mi reacción, contrayendo los músculos y preparándome para el dolor venidero.

—Yulia... —Me recoge el pelo hacia un lado, apartándolo de mi espalda sudada y noto los labios rozándome la nuca a la vez que siento su erección contra la pierna—. No te va a doler, cariño, te lo prometo.

¿Que no? Me dan ganas de gritarle que es mentira, que no me esposaría y me vendaría los ojos si quisiera hacerme al amor con dulzura, pero no me da tiempo porque, en ese instante, los dedos de Lucas se cuelan entre mis piernas y me encuentran el clítoris. Lo presiona suavemente, me besa en el cuello otra vez y, para mi sorpresa, siento una punzada de algo que no es miedo sino... un placer caliente y tenso que, de alguna manera, coexiste con mi pánico.

—No voy a hacerte daño —me repite, susurrándome las palabras contra el hombro, y una parte de mi ansiedad disminuye, derritiéndose por la calidez que se está expandiendo en mi interior. A estas alturas, Lucas ya conoce mi cuerpo a la perfección y usa ese conocimiento sin ningún reparo, provocándome sensaciones con los dedos que están fuera de mi alcance.

El segundo orgasmo me pilla por sorpresa y me

hace jadear contra el colchón mientras oleadas de placer me inundan el cuerpo. No me he olvidado de lo que me espera, pero es difícil acordarse del miedo cuando tienes el cerebro nadando en endorfinas. Y Lucas todavía no ha terminado de darme placer. Con las manos, busca la entrada a la vagina y siento que me penetra con un dedo y me encuentra el punto G de forma infalible. Poco después, la tensión se enrosca en mi interior de nuevo y me sobreviene otro orgasmo, esta vez menos intenso.

—Para, por favor —gimo cuando me retira el dedo del canal palpitante y hace círculos sobre el clítoris hinchado—. No puedo correrme otra vez.

—Sí que puedes, cariño. —Me roza el cuello con los dientes y, después, me susurra al oído—: Una y otra vez, las que haga falta.

Al final hacen falta dos orgasmos o, por lo menos, esos son los que Lucas me obliga a tener, antes de que tenga los músculos hechos papilla y esté demasiado cansada para correrme. En este momento, ya no me preocupo del lubricante que tengo entre los glúteos, ya no pienso en nada. Así que, cuando saca los dedos de mi coño húmedo y los dirigen a los glúteos, solo me preocupo de estar allí tirada, aturdida y sin fuerzas, sin apenas reaccionar a los dos dedos que introduce en el culo, uno detrás del otro, deslizándose sin prácticamente ninguna resistencia.

—Así, cariño. Buena chica —canturrea Lucas al verme relajada, aceptando los dos dedos sin oponer resistencia. No es la mejor sensación del mundo; es extraña e invasiva, pero no duele, y estoy demasiado agotada para resistirme cuando empieza a follarme el culo con los dedos, metiéndolos y sacándolos con lentitud—. Buena chica... —El ritmo, suave y resbaladizo, resulta hipnótico y hace que me sienta como si mi mente estuviera desconectada del cuerpo. Vagamente, voy tomando consciencia de que debería tener miedo, que debería protestar contra esta violación, pero no me parece que merezca la pena, sobre todo cuando Lucas utiliza su mano libre para presionarme el clítoris con suavidad, obteniendo una punzada de placer de mi piel sobreestimulada.

Estoy tan inmersa en mi estado de desconexión que no me asusto cuando retira los dedos y me presiona la entrada trasera con algo suave y grueso. Mi cuerpo sigue flojo y relajado incluso al sentir la masiva y extensa presión, y escucho a Lucas gemir.

—Joder, cariño, que tersa estás... —La presión aumenta, rozando el dolor, y solo entonces vuelve algo de mi antiguo miedo junto con la necesidad de luchar contra la intrusión—. No, bonita, no te tenses. Respira. —La orden suena con una voz grave y crispada, y me doy cuenta de que ese ejercicio de autocontrol le está costando, que se está esforzando por no hacerme daño. Por extraño que parezca, eso consigue calmarme y respiro profundamente con lentitud para intentar relajar los músculos—. Sí, así se hace —me elogia con voz ronca, y siento cómo comienza a penetrarme, siento la enorme cabeza de su polla estirar el estrecho círculo de músculo de mi abertura. Escuece, la necesidad de pararlo es casi insoportable, pero sigo respirando a intervalos y, poco a poco, va avanzando, introduciendo su enorme miembro milímetro a milímetro.

Cuando la cabeza está dentro, se para, me acaricia las caderas para tranquilizarme y, tras un momento, siento el ardor remitir. Soy capaz de relajarme un poco más, y Lucas reanuda su lento avance. Sin embargo, conforme sigue entrando en mi interior, mi calma desaparece. Es grande, demasiado grande. Se me acelera el pulso, mi aliento se vuelve entrecortado y frenético. El lubricante reduce la fricción, pero no cambia su tamaño y mi interior se agita cuando Lucas me penetra a la fuerza, llevándome más allá de mis límites. Abrumada, gimo contra el colchón y él me besa en la nuca, un gesto tierno que supone un duro contraste con la despiadada invasión de mi cuerpo.

—Solo un poco más —murmura. Me doy cuenta de que estoy tensándome alrededor de su miembro, en un intento de parar el avance—. Vamos, tú puedes, cariño.

«No, no puedo», me gustaría contestar, pero lo único que hago es un sonido incoherente, entre un quejido de dolor y un lloriqueo. Estoy temblando y sudando, con las manos asidas al poste de metal al que estoy esposada. Esto no es nada comparado con el dolor que me infligió Kirill ese día, pero, a su manera, es igual de agonizante. Los movimientos de Lucas son lentos y cuidadosos, permitiéndome notar su longitud por completo… para asumir la inmensa y abrumadora presión que me está partiendo por la mitad. Siento que llena cada recoveco de mi interior con la polla, violándome y poseyéndome a la vez, transportándome a un lugar en el que chocan la oscuridad y el erotismo, entrelazándose para dar forma a una perversa sinfonía.

—Joder, Yulia, qué bien —gime Lucas y me doy cuenta de que está dentro de mí por completo, con los huevos contra mi sexo. Sigue teniendo la mano entre mis piernas, me presiona el clítoris con los dedos y reprimo un grito cuando se mueve en mi interior. Siento que el estómago quejarse por la extraña sensación—. Qué tersa, joder, qué prieta... —Me presiona el clítoris con más fuerza, cogiéndolo con dos dedos en forma de tijera, y siento que un placer inesperado y agudo me invade, haciéndome gemir en voz alta—. Sí, así se hace, preciosa... —La voz de Lucas está llena de oscura satisfacción—. Tú puedes, vamos. Córrete una vez más para mí. —Sigue moviendo los dedos como si fueran una tijera y, para mi sorpresa, mi cuerpo se contrae por una oleada de placer. La sensación de estar llena en mi interior obstaculiza esa oleada, pero, a la vez, la amplifica. El ansia palpitante del clítoris se opone a la agonía de mi dilatado ano. La polla parece una tubería de hierro en mi interior, pero la forma en la que me toca hace que la sienta de una manera diferente y claramente placentera. Grito, temblorosa por la urgencia inmediata del orgasmo y Lucas me aprieta más fuerte el clítoris, pellizcándomelo casi de manera dolorosa—. Eso es, así, cariño. —Vuelve a pellizcarme el clítoris y, sin poder evitarlo, me corro, con las profanadas terminaciones nerviosas electrizadas por su áspero contacto. Sufro un espasmo tras otro, apretando su largo grosor, y lloriqueo por el doloroso éxtasis, por la abrasadora sensación de que todo está mal. El placer que siento es oscuro y brutal y, cuando empieza a moverse en mi interior, con la fricción de su pene, noto un vértigo aún mayor. Las sensaciones extrañas se engrandecen por la venda y el acero frío alrededor de las muñecas. No sé cuánto tarda Lucas en correrse, en inundarme con su cálida semilla el interior en carne viva, pero, cuando sale de mí y me quita las esposas, lo único que puedo hacer es quedarme tirada, débil y temblorosa, sintiendo el escozor del ano y el clítoris palpitante por las secuelas.

En silencio, me toma entre los brazos y lloro contra su pecho, sintiéndome rota y liberada.

Lo que ocurrió con Kirill queda, oficialmente, en el pasado. Cada parte de mí le pertenece ahora a Lucas, para bien o para mal.

 *ulia*

LUCAS ESTÁ INUSUALMENTE CALLADO DURANTE EL desayuno, me mira con intensidad, pensativo, y yo intento no sonrojarme cada vez que levanto la mirada del plato y me encuentro esos ojos claros observándome. Quiero preguntarle qué está pensando, pero una extraña timidez me mantiene en silencio. Tampoco ayuda que esté dolorida, cada movimiento me recuerda lo que pasó entre nosotros. No me destrozo como temía, pero sigo siendo muy consciente de que esa cosa grande y gruesa estuvo dentro de mí, llevándome a lugares a los que no sabía que podía llegar… haciéndome sentir sensaciones que no sabía que podía sentir.

Para acelerar el desayuno, me como con rapidez la quiche de espinacas y setas y me levanto para llevar el plato al fregadero. Cuando vuelvo a la mesa para recoger el plato de Lucas, este me sorprende agarrándome del brazo, aprisionándome la muñeca con esos largos dedos.

—Yulia. —Los ojos le desprenden un destello indescifrable—. Estaba delicioso, gracias.

—Ah. —Pestañeo—. De nada.

Después de esto, espero que me suelte la muñeca, pero no deja de agarrármela sin decir palabra.

—Eh, deja que me lleve el plato. —Con torpeza, estiro la otra mano para cogerlo, pero lo aparta a un lado fuera de mi alcance.

—Lo llevo yo, no te preocupes. Yulia... —Inspira profundamente—. ¿Estás bien?

—Sí, estoy bien. —Me pongo roja como un tomate, me obligo a no apartar la mirada como una virgen vergonzosa —. Todo va bien.

—Genial. —Se le oscurecen los ojos—. No quería hacerte daño.

—No me lo hiciste. —Trago saliva—. Al menos no demasiado.

Lucas me estudia durante unos segundos. Luego, asiente aparentemente satisfecho. Me suelta la muñeca, se pone de pie y lleva el plato al fregadero. Lo friega junto al mío mientras me quedo quieta, sin saber si esta extraña conversación ha terminado. Al final decido salir de la cocina, pero, antes de que pueda hacerlo,

Lucas se seca las manos con una servilleta y se gira hacia mí.

Con un par de largas zancadas, acorta la distancia entre los dos y se coloca a menos de medio metro.

—Solo para que lo sepas —dice en voz baja—. Nunca voy a hacerte daño de verdad. Eres mía, pero eso no significa que vaya a abusar de ti. Yulia, tu felicidad me importa, lo creas o no. En serio.

Abro la boca, pero la cierro al instante, incapaz de formar una frase coherente. Esto es lo más cercano que Lucas ha hecho para mostrarme sus sentimientos y admitir ciertas cosas dolorosas dichas en un ataque de celos. Aun así, no hay arrepentimiento en su mirada ni una disculpa verdadera en sus palabras. Lo que me soltó anoche es verdad: en esta relación, tengo los derechos de una esclava y no va a desmentirlo. Incluso así, lo que me está prometiendo es ser un buen amo y, por raro que parezca, eso me tranquiliza. Anoche, en realidad, cualquier noche, podría haberme hecho daño de verdad, pero no lo hizo y, mientras miro al hombre duro que tengo enfrente, sé con una repentina certeza que nunca lo hará.

Quizás sea una estúpida, pero confío en mi secuestrador, al menos en esto.

Antes de encontrar la manera de transmitirle todo esto, Lucas me besa en la boca y sale de la cocina, dejándome confusa... y llena de una nueva y frágil esperanza.

～

NO VOLVEMOS A HABLAR SOBRE QUE COCINE PARA LOS guardias, pero, una semana después, me llega la entrega de un equipo de cocina profesional, desde un enorme horno hasta sartenes y cazos. Diego y Eduardo tardan dos días en remodelar la cocina e instalarlo todo y, cuando acaban, ya tengo lo necesario para dar de comer a un pequeño ejército.

Y eso es lo que estoy haciendo a finales de la semana siguiente. Cuando Lucas se va a trabajar, me ocupo de organizar la locura de la hora de la comida. La cocina se llena de visitantes desde las diez de la mañana hasta bien entrada la tarde, por lo que deduzco que Diego y Eduardo deben haberles dicho a los guardias que Lucas ha cedido. Después, comienza el ajetreo de la cena. Una vez, llegaron a venir setenta y nueve guardias (los conté para asegurarme de no exagerar) y me di cuenta de que voy a tener que hacer algo para controlar la situación. Lucas lo lleva con sorprendente estoicismo, y tolera cuando nuestra rutina se ve interrumpida de manera demencial, pero estoy segura de que no dejará que esto continúe así para siempre. Yo también echo de menos comer los dos solos, o los tres, si viene Misha. Hay una diferencia enorme entre darles las sobras a los guardias y encargarse de lo que se está convirtiendo con rapidez en un restaurante de 24 horas. Cuando termina la cena, estoy tan cansada que estoy a punto de desfallecer, y a veces lo hago en el salón mientras vemos la televisión. Normalmente, cuando eso pasa, Lucas me lleva a la habitación y me folla salvajemente antes de dejarme volver a dormir.

Hay otra cosa que también me preocupa, algo más complicado.

—Lucas, ¿los guardias pagan por la comida? —le pregunto mientras mezclo la masa para los *blinis*, crepes al estilo ruso—. ¿O es Esguerra quien paga por los ingredientes?

—No y no —responde Lucas mientras me mira con intensidad desde la mesa. No sé si quiere las crepes, o si mis estrechos pantalones cortos son los que le tienen fascinado, pero veo una extraña mirada hambrienta en esa cara tan masculina.

No dejo que eso me distraiga, pongo la batidora encima de una servilleta y miro a Lucas con el ceño fruncido.

—¿No? Pero es mucha comida y algunos de los ingredientes son muy caros.

—¿Y qué? —Me mira de arriba abajo, poniendo especial atención a la parte del vientre que asoma bajo el top—. Estás disfrutando y podemos permitírnoslo.

Tiro hacia abajo de la camiseta para que fije los ojos en los míos de nuevo.

—¿Podemos?

—Claro —contesta Lucas sin pestañear—. Te lo he dicho, Esguerra me paga bien y durante los últimos años he ahorrado una buena cantidad.

—De acuerdo. —Doy por hecho que se ha confundido al decir «podemos» y vuelvo al tema principal.

—Pero eso no significa que tengas que pagar de tu bolsillo la comida de todos —respondo—. Quiero decir, estamos hablando de cientos de dólares al día.

Lucas se encoge de hombros.

—Está bien, si tanto te preocupa, le diré a los guardias que empiecen a pagar por la comida. Tus platos tienen la suficiente calidad como para ser los de un restaurante de alta gama, así que creo que sería buena idea si cobraras como uno de ellos.

—¿En serio? —digo mientras le miro—. ¿Quieres que me haga cargo de un restaurante de verdad?

—Cariño, no sé si lo sabes, pero ya lo estás haciendo. —Lucas se levanta y se acerca. Me mira con intensidad y dice—: Y al parecer un restaurante muy bueno, porque un tercio de los guardias vienen al menos una vez al día. El resto…bueno, algunos siguen pensando en el accidente, pero la mayoría simplemente no viene porque no pueden, ya que sus obligaciones les impiden dejar sus puestos.

—Ah, no sabía que mi comida era tan popular, aunque podría haberme dado cuenta por los setenta y nueve visitantes que vinieron una vez.

—Oh, sí. —Lucas me aparta un mechón de pelo de la frente—. No he dicho nada porque te lo estás pasando bien, pero ahora que lo estamos hablando, creo que es buena idea hacer que esos cabrones paguen. Y que paguen bastante. Eso ahuyentará a algunos de los más tacaños y tendrás menos trabajo.

—De acuerdo —digo después de meditarlo un momento—. Si crees que saldrá bien, lo intentaré.

Inquieta, sigo el consejo de Lucas, pensando que nadie en su sano juicio pagaría por mis platos cuando pueden comer gratis en la cafetería. Hago esto principalmente porque no quiero arruinar a Lucas con mi afición. Ha sido muy generoso conmigo, pero no puedo pedirle que les pague la comida a todos para siempre. Además, no me importa reducir la carga de trabajo; es un reto divertido, pero trabajar en la cocina más de diez horas al día es bastante duro. Estoy tan cansada que tengo que ponerme corrector para ocultar las ojeras y sé que, si Lucas se da cuenta, es capaz de cerrar el «restaurante».

Lo más importante para él sigue siendo mi salud.

Para mi sorpresa, cuando fijo los precios, propios de un restaurante de alta gama, escritos con rotulador negro en una hoja de papel pegada a la puerta principal, nadie suelta una palabra de protesta. Al acabar el día, la cuenta asciende a seis millones de pesos colombianos, casi dos mil dólares americanos.

Sorprendida, le enseño el botín a Lucas.

—Han pagado, ¿te lo puedes creer? Han pagado de verdad.

—Por desgracia, sí puedo. —Mira con resentimiento el montón de dinero sobre la mesa—. No son tan tacaños como pensaba.

Así, la locura continúa. Mi negocio, ahora tengo que pensar en él como tal, es muy rentable, pero también muy cansado. Lo hago todo, desde cocinar hasta limpiar y hacer de camarera. Después de tres semanas, me doy cuenta de que, si voy a llevar este restaurante, necesitaré o bien ayuda o bien restringir mi trabajo.

—Creo que solo voy a servir almuerzos —le digo a Lucas mientras friego las sartenes y ollas de la cena—. Y, si no te importa, quiero poner algunas mesas en el jardín de atrás, convertirlo en un restaurante en el que puedas sentarte, en vez de darle a todo el mundo la comida para llevar. Así, si vienen más personas de las que se pueden sentar con comodidad durante el horario de apertura, tendrán que hacer una reserva para otro día.

—Es una idea genial —contesta Lucas mientras viene a ayudarme a sacar una pesada sartén del fregadero—. ¿Por qué no te acuestas pronto hoy? Yo me encargo de esto y me uno a ti.

—No te preocupes, ya lo hago yo —respondo, pero me aparta y se pone a fregar el resto de las sartenes.

Al ver que no tiene intención de cambiar de opinión, suspiro y, cansada y le doy las gracias boyante de dirigirme cansada hacia la ducha.

A estas alturas aceptaré cualquier ayuda que pueda conseguir.

AL DÍA SIGUIENTE EMPIEZO A INTRODUCIR MIS NUEVAS ideas. Al principio algunos guardias se quejan por no tener cena, pero, cuando Lucas aparece y les lanza una mirada glacial, las quejas cesan. A finales de la semana, el restaurante pasa de ser un lugar desorganizado de comida para llevar a una cafetería de alta gama pequeña pero muy solicitada.

—Tengo reservas para las próximas tres semanas —le comento incrédula a Lucas con ilusión mientras damos nuestro paseo matutino, el primero en casi dos semanas—. En serio, estoy teniendo que hacer reservas para dentro de un mes.

—¡Claro! ¿Qué esperabas? —Me sonríe con calidez —. Siempre te he dicho que cocinas maravillosamente bien.

Sonrío, alagada por el cumplido. Sospecho que Lucas está más contento por el regreso de nuestras cenas privadas que por la popularidad de mi cafetería, pero eso no implica que no haya sido un gran apoyo en mi aventura. Estoy segura de que el beneficio que da la cafetería no viene mal, pero él me ayudaba incluso antes, cuando mi afición era un agujero financiero.

—¿Qué has estado haciendo con el dinero? —digo, preguntándome por primera vez qué ocurre con el montón de dinero que le doy a Lucas cada noche—. ¿Lo ingresas en algún sitio? ¿Lo inviertes?

—Lo he metido en tu cuenta, ¿qué iba a hacer si no?

—¿Mi cuenta? —Arqueo las cejas—. ¿Qué quieres decir con «mi cuenta»?

—La cuenta que te abrí en las Islas Caimán —contesta Lucas de manera casual, como si fuera algo que se hiciera todos los días—. Bueno, técnicamente está a nombre de los dos, siguiendo el consejo de mi contable, pero tú eres la titular principal.

—¿Qué? —Me paro y le miro con el ceño fruncido. Estoy segura de que hay algo que no entiendo—. ¿Estás ingresando dinero en una cuenta para mí? ¿Por qué?

—Porque es tú dinero —responde, como si fuera obvio—. Te lo has ganado, ¿qué otra cosa iba a hacer con él?

—Quedártelo. Estoy cocinando con los ingredientes y los materiales que tú has pagado.

—Sí, pero yo no estoy cocinando —dice Lucas con sensatez—. Además, resto los gastos de la comida antes de hacer los ingresos. El dinero que va a la cuenta es solo el beneficio del negocio, de tu negocio.

La cabeza me da vueltas mientras le observo.

—¿Qué esperas que haga con ese dinero? Y, ¿cuánto dinero hay?

—Ayer había algo más de cuarenta mil dólares. —Continúa andando y le sigo a toda velocidad, sintiéndome como si me hubiera caído en una madriguera—. Puedes hacer lo que quieras con el dinero. Si quieres, puedo pedirle a mi gestor de cartera que lo invierta por ti o, si deseas jugar a la bolsa tú misma, también puedes. O dejarlo en la cuenta hasta que se te ocurra algo mejor que hacer con él.

El sentimiento a lo Alicia en el País de las Maravillas de intensifica.

—¿Puedo jugar a la bolsa?

—Si es lo que quieres, sí, o puedes dejárselo a los profesionales. Mi gestor de cartera, Winter, es bastante bueno.

Por supuesto, todo el mundo sabe que los

secuestradores tienen acceso a los mejores gestores de cartera del mundo. Esta situación tiene implicaciones que a mi mente le cuesta procesar.

—Lucas, ¿vas a...? —Le estudio con cautela—. ¿Vas a liberarme?

Se para y se gira para mirarme, la actitud casual desaparece sin dejar rastro.

—¿Qué quieres decir con eso? —Le brillan los ojos claros de manera inquietante—. ¿Quieres marcharte?

—No, pero... —Trago saliva y se me acelera el pulso —. Si quisiera irme, ¿me dejarías?

¿Lucas habrá cambiado de opinión sobre nuestra relación? ¿Puede que haya llegado a importarle tanto como para darme esa opción?

Se acerca a mí y, con los anchos hombros, me tapa el sol que asoma entre los árboles.

—Jamás —dice con dureza—. No vas a irte. Puedes hacer lo que quieras, abrir miles de restaurantes, millones si quieres, pero siempre estarás a mi lado. No voy a dejarte ir, Yulia, ni hoy ni nunca.

Le miro, con el corazón latiéndome con una mezcla contradictoria de desaliento y euforia.

—¿Nunca? Pero ¿y si te cansas de mí?

—Eso no va a ocurrir.

—No puedes decir eso con certeza...

—Sí que puedo. —Se me acerca tanto que me obliga a apoyarme en un árbol. También él apoya las manos en el tronco y se inclina mientras le brillan los ojos—. Nunca he deseado a otra mujer tanto como te deseo a ti. Eres como el fuego bajo mi piel. Te deseo cada minuto de cada día que pasa. No importa las veces que follemos; en el momento en el que la saco, quiero estar de nuevo dentro de ti, sintiendo tu húmedo y suave calor, oliéndote… saboreándote.

Respira profundamente, haciendo que se le expanda el pecho musculoso, y siento cómo se me acelera la respiración mientras me roza los pezones erguidos con los duros pectorales. Presiono las palmas de las manos contra el árbol que tengo a mi espalda y la tosca corteza se me clava en la piel. Me tiene enjaulada, rodeada. El fuego del que acaba de hablar también me recorre la piel.

Involuntariamente, me humedezco los labios con la lengua y noto cómo los ojos de Lucas se oscurecen.

—Yulia… —Presiona la parte baja del cuerpo contra la mía, y siento el bulto en los vaqueros—. No puedo dejar de desearte, no importa lo que haga —dice con un tono de voz bajo y grave—. Todas las noches, cuando te abrazo, pienso que quizás mañana sea el día en el que esta obsesión termine, el día en el que pueda pasar varias horas sin pensar en ti, sin desearte como un puto drogadicto, pero no ocurre. Me levanto siempre igual de adicto y, ¿sabes qué, cariño?

—¿Qué? —consigo susurrar con la boca seca y el pulso acelerado. Lo que está diciendo, la manera en que me habla…

—Eso me gusta. —Inclina la cabeza hasta que nuestras bocas están a menos de un centímetro. Puedo oler la bergamota del té Earl Grey en su aliento, ver la oscuridad de sus pupilas y el azul grisáceo de su iris—.

Me das algo que no sabía que quería y no voy a dejarlo escapar.

—¿Qué…? —Inspiro, mientras siento el calor en la columna—. ¿Qué te doy?

—Esto. —Posa los labios sobre los míos y la suavidad del beso contrasta con el hambre enloquecida que siento por él—. A ti, cuándo y cómo yo quiera.

Me recorre la mandíbula con la boca y la siento suave y cálida sobre la piel mientras cierro los ojos. Se me escapa un gemido de entre los labios cuando echo la cabeza hacia atrás de manera involuntaria. Estoy caliente y confusa, mi cuerpo se revuelve en un oscuro e intenso calor que no tiene nada que ver con el sol de la mañana que atraviesa los árboles. Estoy ebria de Lucas, colocada por cualquiera que sea el cóctel químico que desprende mi cerebro en su presencia. No me ha contado nada que no supiera, su obsesión sexual conmigo ha sido evidente desde el principio, pero mi parte caprichosa quiere averiguar el significado oculto en sus eróticas palabras, intentando descifrarlas como una adivinanza. ¿Es esta su manera de decirme que le importo? ¿Incluso que me quiere?

Abro los ojos, peleando con la sensación de estar drogada, para reunir el valor de preguntarle y entonces lo oigo.

Una carcajada de una mujer seguida del sonido de pequeñas ramas rompiéndose por las pisadas de alguien.

Lucas lo debe haber oído también porque me suelta y se gira, manteniéndome protegida a su espalda.

Un segundo después, una chica menuda de pelo oscuro asoma corriendo entre los árboles, con una sonrisa en el rostro moreno y un sujetador deportivo blanco sudado. Dos pasos detrás de ella, le sigue un hombre atractivo de piel oscura. No lleva puesto nada más que unos pantalones cortos de deporte de color gris con el cuerpo musculoso y bronceado brillante por el sudor y los dientes blancos esbozando una sonrisa.

Los ojos azules del hombre tropiezan con los míos eludiendo la protección de Lucas y el fuego en mi interior se convierte en hielo.

Son Julian y Nora Esguerra.

Deben haber salido a correr.

Al vernos se detienen respirando con dificultad. Sus sonrisas desaparecen sin dejar rastro.

—Hola —dice Lucas con un tono tranquilo, como si no fuera consciente de la tensión que flota en el aire—. ¿Cómo va la carrera?

—Calurosa, húmeda. Ya sabes, como siempre. —Esguerra responde con el mismo tono casual, pero le observo la tensión en la mandíbula cuando se coloca al lado de Nora. Él es bastante más alto y tiene los bíceps casi igual de grandes que la cintura de ella. Un rayo de sol le ilumina la cara y veo la cicatriz blanca en la mejilla izquierda, que le recorre el rostro hasta la ceja, cruzándole el ojo izquierdo.

Un ojo izquierdo artificial, recuerdo con un escalofrío. Perdió el ojo de verdad después del accidente de avión que yo provoqué.

—Perdón, no queríamos interrumpir —dice Nora

con un tono frío que contradice su disculpa. Me observa, luego, a Lucas y, finalmente, a mí de nuevo—. Es culpa mía. Normalmente no corremos por aquí, pero hoy me he salido del camino.

Lucas se encoge ligeramente de hombros.

—Es tu finca, puedes ir dónde quieras. —Su voz sigue siendo serena, pero se le tensan los músculos de los brazos y, cuando miro a Esguerra, veo que me está observando con una intensidad amenazante.

El frío que siento en mi interior me recorre el cuerpo. No temo por mi seguridad, pero no soporto pensar en poner en peligro a Lucas, que está delante de mí como un escudo humano. Pelearía por mí, lo sé.

Para protegerme, se pelearía con Esguerra y moriría. Si no en la pelea, después, a manos de los doscientos guardias presuntamente leales a su jefe.

—Lucas —susurro mientras le agarro con suavidad de la muñeca—. Vamos, tenemos que irnos.

No se mueve. Esguerra tampoco. Los dos hombres parecen pegados al suelo. Se les tensan los músculos mientras se miran el uno al otro. Lucas es un poco más alto y ancho de pecho que Esguerra, pero me da la sensación de que, en una pelea, estarían igualados. La violencia es su especialidad, ya lo dicen las cicatrices en su cuerpo y la ferocidad en su mirada.

Si alguien se pasa de la raya, solo uno de ellos saldrá vivo del bosque.

Nora, que parece haber llegado a la misma conclusión que yo, dice suavemente:

—Julian, vámonos.

Imitando mi gesto, agarra la enorme muñeca de su marido. La pequeña mano parece la de una niña comparada con la de él. Esguerra se tensa y, por un momento, estoy segura de que va a deshacerse de la sujeción de su esposa, quitándosela de encima con la facilidad con la que un adulto aparta a un crío, pero no lo hace.

—Sí —dice, haciendo un esfuerzo visible para relajarse—. Tienes razón, vámonos. Tengo cosas que hacer.

Nora asiente y le suelta la mano, girándose.

—¡Una carrera! —le grita a Esguerra y, mirando un momento hacia nosotros, echa a correr, desapareciendo entre los árboles. Su marido la sigue y, segundos después, estamos solos de nuevo.

Lucas se gira para mirarme.

—¿Estás bien? —me pregunta en voz baja.

—Claro. —Fuerzo una sonrisa—. ¿Por qué no iba a estarlo?

Dando un paso a la izquierda, evito a Lucas y me dirijo a casa. No quiero estar en el bosque ni un minuto más.

No me quedan dudas sobre el futuro.

La próxima vez que Esguerra me vea, se derramará sangre.

*L*ucas

CUANDO LLEGAMOS A CASA, YULIA SE DISCULPA Y desaparece dentro del baño para darse una ducha antes de comenzar los preparativos para la comida. Pienso en unirme a ella, pero al final no lo hago.

Por mucho que quiera reconfortarla después de lo que ha pasado, hay algo que tengo que hacer antes.

Media hora después, llego a la oficina de Esguerra. Parece que se ha duchado y cambiado de ropa porque, mientras se levanta de la silla, noto que tiene el pelo aún húmedo. Se le refleja la dureza en los ojos y tiene la mandíbula rígida por la rabia.

Voy directo al grano.

—Es mía —digo con brusquedad mientras me

acerco al escritorio—. ¿Qué parte de eso no has entendido?

La mirada de Esguerra se endurece aún más.

—No la he tocado.

—No, pero quieres hacerlo, ¿verdad? —Apoyo los puños en el escritorio y me inclino hacia delante—. Quieres hacerle pagar por lo que pasó.

—Sí, y tú también deberías hacerlo. —Imita mi postura agresiva, el ancho escritorio es la única barrera para la violencia que se palpa en el ambiente—. Casi cuatro docenas de nuestros hombres murieron y está ahí como si nada... encargándose de un puto restaurante en mi propiedad. —Suelta las palabras conteniendo apenas la ira—. ¿Sabes que una reserva en «La cafetería de Yulia» es de las cosas más solicitadas de la finca ahora mismo? Los guardias tratan esas reservas como si fueran puto oro.

Me incorporo mientras le observo.

—Claro que lo sé. —Ayer tuve que detener una pelea entre dos guardias, el premio para el ganador era una reserva para el viernes a las once y media.

—¿Vas a dejar que esto siga así? —Esguerra rodea el escritorio y se detiene frente a mí con los puños apretados—. Es mi finca. La he dejado con vida porque te debo una, pero no quiero que me recuerde su existencia todos los días, ¿está claro?

—Clarísimo. —Me dedica una mirada furiosa, que hago coincidir con la mía—. Por eso me voy.

La ira de Esguerra se transforma en algo más frío.

—¿Perdón?

—Eso es lo que he venido a decirte. —Me cruzo de brazos. Dejando a un lado la rabia, digo en un tono más sosegado—. Nunca la vas a perdonar, y yo nunca voy a entregártela, así que, por lo que veo, tenemos dos opciones: o matarnos entre nosotros o que ella y yo nos marchemos de aquí.

—¿Estás dejándolo?

—Si eso es lo que quieres, sí —contesto mientas le miro—. Trabajamos bien juntos, pero quizás va siendo hora de ir por caminos separados. Entrenaré a mi sustituto antes de irme. Thomas es un piloto excelente, no te decepcionará, y Diego es listo y leal, será un buen segundo al cargo. O...

Dejo que se me apague la voz.

Esguerra junta las cejas.

—¿O qué?

—O podemos buscar alguna manera de trabajar juntos sin que yo viva aquí. —Hago una pausa dejando que mi oferta cale—. Antes de que decidieras que este complejo iba a ser tu hogar permanente, íbamos dónde el negocio nos llevara. Ha estado bien instalarse aquí y es más seguro para Nora y para ti, dada la situación con Al-Quadar, pero sabes bien que tuvimos que dejar atrás muchas ofertas lucrativas porque querías limitar los viajes.

Se le dilatan los agujeros de la nariz.

—¿Qué es lo que sugieres?

—Cuando estuviste en coma, me encargué de toda la organización, desde proveedores hasta clientes. Llegué a conocer todos los aspectos del negocio. Si quieres, y confías en mí, puedo ser más que el segundo al cargo que trabaja a tu lado. Puedo representarnos internacionalmente, hacer lo que sea para que el negocio crezca en el extranjero.

Las emociones desaparecen del rostro de Esguerra.

—Quieres ser mi socio.

—Llámalo como quieras, aunque un nombre más correcto sería gestor ejecutivo de operaciones. Tú tendrías la última palabra en las grandes decisiones, pero yo podría hacerme cargo de los nuevos proyectos y seguir supervisando en persona las operaciones actuales. Puedo poner la base en un sitio céntrico, como Europa o Dubái, y hacer todos los viajes necesarios para mantener el ritmo del negocio.

—Lo tienes todo pensado.

—Sí, sabía, desde hace bastante, que esto no iba a funcionar durante mucho tiempo.

—Por ella.

—Sí, por Yulia. —Le sostengo la gélida mirada—. No voy a dejar que nada le ocurra.

—¿Y si no acepto?

—Es tu negocio, puedes decidir lo que quieras —contesto—. Me gusta trabajar contigo, pero tengo otras opciones. Si rechazas la propuesta, puedo hacer las cosas de manera legal y llevar una empresa de seguridad en algún otro sitio. Si no quieres que lo hagamos, dímelo y me iré enseguida.

Me mira. Sé lo que piensa: no puede dejarme ir, sé demasiado de los entresijos de su negocio, por lo que tiene dos opciones: matarme o aceptar mi sugerencia.

Le devuelvo la mirada con calma, preparado para ambas opciones. Sé que me estoy arriesgando al presionarlo así, pero no veo ninguna otra forma de resolver esta situación. Yulia no puede pasarse el resto de su vida escondida en mi casa intentando no llamar la atención de Esguerra. En algún momento, algo va a ir mal y, cuando eso pase, las cosas se van a poner feas.

Tengo que alejarla de aquí antes de que eso ocurra.

Justo cuando empiezo a creer que Esguerra ha decidido que mi lealtad no vale la pena, suspira y retrocede, con las manos apoyadas en los costados.

—¿Tanto significa para ti? —Hay algo de resignación en su voz—. ¿No puedes follarte a otra rubia bonita?

Arqueo las cejas.

—¿No puedes follarte tú a otra morena bonita?

Una sonrisa amarga se le forma en la cara.

—Conque de eso se trata.

—Ella lo es todo para mí —digo sin pestañear—. Sí, supongo que de eso se trata.

Esguerra me mira mientras le desaparece la sonrisa, y dice con rapidez:

—Diez por ciento de las ganancias de los proyectos futuros además del salario actual, esa es mi oferta.

—Setenta por ciento —contesto sin perder tiempo—. Voy a hacer todo el trabajo, es bastante justo.

—Veinte por ciento.

—Sesenta.

—Treinta.

—Cincuenta, y es mi última oferta.

—Cuarenta y cinco.

Niego con la cabeza, aunque poco me importa ese cinco por ciento de diferencia.

—Cincuenta por ciento —repito. Si quiero que Esguerra me respete como socio, tengo que mantenerme firme. Así tendremos una mejor relación laboral a largo plazo—. Lo tomas o lo dejas.

Me mira fríamente e inclina la cabeza.

—De acuerdo. Cincuenta por ciento de los beneficios de los futuros proyectos.

—Trato hecho. —Extiendo la mano y me la estrecha —. Empezaré a prepararlo todo para irnos cuanto antes —digo mientras le suelto la mano y retrocedo—. Una cosa más…

La boca de Esguerra se tensa.

—¿Qué?

—Sabes igual que yo que nuestro trabajo es peligroso, especialmente ahí fuera, más allá del complejo —respondo—. Por eso, necesito que me prometas que no irás jamás a por Yulia o su familia, sin importar lo que me pase.

Esguerra asiente con brusquedad.

—Te doy mi palabra.

Esa tarde, Yulia está callada y evasiva. Fija la mirada en el plato durante toda la comida, a pesar de la presencia de su hermano en la mesa. Michael trata de entablar conversación con ella varias veces, pero, después de recibir respuestas monosilábicas, se rinde y termina la comida con rapidez.

—¿Qué le ocurre? —me pregunta mientras le acompaño a los barracones de los guardias y Yulia se queda en casa para limpiarlo todo—. ¿Está enfadada conmigo?

—No tiene nada que ver contigo —digo—. Solo está preocupada por una cosa.

—¿Por qué? —El chico me mira con ansiedad—. ¿Ha pasado algo?

—No. —Sonrío para reconfortarle. En las últimas semanas el hermano de Yulia me está cayendo bien, así que no quiero que se preocupe—. Ella cree que sí, pero se equivoca.

El chico frunce el ceño, confundido.

—Entonces ¿todo va bien?

—Sí, Michael —respondo mientras nos acercamos al edificio—. Todo va bien, te lo prometo.

Me lanza una mirada dubitativa, pero, cuando paramos delante de la puerta, masculla roncamente:

—Dale a Yulia las buenas noches de mi parte y dile que deje de preocuparse. A veces se preocupa demasiado.

—Sí. —Le sonrío—. Y tú dile a Diego que tengo que hablar con él mañana, ¿de acuerdo?

Asiente y entra en el edificio. Vuelvo a casa y, cuando llego, me encuentro a Yulia en la biblioteca sentada en la silla del salón, leyendo un libro.

—¿Qué pasa, preciosa? —pregunto mientras cruzo la habitación—. ¿Qué lees?

Levanta la mirada del libro.

—«Perdida». —Deja el libro y se pone de pie—. Me voy a dar una ducha, estoy cansada.

—Yulia. —Le agarro de la muñeca mientras intenta pasar a mi lado—. Tenemos que hablar.

Ella duda un momento, pero entonces dice:

—De acuerdo, Lucas, hablemos. —Coge aire de manera entrecortada—. Sabes que no podemos seguir así para siempre. Tarde o temprano, tú y Esguerra os pelearéis por mi culpa, y no podré soportarlo. Si te pasara algo… —Se le quiebra la voz—. Tienes que dejarme ir.

—No. —La atraigo contra mí y el estómago me da un vuelco ante el mero pensamiento—. No voy a dejarte ir.

—Tienes que hacerlo. —Su mirada se vuelve implorante—. Es la única manera.

—No, nena. —Muevo las manos para agarrarle por los antebrazos—. Hay una alternativa. Vamos a irnos juntos.

—¿Qué? —Los labios de Yulia se abren por la sorpresa—. ¿Qué quieres decir?

—Voy a supervisar la expansión de la organización de Esguerra —explico—. Habrá que viajar un poco, así que no viviremos aquí. Nos instalaremos en una base en Oriente Próximo o Europa. Puedes ayudarme a elegir dónde.

Me mira con los ojos muy abiertos.

—¿Quieres irte? Pero, es tu casa… ¿Qué pasa con…?

—Llevo algo menos de dos años viviendo aquí —

contesto, divertido—. Cualquier otro lugar se convertirá en mi hogar. Esta es la finca de Esguerra, no la mía.

—Pensaba que este sitio te gustaba.

—Y me gusta, sí, pero cualquier otro sitio me gustará también. —La cojo de la barbilla y le levanto el rostro—. Cualquier sitio contigo será mi hogar, preciosa.

Exhala, temblorosa.

—Pero…

—No hay peros. —Le rozo los labios suaves con el pulgar—. No me estoy sacrificando, créeme. Seré socio de Esguerra al cincuenta por ciento en los futuros proyectos, así que, si todo va bien, nos haremos asquerosamente ricos.

—¿Haremos? —susurra mientras retiro el dedo.

—Sí, tú y yo. —Antes de que pregunte, añado—: Llevaremos a tu hermano con tus padres. Las cosas se están calmando en Ucrania, así que es seguro que regrese. Le visitaremos las veces que haga falta, por supuesto y, si quiere quedarse con nosotros, también es otra opción.

—Lucas. —Frunce el ceño—. ¿Estás seguro de esto? Si lo estás haciendo por mí…

—Lo estoy haciendo por nosotros. —Bajo la mano y le agarro del culo para juntar su cuerpo con el mío, notando como la polla se me endurece cuando siento que presiona las piernas contra las mías. Mientras la miro, digo—: Quiero que sepas que estarás a salvo, que nadie podrá apartarte jamás de mí. Tendrás a los mejores guardaespaldas que pueda contratar, hombres leales a mí y solo a mí. Construiremos una fortaleza para nosotros, preciosa, un lugar donde no tendrás que temer a nada ni a nadie.

Yulia me presiona el pecho con las manos.

—¿Una fortaleza? —Le brillan los ojos con esperanza y una extraña inquietud.

—Sí —Le aprieto con más fuerza el culo, disfrutando de la sensación de la carne firme incluso a través de la tela gruesa de los pantalones.

Me esfuerzo por controlar la lujuria en las venas y, aclaro:

—No será tan exagerado como el complejo de Esguerra, pero será un lugar seguro solo para nosotros. Allí, nadie podrá tocarte.

—Excepto tú —murmura mientras me coge la camisa con las manos.

—Sí. —Dibujo una sonrisa pícara con los labios— Excepto yo.

Nunca se librará de mí, sin importar dónde vaya o lo que haga. La protegeré de todo el mundo, pero nunca la liberaré.

—¿Cuándo...? —Se pasa la lengua por los labios—. ¿Cuándo nos vamos?

—Pronto —digo mientras sigo la lengua con la mirada—. Quizás en un mes, o menos.

Y, antes de que me revienten los huevos, alcanzo la cremallera de sus pantalones y capturo esos labios en un beso hambriento e intenso.

 *ulia*

EL MES SIGUIENTE LO TENEMOS REPLETO DE TRABAJO Y preparativos para nuestra mudanza. Sigo trabajando en la cafetería, pensando que algo de dinero extra nunca viene mal, aunque limitando el menú, ya que muchos productos se han agotado porque he dejado de hacer pedidos. La cafetería me mantiene ocupada, lo que es bueno porque Lucas trabaja sin parar, a veces dieciocho o veinte horas al día. En cuatro semanas, entrena a Diego para que vigile a los guardias del complejo, establece plantas de producción en Croacia, encuentra clientes para las armas que se hacen en esas instalaciones y compra una casa en la península de Karpasia, en Chipre, país que escogimos por su clima cálido, su proximidad estratégica a Europa y Oriente Próximo y el porcentaje relativamente alto de personas que hablan inglés o ruso.

—La casa está en un acantilado frente a una playa privada —dice Lucas mientras me enseña fotos de la nueva propiedad—. Solo tiene cinco dormitorios, pero hay una piscina infinita, un balcón en la segunda planta y un gimnasio totalmente equipado en el sótano. Ah, y he hecho que remodelen la cocina, así que quedará tal y como especificaste.

—Es preciosa —digo mirando las fotos.

Aunque «solo» tenga cinco habitaciones, la casa es grande y amplia, con espacios abiertos y ventanas que ocupan toda la pared y que dan al Mediterráneo. Y lo más importante para Lucas, está situada en diez hectáreas de terreno que tiene intención de vallar y proteger con guardaespaldas, perros y drones de vigilancia.

Viviremos en una fortaleza, pero preciosa y en primera línea de playa.

Es tan surrealista que a veces siento la necesidad de pellizcarme. Esta vida que Lucas está planeando para nosotros no es la que me imaginaba cuando los hombres de Esguerra me sacaron de aquella prisión de Moscú. Sigo siendo su prisionera —las débiles marcas blancas de los rastreadores me lo recuerdan todos los días—, pero la falta de libertad ya no me importa tanto. Quizás la culpa sea de la chica caprichosa que llevo dentro, pero la fuerte y descarada posesividad de Lucas me reconforta casi tanto como me asusta.

Le pertenezco, y encuentro una estabilidad reconfortante en ello.

Por supuesto, aunque quisiera dejar a Lucas, no podría. Con cada beso o con cada gran o pequeño gesto cariñoso, mi secuestrador me une a él, haciendo que le quiera cada día más. Aunque no me corresponde verbalmente, cada vez estoy más segura de que también me quiere, tanto como un hombre como él es capaz de amar a alguien. Lo que hay entre ambos no es normal, pero tampoco nosotros lo somos. Mi parte «normal» acabó con el accidente de mis padres, y quizás la de Lucas nunca haya existido. Estoy descubriendo con rapidez que no necesito esa parte «normal». Mi mercenario despiadado me da todo lo que deseo y, cuando me paro a pensarlo, siento miedo y alegría al mismo tiempo.

Las cosas van tan bien que me asusta que algo lo arruine todo.

—¿Pasa algo? —me pregunta Misha un día mientras cenamos. Lucas trabaja hasta tarde, por lo que es el tercer día seguido que cenamos los dos solos—. Pareces preocupada.

—¿Sí? —Remuevo las setas de mi *risotto* y hago un esfuerzo para relajar los músculos de la frente—. Lo siento, Mishen'ka. Solo estoy pensando, eso es todo.

Misha frunce el ceño por encima de su plato vacío.

—¿En qué?

—En esto, lo otro... la transición —contesto mientras me encojo de hombros—. Nada en particular. No quiero contarle a mi hermano adolescente que, a pesar de ser próspero y brillante, el futuro me asusta tanto que todas las noches tengo pesadillas sobre un puño frío y duro que me atraviesa el pecho, apretándome el corazón cada vez que pienso en lo frágil y volátil que puede ser la felicidad. Apartando estos oscuros pensamientos, sonrío a Misha y digo—: ¿Y tú que tal? ¿Estás ilusionado por volver a casa?

—Sí, claro. —Se le ilumina el rostro mientras se sirve otro plato de *risotto*—. Lucas me dejó hablar con mis padres ayer. Mamá estaba llorando, pero ¿sabes qué? Eran lágrimas de felicidad. Y papá ya está planeando todo lo que vamos a hacer juntos.

—¡Eso es fantástico! —Saber que me voy a separar de mi hermano me quema el corazón como el ácido sulfúrico, pero ver la felicidad en esos ojos merece la pena—. ¿Cómo están?

Lucas me enseñó las fotos de los padres de Misha de las cámaras de vigilancia, y ya puedo ponerles cara en mi mente. Natalia Rudenko, la hermana de Obenko y madre adoptiva de Misha, es una mujer morena delgada y estilosa, parecida a su hermano, mientras que el padre de Misha, Viktor, es rechoncho y casi calvo, el típico ingeniero de mediana edad. Es casi diez años mayor que su mujer de cuarenta y pico y los aparenta, pero tiene un rostro afable. En la mayoría de las fotos que he visto, mira a su mujer con una sonrisa de veneración.

—Están bien —dice Misha—. Como siempre, ya sabes. —Su expresión se vuelve más sombría al decir—: Mamá está triste por el tío Vasya, pero papá dice que ya está mejor. Siempre han sabido que su trabajo era peligroso, así que lo que pasó no fue una gran sorpresa. Ayudó que Lucas les llamara en aquel entonces y les dijera que yo estaba bien.

—Cierto. —Lucas, en su mensaje, les explicaba que yo, la hermana perdida de Misha, había terminado una misión encubierta para llevarle a un lugar seguro durante un tiempo—. ¿Y qué dijeron?

—Bueno, tenían un millón de preguntas, como era de esperar, pero estaban contentos de que volviera a casa y… —Me lanza una mirada ligeramente tímida—. Y al colegio.

Sonrío bastante aliviada. Parece que los eventos recientes han hecho que el entusiasmo de mi hermano por opciones profesionales no convencionales se relaje, al menos por el momento.

—¿Tendrás que dar clases extra para ponerte al día? —le pregunto. Ya es octubre, por lo que Misha se ha perdido al menos unas cuantas semanas del noveno curso.

—No creo —contesta mientras mastica el *risotto*—. Dimos la mayoría de las asignaturas del colegio en el entrenamiento con la UUR.

—Cierto. —Casi me olvidaba de que la razón por la que pude empezar la universidad a los dieciséis fue porque el currículum de los aprendices incluía un nivel de matemáticas, ciencias, historia y lenguaje muy superior al de los chicos de esa edad—. Entonces vas más que al día, ¿verdad?

Misha asiente mientras coge el vaso de agua que está al lado de su plato.

—Sí, creo que me irá bien. —Bebe un sorbo mientras le estudio, reparando en las facciones duras y marcadas de la cara. Cada día que pasa, mi hermano pequeño crece un poquito más, madurando ante mis ojos. Pronto dejará de ser un niño, igual que ya no es el crío de mis recuerdos.

Se me hace un nudo en la garganta cuando vuelvo a pensar en nuestra próxima despedida.

—Voy a echarte de menos —digo intentando que no se me quiebre la voz—. Mucho.

—Yo también te voy a echar de menos, Yulia —contesta mientras deja el vaso con una expresión incluso más sombría que antes—. Vendrás a visitarme, ¿no?

—Claro. —Incapaz de quedarme sentada, me levanto, tragándome las ganas de llorar—. Solo estaremos a tres horas de avión. Casi al lado.

Al menos cuando no tengamos que viajar por Europa, Asia y Oriente Próximo como me comentó Lucas. Dejando esto de lado, le digo con una alegría forzada:

—También puedes venir tú a visitarnos. En verano, vacaciones escolares y demás.

—Eso será genial —Misha se levanta tras terminar su plato—. Seré la envidia de todos mis amigos, de vacaciones en Chipre.

—Exacto. —Sonrío, aunque lo que quiero es llorar—. Serás el más popular del colegio.

—Ya lo era antes —dice sin una pizca de modestia
—. Así que todo irá bien.

Me río y rodeo la mesa para darle un abrazo. Me
deja dárselo e incluso me devuelve un abrazo fuerte y
sólido con sus musculosos brazos. Cuando lo suelto y
le miro, me doy cuenta de que mi hermano ha crecido
un poco más en el último mes y me emociono de
nuevo.

—Venga, vamos —me dice Misha mientras se me
escapan las lágrimas que he estado aguantando. Me
abraza de nuevo y me da unos golpecitos nerviosos—.
No llores, venga... Todo va a salir bien. Nos veremos
con frecuencia, nos mandaremos mensajes, haremos
Skype...

—Lo sé. —Me alejo y le miro, secándome las
mejillas con el dorso de la mano—. Es solo que no dejo
de acordarme de lo pequeño que eras y de lo mucho
que estás creciendo, convirtiéndote en todo un
hombre. —Me sorbo los mocos—. Lo siento, estoy
siento un poco tonta.

—Bueno, eres una chica —dice mientras se rasca la
nuca—. Es lo normal, supongo.

Me echo a reír ante el comentario machista y,
durante el resto de la comida, no volvemos a hablar de
la despedida.

～

La tarde antes de marcharnos organizo una gran

fiesta en el jardín trasero de Lucas, invitando a todos los clientes de la cafetería y a cualquiera que quiera entrar. Usando los suministros de comida que nos quedan, hago una variedad de entrantes y, con la ayuda de Lucas, Diego y Eduardo, coloco un par de barbacoas donde hago filetes, hamburguesas y chuletas. Manejar las barbacoas es un trabajo caluroso y se suda mucho, pero me siento reconfortada cuando los guardias, uno tras otro, vienen a darme las gracias por las comidas *gourmet*.

—Vamos a echarte de menos por aquí —dice toscamente uno de los guardias—. En serio, la mejor comida que he probado en mi vida.

—Gracias —le digo y me giro para sonreír a otro guardia que me dice algo similar en español.

La mayoría de estos hombres antes eran soldados, duros asesinos llenos de cicatrices armados hasta los dientes, y que me den las gracias así me conmueve.

Claro que casi todos son nuevos reclutas que no tenían amigos entre las víctimas del accidente, pero no dejo que eso me preocupe. Sé que nunca me van a aceptar del todo en la finca de Esguerra, a fin de cuentas, por eso nos vamos, y ver a tanta gente expresar su tristeza por mi partida es un regalo que no me esperaba.

—Eres un hijo de puta con suerte —le dice un guardia pelirrojo a Lucas mientras le pongo un filete poco hecho en el plato—. En serio tío, tu chica es la mejor.

—Lo sé —responde Lucas mientras me pasa un

brazo alrededor de la cintura de manera posesiva—. Ahora muévete, O'Malley, estás bloqueando la cola.

Después de que la barbacoa y los aperitivos desaparezcan de los platos, la fiesta empieza a decaer. Lucas se marcha para atender la llamada de otro proveedor y Diego, Eduardo y Misha vacían las bandejas y recogen la basura. Exhausta, entro para lavarme las manos y, cuando salgo, todos los guardias se han ido. Solo hay una persona en medio del jardín de Lucas, con su figura sinuosa enfundada en el habitual traje negro.

Sorprendida, observo a la sirvienta que me ayudó a escapar.

—¿Rosa? ¿Qué haces aquí?

Mira con nerviosismo hacia la casa, donde Misha y los dos guardias siguen limpiando, y dice:

—¿Tienes un momento? Quiero hablar contigo a solas.

Automáticamente la estudio buscando si lleva armas. No encuentro nada sospechoso, así que respondo:

—Claro, ¿quieres dar un paseo?

Asiente y desaparece entre los árboles. La sigo con curiosidad e inquietud. Estoy segura de que no intentará atacarme físicamente, pero no sé lo que busca y eso me pone nerviosa. También está lo que me contó Lucas sobre los acontecimientos en Chicago y la empatía sustituye mi cautela.

No sé los motivos de Rosa, pero sé por lo que ha pasado.

Cuando la alcanzo, se detiene y se gira hacia mí.

—Yulia, yo… —Coge aire—. Quiero agradecerte lo que le contaste a Lucas. Nora me dijo que habló contigo, pero no sabía si lo ibas a hacer o no.

—Bueno, Nora no me dejó otra opción —respondo con sequedad, recordando la amenaza explícita de la chica menuda—. Pero, de nada. Nora y tú estáis bien, ¿no?

Rosa asiente, sonrojada.

—Sí, estuve en arresto domiciliario durante un tiempo y ya no tengo acceso a las llaves, pero el Señor Esguerra me volvió a instalar en la casa principal hace unas semanas.

Sonrío con sinceridad, feliz por ella.

—Bien, me alegro. Supongo que tengo que agradecerte que me ayudaras. Fuiste muy amable…

Para mi sorpresa, Rosa niega con la cabeza.

—No fue amabilidad —murmura—. Fue estupidez. Fui una estúpida.

Me desaparece la sonrisa de los labios.

—¿Qué quieres decir?

Rosa tiene la cara como un tomate.

—Lucas me gustaba y pensé que, si tú te ibas… —Retuerce la falda con las manos—. Lo siento, no sé en qué estaba pensando. Solo quería creer que él era diferente. Pero entonces te mantuvo como lo ha hecho y…

Se detiene y aprieta los labios.

—Y empezó a arruinar la imagen que tenías de él —termino la frase, entendiéndolo por fin—. Pensaste que, si me dejabas marchar, estarías haciendo algo bueno mientras aumentabas las posibilidades con el hombre que te gustaba. —Al ver su aspecto afectado, me detengo y digo suavemente—: Pero él no era en realidad el hombre que creías, ¿no?

—No —Se le oscurecen los ojos marrones—. No lo es. Nunca lo fue. Me imaginé cómo sería el hombre que deseaba y lo plasmé en la primera cara bonita que vi.

—Rosa… —Con un repentino impulso, me acerco a ella y le doy un apretón en la mano.

—Escucha —digo con suavidad—. Vas a encontrar a la persona adecuada y, quizás no es quién te imaginas, pero aun así le querrás, con sus defectos y todo. No será perfecto, pero será real y lo sabrás, lo sentirás. Los dos lo haréis.

Traga saliva con dificultad y retira la mano.

—¿Es así entre Lucas y tú?

—Sí —contesto y esa verdad cala en mi interior—. No es tan bonito y dulce como pensaba que iba a ser. Algunos dirán incluso que es feo. Pero somos nosotros, es real, nuestra versión de lo perfecto. Y tú también tendrás eso algún día, tu propia versión de lo perfecto. No tiene por qué ser lo que esperas o con quién lo esperas, pero te hará feliz.

Le tiemblan los labios durante un segundo, pero su rostro palidece y da un paso atrás.

—Tienes que irte —Vuelve a juguetear con la falda del vestido—. Te empezarán a buscar si no vuelves pronto.

—Cierto.

Cuando estoy a punto de girarme, Rosa murmura suavemente:

—Adiós, Yulia. Os deseo a Lucas y a ti lo mejor. De verdad.

—Gracias, lo mismo digo —respondo, pero Rosa ya se está yendo, su figura negra se funde con el verdor del bosque y desaparece de mi vista.

47

Lucas

Esperaba que Yulia y su hermano durmieran durante el vuelo a Ucrania, pero se pasan todo el tiempo hablando. Cada vez que saco la cabeza de la cabina del piloto para echarles un vistazo, están en plena conversación, de modo que retrocedo para no interrumpir el momento familiar.

Pronto tendré a Yulia para mí solo.

Cuando nos aproximamos al espacio aéreo ucraniano, contacto con nuestros hombres en tierra. La semana pasada localizaron por fin a los tres últimos socios conocidos de la UUR y los eliminaron siguiendo mis órdenes. Para mi decepción, ninguno de ellos tenía acogido a Kirill, por lo que o bien el antiguo entrenador de Yulia sigue oculto en alguna parte, o bien las heridas han acabado matando a ese cabrón como ella pensaba y simplemente no hemos encontrado el cadáver. Si es lo segundo, no me hace mucha gracia: quería matar a ese hijo de puta con mis propias manos. Pero la otra opción es peor. Nuestros hombres también encontraron a la directora del orfanato de Yulia. Esa mujer ya estaba en la cárcel por tráfico y abuso a menores, así que tuve que conformarme con mandar a un asesino que la arrinconó en un baño y le demostró cuánto habían sufrido sus víctimas. El vídeo de su muerte, de tres horas de duración, fue lo mejor del miércoles pasado. Tal vez algún día se lo muestre a Yulia, pero he decidido no hacerlo de momento por si le trae malos recuerdos.

—Tenéis permiso para aterrizar —informa Thomas cuando lo llamo por teléfono.

Sonrío satisfecho porque nuestra campaña de sobornos está demostrando ser muy efectiva. Pese a nuestra encarnizada guerra contra la UUR, la mayoría de los burócratas ucranianos están más que dispuestos a hacer la vista gorda, sobre todo porque la antigua agencia de Yulia operaba de modo completamente extraoficial.

A nadie le importan unos cuantos espías que no existen de manera oficial, siempre y cuando los cheques sustanciosos sigan llegando.

Cuando aterrizamos en el aeropuerto privado, hay un deportivo blindado esperándonos y vamos directos a casa de los padres de Michael. Thomas y otros dos guardias van con nosotros y, además, una docena de hombres nos siguen en otros coches. No creo que haya ningún contratiempo, pero siempre está bien tomar precauciones en zona hostil.

Con o sin sobornos, Ucrania tiene en poca estima a cualquiera que esté relacionado con la organización de Esguerra.

—¿Seguro de que mi hermano estará a salvo? —me preguntó Yulia anoche.

Le confirmé que, gracias al rastreo informático con el que destruimos los archivos de la UUR, es casi imposible relacionar al hijo adoptivo de dos civiles con ella y, por ende, conmigo y con Esguerra. Aun así, me he encargado personalmente de contratar a dos guardaespaldas para que vigilen a Michael y su familia durante unos meses, por si acaso. No creo que esté en peligro, pero sé lo importante que es ese crío para Yulia. Y, si soy sincero, a mí también me ha ido ganando. A Yulia no le gustaría oír esto, pero hay algo en Michael que me recuerda a mí mismo cuando tenía su edad.

Vasiliy Obenko no se había equivocado del todo al reclutarlo, ya que, de haber completado el entrenamiento, el chico habría sido un agente excelente.

Durante el viaje desde el aeropuerto, Yulia y Michael permanecen en silencio, y sé que están pensando en su inminente separación. En teoría, podría haber contratado a más hombres para garantizar la seguridad de Michael y enviarlo antes a casa, pero quería darle a Yulia la oportunidad de pasar más tiempo con su hermano y me alegro de haberlo hecho. Este ya no es el adolescente callado y rebelde de antes, al que le habían contado mil mentiras sobre su hermana. Ahora están tan unidos como cualquier otro par de hermanos que haya visto. Sé que eso hace feliz a Yulia, lo que me hace feliz a mí.

Si pudiera volver atrás en el tiempo y borrar todo el dolor de su pasado, lo haría sin dudar. Pero, como no puedo, me conformo con asegurarme de que no vuelve a sufrir nunca más.

Es mía, y la voy a cuidar durante el resto de nuestra vida.

Los padres de Michael viven en la quinta planta de un bloque de viviendas a las afueras de Kiev. Los dos guardaespaldas que he contratado nos reciben en la entrada del edificio y nos informan de que todo va bien. Les doy las gracias y les dejo el resto del día libre antes de ordenarles a Thomas y a los otros que esperen abajo. No hay ascensor, así que Yulia, Michael y yo subimos por las escaleras.

Yulia va un par de escalones por delante de mí. Lleva botas planas y unos vaqueros elegantes muy ajustados, dos de sus últimas compras por Internet, y no puedo apartar la vista de ese culo perfecto que se le marca al subir cada escalón.

—Tío, contrólate, por lo menos, hasta dentro de unos minutos —murmura Michael, que sube las escaleras a mi lado.

Le dedico una sonrisa, pues no me da vergüenza alguna que me haya pillado mirando con lujuria a su hermana.

—¿Por qué? —le respondo en voz baja—. Tu hermana está buena, ¿no lo sabías?

—Puaj —dice, con una mueca de asco.

Yulia nos lanza una mirada de sospecha por encima del hombro.

—¿De qué habláis? —pregunta mientras pasamos por el descansillo del tercero.

—De nada —contesta rápidamente Misha, poniéndose rojo—. Cosas de tíos.

—Ya. —Nos mira exasperada, pero no insiste.

Subimos los dos pisos que quedan en silencio. Me alegro de que no nos topemos con ningún vecino porque llevo la M16 encima.

Después de lo que pasó en Chicago, no voy desarmado a ningún sitio.

Cuando llegamos a la quinta planta, Yulia se detiene delante del 5.º A y toca el timbre.

La primera pista de que algo va mal es lo pálida que está la mujer esbelta de pelo oscuro que nos abre la puerta. Es Natalia Rudenko, la madre adoptiva de Michael. Reconozco esos ojos color avellana por las fotos de las cámaras de vigilancia. En vez de sonreír y acercarse a su hijo para abrazarlo, abre la puerta de par en par y da un paso atrás mientras le tiemblan los labios pintados.

Al instante, descubro por qué.

El delantal que lleva no logra ocultar del todo que tiene el vientre envuelto en una maraña de cables y una caja negra con una luz que parpadea.

—¿Mamá? —dice Michael con incertidumbre.

Da un paso hacia delante e instintivamente lo agarro del brazo, tiro de él hacia atrás y me pongo delante de Yulia para protegerla de la bomba. Se me dispara el pulso por el subidón de adrenalina, terror y rabia que se me extiende por el cuerpo como una onda sísmica tóxica.

Yulia, Misha y una bomba.

«Me cago en la puta».

—No pasa nada, deja entrar al chico —dice lentamente en inglés una voz masculina con acento—. No está más seguro ahí que aquí. Hay carga de sobra para volar el edificio entero.

No me muevo, aunque mi instinto me grita que me abalance sobre él y le ataque para proteger a Yulia y a su hermano. Lo único que me mantiene quieto es la certeza de que hacerlo supondría una muerte para ambos.

Recurro a todos mis años de experiencia en combate, me abstraigo de los latidos frenéticos que me provoca el pánico y analizo la situación.

Aparte de la mujer, hay dos hombres en la entrada. Uno de ellos, rechoncho y de mediana edad, está envuelto en cables como la madre de Michael. También reconozco ese rostro aterrado: es Viktor Rudenko, el padre adoptivo de Michael. No obstante, no es él quien me llama la atención, sino el tipo enorme y corpulento que tiene detrás, cuyos labios finos forman un intento de sonrisa.

Es Kirill Ivanovich Luchenko, el hombre al que tratábamos de dar caza.

Pero nos ha encontrado él a nosotros.

ulia

NUNCA HE EXPERIMENTADO UN TERROR TAN INTENSO que me dominase de esta manera. Lucas es un muro humano ante mí, pero puedo ver lo que hay tras ese cuerpo musculoso: un cuadro surrealista que me encoge el estómago.

Kirill se encuentra en el luminoso recibidor, detrás de los padres de Misha, que están envueltos en un manojo de cables. Lleva un arma en la mano derecha y, en la izquierda, un artefacto negro y pequeño.

Descubro con un pánico nauseabundo que se trata de un detonador.

Tiene el pulgar en el botón.

—Pasad —dice en inglés, mirando a Lucas y a Misha

antes de centrarse en mí. Cuando nuestras miradas se cruzan, esboza una sonrisa grotesca—. Poneos cómodos. Aquí todos somos una familia feliz, ¿no?

Lucas no mueve ni un músculo, ni siquiera cuando Misha intenta apartarlo a un lado. Su joven rostro refleja el mismo pánico que me paraliza a mí. Sé lo que se le está pasando por la cabeza a mi hermano porque, como yo, él también debe haber visto este tipo de detonador durante el entrenamiento con explosivos.

Es la versión de la UUR de un chaleco suicida, diseñado para usarse solo en las situaciones más desesperadas. Kirill no necesita apretar el botón para que estalle; solo tiene que levantar el pulgar.

Si se le escapa el dedo, por ejemplo, porque le disparan, la bomba detonará.

Lucas también debe haberse dado cuenta de esto porque no intenta coger la M16 que lleva colgada a la espalda.

—Déjame pasar —le gruñe mi hermano mientras Lucas sigue rígido—. ¡Son mis padres, joder! ¡Déjame pasar!

Esta vez soy yo quien coge a Misha del brazo.

—No —le digo en voz baja, y se queda paralizado.

No sé si es porque cree que tengo un plan o por la falsa tranquilidad de mi voz, pero mi hermano deja de empujar a Lucas y se queda quieto, con la vista fija en la entrada.

—¿No queréis pasar? —pregunta Kirill—. Bueno, podemos hacerlo por las malas.

Con un movimiento fugaz, levanta la mano derecha

y dispara. El disparo apenas se oye porque el arma de Kirill lleva un silenciador, pero los gritos que le siguen son inconfundibles. De forma convulsiva, doy un salto hacia delante, aterrada por Lucas, pero él permanece inmóvil, negándose a moverse pese a los renovados esfuerzos de mi hermano por entrar en el piso.

Me asomo por encima del cuerpo de Misha, que sigue forcejeando, y descubro que la bala le ha dado a su padre en la pierna. El hombre está en el suelo, gritando mientras se agarra la pierna ensangrentada, y la madre de Misha, histérica, está arrodillada a su lado llorando.

—La próxima bala irá directa a la cabeza —amenaza Kirill, y Misha se queda quieto de nuevo—, y la siguiente, a la de ella. —Apunta con el arma a la mujer, que sigue llorando—. Ah, y, si intentáis huir, les disparo a ambos de inmediato, y las bombas explotarán antes de que os dé tiempo a bajar el primer tramo de escaleras. —La sonrisa se le hace más amplia al contemplar nuestra reacción—. Como he dicho, pasad y poneos cómodos.

—Lucas, por favor —le susurro al ver que sigue sin moverse. La bilis se me acumula en la garganta—. Por favor, tenemos que hacerlo. No podemos dejar que los mate delante de Misha.

No tengo ni idea de si Kirill está lo bastante loco como para sacrificarse detonando los explosivos, pero no me cabe duda de que disparará a los padres de Misha sin pensárselo dos veces.

—Tú, suelta el arma antes de entrar —ordena Kirill,

apuntando a Lucas con la suya—. No querrás que esto estalle por accidente. —Levanta la mano izquierda, la del detonador, para ilustrar sus palabras.

Sin decir nada, Lucas coge el cinturón de la M16 y deja el arma en el suelo. Después, aún en silencio, entra en el recibidor.

Misha y yo lo seguimos. La cara de mi hermano está blanca como el papel y los ojos, desorbitados por el pánico. Estoy segura de que tengo el mismo aspecto, pues el miedo me ha abierto un agujero en el estómago que me deja helada. Cuando Kirill me capturó en el pasado, estaba sola y podía esconderme en los rincones más oscuros de mi mente, pero aquí no hay escapatoria pues las dos únicas personas a las que quiero están en peligro a mi lado. Y por culpa mía.

Sé por qué Kirill está cometiendo una locura tan arriesgada. Va a por mí. Quiere castigarme por lo que le hice y no le importa quién salga herido en el proceso. Lucas sigue delante de mí, ejerciendo de escudo entre mi antiguo entrenador y yo, pero no podrá salvarme.

Le superamos en número y en hombres en el terreno, pero Kirill tiene el pulgar sobre ese detonador.

—Ven aquí, zorra —dice dirigiendo la mirada hacia mí. Le veo la rabia y algo parecido a la locura en los ojos—. Es a ti a quien quiero.

Ignorando el profundo terror que me retuerce las entrañas, adelanto a mi hermano y lo empujo detrás de mí, pero Lucas me corta el paso:

—No va a ir a ninguna parte. —Su voz es cortante como un cuchillo.

—¿No? —Kirill levanta el arma, apuntando a la sien de Viktor Rudenko. El hombre se queda paralizado y sus gritos se apaciguan. Kirill vuelve a clavarme la mirada mientras Natalia sube el volumen de su llanto —. No me hagas repetirlo.

—Lucas, déjame pasar. —Intento adelantarle por el lado, pero la entrada es estrecha, está llena de muebles y casi tropiezo con una banqueta que hay delante de un espejo alto. Un escalofrío me recorre la espina dorsal cuando Kirill aprieta la mandíbula ante la firme inmovilidad de Lucas. Desesperada, lo cojo del brazo e intento empujarle a un lado—. Por favor, Lucas, déjame pasar.

Me ignora. Tiene todos los músculos del cuerpo petrificados, en tensión, y, cuando le miro a la cara, la ira glacial en sus ojos claros dispara aún más mi miedo.

No va a atender a razones.

Para protegerme, va a dejar que los padres de Misha mueran y a conseguir que lo maten a él por el camino.

—¿Para qué la quieres? —pregunta a Kirill, con una calma imperturbable—. Sabes que vas a morir aquí hoy.

—Ah, ¿sí? —ríe Kirill, con un tono inusualmente agudo. Por primera vez, me doy cuenta de los cambios su aspecto: ahora tiene el pelo más canoso que castaño, la cara hinchada y su cuerpo, que siempre había sido puro músculo, ahora es meramente corpulento. Es como si hubiera envejecido diez años en los últimos meses—. ¿Y por qué crees que me importa?

La expresión de Lucas no cambia.

—Sé que no te importa. Por eso estás aquí, ¿no?

¿Para irte con un destello de gloria en vez de vivir como el patético tipejo en el que te has convertido? —Su voz rezuma desprecio—. Deberías haber acudido a nosotros desde el principio. Te habría puesto las cosas mucho más fáciles; habría acabado con tu sufrimiento mucho antes, eunuco.

«¿Qué está haciendo Lucas?». Mi pulso se acelera por el pánico al ver que Kirill tuerce el gesto con rabia y levanta la mano derecha, apuntando con el arma al pecho de Lucas.

Es como si este estuviera intentando que le disparara.

Y, en ese momento, me doy cuenta de que es exactamente lo que está haciendo. Mi captor quiere sacrificarse con la esperanza de que eso nos dé algo de tiempo. No estoy segura de para qué. Estamos en un quinto sin ascensor. Aunque los guardias que tenemos abajo oigan el disparo, cosa poco probable por el silenciador que lleva el arma, nunca llegarían hasta aquí a tiempo. Y, aunque lo hicieran, sigue estando el problema de los explosivos.

En cualquier caso, aunque Lucas tenga un plan, no puedo dejarle hacer esto.

En una fracción de segundo, se me ocurre la única solución posible.

—¡Anda, es verdad! —suelto en voz alta. Detrás de mí, oigo a Misha tomar aliento, pero lo ignoro—. Casi se me olvida que te había volado la polla y las pelotas de un disparo —continúo, imprimiéndole a mi voz todo el tono de burla que puedo—. ¿Qué se siente? Debe ser duro no poder violar a quinceañeras, ¿eh?

Los rasgos de Kirill tiemblan a causa de una furia endiablada. La cara hinchada se le vuelve morada y me apunta con el arma. Lucas se mueve para apartarme de su punto de mira, pero yo me voy hacia el lado contrario, quedando de nuevo al descubierto.

Es a mí a quien quiere mi antiguo entrenador. Si consigo que me mate, cabe la posibilidad de que los demás se salven.

—Adelante —le provoco, saltando de un lado a otro para esquivar los intentos de Lucas por protegerme—. Dispárame como el cobarde que eres, como la patética rata en la que te has convertido. —Las palabras me salen cada vez más rápido de la boca—. Mírate. El famoso Kirill Luchenko, el que nunca había perdido un combate. ¿Y qué te ha pasado? Que te has quedado sin polla. Apuesto lo que sea a que tiene que doler. Seguro que no puedes ni mear sin llorar como un bebé. Yo no sé qué se siente, claro, pero...

El disparo retumba, produciendo un ruido ensordecedor pese al silenciador. Algo me golpea y salgo volando.

Desesperada, lo último en lo que pienso es que espero que Lucas y Misha sobrevivan.

49

Lucas

TODO OCURRE EN UN ABRIR Y CERRAR DE OJOS. ANTES DE que suene el disparo, entro en acción y me abalanzo sobre Kirill. No me atrevo a mirar atrás porque, si veo a Yulia muerta o moribunda, perderé la poca cordura que me queda, y es algo que no puedo permitirme.

Tengo que salvar a su hermano.

Nos estrellamos contra la pared y Kirill se gira para proteger la pistola, pero el arma no es lo que busco. Con las manos le agarro el puño izquierdo y se lo aprieto con fuerza, obligándole a mantener los dedos cerrados y a que el pulgar siga sobre el detonador. Al mismo tiempo, retrocedo y vuelvo a empujarlo a la vez que me giro para golpearle el brazo derecho con el hombro. La pistola cae al suelo estrepitosamente, pero, antes de que pueda cantar victoria, Kirill aprovecha su corpulencia para echarme hacia atrás y me da un puñetazo con la mano derecha en la sien.

Por un instante se me nubla la visión y me zumban los oídos, pero lucho por permanecer consciente y lo vuelvo a empujar contra la pared. La rabia y el sufrimiento que me hierven dentro del pecho me confieren una fuerza sobrehumana. «El hijo de puta ha disparado a Yulia». Con un rugido, le aprieto con más fuerza la mano y oigo cómo le rompo los huesos. Aúlla de dolor e intenta golpearme con el puño derecho, pero esta vez lo esquivo sin dejar de aprisionar su mano izquierda con las mías. A lo lejos, percibo que los padres de Michael se apresuran por hacerse a un lado, pero no presto atención a sus gritos de pánico. La pelea se libra a una velocidad pasmosa; un solo segundo de distracción podría resultar mortal.

Me zumban los oídos y noto el sabor de la sangre cuando me asesta otro puñetazo en la mandíbula, pero muevo a tiempo la pierna derecha para bloquear el rodillazo que me dirige hacia la entrepierna. A la vez que esquivo con un rápido movimiento un tercer puñetazo, me pongo de lado para darle un codazo en las costillas. Aunque le golpeo con fuerza, ni siquiera gruñe. El capullo es robusto como un toro y, aunque sus reflejos no son tan buenos como los míos, sabe lo que hace. En circunstancias normales, sería una pelea reñida, pero como tengo las manos aferradas a su puño izquierdo me encuentro en clara desventaja. Aun así, no puedo soltarle porque estoy seguro de que accionará la bomba.

Llegados a este punto, al cabrón solo le importa la venganza y morirá con tal de obtenerla.

«Violó a Yulia cuando tenía quince años. Le ha pegado un tiro».

La ira alimenta mis músculos como si fuera un potente combustible. Me giro y le doy un cabezazo con la nuca en la nariz, destrozándole el hueso y el cartílago. Antes de que pueda recuperarse, aprovechando que le tengo la mano agarrada, le doy la vuelta y le lanzo contra la pared de enfrente.

Se le ponen los ojos en blanco al golpearse la cabeza contra la superficie dura, pero se las ingenia para lanzarme una patada, clavándome la bota justo en el riñón. Se me corta la respiración, aflojo la presión sobre su mano durante un segundo y él se tira al suelo arrastrándome detrás, ya que me he vuelto a agarrar con firmeza a su puño. Chocamos y rodamos por el suelo y, justo entonces me percato de cuáles eran sus intenciones: recuperar la pistola que se le cayó antes.

La ha cogido con la mano derecha y me está apuntando a la cabeza con ella.

Veo cómo comienza a apretar el gatillo con el dedo y parece que todo se ralentiza. Percibo la situación con una nitidez inusual, como si mi cerebro hubiera decidido capturar este último momento y les ordenase a mis sentidos que trabajaran a mil por hora. En esa fracción de segundo antes de morir, percibo el rugido triunfal de Kirill, huelo el apestoso sudor que le chorrea por la cara y oigo cómo los padres de Michael gritan al fondo del vestíbulo. También pienso en Yulia y deseo con todas mis fuerzas que sobreviva.

Daría mi vida por ella las veces que hiciera falta.

El disparo resulta ensordecedor.

Sin embargo, no muero.

En cambio, Kirill se retuerce soltando un alarido: su brazo derecho revienta en pedazos sanguinolentos. Atónito, alzo la cabeza y veo a Michael empuñando mi M16. El chico jadea, tiene la cara pálida surcada por el sudor y la sangre y, acto seguido, aprieta de nuevo el gatillo y descarga una ráfaga de balas sobre el hombro derecho de Kirill.

Con un aullido, Kirill intenta darle una patada a Michael y yo vuelvo a centrarme en mi oponente.

Ha llegado el momento de acabar con esto.

Sin aflojar la presión sobre su puño izquierdo, le doy cabezazos una y otra vez en la nariz ensangrentada y, a medida que le incrusto los trozos de hueso en el cerebro, disfruto al oír cómo crujen. No era así como quería acabar con este cabrón, pero tendrá que valer.

Cuando está ahí tirado, inerte, con la cara llena de sangre, alzo la vista hacia Michael mientras la cabeza me palpita.

—Dispárale en el brazo izquierdo —le ordeno con voz ronca, y el chico lo entiende enseguida.

Sin dudarlo, suelta otra descarga sobre el antebrazo del muerto. Las balas le atraviesan el hueso limpiamente. Tan solo tengo que pegar un tirón del puño y el brazo se desprende del cuerpo.

Ignorando la sangre que sale a borbotones del muñón, me pongo en pie sosteniendo el miembro seccionado por el puño que envuelve el detonador. Los latidos del corazón me retumban a un ritmo sordo y descompasado cuando me giro hacia la entrada. Detrás de mí, la madre de Michael solloza y su padre gime de dolor, pero no me importa una mierda.

Solo me importa Yulia.

Está tendida, inmóvil, entre fragmentos de cristal, tiene el cuerpo retorcido como si fuera una muñeca de trapo. La larga melena rubia le cubre la cara, pero tiene sangre por todas partes, por toda su delgada figura.

El vacío que tengo en el pecho se agranda.

«No. Joder, no».

No puede estar muerta. No puede ser.

—Yulia —susurro cayendo de rodillas junto a ella. Siento como si me faltara el aire, como si los pulmones no dieran más de sí—. Yulia, cariño…

No se mueve.

Aturdido, aprieto con más fuerza el puño de Kirill asegurándome de que el pulgar siga presionando el detonador y con la mano derecha alcanzo a Yulia. Tengo los dedos empapados de la sangre de Kirill y, al retirarle el pelo, siento de repente la horrible sensación de estar contaminándola con solo tocarla, que estoy destruyendo algo puro y hermoso… a un ángel que no tiene cabida en este horrible mundo.

Sus pestañas son medias lunas marrones sobre las mejillas pálidas y tiene la boca ligeramente entreabierta. Es como si estuviera durmiendo, salvo por la sangre.

Joder, hay un montón de sangre.

—Yulia... —Con manos temblorosas, le toco la cara y voy dejando huellas de sangre sobre la piel de porcelana. En mi interior, el abismo se agranda y mis propios huesos crujen ante la presión del vacío que me consume por dentro. No puedo imaginar una vida sin ella. Joder, no puedo imaginar ni una sola semana sin ella. En tan solo unos meses, se ha convertido en mi mundo. Si ha muerto, si me ha dejado... Le rozo el cuello con los dedos buscando el pulso y me quedo paralizado mientras un escalofrío me recorre la columna.

Tiene pulso. Débil, pero inconfundible.

—¡Yulia! —Me inclino y la acurruco junto a mí con el brazo libre. No está rígida ni fría, sin duda está viva. Siento su respiración en el cuello y el pulso me ruge ferozmente de júbilo.

Está viva.

Mi Yulia está viva.

Por un segundo, eso me basta, pero, según voy recobrando la entereza, un nuevo miedo me acecha.

«¿Por qué está inconsciente y de dónde sale toda esa sangre?»

La dejo en el suelo y la palpo con desesperación con el fin de encontrar la herida de bala. Se ha hecho un montón de pequeños cortes con el cristal roto y tiene una brecha llena de sangre en un lado de la cabeza, pero no encuentro el orificio de la bala.

—¿Está bien? —pregunta Michael. Levanto la vista y lo veo ahí parado, balanceándose, con la cara de un pálido verdusco. Por un segundo creo que va a vomitar al ver el brazo seccionado que estoy sujetando, pero, mientras lo observo, cae de rodillas a mi lado o, mejor dicho, se desploma sobre las rodillas.

Con el ceño fruncido, intento alcanzarlo y me detengo.

La sangre gotea por debajo de la camiseta oscura de Michael.

—¿Misha? —dice Yulia con voz ronca. Giro la cabeza y me la encuentro con los ojos abiertos. Mientras se fija en nosotros, el horror le atraviesa el rostro y sé que ella ha llegado a la misma conclusión que yo.

Su hermano ha recibido un balazo.

50

Yulia

DURANTE LOS DIEZ MINUTOS SIGUIENTES, PARECE QUE todo ocurre de golpe. Hay sangre por todas partes: sobre Misha, tirado junto a mí, sobre Lucas, alrededor del cuerpo mutilado de Kirill y en el brazo seccionado que está sujetando Lucas. Un par de metros más allá, el padre de Misha gime de dolor mientras la pierna le sangra sin parar y la madre llora y corre de un lado a otro para atender a su marido y a su hijo heridos. Los hombres de Lucas, que deben de haber oído los disparos, entran de golpe con las armas preparadas y Lucas empieza a darles órdenes a gritos. En un minuto, tiene a dos hombres desactivando los explosivos y a dos más intentando frenar las hemorragias de Misha y su padre. Intento ponerme en pie para ayudar, pero, cada vez que me muevo, siento una oleada de náuseas y tengo que tumbarme; me palpita la zona donde me abrí la cabeza contra el espejo. Histérica, hago preguntas, pero en medio del caos nadie me responde. En el deportivo acorazado, con el que nos dirigimos a toda prisa al hospital, reconstruyo lo que ha sucedido.

Lo que me hirió no fue un disparo. Fue mi hermano. Misha me empujó para apartarme de la trayectoria de la bala y me golpeé la cabeza contra el espejo que se hizo añicos. Al hacerlo, recibió el balazo que iba dirigido a mí. Según Lucas, Misha se me desplomó encima cuando la bala le atravesó la zona carnosa del hombro. Casi toda la sangre que me cubre es de Misha, aunque también me sangraban la herida de la cabeza y los cortes hechos con el cristal.

—Se pondrá bien —dice Lucas por quinta vez mientras agarro a Misha que, en los asientos traseros, se ha quedado inconsciente a mi lado. —Ha perdido mucha sangre, pero hemos parado la hemorragia y no le pasará nada. Nos ha salvado a todos. Si no hubiera cogido la M16... —Aunque se interrumpe, un escalofrío me recorre la espina dorsal al completar yo misma la frase.

Hemos estado a punto de morir, todos y cada uno de nosotros. De un plumazo, podría haber perdido a mi hermano y al hombre que se ha convertido en mi vida.

Temblando, estrecho la mano de Misha y, luego, busco la de Lucas, que está sentado a mi otro lado.

Sin embargo, no me deja que le coja de la mano. En

cuanto le toco, me sienta sobre el regazo a la vez que me abraza con fuerza y entierra la cara en mi pelo. Siento cómo los temblores le estremecen ese cuerpo enorme y ya no me puedo contener más.

Aferrándome a él con todas mis fuerzas, lloro.

Tan solo lo abrazo y lloro.

En un hospital local curan las heridas de bala de Misha y Viktor y la brecha que tengo en la cabeza y, luego, volamos a Suiza para recuperarnos en una clínica privada en la que Lucas ya ha estado. A pesar del miedo que nos tienen a Lucas y a mí, los padres de Misha nos acompañan porque no quieren separarse de su hijo.

Hago todo lo que puedo para asegurarles que están a salvo, aunque sé que para ellos solo somos un par de desconocidos intimidantes que vienen de un mundo violento; un mundo que ha invadido sus vidas con una brutalidad atroz. Cómo los ha tratado Kirill, la forma en que los atemorizó, es algo que les ha dejado cicatrices que nunca desaparecerán.

Antes de aquel día espantoso, ya sabían qué es lo que hacía el hermano de Natalia por su país, pero no llegaban a comprenderlo del todo.

—Nos despertamos ese día y allí estaba, apuntándonos con una pistola. —Natalia solloza mientras nos cuenta lo que había ocurrido—. Inmovilizó a Viktor y me ató la bomba. Luego, hizo lo mismo con él. Pensamos que era un terrorista, creíamos que íbamos a morir, pero luego empezó a hablar de ti y de que te estaba esperando, y ahí fue cuando nos dimos cuenta de qué era lo que buscaba…

—Llegada a este punto, se viene abajo, histérica, y Lucas llama a una enfermera para que le pongan algún sedante que la calme.

Viktor, el padre adoptivo de Misha, se encuentra en un estado similar, pero intenta hacerse el fuerte delante de su mujer. Cada vez que Natalia llora, la consuela asegurándole que está bien, aunque las enfermeras me han contado que él mismo se despierta gritando por culpa de las pesadillas.

La bala que le perforó la pierna le ha destrozado la rótula y cabe la posibilidad de que nunca vuelva a caminar sin cojear.

Lo único positivo que se puede sacar de todo este desastre es que la herida del hombro de Misha ha resultado ser tan limpia como había dicho Lucas. Mi hermano ha perdido mucha sangre, pero los doctores han prometido que en una semana estará como nuevo, aunque tendrá que llevar el brazo en cabestrillo.

Mientras nos recuperamos, los hombres de Lucas ponen patas arriba el piso de los Rudenko para averiguar cómo se coló Kirill sin ser visto, y lo que han encontrado nos ha dado que pensar. Resulta que el piso nuevo de los padres de Misha, donde habían sido realojados después de mi regreso, fue en sus inicios un piso franco de la UUR. Como tal, tiene una habitación secreta oculta tras la pared del salón: un lugar repleto de suministros médicos, munición y suficiente comida para varios meses. Debió ser allí donde Kirill se recuperó de sus heridas tras escapar del centro clandestino. Cómo consiguió sobrevivir al viaje y ocultó su rastro siempre será un misterio, pero, a juzgar por el estado del cuarto, se quedó allí cobijado todo el tiempo mientras lo estuvimos buscando. Los padres de Misha juran que no tenían ni idea de que estaba allí y, después de interrogarlos exhaustivamente, Lucas considera que están diciendo la verdad.

Al parecer, oían ruidos en el salón con frecuencia, pero lo atribuían a la extraña acústica del nuevo bloque de pisos.

—Creí que era un fantasma —susurra Natalia Rudenko, cuyos ojos hinchados y enrojecidos contrastan con su piel pálida—. Viktor decía que eran tonterías y por eso no conté nada. Pero debería haber hecho caso a mi instinto. Nunca me perdonaré lo que ha pasado.

Lucas vuelve a acribillarla a preguntas, pero lo detengo posándole la mano en el brazo. La pobre mujer no está en condiciones de seguir con el interrogatorio.

—No ha sido culpa tuya —le digo con delicadeza—. Kirill era un agente veterano. Si tenía la intención de permanecer oculto, era imposible que lo supierais.

—Eso es lo que me dice Viktor, pero, aun así, debería haberme dado cuenta. —Cierra los ojos con fuerza mientras se pellizca el puente de la nariz con dedos temblorosos—. Hubo pequeñas pistas, como que nos hackearan el ordenador y que algunos objetos parecieran que los habían movido de su sitio...

En mi fuero interno, estoy de acuerdo en que debería haber sospechado algo (yo lo habría hecho), pero ella pertenece a la población civil y yo no. La gente corriente no está entrenada para fijarse en ese tipo de patrones y, aunque Natalia no era del todo ajena al turbio mundo de las organizaciones de inteligencia, nunca se podría haber imaginado que tenía a un agente secreto escondido en su piso.

—Al hackear el ordenador, Kirill debió enterarse de cuándo veníamos —dice Lucas apesadumbrado y yo asiento dándole la razón. Desconozco si mi antiguo entrenador utilizó el piso de los Rudenko porque era el mejor sitio donde esconderse o porque sospechaba que yo pudiera volver con Misha algún día, pero, sea como sea, estaba perfectamente posicionado para atacar cuando menos lo esperásemos.

Los guardias se aseguraban de que no penetrasen peligros del exterior mientras el enemigo se encontraba dentro desde el principio.

Para mi alivio, Misha parece mucho menos traumatizado que sus padres. No sé si será por su entrenamiento en la UUR o por todo lo que tuvo que pasar durante el ataque de Lucas al centro clandestino, pero mi hermano se está recuperando muy rápido en más de un sentido. Lejos de mostrarse consternado y arrepentido por su papel en el asesinato de Kirill, parece enorgullecerse de haber podido participar en acabar con el hombre que me hizo daño y que casi mata a sus padres.

—Me alegro de haber tenido que disparar a ese cabrón —dice con fiereza cuando Lucas y yo nos acercamos a su camilla—. Era lo mínimo que se merecía.

—Lo hiciste bien, muchacho —le dice Lucas dándole una palmada en el hombro sano—. Ni siquiera te temblaron las manos cuando le volaste el brazo.

Hago una mueca de desagrado ante la imagen, pero Misha tan solo asiente y acepta el elogio como merecido. Ahora Lucas y él parecen estar en la misma sintonía, como si pelear juntos contra Kirill los hubiese unido más. Me gusta que sea así, pero la verdad es que me inquieta que mi hermano de catorce años hable tan despreocupadamente acerca de la muerte espeluznante de un hombre.

—¿Por qué debería afectarle? —pregunta Lucas cuando se lo comento por la tarde en la habitación privada que tenemos en la clínica—. Ya es mayorcito para entender que uno debe hacer lo que sea necesario para sobrevivir y proteger a sus seres queridos. El chico se está haciendo mayor y, aunque te cueste creerlo, no es ningún debilucho.

—Tampoco es un asesinado despiadado o al menos no debería —replico, pero Lucas se limita a sentarse en el borde de la cama y cogerme de la mano.

Con una mirada seria e ilegible, me agarra la mano con dulzura. Lleva así, tierno y a la vez distante, desde que llegamos a la clínica y da igual cuánto me esfuerce, no soy capaz de averiguar por qué tan solo me abraza por las noches.

Anteayer los doctores me dijeron que podía mantener relaciones, aun así, Lucas todavía no me ha tocado.

—Cariño —murmura, dándome un leve apretón en la mano—, tu hermano no es como tú. Nunca lo ha sido y nunca lo será. Fue decisión suya unirse a la UUR y, aunque te cueste admitirlo, pertenecía a ese mundo más de lo que tú nunca lo hiciste.

El convencimiento con que Lucas lo dice me saca de mis pensamientos sobre su misterioso comportamiento. Frunzo el ceño y le digo:

—No creo. Seguro que Misha se imaginó que todo el rollo de ser espía sería algo glamuroso. Estoy convencida de que se unió por eso: para poder jugar a ser James Bond. Pero cuando se dio cuenta de cómo era en realidad…

—Quiso seguir igualmente —susurra Lucas—. O, más bien, quiere seguir.

Desconcertada, lo miro.

—¿A qué te refieres? Va a volver al colegio.

—Lo hará, pero únicamente para que sus padres y tú estéis contentos.

—¿Qué dices? ¿Cómo sabes eso?

Lucas suspira mientras me acaricia la palma de la mano con el pulgar.

—Él mismo me lo dijo. Ayer. Cuando sea más mayor quiere trabajar para mí, pero por ahora cree que lo mejor es acabar su educación obligatoria «para mezclarse mejor con la población civil». —Hace una pausa y añade con suavidad—: Lo ha dicho él, no yo.

—Ya veo. —Le retiro la mano y me pongo de pie. Las sienes me palpitan de dolor, un dolor que nada tiene que ver con la brecha a medio curar que me cruza el cráneo. Debería pillarme por sorpresa, pero no es así. De alguna forma, ya lo sabía.

Al igual que a Lucas, a mi hermano le atrae el peligro y, en algún momento, adoptará esa forma de vida.

El dolor se va expandiendo; al principio solo es una leve molestia, pero se vuelve más fuerte cada segundo, acumulándose hasta que me asfixia desde dentro. La garganta se me contrae y siento que empiezo a hiperventilar, exhalando aire desesperadamente para llenar el vacío de los agarrotados pulmones. Un amargo sollozo me brota, seguido de otro y otro, y entonces Lucas, que se ha puesto de pie junto a mí, me atrae y me estrecha entre los brazos mientras unos espantosos sonidos guturales se me desprenden de la garganta. Es como si estuviera resquebrajándome por dentro, como si me hiciera añicos. Intento detenerlo, intento controlarme, pero los sollozos no dejan de brotar.

—Yulia, cariño, no pasa nada… Todo va a salir bien. —Lucas me estrecha entre los brazos con fuerza y saber que está aquí, que ya no estoy sola, hace que el dique se abra aún más. Las lágrimas manan, me queman y me limpian: una corriente tóxica que destruye y sana por igual.

Lloro por nuestro pasado y por el futuro de mi hermano, por todas las mentiras, las pérdidas y las traiciones. Lloro por lo que podría haber sido y por todo lo que va a pasar, por la crueldad del destino y su contradictoria clemencia.

Lloro porque no puedo parar y porque sé que no tengo por qué hacerlo.

Confío en que Lucas me sujete mientras me derrumbo, en que me preste su fuerza cuando más la necesito.

No sé cómo acabamos de nuevo en la cama; estoy acurrucada entre sus brazos mientras me mece sobre el regazo, acunándome como si fuera la cosa más valiosa del mundo. Y sigo llorando. Lloro hasta que la garganta se me queda en carne viva y me duele, hasta que la agonía cede al cansancio. No estoy plenamente consciente cuando Lucas me tiende sobre la cama y me desviste y, cuando él se tumba junto a mí, yo ya estoy dormida.

Dormida y purgada de todos mis miedos.

Me despierto y veo a Lucas sentado en el borde de la cama mirándome. De golpe, los recuerdos de la noche anterior me vuelven a la memoria y me ruborizo al recordar mi incomprensible crisis nerviosa.

—Lo siento —murmuro mientras me incorporo y me tapo con la colcha hasta la altura del pecho—. No sé qué me pasó.

Lucas no se mueve.

—No tienes por qué disculparte, cariño. —Aunque intenta consolarme, su mirada es impenetrable y todavía se muestra reservado y distante—. Necesitabas sacarlo todo.

—Sí, bueno, y lo hice, eso seguro. —Avergonzada, salgo de debajo de la colcha y cojo una bata. Después, me meto en el baño contiguo para darme una ducha rápida y cepillarme los dientes antes de que las enfermeras hagan la ronda matutina.

Cuando salgo, Lucas sigue sentado en la cama, inmóvil. Los moratones que tiene en la cara, recordatorio de su pelea contra Kirill, tienen mejor aspecto y con la luz de la mañana derramada sobre esos duros rasgos masculinos parece la estatua de un guerrero más que un ser humano de carne y hueso. Lo único que le delata son sus ojos; penetrantes y serenos, siguen cada uno de mis movimientos al igual que un felino observa a su presa.

Se me corta la respiración y me doy cuenta de que estoy caminando hacia él; las piernas me llevan a la cama casi contra mi voluntad.

Cuando me acerco, me toma de la muñeca y me atrae para que me siente a su lado.

—Lucas… —Lo miro, sintiendo un nerviosismo extraño—. ¿Qué estás…?

—Shhh. —Me pone dos dedos sobre los labios con una dulzura increíble. Graba a fuego sus ojos en los míos y, para mi sorpresa, descubro en su pálida mirada un sombrío atisbo de dolor—. Lo diré solo una vez y quiero que me escuches —dice con lentitud bajando la mano—. He depositado algo de dinero en tu cuenta, unos dos millones por ahora. Más tarde ingresaré más, pero con eso te debe bastar para asentarte al principio. Por supuesto, si en algún momento necesitarais algo Michael y tú, siempre podéis acudir a mí...

—¿Cómo? —vacilo, creyendo que no le he entendido bien—. ¿A qué te refieres?

—Déjame acabar. —Tiene la mandíbula rígida—. También pondré a tu disposición un cuerpo de guardaespaldas —continúa; con cada palabra su voz suena más quebrada—. Su trabajo será protegerte, pero espero que seas lista y no hagas nada que te ponga en peligro. Si tienes que volar a algún sitio, mandaré a alguien para que te recoja y yo personalmente supervisaré la seguridad del perímetro de tu nueva casa. También...

—Lucas, ¿qué estás diciendo? —Temblando, me pongo de pie—. ¿Es una broma?

—Claro que no. —Se levanta y los músculos le vibran por la tensión—. ¿Crees que esto es fácil para mí? ¡Joder! —Se da la vuelta y comienza a caminar de un lado a otro; cada uno de sus movimientos rebosa una agresividad que apenas puede contener.

Estupefacta, lo observo durante un rato; es entonces cuando las neuronas empiezan a trabajar. Doy un paso hacia adelante y siento su fuerza al agarrarle del brazo.

—Lucas, quieres decir... —Trago con dificultad—. ¿Quieres decir que me dejas marchar?

Entrecierra los ojos, amenazante.

—¿Qué coño iba a querer decir si no?

El corazón me late con ímpetu cuando dejo caer la mano.

—Pero ¿por qué? ¿Es por esto? —Cohibida, me llevo la mano a la cabeza, a la pequeña franja afeitada donde se pueden ver los puntos de la brecha a pesar de mis esfuerzos por ocultarlos. Como a Lucas, los moratones de la cara casi no se me notan, pero las cicatrices que me dejó el cristal roto siguen ahí. Se están curando, los doctores me garantizaron que llegarían a ser casi imperceptibles, pero por ahora disto mucho de estar guapa y, de pronto, caigo en la cuenta de que esa puede ser la causa del distanciamiento de Lucas.

Ha perdido el deseo por mí.

—¿Qué? —La incredulidad le llena la voz al mismo tiempo que sigue con la mirada el movimiento de la mano—. Joder, ¿lo dices en serio? ¿Crees que no te deseo por culpa de esa herida?

—Anoche no me tocaste. —Sé que sueno como una colegiala insegura, pero no puedo evitarlo. Lucas es un hombre muy fogoso y no es normal que deje pasar la ocasión de follarme...

—Pues claro que no te he tocado —dice entre dientes—. Todavía te estás recuperando y yo... Joder. —Se gira como si fuera a dar media vuelta otra vez, pero se detiene. Alarga la mano y me coge del brazo—. Yulia... si te hubiera tocado, me habría enganchado ti de nuevo, no habría sido capaz de hacer esto, ¿lo entiendes? —Su voz se vuelve más ronca—. Te retendría a mi lado porque soy un capullo egoísta y entonces nunca tendrías oportunidad de marcharte.

Se me escapa todo el aire de los pulmones.

—No, no lo entiendo. Si todavía me quieres, ¿por qué haces esto?

—Porque en este mundo no hay sitio para ti... En mi mundo. Te obligaron a vivir esta vida, te convirtieron en lo que nunca quisiste ser. Cuanto te vi ahí tirada, herida y sangrando... —Se interrumpe y, luego, dice con voz quebrada—: Nunca tendrías que haberte visto expuesta a ese tipo de peligro, nunca debiste conocer a hombres como Kirill u Obenko. —Respira profundamente—. A hombres como yo.

Lo miro mientras un extraño dolor me surge desde lo más hondo del pecho.

—Lucas, tú no eres...

—Sí, lo soy. —Tuerce la expresión severa—. No nos engañemos. Soy como ellos, como los hombres que te hicieron daño, que te usaron y te manipularon. Nunca tuviste otra opción y yo tampoco te la di. Te capturé para mi propio disfrute porque te deseaba y te retuve porque no podía imaginar una vida sin ti. Cuando te diste a la fuga, habría puesto el mundo patas arriba para buscarte, preciosa. Habría hecho lo que hubiera sido necesario para volver a recuperarte.

Un hormigueo me baja por la espalda.

—Entonces ¿por qué dejas que me vaya? —susurro con el corazón latiendo de forma errática. ¿Podría ser que Lucas...?

—Porque no soporto la idea de perderte —dice con

brusquedad—. Cuando te vi ahí tirada, cubierta de sangre, pensé que estabas muerta. Pensé que él te había matado. —Antes de que se acerque, veo cómo se estremece. Alza las manos y me sujeta por los hombros. Se inclina y, con ira apenas contenida, suelta—: De todas formas, ¿qué cojones se te pasó por la cabeza para provocar a ese capullo de esa manera? Deberías haberte callado, haber dejado…

—¿Que te disparase? —Todo se me revuelve con tan solo pensarlo—. Nunca. Iba a por mí, no a por ti ni a por Misha…

—Así que intentaste sacrificarte por nosotros, como has estado haciendo por tu hermano todo este tiempo, ¿es eso? ¿De verdad creías que existía la mínima posibilidad de que te dejase hacerlo? —Me hunde los dedos en los hombros, pero, antes de que pueda quejarme siquiera, afloja la presión y su expresión se suaviza—. Yulia —susurra con amargura—, ¿acaso no sabes que recibiría miles de balazos y moriría cientos de veces para evitar que te hicieran daño?

El pulso se me altera.

—Lucas…

—Ahora eres mi razón de ser. —Los ojos le resplandecen con fiereza—. Lo eres todo para mí. Quiero que estés en mi cama, pero aún más en mi vida. Ha sido así desde que te conocí. Incluso cuando te odiaba, te quería. Si hubieras muerto…

—¿Me quieres? —Los pulmones se me comprimen conforme comienzo a comprender lo que significan sus palabras. Lo había sospechado, lo había deseado, incluso yo misma creía saberlo, pero, hasta que no me lo ha confesado, no podía asegurarlo. Que Lucas por fin lo haya admitido…

—Pues claro que te quiero. —Levanta las manos y me toma la cara entre ellas, siento el calor de esas grandes palmas sobre la piel. Baja la cabeza y, mientras me mira, dice con aspereza—: Te he querido desde el momento en que vi a Diego sacándote de aquel avión, delgada y sucia y tan guapa que me dolió el pecho. Me dije que solo era lujuria, creí que podría sacarte de mi cabeza follándote, pero acabé por enamorarme todavía más y cada día se incrementaba mi deseo. Tu lealtad, tu valentía, tu calidez; era todo lo que no sabía que necesitaba. Antes de que aparecieses en mi vida, no tenía a nadie, no me preocupaba por nadie y me iba bien así. Pero cuando te conocí… —Coge aire—. Joder, fue como ver el sol por vez primera. Iluminaste y completaste mi mundo…

Tengo la garganta tan tensa que apenas puedo articular palabra.

—Entonces ¿por qué…?

—Porque tú has nacido para amar y ser amada y tener una familia, para estar rodeada de cosas bonitas y palabras dulces. —El dolor le oprime la voz conforme baja los brazos—. Tendrías que haber crecido con unos padres y un hermano que te adoraran, entre novios cariñosos y amigos fieles que te hubieran admirado y, en su lugar…

—En su lugar, me enamoré de ti. —Busco su contacto y le agarro de la vigorosa mano. Las lágrimas me anegan los ojos mientras miro a mi despiadado captor, al hombre que ahora lo es todo para mí—. Me enamoré del hombre que me rescató de Kirill y de la cárcel rusa, que me cuidó hasta que me recuperé y me devolvió a mi hermano. Lucas... —Le poso la mano sobre la fuerte mandíbula—. Puede que seas como ellos, pero siempre me has dado más de lo que te has llevado. Siempre.

Me mira fijamente y veo cómo la creciente frustración le tuerce el gesto.

—Yulia... —dice con voz baja y letal—. Si vas a marcharte, dímelo ya. Esta es la única oportunidad que te voy a dar, ¿eres consciente?

—Lo soy. —Esbozo una sonrisa temblorosa cuando bajo la mano—. Soy consciente.

Los músculos se le contraen como si se estuvieran preparando para recibir un golpe.

—¿Y?

—Y me quedo.

Por un instante, Lucas permanece quieto, como paralizado, sin poder creérselo, y, luego, lo tengo encima; sus labios me devoran con un ansia violenta y tierna. Me recorre todo el cuerpo con las manos de forma tosca pero contenida, consciente de que aún no se me han cerrado las heridas. Caemos de espaldas sobre la cama, nuestras bocas se fusionan y nos arrancamos la ropa. Fuera, en algún sitio, están las enfermeras y los doctores, mi hermano y sus padres adoptivos, el mundo entero, pero aquí, en esta habitación privada, solo estamos nosotros y la pasión que arde con más fuerza cada segundo que pasa.

—Te quiero —jadeo mientras Lucas entra en mí y él me devuelve las mismas palabras en un susurro ronco y entrecortado mientras se mueve en mi interior, haciéndome suya una y otra vez. Nos corremos a la vez y nuestros cuerpos se derrumban en perfecta sintonía y, mientras permanecemos tumbados y entrelazados, Lucas me sostiene la mirada. En sus ojos veo lujuria y posesión, anhelo y necesidad y, bajo todo eso, la ternura cálida propia del amor.

En unos minutos las enfermeras vendrán y nuestra pequeña burbuja estallará. Nos centraremos en recuperarnos y en pasar página, en empezar una nueva vida y en asentarnos en nuestro nuevo hogar. Sin embargo, de ahora en adelante, no tendremos que preocuparnos acerca de qué nos deparará el futuro.

Lo que tenemos Lucas y yo nunca será bonito, pero es perfecto.

Perfecto a nuestra manera.

EPÍLOGO EXTRA: NORA Y JULIAN

UNOS 3 AÑOS DESPUÉS

¡**C**UIDADO! Si no has leído la trilogía *Secuestrada*, puede que te lleves algún que otro *spoiler*, así que te recomendamos que no sigas y la leas primero. Lo que encontrarás a continuación es para los que os enamorasteis de la historia de Nora y Julian y para los que queríais saber qué pasa después del epílogo de *Siempre tuya* (tercer libro de la trilogía *Secuestrada*). ¡Ah! Y también puedes echar un vistazo al futuro de Lucas y Yulia.

～

Julian

EL GRITO DE NORA RETUMBA EN LAS PAREDES; ES UN sonido atormentado que me abre en canal. Me apoyo en el marco de la puerta mientras tiemblo por el esfuerzo que me supone quedarme quieto y no arremeter contra los buitres de bata blanca que revolotean alrededor de mi mujer. Tengo la camisa empapada en sudor y no puedo evitar flexionar los dedos de la mano una y otra vez, luchando contra el impulso de querer proteger a Nora y el de no entrometerme, porque lo único que haría sería entorpecer el trabajo de los médicos.

El bebé se había adelantado dos semanas y nunca me había sentido tan rematadamente inútil.

—¿Quieres que te traiga algo? —me pregunta Lucas en voz baja. Había recorrido todo el pasillo hasta llegar a mi lado—. Agua, café… ¿un chupito de vodka? —Por raro que parezca, tiene expresión compasiva.

—Estoy bien. —Mi voz suena igual que al raspar un papel de lija sobre la madera. Carraspeo antes de continuar—: Han reducido la dosis de epidural, así que ya no tiene que faltar mucho.

Lucas asiente.

—Sí, algo he leído.

—¿Sí? —Ese comentario tan raro y que Nora haya dejado de gritar un momento me despierta un poco la curiosidad—. ¿Yulia y tú estáis…?

—No, todavía no, pero Yulia no ha parado de hablar de ello desde la boda. —Exhala con fuerza—. Pensaba que no sería para tanto, pero viendo esto ahora…

—¡Julian!

El grito angustiado de Nora interrumpe lo que Lucas fuera a decir y, a partir de ese momento, me olvido de todo y acudo corriendo a su lado.

—Señor Esguerra, por favor, espere fuera.

—Me necesita —le gruño al médico que me impide pasar. Si no fuera el mejor obstetra de la clínica suiza, ya estaría muerto. Aparto al médico de un empujón y agarro la mano temblorosa de Nora. Le suda la palma, pero entrelaza sus dedos con los míos con una fuerza increíble, hasta tal punto que los nudillos se le ponen blancos cuando tiene otra contracción. Se le endurece la expresión y cierra los ojos con fuerza mientras que a mí parece que se me va a salir el corazón del pecho cuando vuelve a gritar. Daría lo que fuera por estar en su lugar y ahorrarle este sufrimiento, pero no puedo y saberlo me parte el alma.

—Estoy aquí, pequeña —le digo con voz ronca mientras le cepillo el pelo empapado en sudor con dedos temblorosos—. Estoy aquí, contigo.

Nora abre los ojos y siento como se me encoje el corazón cuando nos miramos y me intenta sonreír de manera tranquilizadora.

—Todo irá bien, solo tengo que… —Pero, antes de terminar la frase, vuelve a contraer el rostro. Los médicos le piden que siga empujando. Nora me aprieta la mano con una fuerza increíble, hasta casi aplastármela. Sacude el cuerpo con un gran espasmo y echa la cabeza hacia atrás a la vez que profiere un grito que me atraviesa como si se tratase de miles de cuchillos. Ver cómo sufre me destroza y destruye toda pretensión de calma y razón que pudiese tener. El enfado me nubla la vista, la sangre me golpea con fuerza las sienes y sé que no lo soportaré mucho más.

Aún con la mano de Nora entre las mías, me doy la vuelta y le grito a los médicos:

—¡Ayudadla, joder! ¡Ahora!

Pero ninguno de los tres me presta atención; estan a los pies de la cama, donde hay una sábana que cubre la parte inferior del cuerpo de Nora. Veo que uno de ellos se inclina y…

—¡Aquí está! —El médico que no me ha dejado pasar antes se incorpora sosteniendo un bultito que no para de retorcerse y que está cubierto de sangre. Se da la vuelta y, con movimientos rápidos y eficientes, hace llorar al bebé. Al principio es un llanto débil e inseguro, pero un poco más tarde cobra fuerza.

La impresión que me produce ese llanto agudo y exigente es como si una onda expansiva me paralizase. Cuando por fin logro mirar a Nora me doy cuenta de que tiene la mano laxa entre las mías y que ya no tiene una expresión de agonía; ahora llora y ríe al mismo tiempo. Aparta la mano cuando el médico le tiende al bebé, que no para de retorcerse y cada vez llora más.

—Dios mío, Julian —solloza mientras el médico le coloca a la recién nacida entre los brazos y eleva la cama para que esté un poco incorporada—. Dios, mírala…

Nora acuna al bebé contra el pecho y se abre la bata del hospital para descubrirse un pecho, hinchado por el embarazo, y poder darle de mamar. Mientras yo me quedo boquiabierto, el bultito comienza a boquear hasta que se agarra al pezón de Nora.

No, no es ningún *bulto*. Es nuestra hija. Nora y yo

tenemos una hija. Una que, por cierto, mama como una auténtica profesional.

Se me empieza a nublar la vista y los ruidos del hospital se desvanecen. Podría haber estallado una bomba nuclear que yo ni me habría enterado. Lo único que veo, lo único de lo que soy consciente es de mi preciosa y querida gatita, de su pelo enredado que cae como si fuera una cortina oscura cuando se inclina hacia el bebé que está amamantando.

Hipnotizado, me acerco, intentando captar todos los detalles; de repente, se me acelera el pulso, como si se pudiera oír, como si oyera el latido del corazón de otra persona con un estetoscopio. *Pum, pum.* Su puño diminuto masajea la suave piel del pecho de Nora. *Pum, pum.* Su boquita succiona con ahínco y las pequeñas mejillas se ahuecan mientras lo hace. *Pum, pum.* El pelo de su cabecita es oscuro y suave al igual que su piel, de un ligero color dorado.

—¿De qué color tiene los ojos? —susurro, aunque podría hablar.

Nora suelta una risa temblorosa y me mira.

—¿Tú qué crees? —Le resplandece el rostro de ternura—. Azules, como los tuyos.

«Como los míos». Las palabras me atraviesan. En verdad me da igual de qué color tenga los ojos —a muchos bebés les cambian a medida que crecen—, pero saber que esta personita es mía, que es mi hija, me deja sin aliento. Me tiembla la mano cuando me acerco y le toco con cuidado un piececito; mis dedos son sorprendentemente grandes en comparación con los suyos. Parece imposible que algo tan pequeño pueda existir. Es como una muñeca… solo que está viva y respira.

Mi Nora en miniatura pero mucho más vulnerable y frágil.

Me estremezco y aparto con rapidez la mano, preso del miedo. ¿Es posible que exista algo tan pequeño? Se ha adelantado *dos* semanas. ¿Qué pasa si le hago daño cuando le toco el pie? Levanto la mirada y la fijo en el médico.

—¿Está…?

—Está sana —me tranquiliza el médico con una sonrisa—. Un poco por debajo de los dos kilos setecientos, pero es totalmente normal.

—Es perfecta —murmura Nora mientras mira al bebé con una mirada llena de un amor tan devastador y absoluto que me vuelvo a quedar sin aliento.

Mi mujer. Mi hija. Mi familia.

Se me nubla la vista un momento, me escuecen los ojos y tengo que parpadear para no llorar. No he llorado desde niño, pero si mal no recuerdo, ese ardor detrás de los ojos indica que estoy a punto.

—Ven aquí —me susurra Nora mirándome y yo, incapaz de negarme, lo hago. Levanto la mano despacio y acaricio la cabeza del bebé con un dedo. Me quedo quieto cuando el bebé suelta el pezón de Nora y parpadea en mi dirección. Nora tenía razón: me fijo en sus ojos justo un segundo antes de que la pequeña se enfade.

Los tiene de color azul.

Mi hija abre la boca y suelta un grito. Nora se ríe antes de ayudarla a succionar de nuevo. La pequeña se calla de inmediato y mama con ahínco; mientras, yo bajo la mano y me quedo mirando fijamente lo maravilloso que es.

—¿Cómo la quieres llamar? —pregunto en voz baja mientras el bebé sigue comiendo. Como Nora tuvo un aborto espontáneo hace tres años, acordamos no ponerle nombre al bebé hasta que estuviese aquí, pero creo que mi gatita ya lo ha pensado.

Y así es. Nora me mira y sonríe.

—¿Qué te parece Elizabeth?

Noto un dolor agridulce en el pecho.

—¿Por Beth?

—Por Beth —confirma Nora—, pero la podemos llamar Liz o Lizzy. Tiene cara de Lizzy, ¿no crees?

—Sí. —Le acaricio la cabecita suave—. Sí que la tiene.

Nora y el bebé se quedan dormidos después del día movidito que han tenido. Yo salgo de la habitación para coger una botella de agua y estirar las piernas. Para mi sorpresa, cuando llego al final del pasillo, veo dos cabezas inclinadas en la sala de espera.

La mujer de Lucas, la chica ucraniana que estuvo implicada en el accidente, está con él.

A medida que me acerco, Yulia mira en mi dirección. Nada más verme se levanta de un salto y se pone blanca. Lucas también se levanta y se pone delante de ella para protegerla.

Suspiro. Le había prometido a Lucas que no le haría daño, pero él todavía no confía en que esté cerca de ella, a pesar de que el año pasado fuimos a su boda a Chipre. No lo culpo por sobreprotegerla —por lo general, ver a la exespía me sube la presión arterial—, pero hoy no tengo ganas de discutir.

Estoy demasiado contento para preocuparme por alguien que no sea Nora y nuestra hija.

«Lizzy», me recuerdo a mí mismo. Nora y Lizzy.

Se me para el corazón. «Tengo una hija que se llama Lizzy».

—Felicidades —dice Yulia en voz baja mientras coge a su marido del brazo. Me doy cuenta de que se dirige a mí—. Lucas y yo nos alegramos muchísimo por vosotros.

Para mi sorpresa, sonrío, agotado.

—Gracias —le digo, y es en serio. No la perdonaré nunca por haber estado a punto de matarme y por haber puesto en peligro a Nora, pero, con el tiempo, mi ira se ha convertido en un tibio enfado. Hace feliz a Lucas y Lucas me hace ganar mucho dinero con las nuevas empresas, así que ya no fantaseo con despellejarla viva.

—¿Cómo está Nora? —me pregunta Lucas mientras desliza el brazo en torno a la cintura de Yulia y la atrae hacia sí—. Debe de estar agotada.

—Lo está. Se ha quedado dormida después de haber hecho videollamadas con sus padres, Rosa y Ana.

Estaban disgustados porque no han podido llegar a tiempo, pero entienden que el bebé llevaba su propio ritmo.

Me paso una mano por el pelo y exhalo.

—Nora está durmiendo, bueno, y Lizzy también.

—¿Lizzy? —pregunta Yulia y veo como suaviza sus bonitos rasgos—. Es un nombre precioso.

—Gracias. Nos gusta. —En realidad me encanta, pero no me voy a poner a charlar sobre nombres de bebé con la mujer de Lucas. Lo más lejos a lo que estoy dispuesto a llegar es a la tolerancia; que dé gracias a que no la mato en el acto.

Después, me dirijo a Lucas y le digo:

—Gracias por volar en tan poco tiempo y sacar a los hombres del proyecto de Siria. Las cosas han estado tranquilas últimamente, pero un poco más de seguridad nunca hace daño. —Sobre todo al tratarse de mi mujer y de mi hija. Me imagino a Lizzy en peligro y se me revuelve el estómago.

Le voy a poner rastreadores tan pronto como los médicos me lo permitan y pienso contratar a otro batallón de guardaespaldas para que la vigilen en todo momento. Como se pinche el meñique siquiera, su equipo de seguridad se las verá conmigo.

—Tranquilo —dice Lucas—, de todas formas, nosotros nos volvemos a Londres para la inauguración del nuevo restaurante de Yulia. Michael ya nos está esperando allí.

Ah, por eso está aquí Yulia. Ya me preguntaba yo por qué la habría traído Lucas. Si no recuerdo mal, este es el cuarto restaurante al que Yulia presta su marca y sus recetas; un negocio interesante para una exespía.

—En cualquier caso —dice Yulia mientras me mira con cautela—, no queríamos entretenerte. Tendrás que volver con Nora y el bebé.

—Así es —le digo. No me molesto en negarlo. Sigo de buen humor—. Si no nos vemos, buena suerte con la inauguración.

Y, sin esperar respuesta, continúo andando por el pasillo.

LE ESTOY DANDO UN MASAJE EN LOS PIES A NORA —el único contacto físico que me permiten por ahora— cuando las enfermeras traen de vuelta al bebé para que le dé de comer. Lizzy está llorando como una descosida, pero en cuanto la ponen en brazos de Nora, se calla y empieza a buscar su pezón. Hipnotizado, veo como su boquita encuentra su objetivo. Nora le canturrea y la acaricia con suavidad; yo me limito a observar, incapaz de apartar la mirada. Mi preciosa gatita es madre, la madre de mi hija. No creía que pudiera sentirme más posesivo con respecto a Nora, pero sí puedo. Ahora me pertenece a un nivel totalmente diferente y verla así me hace sentir emociones que nunca pensé que sería capaz de tener. Es como si la vida me hubiese llevado a esto: a mi mujer, a mi hija, a esta felicidad arrebatadora.

—¿Quieres cogerla? —murmura Nora cuando el

bebé le suelta el pezón. Me quedo paralizado. Me he enfrentado a terroristas y a capos de la droga; he negociado con generales y jefes de estado, y nunca me había sentido tan intimidado.

—¿Estás segura? —le respondo con voz tensa—. ¿No crees que le voy a hacer daño?

—No —me dice con una sonrisa—. Toma.

Con cuidado, Nora me tiende al bebé. Hago lo mejor que puedo para cogerla, como ha hecho ella y le sujeto la cabecita con la mano. Lizzy es muy ligera, un bultito que huele a un olor dulcísimo. Cuando la miro, parpadea de nuevo y cierra los ojos.

—Se ha dormido —susurro sorprendido—. Nora, se ha dormido en mis brazos.

—Lo sé —susurra Nora. Levanto la vista y la veo sonreír mientras las lágrimas caen por sus mejillas—. Los dos… Dios, nunca me habría imaginado esto.

—Yo tampoco. —Con cuidado de no mover mucho a Lizzy, le cojo una mano a Nora y la beso—. Te quiero, pequeña. Muchísimo.

—Yo también te quiero, Julian —responde ella con una sonrisa.

Cuando nos sentamos y contemplamos a nuestra hija dormir, sé que esto solo es el principio.

Nuestra verdadera historia no ha hecho más que empezar.

ANTICIPOS

¡Gracias por haber leído este libro! Si quieres dejarnos tu valoración, te lo agradeceríamos mucho.

¿Quieres que te avise de mis novedades? Inscríbete en mi lista de correo electrónico en www.annazaires.com/book-series/espanol.

¿Quieres leer mis otros libros? Puedes echarle un vistazo a:

- *La trilogía Secuestrada*: la oscura historia de cómo el jefe de Lucas, Julian Esguerra, secuestró a su esposa, Nora.
- *La trilogía Mia & Korum*: la historia futurista de ciencia ficción de Korum, un poderoso alienígena, y Mia, la tímida estudiante que él está decidido a poseer.

Y ahora, pasa la página y disfruta de un avance de *Secuestrada* y *Contactos Peligrosos*.

Nota del autor: *Secuestrada* es una oscura trilogía erótica sobre Nora y Julian Esguerra. Los tres libros se encuentran ya disponibles.

Me secuestró. Me llevó a una isla privada.

Nunca pensé que pudiera pasarme algo así. Nunca imaginé que ese encuentro fortuito en la víspera de mi decimoctavo cumpleaños pudiera cambiarme la vida de una forma tan drástica.

Ahora le pertenezco. A Julian. Un hombre que tan despiadado como atractivo, un hombre cuyo simple roce enciende la chispa de mi deseo. Un hombre cuya ternura encuentro más desgarradora que su crueldad.

Mi secuestrador es un enigma. No sé quién es o por qué me raptó. Hay cierta oscuridad en su interior, una oscuridad que me asusta al mismo tiempo que me atrae.

Me llamo Nora Leston, y esta es mi historia.

Está empezando a atardecer y con el paso del tiempo, estoy cada vez más nerviosa por la idea de volver a ver a mi secuestrador.

La novela que he estado leyendo ya no consigue distraerme, así que la dejo y comienzo a andar en círculos por la habitación.

Llevo puesta la ropa que Beth me ha dejado antes: un vestido veraniego azul que se abrocha por delante, bastante bonito. No es exactamente el estilo de ropa que me gusta, pero es mejor que un albornoz. De ropa interior hay unas braguitas blancas de encaje sexis y un sujetador a juego. Sospechosamente, toda la ropa me queda bien. ¿Habrá estado espiándome todo este tiempo? ¿Estudiándolo todo sobre mí, incluida mi talla de ropa?

Este pensamiento me revuelve el estómago.

Intento no pensar en lo que va a suceder a continuación, pero es imposible apartarlo de mi mente. No sé por qué, pero estoy segura de que vendrá a verme esta noche. Puede que tenga todo un harén de mujeres ocultas en esta isla y que vaya visitándolas un día a la semana a cada una, como hacían los sultanes.

Aun así, presiento que llegará pronto. Lo que pasó

anoche no hizo más que abrirle el apetito, por eso sé que aún no ha terminado conmigo, ni mucho menos.

Finalmente, la puerta se abre.

Camina como si toda la estancia le perteneciera. Bueno, en realidad, le pertenece.

De nuevo, me veo absorta en su belleza masculina. Podría ser modelo o estrella de cine con esas facciones. Si hubiera justicia en este mundo, sería bajito o tendría algún defecto que compensara la perfección de sus facciones.

Pero no, no tiene ninguno. Es alto y su cuerpo musculado hace que esté perfectamente proporcionado. Recuerdo lo que es tenerlo dentro y siento a la vez una molesta sacudida de excitación.

Como las otras veces, lleva unos vaqueros y una camiseta de manga corta. Una gris esta vez. Parece que le gusta la ropa sencilla, y acierta. No necesita realzar su aspecto físico.

Me sonríe. Lo hace con esa sonrisa de ángel caído, misteriosa y seductora al mismo tiempo.

—Hola, Nora.

No sé cómo contestarle, así que le suelto lo primero que se me viene a la mente.

—¿Cuánto tiempo me vas a tener retenida aquí?

Ladea la cabeza ligeramente.

—¿Aquí en la habitación? ¿O en la isla?

—En las dos.

—Beth te enseñará la isla un poco mañana. Podrás darte un baño si te apetece —me dice, acercándose un poco más—. No te quedarás aquí encerrada, a no ser que hagas alguna tontería.

—¿Alguna tontería? ¿Cómo cuál? —pregunto. Me empieza a latir el corazón a toda velocidad al tiempo que él se para justo enfrente y alza la mano para acariciarme el pelo.

—Intentar hacer daño a Beth o incluso a ti misma. —Su voz es dulce y su mirada me tiene hipnotizada mientras me observa.

Parpadeo para tratar de romper su hechizo.

—Entonces, ¿cuánto tiempo me vas a tener aquí en la isla?

Me acaricia la cara con la mano y la curva alrededor de la mejilla. Me descubro apoyándome en su roce, al igual que un gato cuando lo acarician, pero trato de recomponerme inmediatamente.

Esboza una sonrisa de suficiencia. El cabrón sabe el efecto que tiene sobre mí.

—Espero que durante mucho tiempo —me contesta.

Por alguna extraña razón, no me sorprende. No se hubiera tomado tantas molestias en traerme aquí si solo quisiera acostarse conmigo unas pocas veces. Estoy aterrada, pero tampoco me sorprende mucho.

Me armo de valor y le hago la siguiente pregunta:

—¿Por qué me has secuestrado?

De repente la sonrisa desaparece. No responde; se limita a observarme con su inescrutable mirada azul.

Comienzo a temblar.

—¿Vas a matarme?

—No, Nora. No voy a matarte.

Su respuesta me tranquiliza, aunque obviamente puede que me esté mintiendo.

—¿Vas a venderme? —consigo articular palabra con dificultad—. ¿Como si fuera una prostituta o algo así?

—No —me responde dulcemente—. Nunca. Eres mía y solo mía.

Me siento algo más aliviada, pero aún hay algo más que tengo que averiguar.

—¿Me harás daño?

Por un momento, vuelve a dejarme sin respuesta. En sus ojos se adivina un halo de oscuridad.

—Probablemente —responde con voz queda.

Y de repente se acerca a mí y me besa, esta vez de manera dulce y suave.

Permanezco allí, petrificada, sin reaccionar durante un segundo. Lo creo. Sé que me dice la verdad cuando afirma que me hará daño. Hay algo en él que me pone los pelos de punta, que me ha alarmado desde la noche que lo conocí.

No es como los otros chicos con los que he salido. Es capaz de cualquier cosa. Y yo me veo totalmente a su merced.

Pienso en enfrentarme a él de nuevo. Sería lo normal en mi situación, lo más valiente. Y aun así no lo hago.

Siento la oscuridad que hay en su interior. Hay algo que no me encaja de él. Su belleza exterior esconde dentro algo monstruoso.

No quiero provocar esa oscuridad. No quiero descubrir lo que pasaría si lo hago.

Así que permanezco metida en su abrazo y dejo que me bese. Y cuando me agarra y me lleva hacia la cama de nuevo, no trato de resistirme de ningún modo.

En lugar de eso, cierro los ojos y me entrego por completo a esa sensación.

Secuestrada ya está disponible. Para saber más y registrarte para mi lista de nuevas publicaciones, visita www.annazaires.com/book-series/espanol.

Nota del autor: *Contactos Peligrosos* es el primer libro de la trilogía de las Crónicas de Krinar Los tres libros se encuentran ya disponibles.

En un futuro cercano, la Tierra está bajo el dominio de los Krinar, una avanzada raza de otra galaxia que es todavía un misterio para nosotros…y estamos completamente a su merced.

Tímida e inocente, Mia Stalis es una estudiante universitaria de la ciudad de Nueva York que hasta ahora había llevado una vida normal. Como la mayoría de la gente, ella nunca había interaccionado con los invasores, hasta que un fatídico día en el parque lo cambia todo. Después de llamar la atención de Korum, ahora debe lidiar con un krinar poderoso y peligrosamente seductor que quiere poseerla y que no se detendrá ante nada para hacerla suya.

¿Hasta dónde llegarías para recuperar tu libertad? ¿Cuánto te sacrificarías para ayudar a los tuyos? ¿Cuál será tu elección cuando empieces a enamorarte de tu enemigo?

❧

Respira, Mia, respira. Algo en el fondo de su mente, una pequeña voz racional, repetía sin cesar esas palabras. Esa misma parte extrañamente objetiva de ella notó la simetría de su rostro, la piel dorada que cubría tersamente sus pómulos altos y su firme mandíbula. Las fotos y vídeos de los K que ella había visto no les hacían justicia en absoluto. Vista a unos diez metros de distancia, la criatura era simplemente impresionante.

Mientras seguía mirándolo fijamente, todavía paralizada en el sitio, él dejó de apoyarse y empezó a andar hacia ella. O mejor dicho, a rondar con movimientos acechantes en su dirección, pensó ella estúpidamente, porque cada uno de sus pasos le recordaba a los de un felino selvático aproximándose con andares sinuosos a una gacela. Sus ojos no dejaban de sostenerle la mirada. Según él se iba acercando, ella podía distinguir unas motas amarillas tachonando sus ojos de un dorado claro, y unas tupidas y largas pestañas que los rodeaban.

Ella lo miró entre incrédula y horrorizada cuando se sentó en su banco, a menos de medio metro de ella, y le sonrió, mostrando unos dientes blancos y perfectos. "No tiene colmillos", advirtió alguna parte de su cerebro que aún funcionaba, "ni rastro de ellos". Ese era otro mito sobre ellos, igual que el que supuestamente odiaran la luz del sol.

—¿Cómo te llamas? —Fue como si la criatura prácticamente hubiese ronroneado la pregunta. Su voz era grave y sosegada, sin ningún acento. Le vibraron ligeramente las fosas nasales, como si estuviera captando su aroma.

—Eh... —Ella tragó saliva con nerviosismo—. M-Mia.

—Mia —repitió él lentamente, como saboreando su nombre—. ¿Mia qué?

—Mia Stalis. —Oh, mierda, ¿para qué querría saber su nombre? ¿Por qué estaba aquí, hablando con ella? En suma: ¿qué estaba haciendo en Central Park, tan lejos de cualquiera de los Centros K? *Respira, Mia, respira.*

—Relájate, Mia Stalis. —Su sonrisa se hizo más amplia, haciendo aparecer un hoyuelo en su mejilla izquierda. ¿Un hoyuelo? ¿Tenían hoyuelos los K?

—¿No te habías topado antes con ninguno de nosotros?

—No, nunca. —Mia soltó aire de golpe, al darse cuenta de que estaba aguantando la respiración. Estaba orgullosa de que su voz no sonara tan temblorosa como ella se sentía. ¿Debería preguntarle? ¿Quería saber? Reunió el valor—: ¿Qué, eh... —y tragó de nuevo — ¿qué quieres de mí?

—Por ahora, conversación. —Parecía como si estuviera a punto de reírse de ella, con esos ojos dorados haciendo arruguitas en las sienes.

De algún modo extraño, eso la enfadó lo suficiente para que su miedo pasara a un segundo plano. Si había algo que Mia odiaba era que se rieran de ella. Siendo bajita y delgada, y con una falta general de habilidades sociales causada por una fase difícil de la adolescencia que contuvo todas las pesadillas posibles para una chica, incluyendo aparatos en los dientes, gafas y un pelo crespo descontrolado, Mia ya había tenido más que suficiente experiencia en ser el blanco de las bromas de los demás.

Levantó la barbilla, desafiante:

—Vale, entonces, ¿Cómo te llamas *tú*?

—Korum.

—¿Solo Korum?

—No tenemos apellidos, al menos no tal como vosotros los tenéis. Mi nombre es mucho más largo, pero no serías capaz de pronunciarlo si te lo dijera.

Vale, eso era interesante. Ahora recordaba haber leído algo así en el *New York Times*. Por ahora, todo iba bien. Ya casi habían dejado de temblarle las piernas, y su respiración estaba volviendo a la normalidad. Quizás, solo quizás, saldría de esta con vida. Eso de darle conversación parecía bastante seguro, aunque la manera en la que él seguía mirándola fijamente con esos ojos que no parpadeaban era inquietante. Decidió hacer que siguiera hablando.

—¿Qué haces aquí, Korum?

—Te lo acabo de decir: mantener una conversación contigo, Mia. —En su voz se percibía de nuevo un toque de hilaridad.

Frustrada, Mia resopló.

—Quiero decir, ¿qué estás haciendo aquí, en Central Park? ¿Y en Nueva York en general?

Él sonrió de nuevo, inclinando ligeramente la cabeza hacia un lado.

—Quizá tuviera la esperanza de encontrarme con una bonita joven de pelo rizado.

Vale, ya era suficiente. Estaba claro, él estaba jugando con ella. Ahora que podía volver a pensar un poquito, se dio cuenta de que estaban en medio de Central Park, a plena vista de más o menos un millón de espectadores. Miró con disimulo a su alrededor para confirmarlo. Sí, efectivamente, aunque la gente se apartara de forma evidente del banco y de su ocupante de otro planeta, había algunos valientes mirándoles desde un poco más arriba del sendero. Un par de ellos incluso estaban filmándoles con las cámaras de sus relojes de pulsera. Si el K intentara hacerle algo, estaría colgado en YouTube en un abrir y cerrar de ojos, y seguro que él lo sabía. Por supuesto, eso podía o no importarle.

Pero teniendo en cuenta que nunca había visto videos de ningún K abusando de estudiantes universitarias en medio de Central Park, Mia se creyó relativamente a salvo, alcanzó cautelosa su portátil y lo levantó para volver a ponerlo en la mochila.

—Déjame ayudarte con eso, Mia.

Y antes de que pudiera mover un pelo, sintió como le quitaba el pesado portátil de unos dedos que repentinamente parecían sin fuerza, y como al hacerlo rozaba suavemente sus nudillos. Cuando se tocaron, una sensación parecida a una débil descarga eléctrica atravesó a Mia y dejó un hormigueo residual en sus terminaciones nerviosas.

Él alcanzó su mochila y guardó cuidadosamente el portátil con un movimiento suave y sinuoso.

—Ya está, todo listo.

Oh Dios, la había tocado. Tal vez su teoría sobre la seguridad de las ubicaciones públicas fuera falsa. Sintió como su respiración volvía a acelerarse, y cómo su ritmo cardíaco alcanzaba probablemente su umbral anaeróbico.

—Ahora tengo que irme... ¡Adiós!

Después no pudo explicarse como había conseguido soltar esas palabras sin hiperventilar. Agarrando la correa de la mochila que él acababa de soltar, se puso de pie de golpe, notando en lo profundo de su mente que su parálisis anterior parecía haberse desvanecido.

—Adiós, Mia. Nos vemos. —Su voz ligeramente burlona atravesó el limpio aire primaveral hasta ella mientras se marchaba casi a la carrera en sus prisas por alejarse de allí.

Contactos Peligrosos ya está disponible. Para saber más y registrarte para mi lista de nuevas publicaciones, visita www.annazaires.com/book-series/espanol.

SOBRE LA AUTORA

Anna Zaires es una autora de novelas eróticas contemporáneas y de romance fantástico, cuyos libros han sido éxitos de ventas en el New York Times y el USA Today, y han llegado al primer puesto en las listas internacionales. Se enamoró de los libros a los cinco años, cuando su abuela la enseñó a leer. Poco después escribiría su primera historia. Desde entonces, vive parcialmente en un mundo de fantasía donde los únicos límites son los de su imaginación. Actualmente vive en Florida y está felizmente casada con Dima Zales —escritor de novelas fantásticas y de ciencia ficción—, con quien trabaja estrechamente en todas sus novelas.

Si quieres saber más, pásate por www.annazaires.com/book-series/espanol.